Anika Decker

Zwei vernünftige Erwachsene, die sich mal nackt gesehen haben

Anika Decker

Zwei vernünftige Erwachsene, die sich mal nackt gesehen haben

Roman

dtv

MIX
Papier | Fördert gute Waldnutzung
FSC® C083411
FSC www.fsc.org

2. Auflage 2025
Originalausgabe 2025

Tumblingerstraße 21, 80337 München
produktsicherheit@dtv.de
Lektorat: Alice Huth
Satz: Uhl + Massopust, Aalen
Gesetzt aus der Elmhurst
Druck und Bindung: CPI books GmbH, Leck
Printed in Germany · ISBN 978-3-423-28434-9

Leichte Aggressionen, innere Unruhe,
aufkommender Zynismus, Brustspannen.
Zu großzügig mit der Östrogencreme
und dem extra für Frauen in den Wechseljahren
in der Apotheke abgemischten Testosteron
umgegangen?

Nina

Das erste Mal, dass ich ihn sah, war auf dem Kindergeburtstag der Zwillinge. Mein Ex-Mann Phil hatte sich in seiner zweiten Ehe tatsächlich zu mehreren In-vitro-Versuchen überreden lassen. Mich wundert in Bezug auf diese Unternehmung erstens, dass er einen Kinderwunsch verspürte, nachdem ich ihn circa zwanzig Jahre lang an die Geburtstage unserer beiden Kinder erinnern musste. Ich kann mich nicht daran erinnern, ihn jemals mit ihnen auf einer Schaukel, einer Wippe oder in einem Kriechtunnel gesehen zu haben. Zweitens ist es mir ein Rätsel, wie die Ärzte seine Spermien zu dieser übermenschlichen Leistung haben motivieren können. Phil empfindet sich als Weinkenner, säuft aber eigentlich seit Jahren. Der Unterschied zwischen ihm und einem armen Teufel, der vorm Karstadt sitzt, ist der Sachwert der einzelnen Flasche und dass unser Karstadt-Freund angenehmerweise die Klappe hält über Jahrgang, Abgang und das erlesene Weingut in fucking Südfrankreich, wo der gute Tropfen erstanden wurde.

Leute wie mein Ex-Mann gehen tatsächlich so weit, Weinreisen zu unternehmen, um sich selbst zu beweisen, dass sie keine Alkoholiker sind. Jemand, der genießt und der imstande ist, dich einen ganzen Abend über Trauben vollzuschwafeln, kann ja unmöglich ein Alki sein. Fakt ist, bei einem Abendessen mit einem Grüppchen Unternehmensberater um die fünfzig haben alle spätestens nach dem Hauptgang rosa Weinzähne und eine Fahne, bei der es einem den Atem verschlägt. Ich weiß das so genau, weil ich zwanzig Jahre lang Phils Geschäftsfreunde bei uns zu Hause bekocht habe.

Aber das war damals, als ich noch eine Gattin war. Damals, als ich noch ein Ankleidezimmer, aber auch einen Hauswirtschaftsraum besaß. Heute wohne ich in einer Anderthalbzimmerwohnung. Meine Wäsche trocknet über der Badewanne. Ich bin sehr froh, dass ich überhaupt eine Badewanne habe. Ich war sehr dumm, als ich den Ehevertrag unterschrieben habe. Ich war noch dümmer, als ich damit einverstanden war, das kleine Erbe meiner Eltern in die Anzahlung für das Haus zu geben, das Haus, das mir nie gehört hat, wenn man dem Grundbuchamt glaubt.

Meine Haupteigenschaft ist Wut und direkt danach kommt die Enttäuschung. Ich bin selbst schuld daran. Ich hätte früher checken müssen, wie das mit dem deutschen Scheidungsrecht läuft, ich hätte wissen müssen, dass der Hausfrauenjob »den Kindern zuliebe« ein unglaublich mieser Deal ist. Wenn ich heute die alten Hochzeitsbilder anschaue, mich in meinem stilvoll reduziert wirkenden champagnerfarbenen Slip Dress betrachte und mit den Beach Waves mitten in Berlin, in der völligen Abwesenheit eines Strandes, sehe ich einfach nur eine Idiotin im weißen Kleid. Ich habe geheiratet, ohne den Hauch einer Ahnung davon zu haben, was ich da unterschrieben hatte. Wenn man den Behörden glaubt, ist mein Ex-Mann sehr arm. Er besitzt nichts als die Berge von Schulden aus seiner eigenen Kanzlei, deswegen hatten wir in der Ehe auch keinen Zugewinn. Emotional war er in der Ehe auch nicht unbedingt ein Zugewinn, aber das ist eine andere Geschichte. Vor unserer Hochzeit habe ich wochenlang nach dem perfekten Kleid gesucht, weil es das Hauptthema zwischen mir und meinen Freundinnen war. Ich hätte mich stattdessen mit Scheidungsanwältinnen treffen sollen. Man sollte Infostände vor Spielplätzen aufbauen, obwohl, dann ist es ja sowieso zu spät. Man sollte Flugblätter vor Absturzbars verteilen, in denen die Menschen beziehungsweise Frauen über die Bedeutung der Zugewinngemeinschaft informiert werden. Nein, es ist eben genau nicht die Hälfte von allem, was man sich seit der Eheschließung gemeinsam angeschafft hat. Ist es eben einfach überhaupt nicht. Es ist sehr, sehr viel weniger als das. Und davon irgendein ganz jämmerlicher Prozentsatz. Wenn du dann auch noch so blöd warst, ein paar Jahre zu Hause zu bleiben, viel Glück. Versuch mal, in einen vernünftigen Job hineinzukommen, scheitere (natürlich) und sei froh, wenn du es in einen desaströs bezahlten Medienjob schaffst, so wie ich.

Ich besuchte also meinen auf dem Papier bettelarmen Ex-Mann in seiner geräumigen Villa, mit seiner jungen Influencerinnen-Ehefrau (»Hey Ladys, es ist wieder Zeit für Achtsamkeit mit Lulu!«) und den dreijährigen Zwillingen. Lulu hat zweitausend Follower und ungefähr eine Gehirnzelle. Ich würde jetzt gerne sagen, dass sie dafür aber wenigstens »eine ganz, ganz Liebe« ist, ist sie aber nicht. Sie ist hochmütig und verachtet alle Dicken. Genauer gesagt sind mit »dick« alle Frauen ab Kleidergröße 38 gemeint. Für Männer gilt das nicht, sofern sie einen Job in der Führungsetage vorweisen können.

Habe ich schon erwähnt, dass Lulu nur ein paar Jahre älter ist als Phils und meine Tochter Marie und fast genau so alt wie unser Sohn Ben, der in England lebt? Vielleicht sollte ich auch noch erwähnen, dass Marie TikTok-Videos mit Lulu und den Zwillingen aufnimmt, in denen sie eine Choreografie zum Thema »Wasser ist für alle da« und »Klimaschutz« tanzen? Die G-Klasse von Phil kommt darin nicht vor. Meine Tochter ist eigentlich zu klug dafür, wurde aber von Phil gekauft mittels einer Studentenbude mit Dachterrasse. Ich habe meinen mittlerweile erwachsenen Kindern versprochen, ein gutes Verhältnis zu ihrem Vater zu pflegen – und hier bin ich, mit einer lustigen Tiermaske, Fingerfarben und dem falschesten Lächeln der Welt!

Als Erstes entdecke ich durch das große Sprossenfenster Phil, der im Garten verloren zwischen dem riesigen Grill und den zahlreichen Kindern, inklusive seiner Zwillinge, herumsteht und raucht. Für sein Alter sieht er immer noch gut aus mit den nur minimal ergrauten Schläfen und dem geföhnten Seitenscheitel. Seine Attraktivität ging allerdings schon immer mehr in Richtung vertrauenerweckender Typ, der dir eine Versicherung verkauft und dem du eher nicht sofort das gebügelte Polohemd vom Leib reißt.

Phil hatte nicht damit gerechnet, dass die künstliche Befruchtung klappt. Die miesen sein Alter betreffenden

Zahlen in den Statistiken haben ihn damals extrem beruhigt, sodass er leichtfertig Lulus Drängen nachgegeben hat, bei einer Fruchtbarkeitsbehandlung »mitzumischen«. Wider Erwarten war seine junge Frau bereits nach dem ersten Versuch mit den Zwillingen schwanger. Er liebt die kleinen Wesen, wie er all seine Kinder liebt, aber sie sind einfach auch sehr laut.

Wenn ich Phil heute sehe, ist es mir ein Rätsel, wie ich in diese Ehe hineingeraten bin. Die bittere Wahrheit könnte sein, dass ich einfach zu höflich war, um alle um mich herum vor den Kopf zu stoßen. Und selbst darin habe ich mich offenbar getäuscht. Mittlerweile weiß ich, dass meine Mutter ihn von Anfang an nicht leiden konnte, auch meine Freundinnen von der Uni konnten nicht sonderlich viel mit ihm anfangen. Das hat sich bloß alles in meinem höchst verunsicherten Kopf angespielt.

Im Laufe meines Kunststudiums war mir so oft die Frage gestellt worden, was überhaupt der Sinn und Zweck und vor allem das Ziel dieser Unternehmung sei, dass ich es irgendwann selbst nicht mehr so genau wusste. Einfach zu sagen: »Keine Ahnung, Kunst interessiert mich eben«, kam mir aus rätselhaften Gründen nicht in den Sinn. Stattdessen überfiel mich die nackte Panik, sodass ich irgendwann keine Nacht mehr ruhig schlafen konnte. Die Arbeitsräume und Ateliers, in denen wir Kreatives schaffen sollten, versetzten mich in eine Art Schockstarre. »Hast du dir wirklich eingebildet, du könntest eine Künstlerin werden?«, höhnte die Stimme in mir wieder und wieder, bis ich überhaupt nicht mehr zur Uni ging. Ich lag einfach da in meinem WG-Zimmer, rauchte und starrte die Wand an. Ich ging aus und trank zu viel. Ich habe mich oft gefragt, ob ich meine Krise irgendwann selbst überwunden hätte. Vielleicht hätte ich Verbündete gefunden, denen es ähnlich ging? Ich werde es nie herausfinden.

Damals arbeitete ich in einer Wäscherei und Reinigung am Ku'damm. Phil war während seines Studiums einer unserer Stammkunden. Wie ein edler Retter und die Lösung aller Probleme kam er mir vor, als er fragte: »Darf ich Sie einmal zum Essen ausführen?«

Ich erinnere mich daran, dass ich ihn beobachtete, wie er im schicken Restaurant sorgsam und selbstsicher den Wein auswählte. Ich dachte: Er hat alle Eigenschaften, die ich nicht habe. Da ist jemand, der den für ihn vorgesehenen Platz im Leben bereits kennt und keine Zweifel daran hat, ihn auch zu erreichen. Vor mir sitzt ein Mann, der sich sicher nie morgens um drei eine Zigarette am Toaster angezündet hat.

Die Sache nahm ihren Lauf, Phil gab mir klar zu verstehen, dass emotionaler Wankelmut in seinem Leben keinen Platz hatte, und ich wollte um jeden Preis die Frau sein, die ihm bewies, dass sie sich in ihrer Gefühlswelt bestens auskannte und nichts hielt von feigen Rückziehern. Ich war so beschäftigt damit, mich und meinen tadellosen Charakter unter Beweis zu stellen, dass ich vergaß, darauf zu achten, ob ich auch wirklich verliebt war oder einfach nur komplett verloren in der Welt.

Ich habe bis heute keine Ahnung, warum Phil sich so schnell und sicher für mich entschieden hat, es kann dabei unmöglich um meine Persönlichkeit gegangen sein. Die ist ihm bis heute fremd.

Als ich Phils Vater kennenlernte, sagte dieser laut am Esstisch: »Die ist zu hübsch für eine Ehe.«

Ich erinnere mich daran, dass ich mich am selben Abend und später immer wieder gefragt habe, was er damit wohl gemeint hatte. Ich speicherte ab, dass ich Misstrauen erregte, und versuchte stetig, alle Verdächtigungen zu widerlegen.

Ich war die pünktlichste aller Mütter, ich backte die schönsten Geburtstagskuchen, ich unterstützte meinen Mann in allen Belangen, bis nichts mehr von mir übrig war. Lustigerweise war es dann am Ende Phil, der mich nach neunzehn Jahren betrog und damit uns beide aus unserer Musterehe befreite.

Ich bin von Lulu dazu eingeteilt worden, einen Stand im Garten aufzubauen und den Kindern Schmetterlinge oder kleine Tierschnauzen ins Gesicht zu pinseln. Dekoration und der Umgang mit Schminke sind das Einzige, was mir in der Familie zugetraut wird, schon allein deshalb, weil ich in einem in Bezug auf mein Alter unangemessenen Stadtteil wohne.

Es wundert mich nicht, schließlich habe ich stets dazu beigetragen, dass Phil als großer Held und Macher dastand. Ich war zufrieden mit der zweiten Reihe, als hübsche Kulisse, in der sich Phils aufregendes Leben abspielte. Ich habe ihm den Rücken freigehalten, den Kindern eine moderne, aber konsequente Erziehung angedeihen lassen und ein ziemlich ansehnliches Rosenbeet aus dem Nichts erschaffen. Das war es aber auch schon mit meinen Errungenschaften.

Wenn ich bei meinen Besuchen die Rosen sehe, versetzt es mir immer noch einen Stich. Sie sind so wunderschön, wild und farbenprächtig, dass es mir jedes Mal den Atem verschlägt. »Rosen lieben Luft und Licht«, stand in dem Gartenbuch, das ich mir damals zum Einzug in die Villa gekauft hatte. Als ich diesen Satz las, beschloss ich, einen Rosengarten anzulegen.

Insgesamt brauchte ich dafür volle drei Jahre. Inmitten der blassrosa, weißen, gelben und korallenroten wilden Rosen steht immer noch meine Bank, die ich auf dem Flohmarkt an der Straße des 17. Juni auf dreißig Euro heruntergehandelt und zu Hause abgeschliffen und lackiert habe. Dort habe ich jeden Morgen gesessen und meinen Kaffee getrunken, überwältigt vom Duftmeer, das ich erschaffen hatte.

Die schon immer viel zu herrschaftliche Villa wollte ich nie haben. Sie wirkt kalt und eckig und hat viel zu kleine Fenster, durch die wenig Licht einfällt. Zwischen den weißen Säulen, die den Eingang säumen, habe ich mich immer sehr verloren gefühlt. Von vorne sieht das Gebäude aus wie ein bedrohlicher großer Schwan. Alles im Inneren ist mit Marmor gefliest und völlig überdimensioniert. Winzig klein kommt man sich vor, wenn man vor dem riesigen Marmorkamin im ungemütlichen Wohnzimmer Platz nimmt.

Tief in Gedanken durchquere ich die ersten drei sinnfreien Räumlichkeiten, um meine auf dem Kinderflohmarkt erstandenen Geschenke für die Zwillinge auf dem Geschenketisch abzustellen (ein Puzzle und irgendwas zum Zusammenbauen). Im Kaminzimmer (es gibt natürlich nicht nur EIN Wohnzimmer. Es gibt das Kaminzimmer, die Bibliothek, die zu hundert Prozent mit Coffee Table Books gefüllt ist, und ein Herrenzimmer voller Möbel, die geerbt aussehen sollen) … im Kaminzimmer also hängen mindestens drei gerahmte Fotografien vom »Babyshooting«: die halb oder ganz nackte

Lulu mit den Zwillingen auf dem Arm. Der Grad von Lulus Nacktheit lässt sich nur erahnen, weil die nackten Babys die Sicht blockieren. Heutzutage kann jede Grunewalder Ehefrau sich ihren Traum vom international gefragten Topmodel erfüllen, indem sie sich von einem drittklassigen und auf dem großen Parkett gescheiterten Fotografen nackt und in künstlerischem Schwarz-Weiß, das junge Babyglück im Arm haltend, fotografieren lässt. Unweigerlich drängt sich allen im Westen Aufgewachsenen dabei die Erinnerung an die in der Schule per Gruppenbestellung gekauften Fotografiska-Poster auf, besonders das Motiv vom männlichen Model mit nacktem Oberkörper und Baby im Arm.

An diese geschmackliche Jugendsünde muss ich jedes Mal denken, wenn ich die im Haus verteilten Schwarz-Weiß-Bilder von Lulu und den Kindern sehe. Es gibt sie aus jeder Entwicklungsphase der Zwillinge, was hauptsächlich an ihrem Aussehen festzumachen ist. An Lulu ist allerhöchstens ein zunehmender Grad an Künstlichkeit zu erkennen, der hauptsächlich die Lippen und ihren absurden Busen betrifft.

»Schön, dass du es auch noch geschafft hast«, motzt es mir aus dem Mund meiner jüngeren Schwester Lena entgegen. Ich weiß, sie kann nichts dafür, aber sie hatte schon immer diese nervtötend bräsige Stimme, die es einem schwer macht, sie als Sympathieträgerin wahrzunehmen.

Lena sieht mittlerweile tatsächlich aus wie eine Westberliner Besserverdiener-Mutti. Seit dem Umzug aus Hannover hat sie sich ziemlich gewandelt. Wie eine Grunewald-Barbie besitzt sie nun alle notwendigen Accessoires, um dazuzugehören: den unsäglichen fisseligen Pagenschnitt mit Haarreif, klobige schwarze Ballerinas und eine Art Kinderkleid ohne Taille, aber mit einer riesigen Schluppe vorne. Dazu trägt sie ihren stets angesäuerten Blick.

»Ich warte hier seit zwanzig Minuten auf dich. Du wolltest doch noch die Karte für die Zwillinge unterschreiben.«

Sie hat eine Tupperdose mit Henkel in Form eines Kuchens dabei, wahrscheinlich, um sie draußen beim Buffet abzugeben. Steht sie seit ihrer Ankunft mit dem Kuchen in der Hand so da, oder ist die Zeitangabe einfach nicht korrekt und zielt allein darauf ab, dass ich mich mies fühle? Es funktioniert sofort.

»Ich musste arbeiten, mein Chef hat mich nicht weggelassen«, sage ich schnell. Das zählt nicht als Ausrede, weil die meisten Frauen hier noch in ihrer Ehephase sind, deswegen keine Jobs und auch kein Verständnis für die Alltagsprobleme der niederen Klassen haben. Vielleicht muss man noch dazusagen, dass ich gelogen habe. In Wirklichkeit habe ich mit meiner Kollegin Zeynep im Büro gekifft, um mich auf die bevorstehenden Geburtstagsstrapazen vorzubereiten.

Lena und ich stehen unentschlossen vor dem großen Tisch in Wohnzimmer 2 voreinander. Ich sage gespielt enthusiastisch: »Hier, ich habe Kinderschminke dabei. Alles bio.« Auch das ist gelogen. Ich habe ein paar untragbare Lidschattenfarben in ökig aussehende Töpfchen umgefüllt. Circle of Life.

»Die sind alle schon im Garten und warten, dass du anfängst«, quengelt Lena weiter.

Warum ist sie nur immer so unzufrieden? Ich unterdrücke mein Bedürfnis, sie danach zu fragen. Ich habe meine Erfahrungen damit gemacht und bin auch zu bekifft, um ihre Wut auf was auch immer auszuhalten.

»Super, ich freu mich schon«, sage ich stoisch. »Jetzt komm doch erstmal her.« Wir umarmen uns steif.

»Dann geh ich mal den kleinen Monstern sexy Smokey Eyes machen.« Mein Witz kommt nicht gut an. Lena sieht einfach nur sauer aus. Die ewige Angst meiner Schwester, nicht anerkannt zu werden im neuen spießigen Wohnviertel, von den anderen Müttern schlimmstenfalls »prollig« gefunden zu werden, rührt mich.

Ich erinnere mich daran, wie peinlich ihr unsere auffällig gekleidete Mutter war, wenn sie uns in ihren durchsichtigen Blusen und ohne BH von der Grundschule abholte.

Lena liebte alle Familienserien mit Peter Weck, wo die Väter Hemd und Pullunder trugen und die Mütter die Föhnfrisur von Lady Di. In diesen Serien gab es auch richtiges Mittagessen, nicht so wie bei uns, wo man sich im Keller an der Kartoffelkiste bedienen sollte oder meine Mutter uns einen Apfel mit zwei lustigen eingeschnitzten Augen zuwarf.

Ich sehe Lena als kleines Mädchen vor mir, mit dicker Pumuckl-Brille, in ihrer ehrgeizig gestreiften Latzhose und mit den dünnen Zöpfen, die immer gerade und exakt symmetrisch sein mussten. Lena wünschte sich schon immer nichts mehr, als Teil eines Rudels zu sein, ganz egal, wie dieses Rudel aussah.

Vor der Hackordnung im Grunewald wollte ich sie warnen, hörte mich dabei aber schon genauso an wie unsere Mutter: »Das ist doch so langweilig, wenn alle gleich aussehen.«

Lena glaubt mir nicht, dass ich nicht hierher zurückwill, wahrscheinlich weil ich in ihren Augen gescheitert bin und heute ihren Albtraum lebe. Alles, was ich gegen ihr Leben sage, hört sich für sie an wie Neid.

Wenn ich die herausgeputzten Gattinnen im Garten betrachte, weiß ich ganz sicher, dass ich hier nie hingehört habe. Wie dumm ich doch war, zu denken, dass es einfach schön wäre, einen großen Garten zu haben.

Ich gehe hinter Lena hinaus auf die große Steinterrasse. Aus dem Augenwinkel sehe ich, wie sie einer der Mütter zuwinkt und sich zu ihr ans sommerliche Büfett gesellt.

Neben Lena, auf dem perfekt gepflegten Rasen, stehen mindestens zwanzig Ehefrauen, die zu Hause genau das gleiche Set-up haben, den Mann, die dazugehörigen zwei Kinder und diese absurd teure Daunenjacke, die meine Schwester gut sichtbar in ihrem Korb für abends mit sich rumträgt. Das alles ist ein Code, ein Regelwerk, nach dem man sich hier richten muss, sonst fällt man durch. Ich habe mich während meiner Ehe für besonders gehalten, weil ich weiterhin meine alten Trainingshosen und Vintage-Strickjacken trug, in denen ich für die anderen ausgesehen haben muss wie jemand, der eine unsichtbare Katze an der Leine führt und mit sich selbst spricht.

Jetzt sehe ich aus der Ferne, wie Lena sich bei einer Gruppe ausgezehrter Yogafrauen anbiedert. Sie hat sich wie zur Probierwoche in einem Supermarkt mit einem kleinen Häppchenteller dazugestellt.

Es scheint zu funktionieren. Diese Frauen haben immer Hunger, den sie unter der Woche, wenn sie beinahe ausschließlich von der abendlichen Weinschorle leben, erfolgreich unterdrücken. Lena steht jetzt richtig in der Gruppe, scheint ein paarmal zu einem Gesprächsbeitrag anzusetzen, kommt aber nicht zu Wort. Es stimmt mich ein wenig traurig für meine kleine Schwester, die sich so sehr anstrengt und gar nicht auf die Idee kommt, sich mal mit Leuten anzufreunden, die von sich aus Interesse an ihr haben. Vielleicht ist das auch meine Schuld. Eventuell hat sie an meinem Beispiel gesehen, wie einsam es hier werden kann, wenn man ausgegrenzt wird. Oder geht es ihr um ihre Kinder? Will sie nicht, dass ihnen das Gleiche blüht wie uns früher?

Lena lächelt so angestrengt, dass die Sehnen an ihrem Hals hervortreten.

Eine der Frauen spricht wahrscheinlich gerade darüber, wie sehr Achtsamkeitsübungen ihr Leben verändert haben, oder über ähnlichen Blödsinn. Sie tun alle so, als wären sie innerlich erleuchtet, was sich in Form einer sanft lächelnden Überheblichkeit bemerkbar macht. Niemand will in die Tiefe gehen, über eine Ehekrise sprechen oder gar über einen Krieg. Hier geht es nur darum, dass alles perfekt aussieht. Wer nicht reinpasst, wird weggebissen. Ich habe versucht, mit Lena darüber zu reden, aber sie denkt, es habe damals nur an mir gelegen, weil ich nirgends reinpasse, was auch wieder stimmt. Ich habe mich ziemlich oft gefragt, warum mich das angebotene Lebensmodell nicht glücklich gemacht hat. Lena bemerkt meinen Blick, ich sehe schnell rüber zu den Männern, die sich um den hochmodernen Weber-Grill versammelt haben. Sie sehen auch alle ähnlich aus. In der Freizeit wird hier Polohemd getragen, kombiniert mit einer Uhr, die in erster Linie teuer sein muss. Es wird auch viel über Uhren gesprochen, darüber, dass jetzt schon jeder Kellner im *Borchardt* eine Rolex hat. Dann wird gelacht. Das *Borchardt* ist das Restaurant, in das alle hier gerne gehen, auch wenn sie dort relativ miese Tische bekommen. So weit sind sie noch nicht, dass sie einen der Tische in der Mitte ergattern, die für die Berliner Prominenz aus Entertainment, Politik und Wirtschaft vorgesehen sind. Da muss man sich hinsaufen und hinverdienen. Auch dort existiert eine eigene Hackordnung.

Lenas Mann Flori ist auf dem besten Wege, irgendwann mal einen Mitteltisch im *Borchardt*, seinem persönlichen Sehnsuchtsort, zu bekommen. Gerade unterhält er sich mit einem befreundeten Anwalt über das Wagyu-Beef, das auf dem Grill liegt und trocken aussieht.

Flori hat es zu einer Führungsposition in einem der größten Medienkonzerne des Landes gebracht, zwar eher auf der unteren Ebene und noch in der Probezeit, aber immerhin. Im selben Konzern, nur ungefähr zehn Etagen darunter, arbeite ich in einem völlig unterbezahlten Job im Produktionsbüro einer Krimiserie, die von einem Kommissar handelt, den das Feuilleton als »unbequemes Raubein mit Kultstatus« bezeichnet. In Wirklichkeit ist er aber einfach nur ein Arschloch, sowohl die Serienfigur als auch der Schauspieler.

Für den neuen Job sind Flori und Lena mitsamt den beiden Mädchen von Hannover nach Berlin gezogen. Lena hat, kaum angekommen, umgehend mit ihrer Charmeoffensive begonnen. Sie hat sich freiwillig zur Kassenwartin und Mitorganisatorin des Schulbasars und des Kita-Sommerfestes aufstellen lassen, sie hat die Fahrten aller Kinder zum Tennis- und Geigenunterricht übernommen, im Prinzip übernahm sie einfach alle Scheiß-

Jobs, die niemand anderes machen wollte. Typisch Lena. Sie weiß genau, wie Gruppendynamik funktioniert. Du musst die Menschen bei ihrer Bequemlichkeit packen, dann lassen sie dich hinein. »Fang nicht gleich wieder Streit an und mach bitte keine Witze über die Kinder«, hat mir Lena vorhin zugerufen, als ich durch die Flügeltüren hinausging.

Ich spüre den Blick meiner Schwester im Rücken, als ich die Terrasse verlasse und durch den Garten gehe. Lena hat sich bereits zur nächsten Müttergruppe, dem Epizentrum in Form von Lulu und ihren Freundinnen, vorgearbeitet.

Seit Neuestem kaufen sich alle diese Rüschenkleider mit Blumen darauf und Ärmeln, die größer sind als ihre Köpfe. Von Weitem sehen sie aus wie eine Volkstanzgruppe in Tracht. Warum kann ich diese hasserfüllten Gedanken eigentlich nicht abstellen? Bin ich wütend? Bin ich neidisch? Bin ich traurig? Irgendwann fällt mir das vor die Füße.

Ich winke Lulu zu, die sich erst aus ihrer Gruppe lösen und auf mich zukommen will, dann aber stehen bleibt, weil ich zügig weitergegangen bin und absolute Eile vorgetäuscht habe. Lulu sieht gekränkt aus, also drehe ich doch um und gehe auf sie zu, setze wieder mein falsches Lächeln auf. »Hey«, sage ich langgezogen und dann noch: »Sind die Zwillinge wirklich schon drei? Wahnsinn!«

Lulu nickt.

»Drei ist so ein schönes Alter«, sagt Lena eifrig. Alle nicken.

Ich spare mir die Bemerkung, dass ich eher daran gedacht habe, dass es damit schon fast fünf Jahre her ist, seit ich Lulu nackt mit Phil in unserem Bett erwischt habe, weil ich früher und mit einem Magen-Darm-Infekt von dem Wellnesswochenende mit meiner Mutter zurückgekommen war.

Ich erinnere mich noch, dass ich zu geschwächt war, um zu begreifen, dass dieser Augenblick mein Leben verändern würde. Ich weiß noch, dass ich dachte: »Muss ich jetzt schon wieder das Bett beziehen?« Das war damals tatsächlich mein erster Gedanke. Zum einen glaube ich, dass das Gehirn eine Art Schutzmechanismus hat und lieber erstmal solchen Blödsinn denkt, um einen so lange wie möglich vor dem Schmerz zu bewahren, und zum anderen war der Grund für besagtes Wellnesswochenende tatsächlich mein abgearbeiteter, allgemein geschwächter Zustand gewesen, kein Wunder also. Ihr fragt euch jetzt, was mich so erschöpft hat damals, wo ich doch keinen Beruf hatte? Ehrlich gesagt weiß ich das nicht genau. Ich erinnere mich an die Eintönigkeit der langen Tage, an denen ich den Kühlschrank füllte, auf dem Boden abgelegte Schmutzwäsche einsammelte, ein dekoratives Bouquet zusammenstellte und manchmal einfach nur dasaß und mich fragte, ob das eigentlich alles war, wozu ich auf der Welt bestimmt war.

Wenn ich traurig war, hatte ich ein schlechtes Gewissen, weil ich nicht völlig erfüllt war vom Familienleben, was wohl bedeuten musste, dass ich eine schlechte Ehefrau war.

Jetzt, wo ich in anderthalb Zimmern lebe und mich wieder dafür interessiere, was in der Welt passiert, wo ich mich in Spätis, Büros und Bars herumtreibe, bin ich fast gar nicht mehr müde. Heute frage ich mich manchmal, was mich mit einer solchen Gewalt in derart bürgerliche Strukturen getrieben haben mag. Vielleicht war es einfach sehr verführerisch, das Leben zu leben, mit dem alle so einverstanden sind? Alle meine Freundinnen hatten Tränen in den Augen, als sie mich im Hochzeitskleid sahen. Als meine Ehe schlecht lief, weil wir uns permanent in blödsinnigen Streits verhakten, rieten sie mir, »durchzuhalten und zu kämpfen«. Wieso eigentlich? Es ist ja nicht so, dass du am Ende deines Lebens einen Pokal überreicht bekommst und Glückwünsche dafür, dass du vierzig Jahre lang in einer miesen Ehe durchgehalten hast. Auch als Phil mich schließlich für Lulu verließ, wurde mir geraten »zu kämpfen«. Eigentlich war damals meine Mutter die Einzige, die mir den Rat gab, »dieses Schwein endlich in die Wüste zu schicken«. Auch wenn ich Phil mittlerweile eher für einen Trottel halte, rechne ich ihr das hoch an. Umso größer ist die Gefahr, dass sie heute noch explodiert und allen mal kräftig die Meinung sagt, was für sie eine Art reinigendes Gewitter ist, aber in Wirklichkeit eine typisch toxische Verhaltensweise meiner Familie: ansammeln und dann nach vielen Monaten der inneren Qual und Seelenpein alles ungefiltert herausschießen – unser Familienhobby!

Wahrscheinlich sind meine ehemaligen Freundinnen und ihre Männer auch deshalb heute alle mit Phil und Lulu befreundet statt mit mir. Eigentlich ist das gut so. Ich kann mir ohnehin keine teuren Abendessen und »Boozy Brunches« mehr leisten. Trotzdem versetzt es mir hin und wieder einen Stich, wenn ich sie alle, wie heute hier, gemeinsam lachen sehe. Dabei ist das allein meine Schuld und mein Werk. In meinem übermäßigen Ehrgeiz, über alles Harmonie stülpen zu wollen, habe ich erreicht, dass Feiertage gemeinsam verbracht werden. Meine Kinder sind schließlich die Geschwister der Zwillinge. Ich habe sogar von meiner Schwester und von meiner Mutter ab dem ersten Kindergeburtstag der Zwillinge verlangt, diesen Tag mit der ganzen Familie zu feiern. Auch wenn ich die ersten zwei Jahre ziemlich oft heimlich auf der Gästetoilette gesessen und geweint habe, ist es mir gelungen, diesen irrwitzigen Patchworktraum wahrzumachen. Lulu und ich umarmen einander strahlend, was immer noch bei jeder von uns aussieht wie eine Drohgebärde, als würden wir der anderen die Zähne zeigen.

Und schon geht es los.

Lulu macht einen Schmollmund und sagt: »Und du bist ja bald fünfzig. Ist das ein komisches Gefühl für dich?« Ich hasse es, dass ich fünfzig werde. Ich hätte nicht gedacht, dass mir diese Zahl so zu schaffen macht. Vielleicht weil ich weiß, dass meine Mutter fünfzig war, als mein Vater gestorben ist. Danach war ihr Leben vorbei, das Liebesleben auf jeden Fall. So war das eben früher. Stirbt einem der Mann weg, Pech gehabt.

Ausgerechnet heute Morgen habe ich festgestellt, dass ich seit drei Jahren keinen Sex mehr hatte, noch weniger als während der letzten Jahre meiner Ehe. Ich weiß, dass mir das egal sein sollte, dass ich Fältchen um die Lippen habe und mir seit Neuestem ein Haar am Kinn wächst. Es ist ein richtig langes Haar, das ich mit meiner Lesebrille auf der Nase immer wieder aufs Neue suchen und ausreißen muss.

Auf meinem Nachttisch stehen Hormone, die ich mir morgens auf die Arme schmiere und die einfach nur dafür da sind, meinen Normalzustand zu erhalten. Sie machen nichts besser, sondern halten den Zellverfall oder was auch immer da auf mich zukommt, einfach nur auf. In keinem Bereich meines Lebens ist mehr eine Aufwertung möglich, jetzt geht es einfach nur noch darum, sich so lange wie möglich am Rand des Abgrunds festzukrallen. Und dann: schwupp.

Wie gesagt, ich hasse es, dass ich fünfzig werde, und ich hasse es, dass ich es hasse. Ich wäre so gerne eine dieser Schauspielerinnen, die für Kosmetikmarken werben und finden, man sei »immer so alt, wie man sich fühlt«. Es sind dieselben, die die glückliche Patchworkfamilie propagiert haben. Ich sitze also doppelt in der Falle.

Mir war nicht klar, dass Älterwerden so ein Drama für mich wird. Ich zeige Lulu tapfer meine Zähne und flöte: »Ach Quatsch, die Geräusche, die meine Knochen morgens beim Aufstehen machen, haben auch etwas Melodisches.«

Lulu nickt ernst und sagt: »Du musst unbedingt mit meiner Freundin Sarina reden. Die hat auf TikTok was über Osteoporose und Gedächtnislücken gemacht, wegen ihrer Großmutter. Musst du mal checken. Sie heißt da Stargirl87.«

Wow.

Warum bin ich auf Lulu zugegangen? Warum habe ich mich selbst über mein Alter lustig gemacht? Und wenn schon, wieso dann mit einem derart lahmen Witz? Was mache ich hier in meinem Ex-Garten bei meinem Ex-Mann und dieser Frau? Ach ja, ich habe mir das alles selbst eingebrockt.

Lulu lächelt mich unschuldig an. Ich weiß nicht einmal, ob sie es tatsächlich böse meint oder einfach nur unglaublich unsensibel ist. Das Ergebnis ist dasselbe. Ich stehe da in meinem pseudojugendlich geschnittenen Sommerkleid und fühle mich getroffen. Mir fallen auf der Stelle Bilder von alternden Fernsehmoderatoren in poppigen Sakkos ein, laute Ulknudeln in Leopardenleggings, die altbackene Sprüche klopfen. Es ist eine lustige Parade meiner persönlichen Schreckensbilder von Menschen über fünfzig. Ich sage: »Ja, danke, ich guck mir das mal an von Stargirl87 und ihrer Oma.« Sie lächelt und schwirrt ab. Es bringt nichts, Streit mit der neuen Frau meines Ex-Mannes anzufangen, glaubt mir, damit habe ich Erfahrung. Ganz egal, worum es geht, am Ende sieht es immer aus, als wäre ich eifersüchtig. Dieses Ergebnis speist sich aus der einzigen wichtigen Information, die unser aller Leben zugrunde liegt: dass ich verlassen wurde. Dabei will ich Phil absolut nicht zurückhaben. Aus der Distanz heraus sehe ich, warum unsere Ehe scheitern musste. Ich sehe auch, dass ich schon viel eher hätte gehen müssen. Viel zu lange habe ich mich damit beruhigt, dass die Ehen in unserem Umfeld nicht viel besser zu laufen schienen. Ich sehe, wie meine eigene Schwester in einer solchen Ehe gefangen und anscheinend froh darüber ist. Ich war einfach viel zu lange die Idiotin mit dem Rosenbeet.

Ich denke an vorletzte Woche, als mir meine beste Freundin und um einiges jüngere Kollegin Zeynep nach Büroschluss erklärte, wie ich mich bei Tinder anmelde.

»Guck hier, du nimmst die drei Fotos von dir, da siehst du so schön aus.« »Aber das ist doch gar nicht mein Hund«, sagte ich. »Egal, es wirkt sympathisch. Der Hund auf deinem Arm bedeutet für die Männer, dass du ihnen eine Mahlzeit kochen kannst.« »Ich weiß nicht, ob es jemanden begeistert, dass ich einen Pudelmischling kochen will.« »Nein, der entscheidende Punkt ist, dass du den Pudel hältst. Das weckt Assoziationen von zu

Hause, von früher, vom Umsorgtwerden, von Müttern, die Mahlzeiten zubereiten.« Das klang alles falsch, fand ich. »Aber ich will niemanden umsorgen! Ich will vielleicht einfach mal wieder mit jemandem schlafen oder wenigstens mit jemandem ins Kino oder beides.« Zeynep schien unzufrieden mit meiner Antwort zu sein und trug weiter Dinge in diese sehr kurze Liste im Steckbrief ein. »Moment mal, wieso lügst du jetzt? Ich bin nicht fünfunddreißig. Das sieht man doch auch.« Zeynep seufzte, als sei ich ein wirklich schwerer Fall. »Na klar, Schatz, bist du nicht. Du bist fast fünfzig, aber wenn du fünfzig bei Tinder einträgst, denken natürlich alle, du bist Ende sechzig oder siebzig. Glaub mir, fünfunddreißig ist das Maximum, was die Typen bei der Suche eingeben.« »Das ist doch lächerlich«, entfuhr es mir. »Ich hab die Regeln nicht gemacht, ich sag dir nur, wie es ist«, sagte Zeynep schulterzuckend. »Was ist, wenn ich mein echtes Alter angebe und auf den einzigen ehrlichen Mann warte, dessen Suchprofil zu mir passt?«, fragte ich bockig. »Na gut, renn in dein Unglück«, sagte Zeynep und trug 49 ein.

Und jetzt stehe ich hier mit null Matches und dem Beweis dafür, dass man in der Datingwelt anscheinend lügt oder verliert. Ich frage mich, wie lange ich im Erfolgsfall mein wahres Alter verheimlichen müsste, wenn ich mein Tinderprofil doch auf fünfunddreißig herabsetzen würde?

Zeynep, mein Lichtblick im Büro, hat natürlich wieder richtiggelegen, wie immer. Sie ist Mitte dreißig, feingliedrig und klug, hat kurzes dunkles Haar und trägt ausschließlich schwarze oder braune Herrenanzüge, weswegen sie oft mit »junger Mann« angesprochen wird. Ohne sie würde ich es keine Sekunde in unserer Firma aushalten, deswegen ich ihr sehr oft einen Kaffee bringe, meistens dann, wenn sie mal wieder kündigen will. »Du bist berechnend und hinterhältig«, sagt sie dann, den Kaffee genüsslich trinkend. »Ja, aber nur aus Liebe zu dir.«

In der Mitte des Gartens steht ein weinendes Kind in einem Burberry-Kinderoutfit. Niemand versteht, was das Kind will, weil es aufgrund des internationalen Kindergartens Spanisch spricht, was von den anwesenden Erwachsenen aber nur Lulus bolivianische Putzfrau versteht, die vor fünfzehn Minuten zum französischen Bäcker geschickt worden ist, um die bestellten Éclairs zu holen. Ich versuche das Kind zu trösten, male ihm mit meinem ausrangierten dunkelgrünen Kajalstift ein kleines Herz und eine Katze auf die Hand. Das Kind wirkt ein wenig getröstet und lässt sich von mir an die Hand nehmen. Langsam wandern wir durch den riesigen Garten.

Unsere erste Station ist mein ehemaliges Rosenbeet. Ich zeige dem Kind, dass es die Augen zumachen und den schönen Duft einatmen soll. So stehen wir da ein paar Minuten und schnuppern. »Hmmm, das tut gut. Ist richtig schön, oder?«, frage ich und lächele dem Kind zu. Ich bin froh, eine kleine Pause zu haben, bevor ich mich zu den Feiernden gesellen muss.

Plötzlich schießt eine stark geschminkte junge Frau auf uns zu und reißt das erschrockene Kind in ihre Arme. Sie trägt ebenfalls ein Burberry-Outfit, scheint also die Mutter zu sein. Das Kind fängt augenblicklich an zu weinen. Die Frau sagt irgendetwas Vorwurfsvolles auf Spanisch zu mir, dreht sich um und geht.

Zeit, den Kinderschminkstand aufzubauen. Der Kater

von gestern Abend hämmert in meinem Kopf. Eigentlich hatte ich mir vorgenommen, auf den abendlichen Wein zu verzichten, was eine Panikreaktion auslöste, wegen der ich schließlich eher ein Glas mehr als sonst getrunken habe.

Erfolglos versuche ich die laute Stimme meiner Mutter auszublenden, die durch den Garten schallt. Ich räume geschäftig alle Schminkutensilien auf einen großen Holztisch. Und schon kommt die erste Kundschaft. Eine lockige Fünfjährige wünscht sich ein »Schmetterlingsgesicht«. Ihre Mutter betrachtet mein tief ausgeschnittenes Flohmarkt-Kleid und äußert ihre Bedenken, dass ein Schmetterling auf der Wange eventuell sexualisiert wirken könnte. Ich handele sie und das Kind auf eine lustige Biene runter, lege los und male der Biene einen ausladend großen gestreiften Hintern.

»Sag mal, ist dein Busen kleiner geworden, es sah von Weitem so aus?«, fragt eine mir wohlbekannte Stimme, die nach Schnapsbrennerei und alter Säge klingt. »Hallo Mama, schön, dich zu sehen«, sage ich und umarme meine immer noch stattlich große Mutter. »Der Teufel scheißt immer auf den größten Haufen«, bemerkt sie kopfschüttelnd und betrachtet die beeindruckende Villa meines Ex-Mannes, seine neue Frau und die neuen Kinder. »Dieses geizige Schwein«, sagt sie dann noch.

»Bitte Mama, lass heute mal gut sein, ich hab doch ein schönes Leben«, erkläre ich und weiß schon, während ich es sage, dass es ein sehr anstrengender Nachmittag werden wird. Ich sehe meine Mutter in Richtung meiner Schwester stapfen. Unterwegs macht sie beim Catering halt und schnappt sich eine ganze Flasche Wein ohne Glas. Das scheint wohl in der Familie zu liegen. Ich gehe hinterher, werde aber sofort von Lulu abgefangen, die gestresst aussieht.

»Du, Nina, ich weiß überhaupt nicht, wie du das früher alles geschafft hast ...«, schmeichelt sie. Wenn sie mir ein Kompliment macht, ist es stets gekoppelt an eine unangenehme Aufgabe. Ich kneife die Augen zusammen und warte. Lange dauert es nicht, bis sie fragt: »Könntest du bitte zum französischen Bäcker fahren und den Kuchen abholen? Sophia hat nur die Éclairs geholt, und jetzt stehen wir ohne Kuchen da.«

»Klar, das kann ich gerne machen, aber ich habe kein Auto.«

»Ach, stimmt ja«, sagt Lulu nachdenklich.

»Ich kann fahren, ist überhaupt kein Problem«, höre ich eine tiefe Stimme sagen. Ich drehe mich um und erschrecke. Neben mir steht ein sehr großer, sehr junger Mann, der aussieht wie ein französischer Filmstar oder wie jemand, der Katzenbabys aus einem brennenden Haus rettet. Ich ertappe mich dabei, dass ich albern lache, obwohl niemand etwas Lustiges gesagt hat. Lulu sieht mich befremdet an. Hör auf, Nina, hör sofort auf zu lachen, befehle ich mir in Gedanken und lache blöde weiter. Dann sage ich: »Schon gut, schon gut«, was auch nicht viel besser ist.

»Geht das also klar?«, fragt Lulu.

Der sehr junge Mann und ich nicken. »Hi, ich bin David«, sagt er noch, während ich heimlich auf sein Schlüsselbein starre, das vom verrutschten T-Shirt freigelegt wurde.

Eine Birne in Berlin

Lena

Lena kneift die Augen zusammen und sieht ihre bereits angetrunkene Mutter von Weitem mit einer ganzen Flasche Wein auf sich zusteuern und etwas entfernt ihre Schwester in diesem völlig unpassenden aufreizenden Sommerkleid einen jungen Mann anstarren. Der Nachmittag hätte so gut laufen können, ohne die Familie.

Sogar die Kinder haben sich bis jetzt einigermaßen benommen. Ihr Mann Flori hat rauchend neben Phil gestanden und über den riesigen amerikanischen Grill oder das Fleisch oder andere Dinge gefachsimpelt, für die sich Erfolgsmänner so interessieren.

Der heutige Tagessieg ist aber, dass sie in Lulus TikTok-Aufnahme hineinwinken durfte. Lena wurde darin sogar als »eine ganz liebe Kitamama« bezeichnet. Das permanente Lächeln und die Schmeicheleien morgens vor der Kitatür, bevor sie zur Grundschule weiterhetzen muss, zahlen sich endlich aus. Gemeinsame Mittagessen um die Ecke bei *Happy Bowl* rücken in greifbare Nähe.

Dort sitzen Lulu und ihre Freundinnen gerne in ihren Yogaklamotten herum, essen wenig und sonnen sich in den bewundernden Blicken vorbeilaufender Passanten. Bald wird auch Lena dort sitzen, wenn alles nach Plan läuft, wenn niemand querschießt.

Ihre Mutter und ihre Schwester sehen wieder mal aus wie zwei absolute Fremdkörper. Alle jungen Frauen hier tragen unerreicht schöne Rüschenkleider mit Blumenmuster von Zimmermann, die sogar gebraucht noch vierhundert Euro kosten. Die gesamte Gartendekoration ist in Creme- und Brauntönen gehalten, Farben, die Kinder zwar nicht unterscheiden können, Mütter aber sofort als guten Stil erkennen. Aus dem Augenwinkel sieht Lena erneut eine Weinflasche winken.

Warum kann ihre Mutter nicht einfach eine selige Ruhe ausstrahlen und Beige tragen, so wie andere Frauen in ihrem Alter? Stattdessen blickt Lena auf einen grünen Kimono, der früher mal ein Bademantel war. Sie betet stumm, es möge nur niemand gesehen haben, dass sich ihre Mutter einen Schluck direkt aus der Flasche genehmigt hat. Ihre Schwester wirkt wie immer leicht bekifft. Sie durchschreitet gerade den großzügigen Garten Richtung Einfahrt, wahrscheinlich, um dort einen Joint zu rauchen. Seit der Scheidung ist Ninas Leben ziemlich aus dem Ruder gelaufen.

»Wann werde ich endlich richtig dazugehören?«, fragt Lena sich, wie so oft. Sie hat in den Monaten seit dem Umzug so viel investiert. Schon lange hat sie sich nach einer Villa mit passender G-Klasse und dazugehörigem Business-Ehemann gesehnt. Gereicht hat es leider nur für einen VW Passat und ein winziges Reihenhaus, zwar im richtigen Schulbezirk, aber am äußersten Rand des

Nobelstadtteils. Das Nachbarreihenhaus gehört schon zum Einzugsgebiet einer sehr viel reizloseren Gesellschaftsschicht.

Lena hat pünktlich vor dem Umzug von Hannover nach Berlin alle überflüssigen Babypfunde abgespeckt und zu Weihnachten endlich von Flori die ersehnte Moncler-Jacke erhalten. Alle Mütter hier haben die. Zwei quälend lange Jahre musste sie sich mit ihrem Zara-Parka abfinden, einem Fehlkauf in billigem Hellblau.

Wie eine dickliche Achtjährige aus einem Problemviertel hat sie ausgesehen in dem babyblauen Ding. In Hannover ist sie damit nicht sonderlich aufgefallen, doch hier in Berlin-Grunewald ist es, als hätten sich alle heimlich abgesprochen, nur gedeckte Naturtöne und Dunkles zu tragen, die quietschige Farbpalette wird ausschließlich den Kindern überlassen. Manchmal ist Lena tatsächlich auf diese farbliche Unterscheidung angewiesen, da einige Mütter so dünn und so gebotoxt sind, dass Lena sie ohne ihre erdbraunen Parkas wahrscheinlich sofort ins kitaeigene Bällebad geschickt hätte. Lena hat sich schon in Hannover schwergetan mit dem Schließen von Freundschaften. Rückblickend hätte es dort aber einfach sein können, weil der großstädtische Coolnessaspekt überhaupt keine Rolle spielte. Ihr war überhaupt nicht klar, in welch geschütztem Paradies Flori und sie gelebt haben. In Hannover konnte sie in ihren blauen und roten Kinderpullis herumlaufen, sie hat sogar Crocs besessen. In der Nachbarschaft grillte man zusammen, natürlich in der geschlechterspezifischen Unterteilung: Die Männer stehen am Grill und fachsimpeln über das Fleisch und Radsportarten, die Frauen bringen die Salate mit und sprechen über die Kinder. Jedes Mal, wenn ihre

Schwester zu Besuch gewesen war, hat sie sich darüber lustig gemacht und natürlich über Floris Fahrradhelm. Manche Dinge ändern sich offenbar nie: auf der einen Seite Ninas Überheblichkeit und auf der anderen ihre eigenen Unsicherheiten – wegen der mausbraunen strähnigen Haare, ihres fehlenden Gefühls für Stil und ihrer absurden Birnenfigur.

Durch den völligen Verzicht auf Kohlehydrate hat sie vor ein paar Monaten allerdings schon ordentlich abgenommen. In Hannover wäre sie damit im oberen Drittel der Kitamuttis angekommen, hier im Grunewald rangiert sie auf einem der unteren drei Plätze. Die Mütter auf den beiden Plätzen hinter ihr haben passend zum riesigen Hinterteil aber wenigstens Busen.

Die Moncler-Jacke ist nur das Minimum dessen, was sie hier an Ausrüstung benötigt. Zwei Monate hat sie Flori damit in den Ohren gelegen, der den Preis natürlich mal wieder vollkommen absurd fand. Sie hat sich eines kleinen Schwindels bedienen müssen, um endlich an ihr Ziel zu kommen. Sie hat in das babyblaue Zara-Ding ein großes Loch mit Carlottas Kinderschere hineingeschnitten, um dem Irrsinn ein Ende zu bereiten. Lotti war »ja noch so klein«, niemand hat mit ihr geschimpft, weil sie Mamas Jacke kaputtgeschnitten hatte.

Nur manchmal, wenn Flori mahnend zu Carlotta sagt: »Vorsicht mit der Schere, du weißt, was damit passieren kann!«, verspürt Lena den Anflug eines schlechten Gewissens. Aber man muss die Sache so sehen: Wenn der Anfang in der Großstadt für sie und ihre Familie vielversprechend werden sollte, dann hat sie allen einen großen Gefallen getan.

Das mit den Kindern hat sie sich auch anders vorgestellt beziehungsweise gar nicht so richtig. Sie ist einfach immer eine Stufe weitergegangen. Verzweifelt war sie auf der Suche nach der großen Liebe, dann irgendwann nur noch nach irgendeiner Liebe, einer festen Beziehung, die man vorweisen konnte und die bewies, dass mit ihr alles in Ordnung war.

Als das mit Flori schließlich klappte, lag sie nachts lange wach und überlegte, ob er wirklich »den Sack zumachen« und wann er endlich fragen würde. Der Mann fragt, die Frau muss warten.

Nach der Hochzeit kam das erste Kind und dann, weil, wie man unter Müttern scherzhaft sagt, »ein Kind ist kein Kind«, schließlich das zweite.

Ihre erste Tochter haben sie Greta genannt, weil Flori behauptete, das sei kein Allerweltsname und gleichzeitig ein Klassiker. Die erste Aussage steht mittlerweile auf wackeligen Füßen. Allein in Gretas Klasse gibt es drei weitere Gretas, in der Parallelklasse noch zwei. Genau das Gleiche ist ihnen dann drei Jahre später auch mit dem Namen Carlotta passiert.

Greta ist vor Kurzem sieben Jahre alt geworden, die Jüngere ist fünf. Das bedeutet, dass Lena seit fünfeinhalb Jahren keinen Sex mehr mit Flori hatte. Vier Jahre davon hat sie gedacht, etwas stimme nicht mit ihrem Sexdrive, doch das unverhoffte Schäferstündchen letztes Jahr mit einem Grundschulvater ist der Beweis dafür, dass mit ihrer Libido alles in bester Ordnung ist. Ihre Libido hat nur für Flori einfach rein platonische Gefühle.

Der Sexentzug scheint Flori deprimierenderweise sehr entgegenzukommen. Es ist auch klar, wieso. Sex mit Lena hat schon kurz nach der Hochzeit eine stressige Entwicklung genommen. Auf ausgefallene oder strapaziöse Praktiken hatte sie keine Lust mehr. Da Flori leider nur in geschäftlichen Belangen über eine beeindruckende Treffsicherheit verfügt, hat Lena sich und ihrer Klitoris zuliebe das Kästchen angeschafft. Es ist klein, vibriert angenehm und muss beim Liebesakt etwa mittig auf der Klitoris positioniert werden. Verrutscht es, muss kurz pausiert werden, um das Kästchen wieder an Ort und Stelle aufzulegen.

Wenn Lena ehrlich ist, würde sie beim Akt lieber auf Flori als auf das Kästchen verzichten. Wenn sie wirklich ehrlich ist, war Flori beim erfüllenden Sex mit dem Kästchen ein unnötiger Störfaktor geworden. Die große Frage ist allerdings, ob es nicht in den allermeisten Ehen ähnlich ist. Oder stimmt vielleicht etwas ganz Grundlegendes nicht mit ihr?

Dass ihre Ehe langsam tatsächlich auf wackligen Beinen steht, hat Lena neulich zum ersten Mal gespürt, als Flori sie im Haus eingesperrt hatte und schon aus der Ausfahrt herausgefahren war, bis er bemerkte, dass sie fehlte. Den Hund hatte er mitgenommen.

Nina

Das Nervige am schicken französischen Bäcker am Roseneck sind nicht etwa die extreme Enge und Hitze, sondern die deutschen Hausfrauen, die vor dreißig Jahren einmal zum Austausch in Frankreich waren und jetzt zwanghaft jedes Plätzchen laut hörbar auf Französisch bestellen, obwohl die Angestellte hinter der Theke aus Brandenburg kommt. Alle Menschen hier wirken wie Karikaturen aus meinem alten Französischbuch ›À bientôt‹.

Der Besitzer des Ladens, der sich hinter einer Glasscheibe in der Backstube befindet, trägt einen Schnurrbart und ein blau-weiß gestreiftes T-Shirt, genau wie man sich mit elf einen Franzosen vorstellt. Die Frauen, die an den drei Bistrotischen sitzen, tragen alle frankophilen roten Lippenstift, eine sogar eine Baskenmütze, auch wie in meinem alten Französischbuch. Nur ich passe nicht dazu. Ich bin die merkwürdige Dame, die stammelnd nach einem Kuchen fragt und dabei von einem jungen Mann betrachtet wird, der sie wahrscheinlich für eine Idiotin hält.

Was ist eigentlich los mit mir? Reiß dich zusammen, Nina!

»So ein schöner Kuchen«, sage ich blöde, als mir selbiger ausgehändigt wird, fast aus der Hand rutscht und von David mit seinen wunderschönen Händen aufgefangen wird.

»Das war knapp«, sagt er und grinst mich an. Ich bin sehr froh, dass ich inzwischen nichts mehr in den Händen habe, das ich halten müsste. Wahrscheinlich ist das die Strafe dafür, dass ich mich jahrelang über Phil und alle anderen Männer lustig gemacht habe, die sich in eine zwanzig Jahre jüngere Yogalehrerin oder Assistentin verlieben und dann behaupten, dass sie »sehr reif« für ihr Alter sei.

Während der kurzen Autofahrt hat mir David erzählt, dass er in das Apartmenthaus nebenan eingezogen ist und gerade seinen anstehenden Geburtstag plant, den er groß feiern will. Ich habe nicht gefragt, wie alt er wird. So kann ich weiter hoffen, er sei vielleicht doch ein extrem gut gelifteter Siebzigjähriger, meiner neuen Tinder-Zielgruppe entsprechend. Darüber hinaus hat mir David ziemlich viele interessierte Fragen gestellt, vermutlich weil er gelernt hat, sich im Gespräch mit älteren Damen so zu verhalten. Oder vielleicht weil ich ihn an seine Mutter oder an eine seiner Tanten erinnere.

Die Rückfahrt gestaltet sich länger als gedacht. David scheint sich in der Gegend sehr schlecht auszukennen, denn er verpasst mehrere Abzweigungen, sodass wir eine große Runde um das gesamte Roseneck fahren müssen. Obwohl ich jetzt aufpasse wie ein Luchs, verpasst er auch die nächsten Abzweigungen und sagt: »Entschuldige, wir unterhalten uns so gut.«

Das stimmt auch. David erzählt mir, dass er Anwalt ist und in einer Kanzlei für Arbeitsrecht arbeitet. Ich erzähle von meiner Scheidung, reiße Witze darüber, wie ich praktisch nur mit zwei großen Reisetaschen ausgezogen und heulend mit der S-Bahn in meine neue Wohnung im Wedding gefahren bin. »Gesellschaftlicher Abstieg in weniger als dreißig Minuten«, witzele ich.

Tatsächlich fühle ich mich im vollgestopften, lauten Wedding viel wohler als im schicken Grunewald, wo alles immer so still ist, wo Gattinnen in Yogaklamotten ihre Labradoodles ausführen, wo in jeder herrschaftlich abgeschotteten Villa ein einzelner Alkoholiker traurig vor sich hin altert.

Meine kleine helle Wohnung im Wedding erinnert mich an die erste Zeit in unserer Wohnung damals in Kreuzberg. Es war der Sommer nach dem Tod meines Vaters. Ich war vierzehn Jahre alt, meine Schwester gerade zehn geworden. Die erste Wucht der Trauer hatten wir bereits hinter uns. Wir packten die Kisten aus und blickten aufgeregt auf die belebten Straßen direkt vor unserer Tür.

Unsere Mutter, die als Gymnasiallehrerin in der Schule um die Ecke eine Stelle fand, saß jetzt jeden Abend Wein trinkend und diskutierend mit ihrer Freundin Monika auf unserem kleinen Balkon. Ich stromerte neugierig durch die fremden Straßen. Gleich im Hinterhof nebenan hatte uns meine Mutter in einem von der Stadt geförderten Kinder-Kreativzentrum angemeldet, wo ich mit Begeisterung absolut fantastischen Blödsinn töpferte. Ich formte ein zwei Meter großes menschliches

Ohr, das im Hof ausgestellt wurde und in das alle Kinder ihre Geheimnisse flüstern konnten. Ich baute sowas wie einen Irrgarten aus verschiedenen zusammengesteckten Teilen, der sich immer wieder neu anordnen ließ. Da meine Mutter damals einer Art Bildungsbürgertums-Verwahrlosung entgegensteuerte, wie ein Schmetterling von einer Kollegiumsfeier zur nächsten flatterte, lebte ich so gut wie ohne elterliche Kontrolle.

Meine Mutter, befreit von den Erwachsenenwindeln und der Pflegebedürftigkeit meines Vaters, sprach abends, wenn sie nach Hause kam, davon, dass sie langsam wieder »die Alte« werde. Nach dem Tod meines Vaters hatte sie sich bei jeder Gelegenheit ins Bett gelegt und versucht, ihr verweintes Gesicht vor dem Abendbrot zu überschminken, als würde damit auch die Traurigkeit weggehen.

Jetzt, in Kreuzberg, waren wir eben diese Familie, die nur noch aus drei Personen bestand. Unsere Mutter machte wieder Pläne, wollte Sprachen lernen und sich endlich mal wieder so kaputtlachen, dass ihr der Bauch wehtat. Nur dass jetzt getrennt gelacht wurde. Bevor mein Vater krank wurde, hatten wir das zusammen gemacht.

Für Lena und mich war unsere Mutter in Kreuzberg nicht mehr dieselbe, aber anders als meine Schwester konnte ich die neue Freiheit genießen.

Lena begann zu meiner großen Verwunderung, sich jeden Morgen zwei ordentliche Zöpfe zu flechten, und freundete sich mit dem spießigsten Kind aus ihrer Klasse an. Ihre neue Freundin hieß Birte und war die Tochter eines Finanzbeamten und einer Hausfrau. Sie besaßen einen grünen Brokatüberzug für ihr Wählscheibentelefon und eine riesige Schrankwand aus dunklem Holz.

Birtes Mutter kochte jeden Tag Rouladen, Schnitzelchen mit Soße oder Kinderpfannkuchen. Sie bügelte sogar Birtes Unterhosen – falls das Kind mal einen Unfall hätte, müsste es dank ihrer Sorgfalt als Hausfrau nicht mit ungebügelter Buchse auf der Straße liegen. Sonntags ging meine Schwester mit Birtes Familie in die Kirche.

Es war fast so, als wären wir nach dem Tod meines Vaters mit Vollgas in drei verschiedene Richtungen gerannt, statt über den Verlust noch enger zusammenzuwachsen.

Acht Monate lang hatte mein Vater zu Hause im Bett gelegen. Morgens und abends kam der Pflegedienst, die Zeit dazwischen teilten meine Mutter und ich uns auf. Ich wusch meinen Vater und schaute zu, wie seine Infusionen gewechselt wurden, damit ich es im Notfall auch selbst tun könnte. Ich erinnere mich an unsere Gespräche, als er mir, verwirrt von den Medikamenten, Geschichten erzählte. Ich erinnere mich daran, wie ich mit blutig zerschnittenen Knien nach einem gescheiterten Versuch, mir die Beine zu rasieren, vor seinem Bett auftauchte und er mir daraufhin sein Rasierzeug vermachte. Das war einer seiner guten Momente. Er rappelte sich im Bett hoch, schlug theatralisch die Hände über dem Kopf zusammen und weihte mich in die Tricks und Kniffe der perfekten Rasur ein: »Hier musst du aufpassen, das Kinn ist wie das Knie, es ist kurvig und kantig, eine gefährliche Stelle, deswegen darfst du nie mit Druck arbeiten. Lass die Klinge einfach über die Haut gleiten. Siehst du, da passiert nichts. Und merke dir: Nie gegen den Strich, sonst wird sich das entzünden. Am besten nicht nachdenken, schöne Musik hören und die Klinge über die Haut gleiten lassen. Siehst du? Perfekt.«

Ich erinnere mich an sein müdes, aber fröhliches, halb rasiertes Gesicht, das mich aus den aufgeschüttelten Kissen anstrahlte. Als meine Mutter erschöpft von einer Konferenz aus der Schule kam und fragte, wieso das ganze Bett nass sei, kicherten wir wie zwei Verschwörer.

Moment mal, haben wir etwa schon wieder die richtige Abzweigung beim Roseneck verpasst?

»Wow, dein Vater hört sich wirklich nett an. Das ist mal eine ungewöhnliche Vater-Tochter-Geschichte.«

»Ja, er war wirklich besonders«, sage ich leise, erschrocken darüber, was ich gerade einem völlig Fremden erzählt habe.

Als könnte er meine Gedanken erraten, sagt David: »Danke, dass du mir davon erzählt hast, ich fühle mich sehr geehrt.« Mir ist meine Geschwätzigkeit ein wenig peinlich. Ich habe ohne Punkt und Komma geredet, wie jemand, der schon lange keinen Kontakt zur menschlichen Zivilisation mehr hatte.

Einen Moment ist es still im Auto. David verpasst auch die nächste Abbiegung, aber ich sage nichts dazu.

»Hast du eigentlich Lust, auf meinen Geburtstag zu kommen? Ich koche bei mir zu Hause und dann gehen wir vielleicht alle noch irgendwohin.«

Ist das eine Mitleidseinladung, weil ich die Geschichte von meinem toten Vater erzählt habe?

»Ich werde dreißig, dann kann ich meinen Kontostand wenigstens Altersarmut nennen.«

Ich lache vor Schreck künstlich auf. Dreißig? Hat er da wirklich die Zahl Dreißig genannt?

Während wir zusammen lachen, er normal, ich wie gesagt künstlich, versuche ich, mir den Schock nicht anmerken zu lassen.

Ach du Scheiße. Er ist ein Baby und ich bin hundertfünfzig, na gut, fast fünfzig Jahre alt. Ich muss hier Vernunft einkehren lassen, Abstand schaffen. Diesen Mann hätte ich als Baby auf dem Arm halten können.

Normalerweise stehe ich überhaupt nicht auf jüngere Männer, genau genommen stehe ich seit meiner Scheidung auf niemanden.

Ich lebe sehr gut damit. Ich bin gerne allein, nach den vielen Jahren in unserer Familienvilla, in der immer jemand die Treppe heruntergepoltert kam, die Kinder stritten oder später eben Phil und ich.

Vor meiner Ehe hatte ich eigentlich geplant, nur Streits zu führen, die auch in einem französischen Film stattfinden könnten. Ich wollte in seidenen Bademänteln auf die Straße rennen und mich mit meinem Geliebten wegen meiner letzten drei Affären in einer fremden Sprache anbrüllen.

Tja, und plötzlich ist man verheiratet und schreit sich wegen der vermeintlich unkorrekten Anbringung einer Klorolle an.

Meine jetzige Wohnung ist klein, aber alles, was darin passiert, bestimme ich. Wenn ich abends im Bett liege und lese, stört mich niemand, wenn ich ein Stück Pizza vom Vorabend frühstücke, wird es nicht kommentiert, wenn ich bis drei Uhr nachts einen kitschigen Film gucken will, tu ich das. Ich dachte, das würde mir als bohemeartige Freiheit genügen. Brauche ich jetzt auch noch einen jungen Liebhaber, um mir zu beweisen, dass da noch so vieles auf mich wartet, oder warum bin ich hier im Auto so nervös?

David kurbelt das Fenster herunter, er will rauchen. Als ihm beim Anstecken das Feuerzeug aus der Hand rutscht und er auf meiner Seite in den Fußraum greift, berühren sich für eine Millisekunde unsere Hände. Mir wird schwindelig und sofort höre ich diese mahnende Stimme in meinem Kopf, die mir einen Vortrag darüber hält, wie sinnlos es ist, dieses plötzliche Verlangen.

Versuche ich gerade, diesen sehr viel jüngeren Mann zu beeindrucken, weil ich ihn sexy finde? Der Gedanke treibt mir die Schamesröte ins Gesicht. Bin ich nur einen Schritt von den älteren Herren entfernt, die im *Borchardt* sitzen und viel zu junge Frauen fragen, »ob sie denn schon mal Champagner getrunken« hätten? Andererseits sollte ich diese Autofahrt vielleicht einfach so lange wie möglich genießen.

Ich sehe David heimlich von der Seite an und denke, dass ich dummerweise unbedingt mit ihm schlafen will. Gegen meinen Willen werde ich diesen kleinen Augenblick später wieder und wieder in meinem Kopf abspulen, anhalten, versuchen, mich an die kurze sanfte Berührung zu erinnern.

David sieht mich an und lächelt. Ist es eventuell möglich, dass er auch mit mir flirtet? Um mit meinen Gedanken nicht aufzufliegen, plappere ich in hohem Tempo belanglosen Quatsch vor mich hin. Der Tiefpunkt ist erreicht, als ich erwähne, »wie schön sie die Verkehrsinsel letztes Jahr bepflanzt haben«.

Das ist mir jetzt doch peinlich.

Ich zucke mit den Schultern und sage: »Es tut mir leid, das ist womöglich nicht mal das Uninteressanteste, was ich in meinem Leben gesagt habe, aber es befindet sich mit Sicherheit im oberen Drittel.«

Er sieht mich todernst an und sagt: »Ehrlich gesagt ist unser Gespräch das beste, das ich seit Langem hatte.«

»Die Latte hängt heute allerdings auch niedrig«, gebe ich zu bedenken.

David sieht mich grinsend an und nickt. »Ich rede zwar nicht nur von heute, aber ich weiß, was du meinst. Vorhin habe ich mich mit einem Typen unterhalten, von dem ich dachte, er schwärmt von seinem Kind, dabei ging es die ganze Zeit um seine Uhr. Danach hatte ich ein Gespräch mit einem, der entweder ziemlich lustig ist oder sehr rechts.«

Ich zucke mit den Schultern: »Lustig würde mich in diesem Umfeld eher wundern.«

»Oh, alles klar.« David nickt und sieht etwas geschockt aus. Dann grinst er mich an und sagt: »Wie konntest du diesen wunderschönen Ort nur verlassen?«

»Ich danke dem lieben Gott jeden Tag dafür«, gebe ich zurück und bin stolz, das so entschieden gesagt zu haben. Dabei verschweige ich die wiederkehrenden Zweifel an meinem neuen Lebensweg, die Unzufriedenheit im Job und die verdammte finanzielle Unsicherheit, die ich ständig zu verdrängen versuche.

»Hier musst du links abbiegen«, sage ich schnell, um diesen Gedanken ein Ende zu bereiten. David reagiert nicht. Ich sage noch mal: »Hier jetzt raus«, und zeige direkt auf die kleine Straße.

David biegt ab.

Schließlich parken wir in der Einfahrt und ich bin sofort stumm, wie ein Automat, dem man den Stecker gezogen hat. Als krönenden Abschluss hilft David mir noch aus dem Auto, und ich flutsche tatsächlich ungelenk zurück in den Sitz, als wäre ich mindestens zwanzig Jahre älter, als ich ohnehin schon bin.

Er will Nummern austauschen wegen seines Geburtstags. Ich habe vergessen, wo an meinem Telefon die Funktion für das Abspeichern neuer Kontakte ist. Ich starre circa fünf Minuten lang auf das Display und versuche, mir einen Reim auf die dort angezeigten Symbole zu machen. Er nimmt mir das Handy aus der Hand, speichert sich selbst ein und ruft sich von meinem Handy aus an. Der gesamte Vorgang dauert weniger als zehn Sekunden. Ich berühre heimlich meine Hand, da, wo mich seine berührt hat, als er mir das Handy zurückgegeben hat.

Bevor ich mich bedanken kann, höre ich, wie meine ziemlich angetrunkene Mutter sich darüber beschwert, wie langweilig alle geworden sind. Ich höre sie bereits die erste Geschichte von damals erzählen, aus dieser lustigen Zeit, als sie mit ihrer Freundin Monika den VW-Bus hatte, damals, als sie ständig auf Festivals fuhren und sich nie gewaschen haben, weil sie immer erst dann glücklich waren, wenn ihre Jeans vor Dreck von selber standen. Ich muss sie irgendwie ablenken, bevor sie hier auf dem Kindergeburtstag die große Drogendiskussion entfacht und wieder mal allen erklärt, der Kampf gegen die Drogen sei nur ein lächerlicher Imagekrieg der konservativen Politoberschicht, wir alle seien Lämmer und ein bisschen LSD das Geheimnis jeder glücklichen Beziehung. Obwohl sie eventuell hier und da einen Punkt hat, weiß ich, dass sie direkt danach zum Besten geben wird, wie ihrer Freundin Monika nach der Corona-Impfung ein kleiner Buckel gewachsen ist. Ich weiß zufällig, dass Monika den Buckel schon seit den Siebzigern hat, vermutlich aber zu zugedröhnt war, um es zu bemerken.

Auch wenn sich unter den Besserverdiener-Eltern genügend Impfgegner befinden dürften, will ich die Diskussion um jeden Preis verhindern, denn eins ist sicher:

Darauf folgt die Eskalation, die völlig willkürlich von meiner Mutter ausgelöst wird, ganz egal, wie einig sie sich bis dahin möglicherweise mit ihrem Publikum war.

Sie würde mit hochrotem Kopf auf die Villa zeigen und begeistert ausrufen, dass es eine Schande sei, dass jemand wie ich in einer Einzimmerwohnung leben müsse, und übrigens sei ich auch das beste Beispiel für die Ungerechtigkeit des deutschen Scheidungsrechts. Darauf habe ich heute wirklich keine Lust, nachdem ich David ja bereits in schillernden Farben ausgemalt habe, dass ich niemand bin, der auf der Gewinnerseite des Lebens steht. Ich kann den Prä-Eskalationspunkt bei meiner Mutter ganz einfach erkennen, nämlich daran, dass sich ihr Blick leicht verschleiert und sie beginnt, hektisch in der Gegend herumzugestikulieren.

Ich nehme den Kuchen aus dem Wagen und sage zu David: »Tut mir leid, ich muss mich jetzt um meine Familie kümmern.« Er nickt. »Viel Glück. Ich muss auch nach Hause.« Dann beugt er sich zu mir herunter, küsst mich auf die Wange und sagt: »Es war schön, dich zu treffen, sehr schön sogar.«

Weder auf die Umarmung noch auf seine Worte war ich gefasst. Während wir so dastehen, kann ich mir nicht vorstellen, ihn jemals wieder loszulassen. Ich zwinge mich dazu und verfolge, wie er sich umdreht und auf sein Auto zugeht. In seinen Nacken fallen ein paar Locken. Ich bin mir nicht sicher, ob ich es überleben werde, wenn er gleich wegfährt.

Meine Gedanken werden unterbrochen von meiner Tochter Marie, die mich von hinten umarmt. Ich fahre zusammen. Sie lacht. »Was ist denn? Na, du freust dich ja, mich zu sehen«, bemerkt sie fröhlich. Ich höre, wie Davids

Auto abfährt, und versuche mich zusammenzureißen. Ich habe keine Ahnung, ob wir uns jemals wiedersehen. Dann denke ich noch: »So ist das also, wenn man sich heftig verliebt, so hätte das wohl immer sein müssen. Schade, dass mir das so spät passiert.«

Marie sieht in mein verstörtes Gesicht. »Mami, ist alles okay? Du siehst völlig erledigt aus. Hast du heute schon etwas gegessen?«

»Nein«, sage ich schwach. »Ich muss mich aber erstmal um deine Großmutter kümmern.«

Marie nickt. »Natürlich. Ich glaube, ihr macht die Hitze zu schaffen.« Das ist eine sehr liebe Umschreibung für die Volltrunkenheit meiner Mutter.

»Willst du vorgehen? Ich helfe dir dann gleich«, sagt sie und nimmt mir den vermaledeiten Kuchen ab.

Ich habe keine Ahnung, wie ich das hinbekommen habe, aber meine Tochter ist ein wirklich netter, mitfühlender Mensch geworden. Äußerlich gleicht sie ihrem Vater. Beide haben diese leicht geschwungene Adlernase und einen sehnig-athletischen Körperbau. Ich dagegen sehe aus, als könnte ich nicht mal einen Getränkekasten heben, was auch so ist.

Ich stapfe über den Rasen auf meine Mutter zu, fange im Vorbeigehen den verzweifelten Blick meiner Schwester auf, die genau wie ich weiß, was gleich folgen wird. Ich lege den Arm um die heimliche Weinkönigin des Nachmittags und gebe ihr einen Kuss. Sie hält erschrocken inne, sieht mich an. Dann zeichnet sich ein Lächeln auf ihrem Gesicht ab: »Mäuschen, wo warst du denn so lange?«

»Ist doch egal«, sage ich sanft. »Komm, ich bringe dich nach Hause.«

Wider Erwarten fügt sie sich. Sie scheint müde zu sein. Auf dem Weg nach draußen treffen wir Marie, die sich schon die Schlüssel zu Phils Wagen besorgt hat.

Als wir an ihrem Mietshaus in Kreuzberg ankommen, müssen wir meine Mutter zu zweit stützen, um sie die Treppe hinaufzubekommen. Ich krame in ihrem Kimono nach dem Schlüssel, finde ihn und öffne die Tür. Meine Mutter lässt sich mit unserer Hilfe schwer in ihren Korbsessel auf dem kleinen Balkon fallen. Als ich sie frage, ob ich bei ihr schlafen soll, winkt sie ab. »Behandele mich nicht wie eine alte Frau«, sagt sie zu mir, die ich selbst eine alte Frau bin. Marie und ich müssen lachen. Da beginnt meine Mutter zu weinen. Marie nimmt sie in den Arm. »Was ist denn los, Oma? Was ist denn?« Nach einer Weile gelingt es uns, sie zu beruhigen. Sie sieht uns tränenverschleiert an.

Marie startet noch mal einen Versuch: »Komm, Oma, ich schlafe bei dir und dann mache ich uns morgen schön Frühstück.«

Sie schüttelt traurig den Kopf.

»Willst du uns denn nicht sagen, was los ist? Vielleicht können wir dir helfen?«, setze ich noch mal an.

Doch sie seufzt schwer. »Das könnt ihr nicht, niemand kann das.«

»Für jedes Problem gibt es eine Lösung!«, trällert Marie schwungvoll dazwischen, während sie jeder von uns ein Glas Wasser eingießt. »Für wirklich jedes! Sag einfach, was los ist, und wir bringen das in Ordnung.« Es rührt mich, dass meine Tochter eine solch sonnige Zuversicht in sich trägt, woher auch immer sie die hat. Vielleicht war ich damals zu Zeiten des Rosengartens in der Lage, einen optimistischen Blick auf die Welt zu vermitteln, wer weiß? Meine Mutter schluckt noch ein paarmal schwer, sieht uns traurig an und sagt leise: »Ich vermisse die Siebziger.«

Danach ist es still. Sogar Marie wirkt ein wenig ratlos. »Tja, und wo ist da jetzt die Lösung?«, schiebt meine Mutter motzig hinterher. Wir wissen es nicht.

»Sollen wir dir ein bisschen Musik von früher auflegen?«, frage ich hilflos. Meine Mutter winkt müde ab. »Lasst mich noch ein bisschen hier sitzen mit Jagger und Keith, ja?« Jagger und Keith sind die beiden Wellensittiche, die meine Mutter ursprünglich den Zwillingen schenken wollte und die sie so ins Herz geschlossen hat, dass sie sich schon eine Stunde nach dem Kauf nicht mehr von ihnen trennen wollte.

Wir bleiben noch ein wenig mit ihr auf dem Balkon sitzen, bis sie laut schnarchend in ihrem Sessel einschläft.

Marie fährt mich nach Hause. Ich frage mich, welches Jahrzehnt ich wohl später mal vermissen werde. Das aktuelle höchstwahrscheinlich nicht. Vielleicht wird es die Zeit sein, als die Kinder und ich zusammen Seifenblasen im Garten hinterhergejagt sind? Ich weiß nicht einmal, ob sie sich überhaupt daran erinnern. Marie meint zwar: »Ja klar, das war lustig«, aber ich halte es durchaus für möglich, dass sie das nur sagt, weil sie meine Straße im Wedding so deprimierend findet und mich irgendwie trösten will. Wir umarmen uns und ich steige aus. Ich winke ihr hinterher, bis sie um die Ecke gebogen ist. Erst dann zünde ich mir eine Zigarette an.

Mein Handy piepst. Ich fummele meine Lesebrille aus der Handtasche und öffne die Nachricht. Auf dem Foto erkenne ich meinen Armreif, den ich von den Kindern zum

Geburtstag bekommen habe. Er muss mir vom Handgelenk gerutscht sein, als ich mich beim Aussteigen aus Davids Auto so ungeschickt angestellt habe. Unter dem Foto steht: »Rückgabe an meinem Geburtstag. Klingeln bei Voss«. Dann folgen Uhrzeit und Adresse. Ich spüre, wie ich schlagartig rot werde. Das Blut pulsiert in meinen Wangen. Ist das nicht der älteste Trick der Welt, dass man etwas beim anderen liegen lässt, damit es einen Grund gibt, sich wiederzusehen? Denkt er womöglich, ich hätte das eingefädelt? Hat er bemerkt, dass ich ihn heimlich angestarrt habe? Ich schäme mich und mir ist schlecht.

Oder ging es David vielleicht genauso wie mir? Ist es denn überhaupt möglich, dass man allein so überwältigt ist? Müsste das nicht auch eine gemeinsame Empfindung sein? Ich versuche mich zu beruhigen, während meine Gedanken rasen.

Ich hole einfach einen Armreif ab, kein Grund, sich aufs Mäuerchen an der Straße setzen zu müssen, wirklich kein Grund, die nächste Zigarette anzuzünden. Ich hole einfach einen Armreif ab. Mehr wird nicht passieren. Oder vielleicht doch?

Lena

Jetzt ist genau das passiert, was nicht hätte passieren dürfen! Lena sitzt immer noch in der Moncler-Jacke im dunklen Wohnzimmer und presst wütend die Lippen aufeinander. Von oben schallen die erst vergnügten, dann übermüdet weinerlichen Stimmen von Greta und Lotti herunter. Alle fünf Minuten ruft Flori eine Frage, so als wäre dies sein erster Tag in dieser Familie (»Wo sind Carlottas Ohrentropfen?«, »Haben wir noch frische Nachthemden?«, »Wo sind die noch mal?«). Lena antwortet ihm in emotionslosen Einwortsätzen (»Badschrank.«, »Ja.«, »Wäscheregal.«). Betrübt betrachtet sie das neue Foto auf Lulus Instagram-Seite. Es ist eine fröhliche Aufnahme von allen Müttern am heutigen Nachmittag inklusive Lena.

Eigentlich ist damit ihr Traum wahr geworden. Wie lange hat Lena sich ausgemalt, wie glücklich sie wäre, wenn sie einmal auch zu sehen sein könnte in Lulus Sammlung hauptsächlich beigefarbener Bilder aus ihrem glamourösen Leben, so richtig als ihre Freundin.

Heute ist also endlich der große Tag gekommen und Lena hat zu hundert Prozent versagt.

Alle Frauen außer ihr haben im Auslösermoment blitzschnell ihre spindeldürren, meterlangen Beine gekreuzt, ein langes Bein vor das andere, so wie es die Stars auf dem roten Teppich machen. Ein Memo, das Lena offensichtlich nicht bekommen hat. Wie ein dicker Kartoffelbauer steht sie breitbeinig zwischen diesen langhaarigen Grazien. Wieso haben heutzutage eigentlich alle Mütter lange Haare? Sind das Extensions?

Und wieso hat Lena niemand darauf aufmerksam gemacht, dass der dicke Haarreif schief auf ihrem Kopf saß? Die Schluppe von ihrem schönen Kleid hängt auch schief. Wie ein trauriger Clown sieht sie aus auf dem Bild, ein trauriger Clown mit A-Körbchen. Alle anderen Mütter haben diese aufgeschraubten Halbkugeln und strahlen in die Kamera.

Deprimiert liest Lena Lulus wunderschöne Hashtags unter dem Bild: Hashtag Blessed, Hashtag Happy Family, Hashtag Girls Just Wanna Have Fun, Hashtag Mumlife, Hashtag Beautiful Souls, Hashtag My Girls.

Eine kleine Träne läuft Lenas Wange hinunter. Monatelang hat sie sich in Lulus Instawelt geträumt und jetzt, wo es geschehen ist, tut es einfach nur weh.

Sie googelt »gut aussehen auf Fotos«, »Red Carpet Posing« und »Brustvergrößerung billig Türkei«, dann noch »Fett absaugen billig Türkei«. Es ist aber sinnlos. Flori würde sofort alle Risiken recherchieren und ihr einen Strich durch die Rechnung machen.

Unter dem Bild entdeckt sie schon das »Flammen«-Emoji, mehrfach hintereinander, das diverse andere Mütter aus der Kita von Lotti und den Zwillingen dort hingesetzt haben. Es bedeutet »sexy« und Lena weiß, dass nicht sie damit gemeint ist. Und sie weiß jetzt auch, dass natürlich alle das Bild gesehen haben.

Eine weitere Träne läuft ihre Wange hinunter. Das laute Geschrei von oben hat aufgehört. Flori scheint den Mädchen eine Geschichte vorzulesen. Sie müssen aufhören, den beiden Märchen von Prinzessinnen zu erzählen oder von Mädchen, die zaubern können und mit jedem Jahr schöner werden.

Lena ist der beste Beweis dafür, dass das nicht so ist. Sie hat auch keine anderen hervorstechenden Talente oder Fähigkeiten, wirklich rein gar nichts, was sie posten könnte. Wieso wollen alle immer besonders sein?

Ihre Schwester ist besonders und es hat sie in eine Sackgasse geführt. Lena weiß noch, wie wunderschön und fröhlich Nina war, als sie Phil kennenlernte, viel schöner, als Lulu je sein wird. Nicht einmal das hat ausgereicht, um Nina dauerhaft glücklich zu machen, eigentlich hat es sie im Leben eher behindert, zumindest scheint es so. Nina war auf die Art schön, wie ein wirklich unabhängiger Mensch schön sein kann, ein Freigeist, so wie ihre Mutter. Wenn man also nicht Instagram-schön war mit aufgespritzten pornösen Lippen und Silikonbusen, sondern schön wie jemand, den es nicht im Geringsten kümmert, der keinerlei Anstrengung unternimmt, um sein Ziel zu erreichen, schien dies sowohl bei Frauen als auch bei Männern in erster Linie Misstrauen zu erregen.

Ninas Schönheit, ihre nachlässig zusammengebundenen Haare, die immer leicht verrucht zerlaufene Schminke und ihre tiefen Ausschnitte stellten eine Art Provokation dar, besonders weil sie sich kein bisschen darum bemühte. Lena hat versucht, mit Nina darüber zu reden, die dann sofort kratzbürstig wurde und sich angegriffen fühlte.

Die Wahrheit ist wahrscheinlich, dass sie von den meisten Grunewaldern für eine Schlampe gehalten wurde, obwohl Phil sie betrogen hatte. Es ging grob gesagt nur darum, dass Männer mit Nina ins Bett wollten und es gleichzeitig anstößig fanden, den Fehler aber natürlich nicht bei sich suchten.

Nina dagegen fiel gar nicht auf, welchen Rummel sie auslöste, wenn sie auftauchte. Sie wunderte sich allerdings schon ihr Leben lang darüber, wieso sie permanent aneckte.

»Sitzt du hier einfach so im Dunkeln?« Floris Stimme reißt Lena aus ihren Gedanken.

»Genauso ist es«, sagt Lena knapp.

Flori steht überfordert herum und knipst dann das Licht an. Dafür dass sie ein Vermögen zusammengekratzt haben, um diese tonnenschwere Bogenlampe, einen Designklassiker, zu erwerben, macht die ein ziemlich ungnädiges Licht. Sogar die Kinder sehen darin kränklich aus.

»Ist was mit dir?«, will Flori jetzt wissen. Lena atmet schwer aus und sagt dann einfach: »Müde, wie immer.«

Flori nickt. »Du sagst es.« Er gähnt. »Und wir haben morgen wieder ein blödsinniges Meeting wegen dieser Me-Too-Sache, das nervt vielleicht. Ein absoluter Zeitfresser.«

Lena nickt zustimmend, obwohl sie gar nicht genau weiß, was in Floris Firma los ist. Seinen Groll kann sie allerdings verstehen, weil sie als Kind die feministischen Ambitionen ihrer Mutter gehasst hat. Denn das Ergebnis sah immer gleich aus: Der Kühlschrank blieb leer und die Wäsche ungewaschen.

Der Wechseljahrestee macht Herzklopfen
oder hat das einen anderen Grund?

Nina

Ich arbeite in einer modernen Produktionsfirma. Mein direkter Chef, Ansgar, ist circa zwölf Jahre alt. Seine maximale Aufmerksamkeitsspanne beträgt ungefähr drei Minuten, ist also ähnlich lang wie ein TikTok-Post. Seine blonden Haare zementiert er sich igelartig nach oben, weil er denkt, dass er damit »hip« aussieht. Er klatscht sich jeden Montag mit meinem Kollegen Laurus im Morgenmeeting ab und fragt, »wann den Bayern endlich die Lederhosen runtergezogen werden, damit alle sehen, dass sie nur Muschis haben«.

Zeyneps und meine Meinung dazu ist, dass die Muschis eigentlich das Einzige wären, was uns den Sport und die ganzen Funktionäre drum herum endlich sympathisch machen würden.

Ich hetze seit Stunden zwischen Zeyneps und meinem Büro und dem Kopierraum hin und her. Heute ist viel los, weil wir eine Einreichung für zwei neue Serien bei der Filmförderung vorbereiten müssen. Alle sind ein wenig angespannt, weil die Chefs befürchten, dass wir womöglich eine erheblich geringere staatliche Förderung erhalten könnten als geplant.

Wir leiden zunehmend darunter, dass toxische Männlichkeit nicht mehr so geschätzt wird wie früher. Letztes Jahr gab es einige recht unangenehme MeToo-Enthüllungen über den Konzern, zu dem unsere Firma gehört. Fast der gesamte Vorstand sowie einer der Geschäftsführer hatten anscheinend mit mehreren Mitarbeiterinnen, die meisten davon Praktikantinnen, geschlafen und sie kurz darauf gefeuert. Bei einigen anderen Mitarbeiterinnen waren sie nicht zum Zug gekommen und hatten sie offenbar mit diversen nächtlichen Nachrichten unter Druck gesetzt. Eine der Frauen hatte den Chatverlauf an die Presse geleakt, am Ende aber doch auf eine Anzeige verzichtet.

Meine Kollegin Zeynep besitzt eine recht ansehnliche Sammlung kreativer Dickpics, also Fotos von Penissen aller Art, die ihr schmierige Kollegen als spontane Anmache per WhatsApp zugeschickt haben. Wir haben schon überlegt, daraus ein Memory-Spiel zu basteln, so viele sind es mittlerweile.

Zwei Vorstandsmitglieder sind in der Zwischenzeit von Unternehmen im Ausland abgeworben worden, der Geschäftsführer wurde auf einen nichtssagenden Posten in Süddeutschland abgeschoben und wir müssen seitdem regelmäßig an Schulungen zum Thema »Der korrekte Umgang unter Mitarbeitenden« teilnehmen.

Monatelang haben alle auf eine offizielle Entschuldigung des Vorstands gehofft. Stattdessen bekamen wir einen neuen Getränke- und Snackautomaten, was eventuell der bessere und nachhaltigere Deal war.

Ein weiteres Problem in der Firma stellt Hotte dar, ein Berliner Original und Hauptdarsteller unserer extrem erfolgreichen Krimiserie, der das unangepasste Raubein nicht nur spielt, sondern auch zu hundert Prozent verkörpert.

Zwar hat er mittlerweile akzeptiert, dass er nicht als charmant-witziger Spitzbube gilt, wenn er plötzlich nackt aus dem Kostümtrailer springt und »Attacke!« ruft, um Komparsinnen zu erschrecken, bei den Details allerdings versagt er immer noch komplett. Bis heute heißen alle Frauen über fünfunddreißig bei ihm »die olle Kuh«. In Talkshows ist er beliebt für seine berlinerisch-kauzige Art, mit der er sich dümmer stellt, als er ist, um jeden Satz scherzhaft einzuleiten mit »Ick wes ja nich, ob ich dit in dieser sagen wer mal mental uffgekratzten Zeit noch sagen daarf, aber …«, und um dann natürlich doch genau das zu sagen, was er sagen will.

Ich hasse es, hier zu arbeiten, Zeynep hasst es auch. Leider scheinen wir beide nicht die besten Chancen auf dem Arbeitsmarkt zu haben, unsere Bewerbungen laufen immer ins Leere.

Es ist mittlerweile kurz nach achtzehn Uhr. Ich sage zu Ansgar das Gleiche, was ich ihm schon tausend Mal gesagt habe. Dass es heute wieder neue Beschwerden über Hotte gab. Mein Trick ist, dass ich »nur im Sinne unseres Projektes mitdenke« und »wir aufpassen müssen, weil es natürlich schwierig für uns alle wird, wenn etwas an die Presse gelangt«. Wie immer ist mein Ausgangspunkt, dass ich mir ganz abstrakt Sorgen um ein Projekt mache oder um das Wohlergehen des Konzerns. Würde ich damit anfangen, dass ich auch selbst keine Lust darauf habe, von jemandem als »alte Kuh« bezeichnet zu werden, hätte ich schon verloren.

Anscheinend ist Hotte in Flirtlaune und hat zwei jungen Schauspielerinnen, deren Nummern er sich – wie auch immer – besorgt hat, nachts einige seiner »Flirt-SMS« geschrieben.

Ansgar macht ein pseudo-erschrockenes Gesicht, linst gleichzeitig mit einem Auge auf seine Uhr. Er spielt das gleiche Spiel wie immer, ich aber auch. Zuerst werden die beiden Schauspielerinnen verdächtigt, ihre Nummern selbst herausgegeben zu haben. Dann will Ansgar gesehen haben, dass eine der beiden aber auch ganz schön geflirtet habe ... »und jetzt gibt sie das verletzte Reh«.

Ich kontere mit gegenteiligen Beobachtungen und behaupte stoisch: »Es geht mir einfach darum, dass unser Projekt reibungslos weiterlaufen kann.« Ich könnte natürlich auch sagen, dass Hotte ein widerliches, frauenverachtendes Schwein ist, das höchstens einmal pro Woche duscht, tue es aber nicht. Ansgar merkt an, es habe hier ja auch ein paar Schauspielerinnen gegeben, die mit voller Absicht mit Hotte ins Bett gestiegen seien, um ihre Karriere zu pushen. »Sowas gibt es eben auch.« Ich weiß.

Als ich noch mal einen Vorstoß wage mit »Was ist, wenn das an die Presse gelangt?«, sucht Ansgar hektisch die Telefonnummer eines befreundeten Chefredakteurs einer Boulevardzeitung heraus und beauftragt mich damit, einen Lunchtermin mit dem Herrn auszumachen. Vermutlich erscheint in der betreffenden Boulevardzeitung wie üblich zeitnah ein rührseliger Artikel über Hottes Engagement für Kinder mit Leseschwäche.

Um sich endgültig auf die sichere Seite zu bringen,

zieht Ansgar noch überrascht beide Augenbrauen hoch und ist sich nicht zu blöd zu sagen: »Also in dieser Deutlichkeit höre ich das jetzt wirklich zum ersten Mal, dass unser Hotte, der zugegebenermaßen ein exzentrischer Bursche ist, sich nicht angemessen verhält. Eins kann ich aber ganz sicher sagen, dass er nichts davon so meint.« Es ist gelogen. Ansgar weiß das, oder er glaubt sich seine Lügen. Von außen ist das unmöglich auszumachen.

Danach kommt das Märchen darüber, dass er nie mitkriege, was in den Abteilungen los sei, obwohl er doch immer betone, dass seine Tür jedem offen stehe. Es ist ihm »ganz besonders wichtig«, dass Frauen bei uns in Führungspositionen kommen und dass die Firma noch diverser wird. Der Grund, warum er uns schon ein bisschen divers findet, ist der einzige schwarze Mitarbeiter, den wir in der Firma haben.

Dann reißt er wie immer die Arme hoch und spielt den Verzweifelten. Wenn sich die Frauen doch bloß trauen würden, sich zu bewerben. An ihm liege es ja nicht. Da sei er »wirklich der Letzte«.

Ich sage: »Vielleicht läuft da etwas schief bei uns im Unternehmen, wenn sich so wenige Frauen bewerben.« Sofort ist Ansgar sauer. Ich sehe es in seinen Augen. Er kocht vor Wut. Er reißt sich zusammen, seufzt gespielt und sagt noch mal: »Also, ich bin wirklich der Letzte. Und ich war hier der Erste, der moderne Compliance-Bestimmungen einführen wollte, aber da bin ich, wie du weißt, am Betriebsrat gescheitert. Unsere Mitarbeiter wollen das nicht.« Dann schiebt er noch hinterher: »... und Mitarbeiterinnen natürlich.« Es ist ein Schmierentheater, das wir da regelmäßig abziehen.

Als ich rausgehen will, setzt Ansgar noch schnell zum

Vernichtungsschlag an. Er zieht die Stirn in sorgenvolle Falten und sagt: »Ich kann die Sache mit Hotte ja trotzdem beim nächsten Sendermeeting zur Sprache bringen. Dafür brauche ich die Aussagen der Kolleginnen natürlich schriftlich. Sonst kann ich da nichts machen, so auf der Basis von Hörensagen.«

Wir wissen beide, dass das die Karrieren der beiden Schauspielerinnen sowohl beim Sender als auch bei uns ins Nichts befördern würde. Wenn die Sache bei uns publik würde, dann auch bei jeder anderen Produktionsfirma. Es ist absolut klar, dass es nichts Schriftliches geben wird und Ansgar damit das Problem los ist.

Was er nicht weiß, ist, dass Zeynep und ich schon seit Wochen Unterlagen, die uns verdächtig vorkommen, kopieren für den Fall, dass wir sie eines Tages brauchen könnten.

Ich habe auch schon mal versucht, meinen Schwager Flori mit ins Boot zu holen, der ja für einen der Vorstände, die von der MeToo-Sache betroffen waren, gearbeitet hat und vor Kurzem in die Geschäftsführung aufgestiegen ist. Dummerweise war mir entgangen, dass Flori in dem Club zu golfen angefangen hat, in dem der gesamte Vorstand Mitglied ist. Dort ist ihm sehr glaubwürdig von einer Hexenjagd berichtet worden, angezettelt von einer psychisch instabilen Praktikantin und deren naiven Freundinnen.

So wie Flori die Sache sieht, ist der Vorstandsvorsitzende ein bedauernswertes Opfer der heutzutage üblichen Vorverurteilung geworden. Leider fehlen meinem Schwager sämtliche Fähigkeiten, die man braucht, um den emotionalen Subtext einer Situation wahrzunehmen und zu analysieren. Er ist darauf gepolt worden, Macht auszuüben und Interessen durchzusetzen. Die sogenannten Softskills hat man an der Universität in St. Gallen zwar unterrichtet, aber eher als ungeliebtes Stiefkind der Betriebswirtschaftslehre betrachtet. Flori hat weder beruflich noch privat den Hauch eines Interesses an Zwischentönen.

Die traurige Wahrheit ist: Flori würde strukturellen Machtmissbrauch nicht einmal dann erkennen, wenn er nackt auf ihm drauflläge.

Sein Chef war für Flori ein schnittiger Frauenkenner, der einen Schlag bei jungen Frauen hatte, insbesondere bei solchen, die im selben Unternehmen in einer untergeordneten Position arbeiteten, aber dieser feinen Differenzierung schenkte er keine Beachtung – vermutlich zum einen, weil die Frauen aus niedrigeren Gesellschaftsschichten stammten und ihm also egal waren, und zum anderen, weil Flori seinem Vorstandsvorsitzenden sofort einen blasen würde, wenn es vonnöten wäre. Kurzum, er verstand die ganze Aufregung nicht.

Generell lässt sich mit Fug und Recht behaupten, dass in der gesamten Firma eine, sagen wir mal, relativ schludrige Grundstimmung gegenüber dem allen »zu woken« Thema MeToo herrscht. Man könnte beinahe meinen, dass der gesamte Laden absolut unfähig ist, eine Missbrauchssituation erstens zu erkennen und zweitens dann auch noch ungehörig zu finden.

Auf dem Weg nach Hause leuchtet mein Handy auf. Ich bekomme plötzlich Herzklopfen und ertappe mich dabei, dass ich hoffe, dass die Nachricht von David ist.

Langsam drehe ich das Handy um, öffne das Menü.

Dort steht tatsächlich Davids Name. Ich stoße einen kleinen Schrei aus und erschrecke damit zwei Opas, die neben mir die Gemüseauslage eines Ladens studieren.

Ich schließe die Augen, um die Vorfreude zu genießen. David hat mir geschrieben. Mir. Ich öffne meine Augen wieder, klicke auf die Nachricht und dort steht: *Scheißtag. Spontan Lust auf einen Drink?*

Ich muss mich kurz auf den Bordstein setzen.

Drei Stunden später, frisch geduscht und von Zeynep eingekleidet, laufe ich durch die frühsommerliche Stadt, vorbei an den duftenden Fliederbüschen auf dem Friedhof in der Chausseestraße. Die Abendsonne taucht den Fernsehturm in ein zartrosa Licht. Überall sitzen Menschen in den Straßencafés und scheinen vor Lebensfreude zu explodieren, endlich haben sie den grauen Berliner Winter wirklich hinter sich gelassen. Es ist einer dieser Abende, an denen ich mich fühle, als wäre ich Teil eines lebensfrohen urbanen Musikvideos, in dem alle so aussehen, als hätte eine sehr gute Stylistin hippe Outfits aus der neuen Balenciaga-Kollektion für sie zusammengestellt. Ich schwebe die lange vierspurige Straße entlang, die vom Wedding nach Mitte führt. Erst als ich eine gute Stunde später vor der Bar ankomme, ist meine ganze flockige Stimmung dahin. Plötzlich werden meine Bewegungen eckig, während ich versuche, die Tür mit Gewalt aufzudrücken. Es dauert sehr lange, bis ich begreife, dass es eine ganz normale Klinke gibt.

Der Abend beginnt mit zwei Missverständnissen.

Aber erstmal beginnt er damit, dass ich pünktlich bin, wie eine absolute Anfängerin, wie Eltern, wie jemand, der noch nie eine Verabredung hatte. Unsicher betrete ich die schummrige Bar und hebe damit schlagartig den Altersdurchschnitt des hier auf Knautschsofas herumlungernden Publikums dramatisch an. In den düsteren Ecken drücken sich junge Menschen in bauchfreien Tops, Badeanzügen mit glitzernden bodenlangen Netzüberwürfen oder unfassbar weiten Jeans und Plateaustiefeln herum.

Ich hätte mich noch mal umziehen sollen. Jetzt stehe ich hier in meinem grauen oversized Jumpsuit und sehe aus wie eine Klempnerin. An der Bar entdecke ich zwei abgewetzte Hocker und klettere ungelenk auf die Sitzfläche des einen. Meine Hände werden feucht vor Aufregung und ich kann in der Dunkelheit auf den speckigen Getränkekarten absolut nichts erkennen. Ich probiere verschiedene lässige Sitzvarianten aus, die allesamt unpraktikabel sind, weil ich wie ein frisches Weihnachtsplätzchen vom Tablett rutsche.

Mit zittrigen Händen krame ich nach einer Zigarette, die ich am falschen Ende anzünde. Ich hätte einfach zu Hause bleiben sollen. Es ist nicht so, dass ich noch nie in einer hippen Bar oder generell in einer Bar gewesen wäre. Ich weiß auch genau, wie man guckt in einer Bar und was man da so tut. Das Problem ist einfach, dass ich sehr aufgeregt bin und mich eine etwas uncoolere Umgebung extrem beruhigen würde. Jugendlich zu wirken, würde mir auch viel leichter fallen, wenn wir uns am Rosenthaler Platz im Frittenwerk treffen würden.

So sitze ich zwischen zwei supercoolen jungen Männern in ironischen Neunzigerjahre-Klamotten und fühle mich wie ein ›original Vintage-Stück‹.

Durch meine schwankenden Wechseljahres-Hormone ist mir in den letzten Jahren glücklicherweise die Libido erspart geblieben. Vielleicht habe ich aber auch nur niemanden getroffen, der mich interessiert hätte? Tatsache ist, dass ich schon lange nicht mehr nervös auf jemanden gewartet habe.

Damals bei Phil war ich nie nervös, aus sehr peinlichen Gründen. Als Kunststudentin und Partygirl mit stets angetrunken verwischter Schminke hatte ich eine Hybris entwickelt, was meine Wirkung auf Männer betraf. Tatsächlich besaß ich damals anscheinend eine große sexuelle Anziehungskraft, heute denke ich aber, dass diese sich zu einem großen Teil aus einer Kombination innerer Verlorenheit und einer daraus resultierenden Maßlosigkeit speiste.

Im Prinzip lief ich herum mit einer als Verwegenheit getarnten allgemeinen Orientierungslosigkeit im Leben. Statt deren Ursprung zu ergründen, schlief ich lieber mit verhinderten androgynen Dichtern und drogensüchtigen Gitarristen, je lebensunfähiger, desto besser. Phil als BWLer im Hemd stellte da eine erfrischende Alternative dar. Es kam mir exotisch vor, dass er ein Auto besaß und sein Leben im Griff hatte. Ich verliebte mich unsterblich in seine Hausschuhe, seinen Filofax, seine Schuhspanner, seinen liebevollen Blick, wenn ich nachts um drei betrunken bei ihm klingelte, um ein wichtiges gesellschaftliches Problem zu besprechen. Wahrscheinlich waren wir eine Art gegenseitiges Sozialexperiment, aber dabei wenigstens so verliebt ineinander, dass wir unsere Unterschiedlichkeit zumindest in den ersten Jahren noch faszinierend fanden.

Aufgeregt war ich jedenfalls nie, wenn ich auf Phil gewartet habe, wahrscheinlich auch, weil er sehr viel öfter auf mich gewartet hat.

Als David zur Tür hereinkommt, stockt mir kurz der Atem, so schön ist er. Im Prinzip ist es unmöglich, sich nicht in diesen Menschen zu verlieben.

Er trägt ein verwaschenes schwarzes T-Shirt und Jeans. An seinem linken Zeigefinger fällt mir ein schmaler silberner Ring auf, der überraschenderweise überhaupt nicht affig aussieht.

Er blickt sich eine Weile suchend um – und sieht dabei umwerfend aus –, bevor er mich entdeckt. Vielleicht bilde ich es mir ein, aber er wirkt ehrlich überrascht, dass ich hier bin.

»Hey, du bist wirklich gekommen. Wow.«

Stundenlang habe ich Gespräche in meinem Kopf geführt, in denen ich originell und eloquent war. Jetzt, wo wir Realität spielen, sage ich nur dümmlich: »Hier bin ich.«

»Es tut mir so leid, meine Tram war verspätet.«

Ich lächle ihn an. Und dann fällt mir nicht mehr ein, was ich Lustiges darauf entgegnen wollte, weil er sich zu mir beugt und mich zur Begrüßung auf die Wange küsst. Ich atme seinen Duft ein, und für eine Sekunde ist mir sein Gesicht so nah, dass ich seine Bartstoppeln, seine leicht geschwungenen Lippen und seine ausgeprägten Wangenknochen wie in Großaufnahme sehe. Wahrscheinlich würde in einem Kitschroman stehen: »Der dünne, fast durchsichtige Stoff seines T-Shirts umspielt seinen adonishaften Körper und gibt den Blick auf seine männliche Schulter frei.«

Ich verpasse seine erste Frage, weil ich damit beschäftigt bin, seinen linken Unterarm, den er auf den Tresen gelegt hat, zu betrachten. Ich bemerke überhaupt erst, dass eine Frage gestellt wurde, weil mich David mit hochgezogenen Augenbrauen ansieht. Ich werde nervös und nestle verloren am vorderen Reißverschluss meiner Handtasche herum. Er sieht mich immer noch fragend an.

»Wodka Soda«, sage ich schnell.

Das war anscheinend falsch, denn er fängt an zu lachen. »Wie du wirklich heißt, wollte ich wissen. Ich habe auf dem Fest irgendwie den Zeitpunkt verpasst und dann habe ich dich im Telefon eingespeichert als ›Schöne Frau im Garten‹.«

Yes! »Schöne Frau!«, schreie ich innerlich und werfe mit Konfetti um mich.

»Ja, Wodka Soda, das ist mein Name«, sage ich mit neu gewonnener Selbstsicherheit. Ich setze an, lässig ein Bein über das andere zu schlagen, bleibe aber hängen und überspiele es mit einem witzigen Grinsen, zumindest hoffe ich, dass es von außen ungefähr so aussieht.

David betrachtet mich amüsiert. »Okay, cool, und was willst du trinken, Wodka Soda?«

»Überrasch mich.«

»Gut, ich werde mir etwas ganz Besonderes ausdenken ...« Er winkt den Barkeeper heran und sagt: »Wir nehmen zwei Wodka Soda und zwei Fireballs.«

»Bitte was, was ist das?«

»Ich dachte, ich soll dich überraschen ...«

Vor uns werden zwei kleine Gläser abgestellt. Der Barkeeper nimmt eine große braune Flasche mit einem springenden Teufel darauf aus dem Regal und gießt uns jeweils einen doppelten Schnaps ein.

»Worauf trinken wir?« David reicht mir mein Glas und hält seins in die Höhe.

»Auf deinen Scheißtag?«

»Langweilig.«

»Okay, auf was dann?«

»Auf uns vielleicht?«

Mir fällt beinahe das Glas aus der Hand, aber irgendwie schaffe ich es, cool zu bleiben und einfach nur zu sagen: »Okay, auf uns.«

Ich lasse die perfekte Mischung aus Anis und Brennspiritus meine Kehle herunterrinnen und knalle das leere Glas auf den Tresen, genau neben seins.

»Okay, Wodka Soda, erzähl mir von dir. Was hast du heute so getrieben …«

Ich sitze immer noch auf dem rutschigen Barhocker, er steht nah vor mir, lässig an den Tresen gelehnt, und sieht mich erwartungsvoll an. Ich schüttele den Kopf. »Nein, ich hab dir schon so viel erzählt. Jetzt will ich wissen, wieso du einen Scheißtag hattest. Was war heute los in der Kanzlei?« Schnell werfe ich einen unauffälligen Blick auf die perfekt geschwungene Linie, die von Davids Halsbeuge bis zu seinem Brustbein führt. Es ist mir ein Rätsel, warum ich die bisher noch gar nicht beachtet hatte.

David sieht mich fragend an: »Welche Kanzlei?«

Mir fällt auf, wie sexy er aussieht, wenn er die Stirn runzelt, dann fällt mir auf, dass mir eben eine Frage gestellt wurde.

Ich sage: »Na, deine Kanzlei.«

»Ich habe keine Kanzlei, zumindest nicht dass ich wüsste.«

Die Wodka Sodas werden vor uns hingestellt. Ich nehme

einen großen Schluck und ermahne mich innerlich, bloß nicht so viel zu trinken bei unserem ersten Date.

»Okay, wie heißt das denn sonst noch so, wo wichtige Anwälte arbeiten?«, frage ich lustig und zwinkere. Er lacht und sagt: »Das könnte ich dir sicher sagen, wenn ich Anwalt wäre.«

Ups.

Wenn ich damit aufhören könnte, Halsbeugen, Rückenmuskeln, T-Shirts und Wangenknochen anzustarren, wäre ich heute vielleicht nicht so eine verdammt miese Zuhörerin, wie ich es offenbar bei unserer letzten Begegnung war.

Wie ich nämlich jetzt herausfinde, ist nicht David der Anwalt für Arbeitsrecht, sondern sein älterer Bruder. Sein Bruder ist auch derjenige, der direkt neben der Villa im Grunewald lebt. Er selbst wohnt bei mir um die Ecke. Ich hatte mich schon gewundert über die Adresse in seiner Geburtstagseinladung. Sein Bruder hatte ihn einfach zum nachbarschaftlichen Fest mitgeschleift.

Ich nehme mir fest vor, Davids Schlüsselbein wenigstens für die nächste Stunde keinerlei Beachtung zu schenken. Die Wangenknochen muss ich ja ansehen, wenn ich ab sofort supergut zuhöre.

Auch wenn ich jetzt schon begeistert beschlossen habe, diesem Mann für immer verfallen zu sein, könnte ich ihn ja wenigstens ein bisschen kennenlernen.

»Also, was war los mit deinem Tag heute? Was hast du so getrieben, ohne dabei Anwalt zu sein?«, frage ich mit mustergültiger Konzentration auf unser nun gleich stattfindendes, sicher ganz großartiges Gespräch.

Ich bin auf einen dieser neuen Berufe im Berliner Start-up-Milieu gefasst, von denen ich keine Ahnung habe, oder auf einen Beruf mit einem mehrteiligen englischen Titel, wie Senior Chief Operating Vice President, diese Gewinner-Berufe eben, die Männer gerne haben, doch von David kommt etwas komplett anderes.

Er erzählt mir als Erstes, dass er vor ein paar Jahren sein Jura- und dann sein daraufhin begonnenes BWL-Studium abgebrochen habe. Eine echte Loserstory. Danach habe er ein paar Jahre kleinere Jobs angenommen und sei gereist.

»Ich war der schlechteste Barmixer von London, ziemlich sicher von ganz England.«

»Drinks mit mehr als zwei Zutaten werden überschätzt«, sage ich und: »Beim Pornokinoputzen warst du aber der Beste. Das ist doch schon mal was.«

»Na ja, der Zweit- oder Drittbeste vielleicht, aber ich hätte es an die Spitze schaffen können. Ich war sehr talentiert.«

Ich muss lachen. Irgendwie lohnt sich dieses sogenannte Zuhören ja sogar.

Etwas ernster fügt er hinzu: »Ich habe lange mit diesem Erfolgsding gehadert und mich gefragt, wieso ich nicht einer dieser Typen bin, und dann kam eines Tages die große Erkenntnis.«

»Ja?«

»Es interessiert mich einfach nicht. So simpel ist das. Klar, ich hätte gerne mehr Geld, aber das wäre der einzige Grund für mich, mich in eine Unternehmensberatung oder eine Wirtschaftskanzlei zu setzen. Ich will keiner dieser Typen sein. Ich bin viel zu simpel gestrickt, ich muss Dinge tun, die ich sehen kann. Ich brauche eine Art Ergebnis, etwas Greifbares. Ich will vor mir sehen, was ich gemacht habe.«

»Da kommt zum Beispiel Serienmörder in Frage«, schlage ich vor.

»Fantastische Idee, aber keine Zeit, ich hab schon was.«

»Aha?«

»Ja. Ich bin Koch.«

»Aha, okay, wow«, sage ich und bin überrascht, habe aber sofort ein Bild vor Augen von David, wie er mit freiem Oberkörper in einer beschaulichen Altbauküche steht, in der Gewürze von der Decke hängen, französische Schlager pfeift und ein Soufflé zubereitet. Wahrscheinlich breitet sich dann noch ein kleiner Brand im altmodischen Herd aus, weswegen sich der Koch sofort komplett ausziehen muss. Zufällig wohne ich nebenan und …

Verdammt, ich muss sofort damit aufhören. Wir führen hier schließlich ein sehr interessantes und gutes Gespräch!, ermahne ich mich.

»Was sind denn so deine Specials?«, frage ich aus rein fachlichem Interesse und warte auf eins dieser internationalen Gerichte, die man kennen sollte, von denen ich aber nur eine sehr vage Vorstellung habe. Was ein Soufflé ist, weiß ich eigentlich auch nicht genau.

Doch David sagt nur: »Sandwiches.«

»Also Brote?«, stelle ich fest.

»Nein, Sandwiches.«

»Das sind doch Brote«, sage ich energisch, räume aber die Möglichkeit ein, dass das Wort »Sandwich« unter Profis noch etwas völlig anderes bedeuten könnte. Vielleicht hatte ich auch bisher immer nur eine sehr dörfliche Vorstellung von einem Sandwich.

»Es sind Brote mit Belag.«

»Aha«, sage ich enttäuscht, wozu ich kein Recht habe, weil ich nicht mal in meiner Ehephase über halbherzig zusammengewürfelte Pastagerichte und Neunzigerjahre-Kinderspeisen hinausgekommen bin. Meine beiden Lieblingskochbücher hießen *Die 15 Minuten Küche* und *Das große Junggesellenkochbuch*, und seitdem habe ich nichts dazugelernt.

»Ich schmiere nicht nur Butterbrote, falls du das denkst«, sagt David und klingt ein wenig in seiner Ehre gekränkt.

»Okay, beschreib mal eins von deinen Sandwiches«, bitte ich desinteressiert und sehe vor meinem geistigen Auge ein altes Brötchen mit einer lustlosen Scheibe weiß ausgebleichtem Käse, wässriger Tomate, einer Scheibe grauem Ei und absolut unkaputtbarer Dekorations-Petersilie.

Die darauffolgende Beschreibung lockt mich überraschenderweise doch hinter dem Ofen hervor: »Ich mache gerne Brioches mit karamellisierten Zwiebeln, Cornichons und geschmolzenem Gruyère, manchmal auch mit Thunfisch und Kapern dazu. Die Brioche backe ich natürlich selbst. Ich liebe aber auch einfaches Holzofenbrot mit eingelegten Radieschen, Gurken und Emmentaler. Mein Baguette mit geschlagenen Eiern, knuspriger Zucchini, Oregano, Essig und hausgemachter Mayonnaise ist auch ziemlich beliebt. Komm doch mal vorbei. Wir sind in der Brunnenstraße. Dann bereite ich dir was zu.«

Okay, ich bin wieder im Spiel. Bis eben war mir nicht klar, wie sinnlich sich Brotbeläge anhören können. Ich habe absolut keine Vorstellung vom Geschmack der aufgezählten Kompositionen, aber dafür eine ziemlich deutliche von David, der Radieschen einlegt, wovon ihm sehr heiß geworden ist, weswegen er natürlich sein T-Shirt …

Was ist denn bloß los mit mir? Ich muss wirklich aufhören damit!

Ich reiße mich zusammen und frage: »Ist das das Café in der Brunnenstraße? Dort, wo auch der Laden ist, der Wandfliesen aus den zwanziger Jahren verkauft, und der andere mit den Türglocken?«

»Ja genau, unsere Tagesbar ist direkt dazwischen. Der Türglockenladen verkauft übrigens nicht irgendwelche Türglocken, sondern ausnahmslos englische.«

»Wow«, sage ich, »das hört sich nach einer sehr spitzen Zielgruppe an.«

»Nope, sie überlegen sogar, sich zu vergrößern. Du hast erschreckend wenig Ahnung von englischen Türglocken.«

Wir lachen.

Ich weiß genau, wo das Café ist, und schätze den Preis für ein Sandwich auf mindestens zwölf Euro, schon allein weil die Läden in dieser Gegend alle »Manufaktur« heißen. Wahrscheinlich muss man zu dem Brot eine hausgemachte Holunderblüten-Limonade trinken.

Normalerweise laufen Zeynep und ich an solchen Läden lachend und mit einem dampfenden Lahmacun für drei fünfzig in der Hand vorbei. Wir trauern immer noch dem Imbiss hinterher, der früher mal in dieser Gegend war und bei dem es freitags eine Pommes-Flatrate gab. Mit den gestiegenen Mieten ist der Laden verschwunden, weshalb Zeynep und ich beschlossen haben, dass diese ganzen neuen Läden der Teufel sind, und einander geschworen haben, keinen Fuß hineinzusetzen.

»Ich komme gern vorbei, mein Büro ist ganz in der Nähe«, werfe ich freudig all meine Überzeugungen über Bord.

»Toll. Nächste Woche? Ich lade dich ein, bring gerne eine Kollegin mit.«

»Klar, mache ich«, sage ich sofort und hoffe, dass eine Woche reicht, um Zeynep dazu zu überreden, mir zuliebe ihr Gewissen auszublenden. Meine große Chance bei der ganzen Sache wird ihre unvergleichliche Neugier sein.

»Was treibst du denn so in deinem Büro, Wodka Soda?«, will David wissen. »Neulich sind wir nur bis zum Abschluss deines Hausfrauenlebens mit dem Rosengarten gekommen.«

Ich sage: »Produktionsassistentin«, und nenne den Namen der Krimiserie *Ein Fall von Glück*.

»Geht's da um diesen Kommissar Glück, den Hotte Günther spielt?«

Ich nicke und rechne mit großer Begeisterung für Hotte, der besonders bei Männern unglaublich beliebt ist, aber David verzieht das Gesicht: »Oh Gott, den finde ich richtig scheiße ... Oh, Entschuldigung«, schiebt er schnell hinterher, ohne zu ahnen, was für einen Gefallen er mir damit tut.

»Schon okay«, sage ich schnell. »Der Typ geht gar nicht.«

So einfach kann also ein Hotte-Gespräch laufen. Das hatte ich noch nie, außer vielleicht mit Zeynep, was nicht zählt, weil wir beide dort arbeiten.

»Wie sieht's aus bei dir, hast du noch Lust auf was anderes? Mein Kumpel hat gerade in diesem Steakhaus angefangen. Die machen da auch gute Drinks.«

»Klar«, sage ich, »klingt gut«, und rutsche vom Barhocker. Dabei verschätze ich mich mit den Abständen und stehe plötzlich ganz dicht vor David.

Er sieht mir erstaunt in die Augen und lächelt. Verlegen streiche ich an der Tasche meines Jumpsuits herum, stecke die Hand hinein, nehme sie wieder heraus.

»Weißt du, was ich neulich schon gern getan hätte?«

Ich schüttle den Kopf und sage leise: »Keine Ahnung.«

David sagt: »Komm her«, zieht mich an sich, beugt sich zu mir und küsst mich.

Ich muss aufpassen, dass mir nicht die Beine wegknicken, mit solcher Wucht erwischt mich der Kuss. Seine Lippen sind weich, ich spüre seinen Körper an meinem. Mein Magen krampft sich auf die angenehmste Art und Weise zusammen. Ich spüre unglaubliches Verlangen. Am liebsten würde ich uns beiden jetzt und hier die Kleider vom Leib reißen.

Er zieht mich noch näher an sich. Ich kann nicht fassen, wie gut er riecht. Er seufzt leise, dann lösen wir uns voneinander.

Leicht verlegen sehe ich in sein Gesicht. Er grinst und formt mit seinen Lippen ein lautloses »Wow«.

»Damit habe ich nicht gerechnet«, sage ich blöde. Er wirkt ehrlich überrascht.

»Nein? Hast du nicht gemerkt, dass ich mich bei unserer Autofahrt neulich extra verfahren habe?«

Was immer da gerade beginnt, ich habe das Gefühl, dass es – abgesehen von meinen Kindern – das Beste ist, was mir jemals passiert ist. Gleichzeitig spüre ich noch etwas anderes: Gefahr. Die Gefahr von etwas ziemlich Gewaltigem, von einer Sache, die mich alles kosten könnte.

Allerdings kann ich mich nicht dagegen wehren, dass ich mich heimlich darüber freue, dass er meinen Armreif weder erwähnt noch dabeizuhaben scheint. Ist das ein Zeichen, dass er einen Grund haben möchte, mich wiederzusehen? Und ist es vielleicht so, dass wir, solange das Ding in seinem Besitz ist, einen Grund haben werden, uns zu sehen? Können wir die nächsten zehn Jahre damit verbringen, uns zur dann nicht stattfindenden Armreifübergabe zu treffen? Das wäre schön.

»Bereit, abzuhauen?«, fragt er mich.

»Worauf warten wir?«, sage ich, schnappe mir meine Tasche und gehe zur Tür.

Wir laufen an der Spree entlang, wo sich der Mond im Wasser spiegelt. Wir reden, lachen, bleiben ein paarmal stehen und küssen uns, was mir jedes Mal aufs Neue wohlige Schauer über den Rücken jagt, meinen Magen in den Schleudergang schaltet. Falls ich in den letzten Jahren daran gezweifelt haben sollte, dass ich überhaupt ein liebesfähiger Mensch bin, katapultiert mich dieser Spaziergang eine Million Kilometer in die entgegengesetzte Richtung.

Während wir uns küssen, spüre ich schon das Verlangen nach dem nächsten Mal.

David läuft neben mir her, sieht mich an, ich höre sein raues Lachen, spüre seine Hand auf meiner Schulter und fühle mich so frei wie schon lange nicht mehr. Wir sind nur fünfhundert Meter weit gelaufen, doch meine ganze Welt hat sich auf einen Schlag verändert.

Insgeheim amüsiere ich mich über mein altes Ich, das noch vor etwa vier Stunden versucht hat, Zeynep zu erklären, dass der Abend sowieso kein Date sei und deswegen im Grunde sinnlos. »Warum gehst du dann überhaupt hin?«, fragte meine Freundin ketzerisch.

»Vielleicht habe ich ja schlicht und ergreifend nichts Besseres vor? Auf diesem Tinder meldet sich ja keiner.«

»Dann musst du ja auch nicht so störrisch sein, wenn ich dich lediglich darum bitte, ein paar T-Shirts anzuprobieren!«

»Ich habe meinen ganzen Schrank anprobiert. Im Prinzip bleiben jetzt nur noch meine Topflappen«, entgegnete ich bockig, im Wissen darum, dass mein Protest ohnehin vergeblich war. Zeynep ist eine außerordentlich willensstarke Person. Sie hat sogar ihre Eltern dazu gebracht, sich jedes zweite Wochenende in einem Kinder- und Jugendzentrum zu engagieren, indem sie ihnen unaufhörlich mit den Pflichten der Barmherzigkeit und dem Koran auf die Nerven ging. Und jetzt stiefeln die beiden jeden zweiten Samstag ins Jugendzentrum und verpflegen und beaufsichtigen da eine Bastelgruppe.

»Du kannst dich wehren oder nicht, das macht keinen Unterschied, weil wir beide erst aufhören, wenn du das perfekte Outfit hast. Bei einem Date muss man so aussehen, als hätte man sich überhaupt nicht bemüht, und das kostet viel Arbeit! Übrigens hast du das hier noch nicht anprobiert!« Triumphierend hielt Zeynep den grauen Jumpsuit in die Höhe.

»Das war ein Fehlkauf. Dafür bin ich zu alt. Ich sehe damit aus wie jemand, der sein Geburtsjahr nicht einsehen will!«

»Siehst du? Das klingt doch perfekt. Jammer nicht und zieh an. Und dazu die braunen Boots.«

»Ich hab's mir überlegt, ich will da gar nicht mehr hin.«

»Doch, willst du! Glaub mir, ich kann durch deinen lächerlichen dysfunktionalen Protest hindurchsehen. Du willst da hin!«

»Ich glaube, ich bekomme eine Grippe, ohne Witz, es ist wirklich besser, wenn ich zu Hause bleibe.«

»Du bist so süß, wenn du dich wehrst. Und jetzt zieh den Jumpsuit an. Heute wird geknutscht.«

»Genau, weil ich das ja so oft getan habe in den letzten paar Jahren! Ich weiß nicht, warum du denkst, dass du deine romantischen Fantasien durch mich verwirklichen kannst, aber ich sag es dir noch mal: Der Typ ist ein Baby und das heute Abend ist sicher kein Date. Vielleicht will er sich nur mit mir anfreunden?«

Ich erinnere mich an Zeyneps plötzlich weichen Gesichtsausdruck. »Geh raus, Schatz, und leb mal wieder. Heute wird geknutscht, es wird Zeit …«

Und wie recht sie hatte. Wir erreichen das *Grill Royal*, ein Restaurant, in dem ich wahrscheinlich nie einen Tisch bekäme und das ohnehin zu teuer für mich wäre. Die Bezeichnung »Steakhaus« ist also stark untertrieben.

Wann war ich das letzte Mal so lange wach? Mir fällt der Beginn meiner Wechseljahre ein, bei dem mich heftige Migräneanfälle nächtelang nicht schlafen ließen, aber das zählt nicht, schließlich war das nicht freiwillig. Anders als jetzt gerade.

David drückt die schwere Glastür auf und zieht mich nach drinnen …

Lena

Lena knipst das Licht ihrer Nachttischlampe an. Einundzwanzig Uhr dreißig. Wann hat das eigentlich angefangen, dass sie früher ins Bett geht als in der achten Klasse? Wenn man nicht schlafen kann, soll man sich davon ablenken und mit etwas völlig anderem beschäftigen.

Neben Lena liegt Flori auf der Seite und schnarcht leise vor sich hin. Die Nacht ist die einzige Zeit, in der er kein hellblaues Hemd trägt. Lena hat sich schon lange daran gewöhnt, dass er im Schlaf-T-Shirt immer ein wenig sonderlich auf sie wirkt.

Die Schlaflosigkeit treibt sie aus dem Bett. Sie betritt das gemeinsame Arbeitszimmer, das genau genommen ihr Bügelzimmer ist und in das Flori seinen Schreibtisch gestellt hat. Schade, dass die Zinsen derartig hoch sind, sonst hätten sie eine Doppelhaushälfte mit ausreichend Platz bezahlen können. So gibt es permanente Grabenkämpfe um jeden Zentimeter Lebensraum. Ein Grund mehr, wütend durchs Leben zu gehen.

Lena weiß nicht mehr genau, wann das angefangen hat mit dem alten Tagebuch. Beim Umzug aus Hannover war es ihr wieder in die Hände gefallen. Mit leuchtenden Augen hatte sie in den Aufzeichnungen aus ihrer Zeit als Vierzehnjährige herumgeblättert und voreilig Nina geschrieben, dass sie da etwas sehr Niedliches und Lustiges gefunden habe.

Dummerweise waren dann die Abschnitte darüber gekommen, wie neidisch sie auf ihre pubertierende, umschwärmte Schwester war.

Sie hatte Nina bei den ersten Treffen mit ihren jeweiligen Boyfriends durch den Luftschacht des alten Kachelofens belauscht und alle Gespräche mitgeschrieben.

Betitelt waren ihre Protokolle mit »Redewendungen Verliebte nach 1 Woche«, »Redewendungen Verliebte nach 2 Wochen«, »Redewendungen Schlussmachen«. Es gab auch diverse Kapitel mit den Überschriften »Coole Redewendungen Jugendliche« oder »Tätigkeiten Petting«.

Soweit Lena sich erinnerte, waren auch diese Abschnitte im Buch das Ergebnis groß angelegter Belauschungsaktionen ihrer großen Schwester.

Heutzutage würde man sie wahrscheinlich sofort in die Obhut einer Kinderpsychologin geben, die sich auf besonders perverse und gestörte Stalker-Mädchen spezialisiert hat. Lena würde vor Scham sterben, wenn Flori oder wer auch immer das Buch entdecken würde. Fest steht aber, dass es ihr hilft, die täglichen Enttäuschungen zu ertragen, die das Leben für sie bereithält.

Seit sie beschlossen hat, das Tagebuch weiterzuführen, fällt ihr der Start im Grunewald leichter. Mittlerweile hat sie jede Menge Abschnitte über Lulu, deren Hobbys und Ausdrücke heruntergeschrieben und auch Beobachtungen zum Charakter von Lulu und deren Freundinnen notiert.

Ein neuer Eintrag muss dringend geschrieben werden. Lena setzt eine fein säuberliche Überschrift in die oberste Zeile der nächsten freien Seite: »Lulu, die einfältige Egomanin«.

Sie lehnt sich zurück und seufzt. Das tat gut. Voller Tatendrang beugt sie sich erneut über den angefangenen Text, hält Lulus dämliche Zitate fest: »Moderieren oder Schauspielern, das könnte ich alles gut«, »Hey Ladys, Zeit für Mami-Juice!« (gemeint ist Wein), »Ich esse heute einen Chip, ich habe Cheat Day«.

Als Lena Lulus Zitate vor sich sieht, macht sich ein wohliges Gefühl in ihr breit, das angenehme Gefühl geistiger Überlegenheit. Niemand mit mehr als drei Gehirnzellen würde einen solchen Schwachsinn von sich geben.

Dem Überlegenheitsgefühl folgt allerdings direkt die Ratlosigkeit darüber, wieso sie eine Freundschaft mit einer solchen Idiotin anstrebt. Warum will sie Lulu und ihren Freundinnen so unbedingt gefallen? Das sind doch genau die gleichen Mädchen, die sie früher gehänselt und ausgegrenzt haben. Wäre das nicht ein Grund, ihnen jetzt als Erwachsene mit Abscheu zu begegnen?

Es ist wie eine Sucht, sich permanent bei ihnen anzubiedern. Ist sie für immer gefangen in ihrem Kindheitstrauma, als sie Opfer der Schul-Bullys war? Oder könnte es sein, dass sie Lulu unbewusst nur benutzt, um an ihrem neuen Wohnort weiterzukommen? Das wäre ja sogar eine sehr clevere Strategie, oder nicht?

Aber was stimmt jetzt, die erste oder die zweite mögliche Erklärung? Lena wird nicht schlau aus sich.

Da sieht sie plötzlich Floris Handy aufleuchten, das in

der Aufladestation steckt. Merkwürdig. Es ist zwanzig Minuten vor elf. Wer schreibt ihm denn jetzt um diese Zeit?

Ein kalter Schauer läuft Lenas Rücken hinunter. Was ist, wenn er sie betrügt? Vielleicht mit einer der jungen, untergewichtigen Assistentinnen aus dem Konzern? Vielleicht musste das eines Tages passieren, so eingeschlafen, wie ihre Ehe mittlerweile ist.

Lena vermisst es, wie Flori sie früher angesehen hat, wenn sie ihm etwas erzählte. Manchmal waren das ganz und gar banale Dinge, wie zum Beispiel eine kleine Anekdote aus der Kindheit oder eine neue Eiscremesorte, die sie probiert hatte, oder dass sie plante, sich einen Pony schneiden zu lassen (der Fehler, den jede Frau mindestens einmal im Leben begeht).

Flori hatte sich jedem ihrer Themen mit der gleichen Aufmerksamkeit und Sorgfalt gewidmet, und nicht nur das, er schien sogar mit ihr zusammen gespannt zu sein.

Jetzt, nach zwölf Jahren, könnte sie Flori berichten, dass russische Agenten die Kinder auf den Mars entführt haben, und Flori würde ab dem dritten Satz ungeduldig hin und her wippen und auf seine verdammte Uhr starren, wie in einem sehr unoriginellen Film, in dem der unaufmerksame Ehemann dargestellt werden soll.

Bevor sie sich aber jetzt verrückt macht, sollte Lena vielleicht erstmal nachsehen, um was für eine Nachricht es sich genau handelt. Vielleicht ist es noch nicht zu spät und Floris Affäre steht erst am Anfang?

Sie nimmt sein Handy von der Ladestation und sieht nachdenklich auf das Display. Ihr Vorteil: Flori ist nicht sonderlich kreativ, der Zahlencode dürfte also zu knacken sein. Drei Versuche hat sie, bevor sich das Gerät komplett sperrt. Dann müsste sie mehrere Stunden warten bis zum nächsten Versuch, und eventuell würde Flori dann auf seinem Computer eine Meldung bekommen. Lena hält die Luft an und überlegt.

Sie gibt ihr Hochzeitsdatum ein, wartet mit klopfendem Herzen. Das ist schon mal falsch. Hätte sie sich eigentlich denken können. Jetzt hat sie noch zwei Versuche. Das sind genau beide Geburtstage der Kinder. Sie gibt Gretas Geburtstag ein. Falsch.

Jetzt geht es um alles. Sie will gerade Carlottas Geburtstag eingeben, da kommt Snoopy schwanzwedelnd ins Zimmer gelaufen, legt sich vor ihr auf den Boden und beginnt glücklich ihre Zehen abzulecken.

Natürlich! Das könnte es sein!

Lena gibt eine Zahlenkombination ein und das Handy entsperrt sich. Simsalabim! Warum ist sie nicht gleich darauf gekommen? Die Lösung ist natürlich nicht ihr gemeinsamer Hochzeitstag, nicht ihr Geburtstag und nicht der Geburtstag der Kinder, sondern der des Hundes!

Einerseits kann Lena aufatmen, andererseits ist diese Erkenntnis niederschmetternd. Sie geht auf Posteingang und sieht die neue Nachricht. Sie ist nicht wie vermutet von einer der blonden Bohnenstangen aus dem Office, sondern von Floris Kollegen und Geschäftsführer Cedric.

Wahrscheinlich sitzt er betrunken im *Borchardt* und will, dass Flori dazukommt, doch der hat Besseres zu tun als dieser unnütze Herumtreiber und Junggeselle.

Jetzt hat sie das Handy sowieso schon in der Hand und den Code geknackt, jetzt kann sie genauso gut auch einfach die Nachricht öffnen, anstatt hier weiter herumzurätseln.

Als Lena den Text öffnet, versteht sie nicht recht, was dort steht, begreift aber genug, um in Alarmbereitschaft versetzt zu sein.

Hey, Flo-Män, kommst du noch ins Grill Royal? Müssen reden. Es sind ein paar Dinge ans Licht gekommen. Sieht ganz nach Compliance-Verfahren aus diesmal. Let's make a plan.

In der Vergangenheit gab es schon ein paar MeToo-Vorwürfe, allesamt haltlos, wie Flori ihr erklärt hatte. Frauen, die wegen der Karriere mit Männern aus dem Unternehmen ins Bett gestiegen waren. Da war von erwachsenen, eigenverantwortlichen Frauen die Rede, die es hätten besser wissen müssen.

Aber warum gibt es jetzt doch ein Compliance-Verfahren? Soweit Lena weiß, wird in solch einem Fall eine externe Firma damit beauftragt, das jeweilige Unternehmen auf eventuellen Machtmissbrauch bis hin zu strafrechtlich relevanten Vorkommnissen zu untersuchen.

Ein ungutes Gefühl breitet sich in Lenas Magengegend aus. Denn die Hauptfrage ist: Was hat ihr Flori mit der ganzen Sache zu tun?

Wie aufs Stichwort hört sie hinter sich ein Räuspern, und ohne sich umzudrehen, weiß sie natürlich, wer in der Tür steht.

»Was zum Teufel machst du da«, sagt Flori, eher feststellend als fragend.

Das Freizeitverhalten junger Männer in der Großstadt

Nina

Das *Grill Royal* ist riesig und in jeglicher Hinsicht großzügig gestaltet. Man sitzt hier auf dick gepolsterten Sesseln, alles wirkt gedämpft, teuer und sorgsam ausgewählt und dabei unangestrengt. Auf den Tischen liegen gestärkte weiße Tischdecken und zwischen den Sitzbereichen steht moderne Kunst, beleuchtet von antiken Muranoglaslampen. Ganz hinten an der Wand hängt eine aus Neonröhren geformte Vulva.

Es scheint eine Art Abendchefin zu geben, die sofort auf David zuschießt und ihn mit Küsschen rechts, Küsschen links begrüßt. David stellt sie mir als »Sybille« vor. Überhaupt scheint er hier jeden zu kennen. »Habt ihr Lust aufs gemütliche Eckchen, ihr zwei Süßen?«, will Sybille wissen. »Klingt gut«, sage ich und habe keine Ahnung, wo das sein soll. Im Hintergrund wartet unterwürfig eine Gruppe Unternehmensberater auf ihren Tisch. Einer von ihnen kommt mir tatsächlich bekannt vor. Ist das ein Kollege von Flori?

Die Abendchefin nimmt sich alle Zeit der Welt für uns. Und schon werden wir zu einer der halbrund gestalteten Sitzecken gegenüber der langgezogenen Bar geführt. Noch ehe wir uns gesetzt haben, stellt einer der Kellner zwei Drinks vor uns hin, zwinkert mir zu und sagt: »Ihr habt gerade so durstig ausgesehen. Das geht doch nicht.«

»Was hast du da Schönes für uns?«, fragt David.

»Is 'n kleiner Tom Collins zum Frischmachen.«

In mir steigt Panik auf. Ich schätze allein einen dieser Drinks auf bestimmt fünfzehn Euro. Vielleicht ist es unfeministisch, aber ich hoffe inständig, dass David bezahlt. Es ist Mitte des Monats und wirklich viel habe ich nicht mehr übrig.

»Was möchtest du essen? Vielleicht ein Steak?«, will David wissen. Ist das peinlich! Ich bin eine erwachsene Frau, die nicht mit ihrem Geld hinkommt.

Ich gerate ins Schwitzen. Was sage ich denn jetzt? Ach, scheiß drauf. Wie auf Kommando schießt es aus mir heraus: »Ich hab in meinem Budget für heute nur noch zwanzig Euro, tut mir leid. Vielleicht holen wir uns lieber ein Stück Pizza und zwei Bier?«

Ich überlege, ob es Sinn macht, so zu tun, als wäre ich aus politischer Überzeugung in dieser Situation. Ich könnte eine antikapitalistische Kämpferin sein oder so? Kann er vielleicht aufhören, mich so anzusehen?

»Hey, das tut mir leid. Was bin ich für ein Esel. Ich finde dich so toll, ich wollte dich beeindrucken. Wir müssen hier nicht zahlen. Ich kenne fast alle, die hier arbeiten, weil sie tagsüber gerne zu mir in den Laden kommen. Ich bringe dem Besitzer oft meine neuen Sandwiches zum Probieren vorbei. Glaub mir, die bekommen bei mir super oft einen ausgegeben. Ich pack's einfach nicht, dass ich gerade wirke wie ein ignoranter Geldsack. Und das alles nur, weil ich versuche, vor dir auf dicke Hose zu machen, ich Trottel. Du musst mir glauben, wenn ich eins kenne, dann wie sich das anfühlt, wenn man pleite ist. Inzwischen läuft meine Tagesbar gut, aber du willst nicht hören, wie es die ersten Jahre war! Tut mir leid!«

Ich sehe in Davids zerknirschtes Gesicht und muss lachen. »Schon gut, ich verzeihe dir. Zur Strafe nehm ich ein Steak mit Pfeffersoße und diese unfassbar gut aussehenden Pommes.«

»Gute Wahl.«

»Ich finde dich auch toll. Du musst mich nicht beeindrucken.«

»Nein? Das ist gut. Mehr hab ich auch nicht.«

»Das reicht mir schon. Es ist wenig, aber für mich ist es okay«, sage ich und grinse.

Er beugt sich zu mir und küsst mich. Mitten im Restaurant. Es ist ja nicht so, als würde ich hier viele Menschen kennen, aber es fühlt sich trotzdem verwegen an. Die Latte dafür hängt bei mir allerdings auch ziemlich niedrig, wenn man bedenkt, dass ich nach der Arbeit meistens zu Hause bin und lese, ab und an mit meinen Kindern telefoniere und an besonders haltlosen Abenden mit Zeynep in die Bar um die Ecke gehe. That's it.

»Eine Frage habe ich noch«, unterbricht David meine Gedanken.

»Ja bitte?«

»Wenn das Steak gut ist und die Pommes und die Extrabeilagen, die ich gleich bestellen werde, nimmst du mich dann mit nach Hause?«

Ich verschlucke mich an meinem Tom Collins. Hat er das gerade wirklich gefragt?

Wenn ich ehrlich sein soll, habe ich schon vor zwei Jahren die Batterien aus meinem Vibrator in die Fernbedienung des Fernsehers eingesetzt und seither keine nachgekauft. Das allein spricht schon für sich.

Mir ist schlecht, mein Herz rast und die Antwort bleibe ich ihm schuldig. Stattdessen überlege ich fieberhaft, ob ich wohl meine ausgeleierte hautfarbene Unterwäsche vom Wäscheständer abgenommen habe. Liegt der Lebensratgeber, den mir Zeynep geschenkt hat (*Das Wunder der Menopause – auch alte Panther können jagen!*), noch neben meinem Bett?

Und während ich mich das frage, weiß ich schon, nichts will ich mehr, als diesen Mann mit nach Hause zu nehmen. Und nicht nur das. Wo war meine Libido nur die ganze Zeit? Oder ist das von der Natur so gewollt? Hätte ich es sonst geschafft, mir dieses neue Leben so gut einzurichten, mir geduldig die Sorgen meiner Kinder anzuhören und meine Steuer zu machen?

Jetzt, wo ich hier sitze und nur daran denken kann, dass ich in ein paar Stunden Sex haben werde, ist bereits alles vergessen, was ich je über Lohnsteuer und Zinseszins gewusst habe.

In dem Moment schiebt sich ein Typ in Skaterjacke zwischen mehreren Männern in Anzügen hindurch und klopft David von hinten auf die Schulter.

»Da lacht er ja wieder!«

Im Laufe des Abends kommen immer mal wieder Menschen auf David zu und sagen Dinge wie: »Schön, dass es dir wieder so gut geht!« oder: »Toll, dich so zu sehen.« Als ich mich vorsichtig erkundige, worauf sie anspielen, reagiert er so abwehrend, dass ich mich sofort entschuldige.

Mit düsterer Miene geht er an die Bar und bestellt uns

neue Drinks. Als er zum Tisch zurückkommt und sich neben mich setzt, ist er wieder bestens gelaunt und fragt mich im Spaß, »ob ich öfter hier sei«.

»Nur heute«, sage ich. »Ich arbeite für ein internationales Institut an einer exemplarischen Untersuchung über das Freizeitverhalten von Männern in der Großstadt.«

David grinst und nickt, wahrscheinlich ist er froh, dass ich ihn nicht weiter ausfrage. »Das ist ja interessant. Werden da noch Testpersonen gesucht?«

»Nur wenn deren Freizeitverhalten ungewöhnlich ist.«

Wieder nickt David ernst, beugt sich zu mir, nimmt dann mein Gesicht in beide Hände, beißt mich sehr zart in die Nasenspitze und fragt: »So etwas vielleicht?«

Ich muss lachen. »Herzlichen Glückwunsch, das war sehr originell, Sie sind ab heute einer unserer neuen Testkandidaten!«

David beteuert lachend, wie glücklich er über die Entscheidung des Instituts sei, dann wird er ernst und seine Stimme klingt ein ganz klein wenig brüchig. »Ist es okay, wenn ich keine Lust habe, darüber zu reden, was früher mal mit mir los war?« Ich nicke und sage: «Natürlich«, und bin ab diesem Moment geradezu besessen von der Frage, was damals gewesen sein könnte.

Alle meine Bindungsängste veranstalten ein Freudenfest in meinem Gehirn. Was auch immer dahintersteckt, eines lässt sich aus den Andeutungen schließen: David ist ein Mensch mit einem Problem. Bin aber ich nicht ein Mensch mit tausend Problemen, von denen mein neurotisches Gehirn nur eines ist? Oder sollte ich mich lieber vorsehen? Ist das alles so spannend, weil es geheime Gefahren birgt? Habe ich mich seit meinem Studium wirklich verändert oder bin ich immer noch die enthusiastische Idiotin, die mit Anlauf dem Teufel ins Auge springt?

In meinem Kopf rotieren sämtliche Zahnräder auf Hochtouren, rote Warnlichter blinken auf und eine hektische Melodie erklingt.

Trotzdem spazieren wir später eng umschlungen an der nächtlichen Spree entlang und biegen in die lange Straße ein, die zu meiner Wohnung führt. Um diese Uhrzeit ist alles ruhig. Nur um die auch nachts geöffneten Imbissbuden stauen sich kleine Trauben von Partygestalten. Ein Pärchen diskutiert nicht mehr ganz nüchtern vor einem Laden, in dem es Künefe gibt, dieses unglaublich leckere türkische Dessert aus Nudeln, Käse, Pistazien und Zuckersirup. Der noch ziemlich junge Mann sagt immer wieder: »Ich weiß ja, dass du das nicht mit Absicht machst, aber immer ziehst du diese Scheiße mit mir ab!«

Auch wenn ich keine Ahnung habe, worum es geht, weiß ich, worum es geht.

Um vor mir selbst wenigstens ein bisschen so zu tun, als würde ich mich in diesem Moment mehr für mein Wohlergehen als für eine heiße Nacht interessieren, frage ich David: »Du bist jetzt aber nicht der Axtmörder und warst die letzten Jahre im Knast? Falls du mich umbringen und dann mit meinen Millionen aus dem Scheidungsvermögen abhauen willst, muss ich dich enttäuschen.«

David sieht mich amüsiert an: »Das musst du nicht dazusagen bei der Gegend, in der du wohnst, es sei denn, ich hab da einen Palast verpasst.«

Da hat er auch wieder recht. Muss ich noch irgendwas klären oder abfragen? Was habe ich denn meiner Tochter beigebracht in Sachen Geschlechtsverkehr und Sicherheit?

Ich kann sehr schlecht denken, wenn ich parallel darüber staune, dass jemand so gut aussieht und so charmant und lustig ist.

Aber es ist nicht nur das.

Ich spüre, dass wir eine Verbindung haben, vielleicht ist es die Tatsache, dass wir anscheinend beide Beschädigungen aus der Vergangenheit mit uns herumtragen?

Als hätte er meine Gedanken erahnt, sagt David: »Hey, ich habe einfach eine düstere Zeit hinter mir, in der ich nicht gut klargekommen bin, aber das ist vorbei. Es ist nichts, was jetzt wichtig wäre, okay?«

»Klar, was vorbei ist, interessiert mich auch nicht«, lüge ich und lächele.

David seufzt und fügt hinzu: »Leider ist die Vergangenheit alles, was meine Familie interessiert. Auch wenn ich tausendmal sage, dass es mir gut geht, trauen sie mir nicht. Sie nicken nur und sagen: ›Wie schön.‹ Deswegen fühlt sich mein ordentlicher Bruder auch berufen, mich immer mal wieder unauffällig zu überprüfen. Offiziell bittet er mich um Hilfe, weil sein Garten gemacht werden muss, der Teppich soll verlegt werden oder er bestellt meine Sandwiches für seine Kanzlei, obwohl ich genau weiß, dass er sich eine Straße weiter sehr gute holen könnte.«

»Vielleicht sind deine einfach die besten?«, frage ich und schiebe nach: »Entschuldige, ich habe das eigentlich nur gesagt, um gute Stimmung zu machen. Ich glaube dir, dass das so ist. Ich kenne das, wenn du plötzlich der Trottel in der Familie bist, nur weil du nicht bei dem Lebensentwurf geblieben bist, der für dich vorgesehen war. Meine Schwester beäugt mich auch jedes Mal misstrauisch, wenn wir uns sehen.«

»Vielleicht tut sie das ja auch, weil dein Leben sie manchmal an ihrem eigenen zweifeln lässt, so wie Nichtraucher einen immer wieder zum Rauchen überreden wollen?«

»Nein, glaub mir, das Letzte, was Lena will, ist geschieden zu sein und in einer Einzimmerwohnung zu leben«, sage ich lachend.

Die Vorstellung, dass meine Schwester neidisch sein könnte, kommt mir wirklich absurd vor.

David bleibt dicht vor mir stehen, sieht mich an und sagt: »Bist du dir sicher, dass du mich mit zu dir nehmen willst?«

Statt einer Antwort stelle ich mich auf die Zehenspitzen, lege meine Hand auf seine Brust und küsse ihn. Ich atme den Geruch seiner Haut ein, drücke meinen Körper an seinen. Wie kann das sein, dass sich alles gleichermaßen vertraut und neu und aufregend anfühlt? Ist es möglich, dass sich zwei Menschen aus einem früheren Leben kennen? Hätte ich besser aufpassen sollen bei esoterischen Themen?

Glücklicherweise bin ich eine Frau, schon allein deshalb kann das hier keine dieser Geschichten werden, bei denen sich herausstellt, dass David der Sohn ist, den ich vor vielen Jahren mit meiner Hausangestellten gezeugt habe.

Was ist eigentlich mit meinem Gehirn los?

Ist es möglich, dass diese Hormoncremes, die ich seit Kurzem gegen meine Wechseljahresbeschwerden nehme, alles durcheinanderbringen?

Ist das normal, dass man solche Gedanken hat, während man knutschend die Haustür aufschließt und dann, immer noch diese Gedanken denkend, die Wohnungstür aufmacht, in einer leidenschaftlichen Umarmung aus

Versehen das billige Flurtischchen umstößt und schließlich mit einem geschickten Tritt den peinlichen Lebensratgeber über Sex im Alter unter das Bett befördert?

Kurz darauf, als David im Bad ist, sitze ich allein auf dem Bett, habe aber keine Zeit, mich darauf vorzubereiten, gleich sexy auszusehen, weil ich mit zusammengekniffenen Augen versuche, das Haltbarkeitsdatum auf den Kondomen zu entziffern, die ich mir in einer optimistischen Minute direkt nach der Scheidung zugelegt habe.

Können die Dinger überhaupt ablaufen? Bekomme ich vielleicht doch lieber eine Geschlechtskrankheit, als mich hier mit einer Schrift abzumühen, die genauso klein ist wie auf diesen Souvenirs mit beschrifteten Reiskörnern, die man von Leuten ohne Geschmack geschenkt bekommt?

Ich muss die Lesebrille aufsetzen, um überhaupt unterscheiden zu können, was ein Buchstabe und was das Firmenlogo ist. Ist es denkbar, dass die winzige Schriftgröße von der Kondomfirma als eine Art Altersbarriere gemeint ist?

Nach dem Motto: Wer dies nicht ohne Hilfsmittel lesen kann, sollte besser in braunen Polyacrylhosen Enten füttern gehen, statt Sex zu haben?

Ich höre die Toilettenspülung. Zu spät. Ich werde nicht mehr rechtzeitig herausfinden, ob die Dinger noch haltbar sind. Mit einer abrupten Bewegung reiße ich mir die Lesebrille aus dem Gesicht und werfe sie unauffällig hinter mein Nachtschränkchen.

Ich ziehe den Bauch ein und versuche meine H&M-Unterwäsche, die wahrscheinlich zu hundert Prozent aus giftiger Kunstfaser besteht, zur Geltung zu bringen.

David setzt sich zu mir aufs Bett. Er küsst mich, dann zieht er sich das T-Shirt über den Kopf. Ich habe keine Ahnung, wie es möglich ist, dass jemand sein Geld mit der Zubereitung von Nahrung verdient, in jedem zweiten Gericht Käse verwendet und dann so aussieht. Die Antwort lautet wahrscheinlich »Jugend«. Möglicherweise haben Davids Muskeln aber auch berufliche Gründe? Vielleicht reibt er den Gruyère für seine Kreationen höchstpersönlich auf seinem Bauch? Ich lege eine Hand auf seine Brust, lasse sie zu seinen Schultern wandern, beuge mich vor und küsse ihn noch mal, lange.

»Komm her«, flüstert er. Er schlingt seine Arme um mich, ich drücke mich gegen ihn. Ich höre ihn leise stöhnen. Wir lassen uns nach hinten auf mein Bett fallen und das, was dann kommt, übersteigt alles, was ich mir erhofft hatte.

Wie konnte ich nur so lange auf Sex verzichten, auf Sex und Leidenschaft und das wunderschöne Gefühl, glücklich und erschöpft neben jemandem einzuschlafen?

Für diese eine Nacht sind all meine Sorgen und Unsicherheiten verschwunden, für diese eine Nacht bin ich die begehrenswerteste Frau der Welt, die mit dem schönsten Mann der Welt schläft. Und obwohl ich mir im Laufe der Jahre tausend Millionen kleinteilige Einschlafrituale angewöhnt habe, geht es diesmal einfach so, ohne Übergang, ich schlafe neben diesem Mann, als wäre es die normalste Sache der Welt.

So zauberhaft die Nacht war, so unsanft ist das Erwachen. Ich habe einen trockenen Mund und den Kater aus der Hölle. Ich bin mir nicht sicher, aber ich glaube zu spüren, dass eines der benutzten Kondome an meinem Hintern festgeklebt ist. Die Haut in meinem Gesicht spannt. Ich wische darüber und erkenne an den pechschwarzen Spuren in meiner Handfläche, dass sich die Wimperntusche anscheinend großzügig über meine Wangen verteilt hat. Meine Haare haben sich unwiederbringlich in Tausende kleine Vogelnester verknüpft. Höchstwahrscheinlich sehe ich aus wie einer der älteren Herren aus der Band *Kiss*.

Ich muss unbedingt etwas trinken, aber auf mir liegt ein fremder Arm. Ich sehe neben mich und bin entsetzt. David sieht aus wie immer, nein, besser fast. Er sieht aus wie ein Unterwäschemodel, das sich gerade für das große Kampagnenshooting in einem Bett räkeln soll.

Ich hasse mein Leben. Was mache ich denn jetzt, ich, der *Kiss*-Sänger, und neben mir das Model?

Da bleibt nur eins. Ich muss mich an das halten, was meine Studienfreundinnen früher immer getan haben: Ich muss schnell duschen, mir die Haare machen und mich perfekt natürlich schminken, dann zurück ins Bett, mich schlafend stellen und noch mal »fake-aufwachen«, damit er denkt, so sehe ich morgens aus.

Während ich mich Millimeter für Millimeter aus seinem Arm herauswinde, bemerke ich, dass das vermaledeite Menopausen-Buch schon wieder auf statt unter dem Bett liegt. Wie ist denn das möglich? Wenn die Schwerkraft schon für meine Brüste gilt, dann doch bitte auch dafür!

So, geschafft, ich habe mich herausgewunden. Ich habe solchen Durst. Die Wasserflasche steht leider auf Davids Seite. Ich halte es nicht mehr aus. Schlangenartig beuge ich mich über ihn, fahre meinen Arm aus, checke sein Gesicht, alles gut, er schläft. Dann erreicht meine

Hand die Flasche, ich checke wieder sein Gesicht, alles gut, ich ziehe die Flasche zu mir heran, nehme den leisesten und zugleich riesigsten Schluck der Welt, fahre langsam wieder den Arm aus, um die Flasche zurückzustellen, sehe in sein Gesicht, immer noch alles gut. Die Flasche steht, ich ziehe meinen Arm langsam wieder zurück, den Blick fest auf Davids Gesicht geheftet. Wie kann man eigentlich so gut aussehen, wenn man einfach nur schläft? Wenn ich mich sehr geschickt anstelle, kriege ich vielleicht noch schnell ein Handyfoto für Zeynep hin. Kurz melden sich Skrupel: Darf man das? Ich hatte das erste Mal seit tausend Jahren Sex, ich bin viermal gekommen, das ist ein absolut epischer Moment für mich, da wird man ja wohl noch ein heimliches Foto schießen dürfen!

Vorsichtig taste ich nach meinem Handy, den Blick noch immer auf David gerichtet, entsperre es mit der Gesichtserkennung, sehe wieder zu David und erstarre.

Er sieht mich hellwach und erschrocken an.

Das Bild, das sich ihm bietet, lässt auch nichts anderes zu. Was muss dieser Mann denken, der eben noch friedlich geschlafen hat und nun von einem der Bandmitglieder von *Kiss* angestarrt wird? Der Abstand zwischen unseren Gesichtern ist sehr gering. Ich hoffe, er denkt nicht, dass ich ihn wie ein Psycho beim Schlafen beobachtet habe.

»Hast du mich beim Schlafen beobachtet?«, fragt er in die angespannte Stille hinein.

Verdammt!

Ich erkläre, dass ich eigentlich bloß das Wasser zurückstellen wollte und ihn nur angestarrt habe, um sicherzugehen, dass er davon nicht aufwacht. Unauffällig lasse ich die Hand mit dem Handy sinken, als es auch schon klingelt. Wir sehen beide auf das Display. Marie.

»Das ist meine Tochter, die rufe ich später zurück, alles in Ordnung«, sage ich, um ein wenig Normalität herzustellen.

»Du hast eine Tochter, die schon telefonieren kann?«, fragt David erstaunt.

»Ja, und einen Sohn. Ben. Er studiert im Ausland. Er ist ein absoluter Überflieger. Von mir hat er das nicht«, plappere ich und versuche charmant zu lachen.

Was ist denn los mit der Stimmung hier? David mustert mich und das fühlt sich nicht angenehm an. Ich versuche stoisch, weiter gute Laune zu verbreiten.

»Vielleicht überrascht es dich, aber mein Name ist nicht Wodka Soda, ich heiße Whiskey Sour«, sage ich und lache über meinen eigenen Witz. David lacht höflich mit und sagt einfach nur: »Was? Ach so, ja, verstehe.«

»Nein, war ein Witz, ich heiße Nina.«

Schon wieder ruft Marie an. Es geht bestimmt wieder darum, wer heute noch schnell beim Bäcker vorbeigeht, bevor wir zum wöchentlichen Kaffee bei meiner Mutter sind, die dies höchstwahrscheinlich zum Anlass nehmen wird, ihre erste Flasche Wein zu öffnen.

»Kinder«, sage ich gespielt genervt und drücke Marie erneut weg.

Die Stimmung ist immer noch komisch. Ich folge Davids Blick zu dem verdammten Wechseljahresbuch, das immer noch hier herumliegt.

»Sag mal … ich weiß, dass man danach nicht fragt, aber …«, setzt er an und scheint nicht genau zu wissen, wie er den Rest des Satzes formulieren soll.

Warum nur habe ich das Gefühl, dass meine Antwort

eine große Überraschung sein wird? Na ja, gut, man soll Pflaster mit einem Ruck abreißen, das ist am schonendsten.

»Du willst wissen, wie alt ich bin? Fast fünfzig. Hatte ich das nicht erwähnt? Möchtest du Tee oder Kaffee?«, plaudere ich wie eine freundliche Moderatorin aus dem Frühstücksfernsehen.

Es ist plötzlich sehr still. Dann höre ich ein Räuspern: »Danke, ich brauche nichts«, sagt er mit veränderter Stimme und dann noch: »Krass«, und: »Krass«.

Ich halte diese Stimmung nicht aus, springe übergeschäftig auf, werfe mir meinen Bademantel über und sage: »Ich muss jetzt sowieso ins Büro.« Er sieht mich fragend an: »Am Sonntag?«

Ach so, stimmt ja, egal, ich ziehe es durch. »Ja, so ist das bei uns vom Fernsehen. Immer auf Sendung! No business like show business!« Ich lache wieder über meinen eigenen Witz.

Ich kann nichts dagegen tun, ich weiß auch nicht, wieso ein Sparwitz nach dem anderen aus mir herauskommt.

David hat sich im Bett aufgesetzt. »Krass«, sagt er noch mal, als könnte er nur diese fünf Buchstaben in genau dieser Reihenfolge zusammensetzen. »Ich hatte dich auf achtunddreißig geschätzt.«

Ich bin ehrlich überrascht, denn ich bin keine dieser Frauen, denen das andauernd passiert, muss aber auch gestehen, dass ich in den letzten Jahren eher als asexuelle Amöbe vor mich hin gelebt habe und es gar niemanden gab, der sich bei meinem Alter hätte verschätzen können.

Dieser Morgen, der unbarmherzig auf den fulminanten gestrigen Abend folgt, überfordert mich. Ohne ein weiteres Wort galoppiere ich in die Küche und werkele dort herum, einfach weil mir nichts Besseres einfällt. Plötzlich steht David hinter mir, komplett angezogen.

»Na dann«, sagt er. Ich nicke nur. Wir küssen uns verkrampft. Schon im Rausgehen dreht er sich um und fragt: »Kommst du noch zu meinem Geburtstag?«

»Klar«, lüge ich und höre die Tür ins Schloss fallen.

Tränen schießen mir in die Augen, ich weiß nicht, ob aus Scham oder vor Wut. Ich bin so dumm, unfassbar dumm und lächerlich. Was habe ich mir da bloß eingebildet?

Ausgerechnet meine Mutter fällt mir ein, die bei jedem hübschen jungen Kellner denselben Witz reißt: »Ich merke schon den ganzen Abend, dass Sie mich betrunken machen wollen.« Marie und ich sehen uns dann immer peinlich berührt an. Bin ich nicht im Prinzip genauso?

Sind nicht die einzig möglichen Alt-Jung-Konstellationen diejenigen, bei denen der ältere Beteiligte Millionär und männlich ist? Und lautet da die Preisfrage nicht immer: »Bleibt die Liebe auch, wenn das Geld weg ist?« Wir kennen die Antwort darauf.

Gott sei Dank weiß David nicht, wie umfangreich Zeyneps und meine Vorbereitung für den gestrigen Abend waren, wie oft ich mich umgezogen und dass ich mit zitternden Händen meinen Lidstrich gezogen habe. Es ist schon schlimm genug, dass ich das weiß.

Auch, dass ich mir gestern im *Grill Royal* einen Moment lang eingebildet habe, dass wir eine Art Liebespaar sein könnten, wird für immer mein Geheimnis bleiben. Plötzlich setzt ein vollkommen übertriebener Liebeskummer ein, der beinahe noch schlimmer ist als die Scham. Ich hatte schon ganz vergessen, wie sich das anfühlt.

Zeynep ist schuld. Sie hat mich komplett irre gemacht mit ihrem Gequatsche darüber, dass Liebe keine Zahlen kenne und man immer so alt sei, wie man sich fühlt. Wenn ich danach gehe, bin ich gerade hundert Jahre alt. Es hilft ja nichts, ich muss mich jetzt zusammenreißen.

Wie kann mir ein Mann, den ich kaum kenne, so viel Schmerz zufügen? Wie gut, dass ich inzwischen in einem Alter bin, in dem ich viel nüchterner mit dieser Art von Kummer umgehen kann. Ich bin in der Lage, erstmal die Situation zu sondieren und anschließend alles ins richtige Verhältnis zu setzen.

Erstens ist niemand gestorben und zweitens kam das alles sowieso ein bisschen ungelegen. Für diesen Sommer habe ich mir so viel vorgenommen. Ich will die Küche streichen, endlich meinen kleinen Balkon bepflanzen und außerdem habe ich ja noch das spannende Buch über die Wechseljahre angefangen, das im Schlafzimmer auf mich wartet.

Dann will ich noch lernen, wie man so richtig professionell sein Bett macht und sich selbst die Haarspitzen schneidet. Dafür habe ich mir extra zwei YouTube-Videos herausgesucht.

Mir wird also ganz und gar nicht langweilig werden!

Vielleicht war es ja auch generell wichtig für mein mentales Gleichgewicht, mal wieder nackt vor einem Mann zu sein, ohne dass es sich dabei um einen Arztbesuch handelt.

Das ist doch eher ein Grund, sich zu freuen, auch wenn es jetzt vorbei ist. Sei dankbar, Nina, du hattet den schönsten Abend seit Ewigkeiten, das muss reichen.

Denkbar wäre auch, dass das Universum mir David geschickt hat, damit ich in Zukunft besser mit Ablehnung klarkomme. Für den Fall, dass ich mit achtzig immer noch dreißigjährige Männer gut finde, lerne ich wohl besser jetzt schon, damit umzugehen. Muss man nicht in jeder Situation auch den möglichen Lernerfolg berücksichtigen?

Loslassen ist ja bekanntlich die schwierigste Herausforderung des Lebens, insofern war das gutes Training.

Et voilà, ich lebe noch, ich habe ein Dach über dem Kopf, ich habe einen Job, ich habe nette Kinder und eine tolle Freundin. Das ist sehr viel mehr, als die meisten Menschen auf der Welt von sich sagen können. Also ist doch alles gut.

Die eine Träne, die jetzt über meine Wange rinnt, ist in Ordnung.

Und schon geht es mir besser, wenn ich daran denke, wie perfekt bald mein professionell bezogenes Bett aussehen wird.

Wieder ruft Marie an. Ich muss nur einen winzigen Kloß herunterschlucken, als ich mit »Ja, Böhnchen?« abnehme.

Und dann geht alles ganz schnell.

Meine Mutter scheint auf der Treppe in ihrem Mietshaus gestürzt zu sein. Sie scheint einen verstauchten Fuß zu haben, aber im Großen und Ganzen mit dem Schreck davongekommen zu sein. Marie wirkt völlig aufgelöst, sodass ich sie erstmal trösten muss, während ich sicherheitshalber Klamotten für die nächsten paar Tage zusammensuche.

David

Ich weiß nicht, was mich am meisten überrascht: dass ich nach der Sache damals überhaupt so fühlen kann oder dass ich den besten Sex meines Lebens ausgerechnet mit einer Frau habe, die mich am Morgen danach sofort aus ihrer Wohnung wirft. Okay, richtig rausgeworfen hat sie mich nicht, aber es war nicht schwer zu erkennen, wie unwohl sie sich mit mir gefühlt hat. Und dass ich dann noch gesagt habe, dass ich sie für jünger gehalten hätte, war vielleicht als Kompliment gemeint, muss in dem Zusammenhang aber wie echte Enttäuschung meinerseits gewirkt haben. Aber hätte es überhaupt etwas geändert, wenn ich mir das verkniffen hätte? Wahrscheinlich nicht. Wenn die Stimmung am Morgen danach erst einmal einen Knacks hat, hilft nur ein schneller Abgang und die Hoffnung darauf, dass es beim nächsten Mal besser wird.

Keine Ahnung, ob es ein nächstes Mal geben wird, aber was ich weiß, ist, dass ich sicher nicht derjenige sein sollte, der so etwas erzwingt angesichts meiner seelischen Verfassung. Denn auf der emotionalen Ebene kann ich nicht viel bieten, erst recht keiner erwachsenen Frau.

Und trotzdem ertappe ich mich schon den ganzen Morgen dabei, dass ich aus der Küche in den Gastraum gehe, um nachzusehen, ob sie nicht doch vorbeigekommen ist. Idiotisch, ich weiß.

Ich bin froh, dass Jasper schon jede Menge für den Mittagstisch vorbereitet hat, denn heute habe ich mein Gehirn vergessen. Meine Gedanken sind noch immer bei der letzten Nacht, während ich Teller um Teller der Mittagsbestellungen zubereite.

Wie weich ihre Haut ist, wie schön ich diesen leicht spöttischen Zug um ihren Mund finde, wie nah wir uns waren. Ich muss an den Moment denken, als ich dachte, ich explodiere vor Glück, als ich sie betrachtet und geflüstert habe: »Warte, beweg dich nicht.« Wir lagen einfach nur da, Haut an Haut, miteinander verbunden, noch nie habe ich jemanden so intensiv gespürt, bis wir es schließlich nicht mehr aushielten.

Ich denke daran, wie sie die Augen geschlossen hatte, als sie kam, wie wir danach lange verschlungen im Bett lagen und darüber redeten, wie die Welt sich manchmal anfühlt, wenn man ein Zuhause sucht, ohne eine Ahnung davon zu haben, wie es aussehen könnte.

Sie lag auf einen Arm gestützt neben mir, fuhr mit der freien Hand sanft über meinen Körper, sah mich an und sagte: »Vielleicht ist es auch völlig okay, wenn man nirgendwo so richtig reinpasst, wenn man kein Zuhause hat, wer sagt denn, dass man unbedingt eins haben muss?«

»Aber die Frage ist doch, hättest du gerne eins?«, entgegnete ich, noch vollkommen überwältigt von der Tatsache, dass wir es gerade getan hatten. Vielleicht ein wunder Punkt bei ihr, denn sie wirkte traurig. Leise flüsterte sie: »Ja, klar.« Sie blickte mich an und sah so verloren dabei aus, dass ich mich und meine Neugier sofort verfluchte. Warum habe ich überhaupt gefragt? Was geht mich das an?

Ich schiebe dem Service weitere Mittagsteller hin und bin starr vor Angst. Was ist, wenn wir uns nie wiedersehen? Was ist, wenn nur ich da drinhänge? Ich kann nicht fassen, wie sehr es mich erwischt hat, weiß nicht, ob ich mich darüber freuen oder schreiend vor meinem Leben davonlaufen soll.

Family Time

Lena

Mit ziemlich großer Sicherheit war ihre Mutter betrunken, als sie stürzte. Sie ist diese Treppe Tausende von Malen hinauf- und hinuntergegangen und jetzt behauptet sie, dass da eine neue Stufe sei. Das ist doch Schwachsinn.

Ausgerechnet heute passiert so etwas. Lena hat sich die halbe Nacht mit Flori gestritten, gegen den sie argumentativ leider nie ankommt. Eigentlich ging es nur am Anfang um diese Compliance-Geschichte und die Frage, warum Cedric zu denken scheint, dass sie Flori etwas anginge.

Danach hat Flori nur noch den Umstand breitgetreten, dass Lena in sein Handy geschaut hat und ihm »nachspioniere«.

Was soll man schon groß dazu sagen, wenn man auf frischer Tat ertappt wurde? Es stimmt ja auch, dass sie keine Ahnung von Konzernen hat. Da zählen ihre mageren drei Jahre bei der Volksbank nicht. Da hatte sie nur einen direkten, sehr netten Chef und keinerlei Kontakt zu den Ebenen darüber.

Zu allem Überfluss hat dieser Cedric auch noch eine WhatsApp hinterhergeschickt und behauptet, dass Nina knutschend mit einem viel jüngeren Typen im *Grill Royal* säße, für Flori Anlass genug, sich in einen Monolog über die Verrücktheit von Lenas Familie hineinzusteigern. Normalerweise regt sie sich mit ihm zusammen über das unpassende neue Leben ihrer Schwester und ihre sich immer laut und auffällig verhaltende Mutter auf. Als gestern Nacht allerdings die bekannten Äußerungen und Spitzfindigkeiten ausschließlich von Flori kamen, fühlte sich das alles sehr ungerecht an.

Wenigstens haben sie sich heute Morgen wieder halbwegs vertragen, bevor sie losgefahren ist. Es war nett von Flori, ihr die Kinder abzunehmen und ihr noch einen Kaffee für die Fahrt in einen Thermobecher zu gießen.

Lena wird auf eine wild winkende Frau in leicht erhöhter Lage aufmerksam. Es ist Lulu, die in ihrem SUV neben ihr an der Ampel hält. Ein warmes Gefühl macht sich in Lenas Magengegend breit. Endlich hat sie Freundinnen und darauf kommt es doch an, oder nicht?

Fröhlich winkt sie zurück aus dem quietschroten Zweitwagen und fühlt sich gleich viel besser. Lulu lässt ihr Fenster herunter, also tut Lena es ihr nach.

»Hey, Süße. Hast du Lust, morgen mit uns zum Monday Morning Pilates zu kommen?«

Lena klopft das Herz bis zum Hals. »Ja!«, ruft sie etwas uncool und überenthusiastisch.

»Super, dann bis morgen neun Uhr dreißig im Me-Time-Studio!«

Bevor Lena antworten kann, wechselt die Ampel auf Grün und Lulu rast mit quietschenden Reifen davon.

Hoffentlich hat sie Lenas schicke neue Chloé-Brille bemerkt, die sie letzte Woche beim Ausverkauf im KaDeWe erstanden hat. Dreißig Prozent heruntergesetzt!

Lena hatte ihr Glück kaum fassen können und sich mit mindestens zehn anderen Shopperinnen einen erbitterten Kampf um die besten Stücke geliefert. Sie hatten sich die Sonnenbrillen buchstäblich aus den Händen gerissen.

Als Lena am Haus ihrer Mutter ankommt, stehen schon Maries kleiner Fiat und Ninas Fahrrad da. Die meisten Häuser hier könnten sehr schön aussehen, wenn sich mal jemand die Mühe machen würde, sie zu streichen.

Vor dem Eingang liegt eine alte Matratze mit braunen Rostflecken, in der wahrscheinlich eine Mäusegroßfamilie wohnt. An der Haustür steht seit Neuestem das Wort »Clit« in Sprühfarbe.

Was bitte soll das? Steht an der nächsten Tür dann Penis oder ist »Clit« bei den Teenies jetzt auch schon wieder ein Schimpfwort? Lena ist froh, endlich in einer Gegend zu wohnen, in der niemand das Bedürfnis hat, Geschlechtsmerkmale an eine Wand zu sprühen, geschweige denn eine feministische Rebellion anzuzetteln.

Sie atmet tief durch, steigt aus dem Auto und klingelt. Sicher war es wieder mal ein Fehlalarm und alles halb so wild. Es ist schließlich nicht das erste Mal, dass ihre Mutter im Suff gestürzt ist.

Lena geht schnaufend die Treppen hoch. Sie war schon immer unsportlich, genau wie ihre Schwester, aber im Moment ist sie wirklich bemerkenswert außer Form. Das wird sich radikal ändern, wenn sie ab morgen mit ihren neuen Freundinnen mindestens einmal die Woche im »Me-Time« trainiert.

An der Tür steht Marie, die sie freudig umarmt. »Obacht, Monika ist auch da.«

»Oh nein, womit haben wir das verdient!«, entfährt es Lena. Sie und ihre Nichte lächeln sich kopfschüttelnd an.

Monika ist die albernste Person, die Lena jemals getroffen hat. In den frühen Achtzigern waren ihre Mutter und sie Kolleginnen an derselben Schule und sind seitdem beste Freundinnen. Monika unterrichtete früher Sport, Werken und manchmal Deutsch in den fünften und sechsten Klassen. Monikas beste und nervigste Eigenschaft ist, dass sie über jeden, aber auch wirklich jeden Witz lacht.

Dünn wie ein Frettchen und ein bisschen krumm läuft sie vergnügt durchs Leben, in ihren Ensembles aus braungrauem Leinen und Ketten mit riesigen Holzperlen, die Art von Schmuck, den auch ältere Allgemeinmedizinerinnen gern tragen. Manchmal peppt Monika ihre Outfits mit einem neongrünen Plexiglasdreieck als Brosche auf.

Noch immer hat die beste Freundin ihrer Mutter bemerkenswerterweise eine glockenhelle, junge Stimme, die Lena bereits entgegenschallt: »Schatzi, komm schnell her, der Mama geht's ganz miserabel!«

Direkt danach ist ein Stöhnen zu hören und dann die Stimme ihrer Schwester: »Bitte erschrick nicht!«

Zu spät. Lena hält sich die Hand vor den Mund. Auf dem Wohnzimmersofa sitzt ihre Mutter mit Hilfe von mehreren Kissen aufgebockt, einen Fuß mit Eispacks und Geschirrtüchern umwickelt, und lächelt sie mit einem grün und violett angeschwollenen Gesicht breit an. »Na, wie findest du meinen neuen Look?«

Und Monika gackert wie auf Kommando sofort los:

»Also Karin, du bist wirklich unmöglich! Oh Gott, ich kriege Seitenstechen!«

Mit gespielter Leidensmiene hält sich Monika die Hüfte, allerdings an einer völlig falschen Stelle.

Lena beugt sich ganz vorsichtig zu ihrer Mutter runter und gibt ihr einen Kuss. Sie ist ehrlich geschockt. Bei Karins vergangenen Stürzen ging es ihr eigentlich immer mehr um die Aufmerksamkeit, darum, dass sich alle kümmern sollten. Das liebte ihre Mutter und betonte immer wieder, wie sehr sie aufblühe bei so viel guter Pflege.

Was umso verwunderlicher ist, da sich ihre Mutter umgekehrt sehr wenig um ihre Kinder geschert hat, angeblich aus dem Antrieb heraus, sie zu eigenständigen jungen Menschen zu erziehen.

Sogar dass sie einmal die halben Sommerferien lang mit Monika in einem Wohnmobil quer durch Europa reiste, wurde als Erziehung zur Eigenständigkeit deklariert.

Damals war Lena noch in der Grundschule.

Lena hat sich geschworen, immer für ihre Kinder da zu sein. Sie hat sich auch vorgenommen, die Mädchen immer ordentlich gekleidet zur Schule zu schicken und ihnen jeden Tag eine gut gefüllte Brotbox mitzugeben.

Die Fehler ihrer Mutter wollte sie nicht wiederholen. Wenn sie an die fleckigen Shirts und zerrissenen Hosen denkt, in denen sie in die Schule geschickt wurden, bekommt sie jetzt noch Schweißausbrüche. Ihre Mutter hatte sie beide bestens ausstaffiert: als leichte Beute für alle Mean Girls der Schule. Und dann die ganzen Floskeln, mit denen sie aufgewachsen ist: »Das sieht doch kein Mensch!«, »Niemand, wirklich niemand guckt auf die Schuhe«, »Der Fleck sieht doch so aus, als wäre er extra!«, »Zerrissene Hosen sind in!«.

Auch wenn schnell der alte Groll hochkommt, hat Lena heute ausnahmsweise das Bedürfnis, einfach nur lieb zu ihrer Mutter zu sein.

Nina kommt mit einem Teetablett herein. Sie lächelt Lena an: »Vielleicht kannst du mal mit ihr reden? Sie weigert sich, ins Krankenhaus zu fahren!«

»Halloho, ich hab einen dicken Fuß, aber keine dicken Ohren! Ich höre alles!«

Und schon wiehert Monika wieder los. »Also Karin, du bist mir vielleicht 'ne Marke!«

Lena, Nina und Marie werfen sich insgeheim verzweifelte Blicke zu. Sie werden dazu verdammt sein, den gesamten Tag mit Monikas unerträglicher Lache zu verbringen.

Lena setzt sich aufs Sofa dicht neben ihre Mutter und streichelt ihr die Schulter. »Ich glaub schon, dass sich das mal ein Profi ansehen sollte. Sieht ziemlich dick aus von hier.«

»Ja klar, heute wird das nichts mehr mit meinem Broadwaydebüt, aber sonst geht's mir doch super!« Zum Beweis macht sie einen Raumschiff-Enterprise-Gruß, der vermutlich als Victory-Zeichen gedacht war.

Und wieder geht das Gegackere los.

Lena steht auf und geht in die Küche, Nina folgt ihr für eine heimliche Lagebesprechung. Während Lena die Kuchenstücke auf Tellerchen verteilt, überlegen sie, wie sie die nächsten Tage gestalten sollen.

»Ich kann mit Flori sprechen. Wir haben uns zwar ein bisschen gestritten, aber eigentlich auch wieder vertragen. Er könnte morgen früh die Kinder übernehmen«, bietet Lena an.

»Quatsch, musst du nicht. Ich schlafe gern ein paar

Tage bei ihr und vielleicht kriege ich sie ja sogar in eine Arztpraxis.«

Lena schüttelt den Kopf. »Das ist doch Blödsinn, dass du gern hier schläfst. Sie wird dich mit ihren Ticks und Macken in den Wahnsinn treiben und von Monika will ich gar nicht erst anfangen …«

Wie auf Kommando ertönt erneut Monikas schrille Lache.

Doch Nina bleibt bei ihrem Plan: »Kein Problem, ich putze hier mal ordentlich durch und sortiere ein bisschen aus. Sie kann sich ja im Moment Gott sei Dank nicht wehren.«

Lena und Nina grinsen sich an, versuchen, einen sich nach oben arbeitenden Lachanfall zu unterdrücken. Als Lena sich ihrer Schwester für einen Moment so nah fühlt, fällt ihr wieder ein, was Flori gesagt hat. Vielleicht fragt sie sie einfach? »Ein Kollege von Flori hat behauptet, dass du gestern in diesem Promi-Restaurant rumgeknutscht hast. Das warst nicht du, oder? In deinem Alter … Kann ja nicht sein.«

Der letzte Teil kam doch kühler und bewertender rüber, als Lena dies beabsichtigt hatte. Ninas Lächeln ist auf jeden Fall auf einen Schlag verschwunden und die gute Laune auch.

Nina sieht sie scharf an: »In meinem Alter, hm?«

Lena nimmt sich hilflos eine fleckige Kaffeetasse aus der Spüle, rubbelt daran herum und sagt lahm: »Ich hab's nicht so gemeint.«

Ja, wie denn dann? Das weiß sie auch nicht so recht.

Da betritt plötzlich Marie die Küche, stöhnt leise und sagt: »Oh mein Gott, diese Lache!«

Ich habe meine
Öffentliche-Kuss-Erlaubnis verwirkt

Nina

Warum hat meine kleine Schwester immer das Bedürfnis, mir einen mitzugeben? Warum klappe ich dann sofort zu wie eine Auster? Oder ist das wirklich ihre Meinung? Habe ich mit meinem fünfundvierzigsten Geburtstag die Öffentliche-Kuss-Erlaubnis verwirkt? Oder ist das vielleicht eigentlich meine eigene Meinung und Lena hat einfach nur den Finger in die Wunde gelegt?

Na, das kann ja lustig werden, wenn ich bis zu meinem hundertsten Geburtstag nur noch langsam vor mich hin welke.

Nachdem ich die letzten Tassen und Teller zurück in die Küchenschränke geräumt und noch einmal über die Arbeitsfläche gewischt habe, lehne ich mich erschöpft an die Küchenzeile. Da ruft Zeynep an.

Ich werfe einen Blick ins Wohnzimmer auf meine dösende Mutter, nehme ab und schleiche mich auf den Balkon.

»Hey«, sage ich leise.

»Warum flüsterst du? Ist er etwa bei dir? Wie süß ist das denn …«

Und mit einem Schlag setzt das unangenehme Gefühl des verpatzten Morgens wieder ein. Bis eben war ich so beschäftigt, dass ich gar keine Zeit dafür hatte, mich wie eine Vollidiotin zu fühlen. Eine schwere Decke aus Traurigkeit legt sich auf meine Brust, die mit allen Mitteln abgeschüttelt werden muss. Ich erläutere Zeynep die Vorkommnisse von gestern Abend und von heute Morgen. Sie hört sich die erwachsen reflektierte Version meiner Geschichte an.

»Und das ist doch toll, dass ich das so noch mal erleben durfte, mehr wollte ich auch gar nicht«, sage ich aufgesetzt fröhlich.

Am anderen Ende ist es still. Ich frage mich gerade, ob Zeynep noch dran ist, als mir ein heftiges »Willst du mich verarschen?« entgegenschallt. »Du hörst dich an, als wärst du achtzig! Was soll das heißen, ›noch mal erleben durfte‹? Du klingst wie ein alter Hund auf einem Gnadenhof!«

Gerade noch hatte ich mich besonders aufgeräumt gefühlt. »Was erwartest du denn von mir?«, frage ich kleinlaut.

»Na, dass du ehrlich bist! Hallo? Das ist für dich ein einschneidendes Erlebnis gewesen! Du hattest ja schon Spinnweben angesetzt, ich hatte sogar Angst, dass du vielleicht wieder zugewachsen bist!«

»Also, ganz so schlimm …«, setze ich an und werde sofort wieder unterbrochen.

»Doch, klar! Tu nicht cooler, als du bist. Als ich dich zu meiner Frauenärztin geschleppt habe, hattest du gar keine weiblichen Hormone mehr! Nichts mehr da!«

»Na ja, mein Name ist ja noch weiblich. Zählt das nicht?«

Wir lachen und ich frage mich, ob die neue Libido eventuell von den Cremes kommt, die ich mir jetzt immer morgens auf die Arme schmiere.

Bilder der gestrigen Nacht tauchen vor meinem inneren Auge auf und ich werde sofort rot. Ja, diese Nacht wäre auch in meinen Zwanzigern als besonders wild herausgestochen.

Wenn meine neue Lust also zu einem Teil an den Cremes liegt, kann ich das schlechte Gefühl vielleicht ein wenig herunterregulieren, indem ich sie ein paar Tage weglasse?

Vielleicht ist das hier ja überhaupt kein echter Liebeskummer?

Der Gedanke hat etwas Beruhigendes.

Diese Traurigkeit, die ist einfach fake, eine seelische Überreaktion auf die Hormone. Das macht auch alles viel mehr Sinn, als dass ich nach einer einzigen Nacht unsterblich in jemanden verliebt sein könnte.

Zeynep unterbricht meinen Gedanken: »Du darfst jetzt bloß nicht den gleichen Fehler machen wie ich bei meiner Ex-Freundin. Ruf den auf keinen Fall an. So geht das Spiel nun mal. Begierde schaffen durch Verknappung.«

Mit fester Stimme sage ich: »Hey, keine Sorge, ich bin wirklich nicht verliebt. Vielleicht werden die nächsten drei, vier Tage ein bisschen komisch, aber das ist dann einfach der Hormonspiegel, der runtergeht.« Das sage ich so abgeklärt, dass mich das von Neuem beruhigt. Na also, ich habe alles wieder im Griff.

»Aha, Frau Doktor, soso«, sagt Zeynep und klingt, als wäre sie nicht überzeugt von meiner Theorie.

»Sicher, dass du nicht einfach nur Schiss hast?«

Ich habe keine Ahnung, was sie damit meint, das habe ich ja mit keinem Wort angedeutet und mich auch nicht so verhalten.

»Zeynep, ich weiß, dass du hochromantisch bist, aber das mit David ist doch sowieso zum Scheitern verdammt. Glaubst du, ich könnte einen dreißigjährigen Freund haben? Sei realistisch.«

»Ich bin realistisch. Warum solltest du nicht können, was dein Ex-Mann kann? Der ganze Grunewald ist voll von Opas mit Freundinnen im Grundschulalter. Nenn mir einen Grund, wieso das andersherum nicht gehen soll!«

Ich suche fieberhaft nach einer schlagfertigen Antwort, muss mir aber frustriert eingestehen, dass mir keine einfällt. Was mich wirklich wundert, ist, dass ich diese Verbindung noch nicht einmal gezogen habe. Ich dachte, ich sei emanzipiert, ich dachte sogar, dass ich mittlerweile zu einer gesellschaftlichen Rebellin geworden sei. Und jetzt stehe ich hier, ertappt bei meiner mit zweierlei Maß messenden Spießervorstellung, die ich anscheinend im Programm habe.

Männer dürfen das, Frauen nicht.

Im Übrigen hat es sowieso keinen Zweck, darüber nachzudenken, weil dieser Dreißigjährige ja von ganz allein die Flucht ergriffen hat.

»Was ist los? Du sagst gar nichts. War das unsensibel von mir?«, fragt Zeynep sanft.

Bevor ich darauf antworten kann, höre ich ein langgezogenes Stöhnen aus dem Wohnzimmer. »Zeynep, ich muss auflegen. Meine Mutter hat Schmerzen. Ich muss noch mal versuchen, sie zu überreden, in die Klinik zu fahren.«

»Alles klar, ich komme vorbei und fahre euch.« »Nein, das ist nicht nötig.« »Doch, ist es, bis gleich«, sagt meine Freundin nur und legt auf.

Meine Mutter sieht blass aus. Noch bevor ich den Mund öffne, kräht sie: »Bin fast über den Berg, ich muss auf keinen Fall in die Klinik! Es puckert noch ein mini bisschen! Nichts, was eine Aspirin und ein Glas Wein nicht wegbekommen!«

Ich schlage die Decke zurück und erschrecke so sehr, dass ich selbst Wein und Aspirin bräuchte. Ihr Fuß ist grün und blau und auf die dreifache Größe angeschwollen. Es sieht aus, als hätte sie einen sehr hässlichen Moonboot an.

»Okay, Mama, ich weiß, dass du darauf jetzt überhaupt keine Lust hast, aber das muss sich jemand anschauen. Lass uns bitte kein Drama draus machen. Wir fahren jetzt in die Notaufnahme.«

»Wer macht hier ein Drama? Du machst doch das Drama! Mäuschen, das ist nichts, du machst dir immer solche Sorgen!«

Sie streichelt mir über die Wange und ich würde ihr am liebsten eine ordentliche Backpfeife verpassen.

Warum ist sie nur immer so bockig? Wieso will sie nicht in eine Klinik, wie jeder normale Mensch, der lieber vermeiden möchte, dass ihm der Fuß abfällt?

Aber so schnell lasse ich nicht locker. Ich setze mich neben sie und versuche sie mit sanfter Gewalt hochzuziehen. Störrisch stemmt sie sich dagegen. Wir rangeln angestrengt vor uns hin – mal sieht es so aus, als würde ich die Sache für mich entscheiden, mal genau andersherum.

Zwanzig Minuten später klingelt es an der Tür. Ich springe auf und sehe meine Mutter drohend an: »Das ist Zeynep. Da machst du bitte nicht so ein Theater.« Ich sehe rüber zu meiner Tochter Marie, die sich offenbar noch von Monikas überraschend kurzem Besuch erholt, und bitte sie, ein paar Sachen für ihre Oma zusammenzupacken.

Ich öffne die Tür und mein Blick fällt nach unten auf den Treppenabsatz. Dann sehe ich verwundert Zeynep an, die direkt vor mir steht.

»Wieso stehen deine Eltern da unten?«, frage ich leise. Gleichzeitig winke ich ihnen freundlich zu: »Hallo Elif, hallo Sinan!«

»Na, sie wollen helfen. Außerdem wusste ich nicht, wie viel wir tragen müssen!«

»Nur meine Mutter, aber das ist schon mehr als genug.«

Ich versuche Sinan und Elif hereinzubitten, was diese ablehnen. Zeynep rollt mit den Augen und sagt: »Zu höflich, da kann ich nichts machen. Dann lassen wir sie eben kurz dort stehen!«

Ich halte Zeynep auf, als sie hereinkommen will. »Es hat eventuell keinen Sinn. Sie ist heute sehr bockig und selbst wenn wir einen Krankenwagen rufen, kann sie niemand zwingen einzusteigen. Tut mir leid, ich habe das Gefühl, da ist wirklich nichts zu machen.«

Zeynep sieht mich einfach an und macht »tss«. Dann schiebt sie sich an mir vorbei.

»Na, wo ist denn meine schöne Mylady?«, ruft Zeynep Richtung Wohnzimmer.

Ich folge ihr und sehe überrascht, dass meine Mutter plötzlich glücklich strahlt.

»Was machst du denn für Sachen, Karin!«, sagt Zeynep und schüttelt mit gespielter Strenge den Kopf.

»Komm, wir suchen dir jetzt mal einen sexy Jogginganzug und dann gucken wir zusammen, in welchen Arzt in der Klinik du dich verliebst!«

Meine Mutter kichert wie ein kleines Mädchen.

Als ich Zeynep gerade erklären will, dass das keinen Zweck hat und sie sich querstellen wird, setzt sich meine Mutter auf und fummelt sich in den Haaren herum.

Zeynep tut empört: »Wie siehst du denn überhaupt aus, Karin! Wo ist denn dein schöner oranger Lippenstift?«

Sie flitzt ins Bad und ins Schlafzimmer und kommt mit einer Art Hauskleid, Lippenstift und Bürste zurück, hinter ihr Marie, einen Stapel riesige bunte Unterhosen in der Hand.

»Ein bisschen Rouge brauche ich auch noch«, erklärt meine Mutter und klimpert kokett mit den Wimpern.

Währenddessen stehe ich nutzlos herum und beobachte das absurde Schauspiel. Zeynep schminkt meine Mutter, zieht sie an und hilft ihr schließlich, Richtung Tür zu humpeln.

Ich bin sprachlos. Zeynep grinst und flüstert: »Ich habe damals meine Oma gepflegt. Glaub mir, sie war Karins türkischer Zwilling!«

Meine Mutter scheint alles für eine große lustige Klassenfahrt zu halten. Als wir endlich auf der Straße sind, winkt sie fröhlich hoch zu Lena und meiner Tochter, die am Fenster stehen und traurig herunterschauen.

Gemeinsam mit Zeyneps Eltern hieven wir meine nun quietschvergnügte Mutter ins Auto und fahren zur Notaufnahme, nicht ohne diverse Zwischenstopps einzulegen, bei denen Zeyneps Eltern Proviant und Lesestoff besorgen, was sich später als sehr kluge Idee herausstellt.

Als wir in der Notaufnahme ankommen, ruft meine Mutter ausgelassen: »Jetzt hole ich mir alles zurück, was ich mein Leben lang in die Krankenkasse eingezahlt habe! Ich lasse mir jetzt alles machen hier!«

Die leicht verstörten Gesichter von Elif und Sinan verraten, dass sie nicht darauf gefasst waren, dass das Erscheinen meiner Mutter wie immer mit einer Art Auftritt verbunden ist. Auch auf die Flirterei müssen wir nicht lange warten. Schon als sie das Datenblatt ausfüllen soll, weigert sie sich, ihre Telefonnummer einzutragen, und unterstellt dem überforderten Pfleger, dass das ein ganz billiger Trick sei, das kenne sie noch von früher, als alle jungen Männer auf Partys ihre Nummer haben wollten.

Sinan und Elif verfolgen jetzt hingerissen die eindrucksvolle Karin-Show.

Endlich wird sie zum Röntgen gefahren.

»Wow, Karin ist gut drauf heute«, stellt Zeynep fest.

»Es tut mir so leid, es tut mir alles so leid. Bitte, fahrt nach Hause, ab hier komme ich klar. Vielen Dank für alles!«

Doch niemand fährt und ich bin gerührt.

Wir sitzen also weiter herum und amüsieren uns ein bisschen darüber, dass Zeyneps Oma sich auch immer schön gemacht hat, wenn ein Arztbesuch anstand.

Zeyneps Oma ist die Mutter von Sinan, die ihrem Sohn im fortgeschrittenen Alter nach Deutschland folgte. Sinan war bereits in den Siebzigerjahren als junger Mann ausgewandert. Irgendwann Ende der Achtziger, als Zeynep geboren wurde, beschloss seine Mutter dann, dass Elif Unterstützung im Haushalt bräuchte.

Der wirkliche Grund ihrer Auswanderung war allerdings Langeweile rauf und runter, wie sie später zugab. Eine echte Hilfe beim Kinderhüten oder in der Küche war sie nämlich nicht, wie sich relativ schnell herausstellte. Dafür entdeckte sie ihre Liebe zu Buttercremetorten und ausgiebigen Spaziergängen auf dem Ku'damm.

Zeynep wurde früher oft von ihrer schönen Oma überraschend aus dem Kinderhort abgeholt und dann liefen die beiden Eis essend die Flaniermeile auf und ab.

Wenn Sinan und Elif ihre Tochter abends fragten, was sie mit ihrer Großmutter unternommen habe, sagte Zeynep immer: »Wir waren Reiche gucken.«

Ich muss lachen, als Elif die kleine Anekdote aus Zeyneps Kindheit erzählt.

Mir fällt ein, wie meine Mutter einmal in einem Familienurlaub in Südfrankreich auf die im Hafen liegenden Yachten zeigte und sagte: »Guckt mal, da sind Reiche.«

Meine Schwester und ich liefen also an der Promenade entlang, lugten zu den Menschen hinüber, die an Bord ein Sektfrühstück zu sich nahmen, und fragten uns, wo in Europa dieses »Reichland« wohl liegen könnte.

Stunden später – in der Zwischenzeit ist es mir irgendwie gelungen, Zeynep und ihre Eltern zu überreden, mich allein zu lassen – kommt eine gestresst wirkende junge Ärztin zu mir und informiert mich über die Lage. Ein paar Plätze neben mir sitzen die üblichen Notaufnahme-Kandidaten, die sich anscheinend irgendwelche neuartigen Drogen haben andrehen lassen.

Um die Diskretion zu wahren, beugt sich die Ärztin dicht zu mir herunter. Ein eigener Raum wäre in der Berliner Charité sicher zu viel verlangt. Ich kann die frisch tätowierten, noch verkrusteten Augenbrauen der Ärztin sehen, die vermutlich nicht einmal Zeit dafür hat, sich morgens zwei Striche ins Gesicht zu malen.

Dementsprechend ist unser Gespräch auch relativ schnell vorbei: »Ihre Mutter ist abgesehen von ihren verbesserungswürdigen Leberwerten topfit. Die schlechte Nachricht ist: Sie hat einen Bänderriss am linken Sprunggelenk. Aber es gibt auch eine gute: Wir müssen nicht operieren, das wächst so zusammen. Sie bekommt eine Schiene und fertig. Aus die Maus.«

»Wie, was ›aus die Maus‹, stirbt sie daran?«

Weil die Deppen neben mir so laut herumkrakeelen, bin ich unsicher, ob ich alles richtig verstanden habe. Wohl nicht, weil die Ärztin nun zu kichern beginnt. Die neuen Augenbrauen hüpfen auf und ab: »Um Gottes willen, nein! Ihrer Mutter geht es super, den Umständen entsprechend. Wir behalten sie so lange hier, bis wir alle Werte zusammenhaben, und dann rufen wir ihr ein Taxi. Krankenfahrt. Das zahlt die Kasse.«

Ich nicke erleichtert und sage: »Topp, danke, das wird meine Mutter freuen. Sie hatte schon lange geplant, endlich mal ein kleines bisschen krank zu werden, damit sich die jahrelangen Beiträge endlich lohnen.«

Die Ärztin versteht nicht, dass das ein Witz sein sollte, und guckt mich jetzt mit hochgezogenen Augenbrauen an, wodurch sie aussieht wie der Mephisto in einer klassischen Theateraufführung.

»Wie ich schon sagte: Ihre Mutter hat keine guten Leberwerte. Vielleicht erstaunt Sie das jetzt, aber auch

Frauen aus dem bürgerlichen Milieu neigen zu Alkoholmissbrauch.«

Das wundert mich kein bisschen nach mindestens fünfunddreißig Jahren Saufen mit Monika. Ich weiß aber auch, dass es ein schwieriges Unterfangen sein wird, meine Mutter von der *Eisente*, ihrer Kreuzberger Lieblingskneipe mit dem reichhaltigen Getränkeangebot, fernzuhalten.

Leise betrete ich ihr Zimmer, das sie glücklicherweise ganz für sich hat. Es ist schon spät, fast halb elf, wahrscheinlich schläft sie bereits. Ich habe mich in der Dunkelheit an ihr Bett geschlichen, da höre ich sie undeutlich flüstern: »Alleine! Alleine!«

»Was denn, Mama? Was ist denn los?« Mit einem Satz bin ich am Kopfende. Jetzt erst wacht sie auf. Sie scheint geträumt zu haben. Mit kleinen erschrockenen Augen sieht sie mich an.

»Alles gut«, sage ich. »Du bist in der Klinik, aber du darfst morgen schon nach Hause, da kümmere ich mich um dich. Du bist einfach ziemlich blöd umgeknickt. Das wird alles wieder.«

Sie sieht mich mit wirrem Blick an und fängt plötzlich an zu weinen. Ich setze mich zu ihr aufs Bett und streichele ihr wie einem Kind die Wange. Sie scheint das zu genießen und mir fällt sowieso nichts Besseres ein. Was sie wohl geträumt hat?

Sie seufzt wohlig. Na also. Dann sagt sie noch: »Das hat schon lange niemand mehr bei mir gemacht.«

Dann rollt sie sich zusammen wie ein Kätzchen und weint. Ich sitze steif wie eine Schaufensterpuppe auf dem Bettrand.

Der Satz haut mich um, weil das, was sie da sagt, höchstwahrscheinlich stimmt.

Haben wir alle Jahre vor uns, in denen wir nicht mehr gestreichelt werden?

Hätte ich doch verheiratet bleiben sollen, nur damit mich mit Mitte siebzig jemand streichelt? Mein Mann hat mich aber in den letzten Jahren sowieso nicht mehr gestreichelt, auch nicht beim Sex.

Ist es das, worum es eigentlich geht?

Ich denke an gestern Nacht, als David dachte, ich würde schon schlafen, und ganz vorsichtig meinen Nacken gestreichelt hat.

Ich blicke auf mein Handy. Da ist nichts. Kein Anruf.

Das kann ich wohl vergessen mit dem Gestreichelt-werden.

Dafür mache ich hier so lange weiter, bis meine Mutter eingeschlafen ist.

Ich laufe durch die nächtliche Stadt nach Hause. Ohne nachzudenken, mache ich einen Umweg durch die kleinen Seitenstraßen in Mitte. Dabei komme ich an der Bar von gestern Abend vorbei. Mir ist kalt, ich verschränke beim Gehen die Arme vor der Brust. Eine Gruppe junger Männer läuft lachend an mir vorbei, einer streift mich unsanft mit seiner Bierflasche. Durch die Scheibe sehe ich in der Bar das nächste Paar am Tresen sitzen und flirten.

Ich ziehe mein Handy aus der Tasche und rufe zuerst Lena und dann Ben und Marie an und berichte, was die Ärztin gesagt hat.

Ben klingt fürsorglich: »Mama, wie geht es dir denn? Danke, dass du dich um alles gekümmert hast! Ich könnte ein Semester aussetzen und dir mit Oma helfen!«

Natürlich kommt das nicht in Frage.

Das ist typisch Ben. Immer fragt er sich, ob es mir gut geht, will mir beistehen. Auch wenn mich das sehr rührt, frage ich mich manchmal, ob das von der Scheidung übriggeblieben ist. Wird er sich lebenslang um seine Mutter sorgen, weil er damals gesehen hat, wie mühsam ich mir ein neues Leben aufbauen musste? Weil er damals Angst hatte, es könnte schieflaufen?

Marie sagt: »Wir müssen Oma den Alkohol wegnehmen, damit sie wieder Topwerte bekommt.«

Das wiederum ist typisch meine Tochter. Sie will alles reparieren, alles soll perfekt sein. Entweder ist das tatsächlich Teil ihrer Persönlichkeit oder sie hat verkappte Verlustängste, die ich ihr ebenfalls mit der Scheidung eingebrockt habe.

»Das können wir probieren, aber du kennst doch deine Oma. Mach dir keine Sorgen, ich kümmere mich um sie. Ich trinke am besten schon mal ihren ganzen Schnaps aus, okay?«

Marie muss lachen, seufzt dann und sagt: »Stimmt. Die Vorstellung ist schon traurig, dass sie da allein zu Hause sitzt und säuft.«

Ich merke, dass mich das Gespräch bedrückt, und verabschiede mich unter dem Vorwand, hundemüde zu sein.

Zu Hause angekommen, ziehe ich als Erstes die Bettwäsche ab und verbiete mir, an Davids Kopfkissen zu riechen. Das habe ich doch in meinen jüngeren Jahren alles schon durchgemacht. Ich weiß, wie das läuft.

Jetzt heißt es nach vorne schauen, bloß kein Selbstmitleid, einfach weitermachen.

Es wird schon alles seinen Sinn haben. Bei den meisten meiner misslungenen Beziehungen habe ich ja später auch festgestellt, dass es ein Segen war, dass die Sache nicht funktioniert hat.

Ich öffne die Balkontür und setze mich mit einem Wodka Soda nach draußen. Das wird mir guttun.

Es bewirkt jedoch das Gegenteil, weil ich von draußen dauernd auf mein Bett starre und eine Art schwülstige Liebesmontage der letzten Nacht in meinem Kopf zusammenschneide.

Das hilft mir jetzt wirklich kein bisschen weiter.

Warum zum Teufel hat David nicht angerufen?

Ich weiß natürlich, warum er das nicht getan hat.

Mein Leben lang habe ich mich danach gesehnt, endlich eine erwachsene Frau zu sein, eine Frau, der der Wind des Lebens um die Ohren geweht ist, nur um jetzt festzustellen, dass ich damit auf dem freien Markt überhaupt nicht gefragt bin. Diese Erkenntnis ist natürlich nicht überraschend. Trotzdem macht es mich traurig, dass ich die ersten Erwachsenenjahre meines Lebens davon geträumt habe, endlich ernst genommen zu werden, jemand zu sein, dem man nicht nur in den Ausschnitt guckt, sondern auch zuhört. Jetzt könnte ich an diesem Punkt sein, stelle aber fest, dass überhaupt keiner da ist, um mich ernst zu nehmen, geschweige denn mir zuzuhören.

Zeynep hatte recht mit Tinder.

Ich hätte bei meinem Alter lügen müssen.

Allerdings habe ich gerade viermal mit jemandem geschlafen, dem ich mein Alter nicht auf die Nase gebunden habe, und das Ergebnis ist im Prinzip das gleiche: keine Nachricht für mich.

Vielleicht hätte ich die Zeit mehr genießen sollen damals als Kunststudentin, die so tut, als hätte sie kein Kälteempfinden, und im Dezember in bauchfreien T-Shirts feiern geht?

Dann kam Phil. Unser Liebesleben war von Anfang an etwas hölzern. Mit viel Übung würde sich das auf einer guten Ebene einpendeln, dachte ich. So wie beim Pilates, wo man irgendwann Stufe zwei erreicht, wenn man nur hartnäckig genug dranbleibt. Damals dachte ich auch, Hauptsache, wir lieben uns jetzt erstmal.

Ich sehe durch die Scheibe der Balkontür auf mein Bett. Auf dem Nachttisch stehen meine Cremes gegen Wechseljahresbeschwerden, diese Cremes, die jetzt, wo es gar nicht mehr passt, meine Libido neu entfacht haben.

Ich dachte, auf mich würden nur noch Krankenkassenbeiträge und Haarausfall mit einer Prise Scheidentrockenheit warten. Ich hatte mir ein gemütliches Mausoleum aus ein paar gescheiterten Beziehungen und einer zerrütteten Ehe gebaut und gedacht, es würde dabei bleiben.

Ich war mir sicher, dass mich nichts mehr überraschen könnte. Ich hatte sie doch alle getroffen, damals, während meiner Studienzeit. In meiner Erinnerung hießen die meisten meiner Ex-Geliebten Michael oder Stefan, was im Prinzip der gleiche Name ist. Einige waren aufregend, viele waren nett, manche absolut unspektakulär. Mindestens fünfzig Prozent von ihnen hatten entweder ein Poster von *Scarface* oder *The Big Lebowski* in ihren Schlafzimmern hängen.

Ich komme vom Thema ab. Eigentlich wollte ich sagen, dass ich so dumm war zu glauben, mir würde so etwas nie mehr passieren, schon gar nicht in dieser Heftigkeit. Und genauso schnell, wie es angefangen hat, war es auch wieder vorbei.

Vielleicht kommt dafür etwas anderes?

Es wäre alles einfacher, wenn mich mein Bett gerade nicht so lüstern anstarren und an die Nacht mit David erinnern würde. Ich muss mich so schnell wie möglich mit der Realität abfinden. Dieses Mantra soll mich heute in den Schlaf wiegen.

Am nächsten Morgen wasche ich mein übermüdetes Gesicht mit eiskaltem Wasser, trage den guten Concealer aus dem KaDeWe unter den Augen auf, den ich von Marie zu Weihnachten bekommen habe, und beeile mich, ins Büro zu kommen, ungeduldig, Zeynep von meinen neuen Plänen zu berichten.

Die halbe Nacht habe ich wachgelegen und mir Sorgen um meine Mutter, mich und die Welt gemacht und schließlich beschlossen, dass ich bei mir anfangen muss, wenn ich etwas verändern will.

»Ich habe eine richtig tolle Nachricht, ich weiß jetzt, was ich machen will! Ich werde etwas tun, was ich schon viel zu lange vermisst habe …«

Zeynep blickt mich erwartungsvoll an, während wir im Kopierraum stehen und die Drehbücher der nächsten Folgen für die Schauspieler kopieren.

Ich mache eine kleine Kunstpause und sage dann: »Ich fange wieder an zu töpfern!«

Die Wirkung ist nicht ganz die, die ich erwartet hatte. Zeynep sieht etwas ratlos aus. »Du meinst diesen braunen Matsch, aus dem man Öko-Vasen macht, in die Omas trockene Blumen reinstellen?«

»Man kann auch schöne Sachen töpfern! Außerdem bin ich ja in der Übergangsphase zur Oma. Passt doch.«

Wir lachen beide.

Ich erkläre, dass die ganze Sache schon okay für mich sei, und kündige an, mit dem Liebeskummer – oder wie man das auch immer nennen mag – in ein paar Tagen durch zu sein. Dann schlage ich vor, dass wir uns mittags eine türkische Pizza in der Brunnenstraße holen könnten.

Zeynep glaubt, mich durchschaut zu haben.

»Ah, du willst den Monsieur sehen! Du willst an seinem Café vorbeilaufen und durchs Fenster gucken wie ein trauriges Straßenhündchen!«

Ich schüttele sehr entschieden den Kopf.

Zeynep sieht mich misstrauisch an.

»Das geht jetzt aber nicht so los mit dir, dass wir jeden Tag durch die Brunnenstraße schleichen und du ihn nachts besoffen anrufst und wir seine Instagram-Fotos interpretieren müssen?«

Ich habe keine Ahnung, wie sie auf diesen Schwachsinn kommt. Eventuell hat sie ein bisschen recht damit, dass ich David gern begegnen würde, aber aus völlig anderen Beweggründen, als sie denkt. Ich erkläre Zeynep, dass ich David einfach nur kurz sehen will, damit uns beiden klar wird, dass wir ab jetzt gute Freunde sein können, nichts weiter, zwei vernünftige Erwachsene, die sich mal nackt gesehen haben, die sich aber auch gerne über Kreuzworträtsel oder die Deutsche Bahn unterhalten und den Lauf der Dinge akzeptieren. Zeynep sieht mich belustigt an: »Quatsch, du willst ihn sehen, weil du verliebt in ihn bist.« Darüber rege ich mich tierisch auf, den ganzen Morgen, bis ich mich kurz vor der Mittagspause dabei ertappe, wie ich auf der Bürotoilette mit schwitzigen Händen versuche, mir einen sexy Lidstrich zu malen für meinen neuen guten Freund in der Brunnenstraße.

Als wir an Davids Fenster vorbeilaufen, fange ich plötzlich an, affektiert zu lachen, damit David, falls er zufällig rausguckt, sieht, wie viel Spaß ich schon wieder habe als nicht angerufene Frau. Ich bin erbärmlich. Egal.

Zeynep ist eine echte Freundin, sie hakt sich bei mir ein, fängt sofort an, sich ebenfalls über wirklich gar nichts kaputtzulachen, und sagt dann, immer noch lachend: »Gib zu, dass ich recht hatte.«

»Niemals!«, sage ich und lache affektiert weiter.

Ja, sie hatte eventuell recht.

Ich weiß es nicht genau. Mit einem Auge linse ich in Davids Café. Meine Show hätte ich mir sparen können.

Hinter dem Tresen steht eine hübsche Frau mit braunen Locken und einem bauchfreien T-Shirt.

Die Sandwiches sehen in der Tat ziemlich gut aus.

Wir gehen stumm weiter.

Zeynep legt den Arm um mich und sagt mit aufmunternder Stimme: »Ich finde das eine super Idee von dir mit dem Töpfern! Klar, erst denkt man ›uncool‹ oder ›peinlich‹ oder ›öko‹, aber wenn ich's mir genauer überlege, find ich's gut. Ehrlich. Darauf kannst du dich doch jetzt freuen. Du töpferst dir die Daumen platt, hm?«

»Töpfern ist nicht uncool. Ich hab richtig gute Sachen gemacht.« Ich bin noch immer leicht gekränkt, aber hauptsächlich, weil ich gerade künstlich lachend und komplett sinnbefreit an einem Ladenfenster vorbeigelaufen bin und mich sehr armselig fühle.

Zeynep wuschelt mir durchs Haar und sieht mich mitfühlend an: »Ja, ich hatte Vorurteile, aber jetzt finde ich es ein richtig gutes Hobby. Wirklich. Ich bin richtig neidisch auf dich, weißt du? Vermutlich war ich das von Anfang an. So ist das nämlich.«

Zeynep ist zwar eine extrem schlechte Lügnerin, aber sie gibt sich dabei so viel Mühe, dass das ja auch ein Liebesbeweis ist. Und darum geht es am Ende doch irgendwie, dass wir alle geliebt werden wollen.

Jetzt muss ich sogar ein bisschen lächeln und schaue heimlich kurz zurück. Ich bin mir nicht ganz sicher, habe aber das Gefühl, als hätte ich einen Mann mit den schönsten Schultern, die die Welt je gesehen hat, vor dem Laden stehen sehen. Ich sage nichts zu Zeynep und zwinge mich, die Brunnenstraße weiter hinunterzulaufen. Das Leben muss ja weitergehen.

Boss Bitches

Lena

Vielleicht hätte sich Lena mal die Mühe machen und den Begriff Reformer Pilates googeln sollen. Ihre Füße baumeln weit oben in zwei Schlingen. Sie liegt derweil mit dem Rücken auf einer Art Holzpritsche, die sich vor und zurück bewegt und dabei den Körper auseinanderzieht oder zusammenquetscht. Hat sich diese Sportart aus einer mittelalterlichen Foltermethode heraus entwickelt?

Als ihr dieser Gedanke kommt, sieht sie Lulu und den Rest der Gruppe so weit auf der Bank zurückfahren, dass die Frauen Spagat machen.

Aus den Lautsprechern schallt *Rihanna*. Lenas Gefühl geht aber eher Richtung *Randfichten*, denn das hier würde der alte Holzmichel sicher nicht überleben.

»Warum zum Teufel habe ich nur zugesagt?«, denkt sie zum x-ten Mal seit Beginn der Stunde.

Bei jeder neuen Übung springt die spindeldürre Trainerin auf Lena zu und biegt ihren Körper in Positionen, die zu halten sie jeweils maximal dreißig Sekunden in der Lage ist. Manchmal versteht sie einfach nicht, in welche Richtung sie ihre Zehen biegen soll, gerät in Panik, weil die anderen immer so lange warten müssen, bis Lena es auch kapiert hat.

Ihr war vorher nicht klar, dass es sich bei allen Teilnehmerinnen dieses Kurses um ehemalige Ballettmädchen handelt, die sich verbiegen können wie Brezeln. Ihr wurde die ganze Sache hier verkauft als sogenannte Mama-Me-Time, etwas, worauf man sich freuen kann, wo man den Stress der Woche abschüttelt. Das hier sieht aber eher nach einer knallharten Trainingseinheit für die nächste Tanzshow im Friedrichstadtpalast aus, obwohl in der Beschreibung auf der Homepage stand: »All Levels Welcome«! Dabei hätte da stehen müssen: »Menschen, die sich ihre Beine um den Hals wickeln und den Rumpf dabei um 360 Grad drehen können, welcome!«.

Nach sechzig quälenden Minuten ist es endlich vorbei. Lena rollt sich mit einem Jammerlaut auf den Boden und bleibt dort auf dem Rücken liegen wie ein Käfer. Sie hat schrecklichen Durst, aber ihre Beine zittern noch so sehr, dass sie befürchtet, sie knicken einfach weg, sobald sie versucht, zum Waschbecken zu gehen.

Ein großer langer Schatten beugt sich über sie.

Leicht verzerrt durch die von der Anstrengung noch verstopften Ohren hört sie Lulus Stimme: »Hey, Süße, alles gut bei dir? Wir gehen uns noch nebenan 'n Smoothie holen. Kommst du mit?«

Lena nickt und versucht dabei vergnügt und aufgeregt auszusehen. »Klar, klingt super! Ich liebe Smoothies! Komme gleich!«, flötet sie mit dünner Stimme.

Als alle weg sind, kommt die spinnenartige Lehrerin

und hilft ihr auf. Lena kann immer noch nicht fassen, dass Lulu zum Aufwärmen Spagat gemacht hat. Zum Aufwärmen!

Stark nachschwitzend erreicht sie das *Smoothie Paradies* und stellt sich in die Schlange vor der ganz in zartem Rosa gehaltenen Theke. Überfordert liest sie die Namen der angebotenen Smoothies und Bowls und nach Hundefutter aussehenden, zusammengematschten kleinen Batzen namens Energy-Balls.

Welchen Smoothie soll sie nehmen? Zur Auswahl stehen Green Goddess, Mama Glow, Wonder Skin und Beauty Queen. Lena fragt sich, ob man ihr vielleicht auch einen Smoothie namens Cellulite auf erschöpftem Körper machen könnte. Es ist, als wäre in ihrem Mund eine Art Sperre, die sie am Aussprechen der aufgeführten Kreationen hindert.

Da kommt unverhofft Rettung aus der rosafarbenen Sitzecke. »Wir haben schon für dich bestellt, setz dich, Schatz«, ruft ihr Lulu zu und in Lenas Körper macht sich ein warmes Gefühl breit. Da ist sie, ihre neue Girl Gang, und sie haben an sie gedacht. Lena setzt sich und strahlt glücklich in die Runde. Vergessen sind die Strapazen von eben.

Lulu, die heute ganz besonders süß aussieht mit ihrem wippenden blonden Pferdeschwanz, den hautengen braunen Leggings und dem bauchfreien Top, das nur aus hellbraunen Schnüren zu bestehen scheint, stellt Lena der Reihe nach ihre Freundinnen vor, die sie teilweise schon vom Sommerfest kennt.

Da ist eine kleine Frau namens Sandra mit Locken im schwarzen, ebenfalls schnurartigen Top und mit Leggings, deren Mann zusammen mit Phil in der Firma arbeitet und die Lena freundlich anlacht. Daneben sitzt Ginny, auch sie trägt eine ausgefallene Lycra-Kombination, ist ganz offensichtlich mit einem bekannten Schönheitschirurgen verheiratet und stellt eine Art lebendes Schaubild für seine Arbeit dar. Gegenüber sitzt Benedicta, die einzige etwas ältere Frau, die ein Outfit ohne Schnüre trägt, das sogar ihren Bauch bedeckt. Benedicta hat einen Pagenschnitt und Perlenohrringe. Dazu zeigt sie einen leicht verkniffenen Gesichtsausdruck. Lulu, die neben ihr sitzt, benimmt sich direkt unterwürfig, was Lena Rätsel aufgibt, weil eigentlich ja Lulu hier den Ton angibt.

Im Laufe des Gesprächs erfährt sie allerdings, dass Benedicta zwar auch Hausfrau, dabei aber eine studierte Kunsthistorikerin ist, sich um sage und schreibe vier Kinder kümmert und mit einem der Vorstandsmitglieder in Floris Unternehmen verheiratet ist.

Letzteres lässt Lulu beiläufig fallen und zwinkert Lena zu. Jetzt versteht Lena, wie hier die Hackordnung funktioniert, und zwar nach dem beruflichen Status der Ehemänner.

Lulu hat ihr gerade zugezwinkert, um sie dazu zu animieren, sich mit der ziemlich abweisend aussehenden Benedicta anzufreunden, damit Flori direkten Zugang zum Vorstand des Konzerns erhält. Lena wünschte, ihre Zielperson wäre die sympathisch wirkende Sandra, aber das Leben ist nun mal kein Wunschkonzert. Und wie nähern sich Mütter am besten an? Natürlich mit Gesprächen über die Kinder.

Lena startet einen ersten Versuch und berichtet Benedicta, dass sie zwei kleine Mädchen hat. Stolz zeigt sie ein besonders süßes Foto von Greta und Carlotta, auf dem sie in ihrem gemeinsamen Zimmer sitzen und in die Kamera lächeln.

»Ja, doch, sehr süß«, sagt Benedicta, so als hätte sie das Gegenteil erwartet. Bestimmt ist es nicht böse gemeint, möglicherweise liegt das Negative einfach in Benedictas Natur.

Lena tippt mit ihrem Finger auf Gretas kleines Knopfaugengesicht: »Meine Große wird bestimmt Journalistin. Sie will immer alles ganz genau wissen, auch die unangenehmen Dinge. Letzte Ostern habe ich ihr erzählt, dass der Osterhase die Eier versteckt. Ich hatte aber vergessen, dass sie ein Bilderbuch besitzt, in dem erklärt wird, dass Hasen Säugetiere sind. Wir hatten eine lange Diskussion über das Eierlegen … sie ist einfach sehr schlau …«

Lena verschweigt lieber, dass sie ihrer Tochter auch noch erklärt hat, dass die Hühner den Osterhasen ihre Eier schenken, nachdem die verwirrende Säugetiersache aufgekommen war. Daraufhin wollte Greta wissen, warum die Hühner den Hasen einfach ihre Kinder schenken. Lena begab sich auf unsicheres Terrain und erklärte, dass manche Hasen selbst keine Kinder bekommen könnten, weshalb die Hühner einsprängen. Das zog einen Rattenschwanz von Rückfragen sowie sehr unlogischen Antworten und Theorien seitens Lenas nach sich, auf den sie rein pädagogisch gesehen nicht besonders stolz ist.

Lieber erzählt sie schnell noch von Carlottas kreativem Talent: »Manchmal malt sie so lustige Sachen. Neulich erst hat sie die ganze Familie gemalt und da hatte meine Mutter so ein rotes Ding auf dem Kopf. Als ich Carlotta danach gefragt habe, hat sie gesagt: ›Ja, Oma Karin hat einen Clown auf dem Kopf, weil sie immer so lustig ist.‹«

Lena lacht über die einnehmende Antwort ihrer Tochter, doch Benedicta bleibt still. Ihr Mund verzieht sich nur ganz leicht zu einem Ausdruck, der ein Lächeln sein könnte, aber hundertprozentig sicher lässt sich das nicht sagen. Kurz darauf nimmt sie einen riesigen Schluck von ihrem Smoothie namens Hot Mama, der aussieht wie Schlamm.

Dann sagt sie: »Hach, die Mädchen, die denken sich immer gerne etwas aus! Immer noch besser als meine vier Jungs. Das Einzige, was die interessiert, sind Matsch, Dreck und Gestank. Ich stelle sie abends einfach mit den Hunden unter die Außendusche, es ist richtig widerlich.«

Lena hat keine Ahnung, was das genau bedeuten soll oder wie es gemeint sein könnte. Benedicta ist offenbar eine dieser Mütter, die denken, dass es cool sei, wenn man unaufhörlich davon erzählt, wie schrecklich die eigenen Kinder sind.

Lena findet zu diesen Frauen nur schwer Zugang. Natürlich stößt sie, wie alle anderen hier, bei der Kindererziehung permanent an ihre Grenzen und wird so gut wie nie ihren Vorstellungen von einer perfekten Mutter gerecht, aber wenn sie jetzt anfinge, vor aller Welt die eigenen Kinder runterzumachen, was würde ihr dann noch bleiben? Und hat es nicht jedes Kind verdient, so oft wie möglich mit Begeisterung betrachtet zu werden?

Lena behält ihre Gedanken für sich, während Benedicta auf unangenehm herablassende Art schildert, was für Tollpatsche ihre vier Jungs doch sind.

»Unser Carl-Theodor ist nun wirklich kein Genie, aber dass er seine Brüder überredet, sich mitten auf dem Ku'damm auszuziehen, und dann die Klamotten verliert. Na ja, müssen sie lernen. Die erziehen sich gegenseitig.«

Lena würde jetzt gerne entgegnen, dass Kinder ihrer Meinung nach keine anderen Kinder erziehen können und dass sie ein Recht darauf haben haben, einfach nur Kind zu sein, aber sie hält sich zurück. Benedicta wirkt nicht wie eine Person, die die Möglichkeit in Betracht zieht, dass außer ihr noch irgendjemand zu einem klugen Gedanken in der Lage sein könnte. Also versucht Lena, das Gespräch in eine positivere Richtung zu lenken, und bittet darum, ein paar Fotos der Jungs sehen zu dürfen.

Beim Anblick der Viererbande muss sie sich dann tatsächlich nicht verstellen, ihre Begeisterung zu zeigen. Wieder wird sie unwirsch von Benedicta abgewürgt: »Ja, sie sehen süß aus, aber frag nicht nach dem Lärmpegel bei uns zu Hause. Das sind richtige Jungs, die schreien sich den ganzen Tag an.«

Die nächste Sackgasse …

Lena sitzt stumm da und überlegt, für welches Thema ihre sperrige Gesprächspartnerin sich wohl begeistern könnte. Vielleicht die Männer?

Lena berichtet, dass Flori gerade zum Geschäftsführer befördert wurde. »Sicher kennen dein Mann und er sich von der Arbeit?«

»Oh ja, die Firma. Jetzt haben sie auch noch diesen Compliance-Irrsinn am Hacken. Man kann nur hoffen, dass diese Frauen, die sich da zum Opfer stilisieren, endlich zur Vernunft kommen.«

Lena erschrickt, als sie hört, dass das Compliance-Verfahren bereits läuft.

»Was passiert denn da genau? Ist an den Vorwürfen was dran? Wahrscheinlich nicht, oder?«

Lena kann sich einfach nicht vorstellen, dass Flori und die anderen Ehemänner es dulden würden, wenn in ihrer Firma Frauen Unrecht angetan würde. Das mag vielleicht naiv klingen, aber Lena erlebt Flori jeden Tag mit ihren gemeinsamen Töchtern. Zwar hat er viel zu wenig Zeit für sie, aber wenn sie zusammen sind, ist er ein einfühlsamer, sanfter Vater. Er würde nie zulassen, dass Carlotta oder Greta etwas Schlimmes widerfährt, generell ist er Frauen gegenüber ein Gentleman.

»Glaub mir, da ist nichts dran, oder sind unsere Männer etwa dafür verantwortlich, wenn irgendwelche Frauen meinen, sie müssten den Starschauspieler am Set anbaggern? Das können die sich ja wohl denken, dass das Folgen hat!«

Lena ist erleichtert, dass Benedicta die Sache so eindeutig sieht. Auch sie hat auf dem Firmensommerfest mitbekommen, wie sich manche Frauen zehn Beine ausrenken, um von den anwesenden bekannten Schauspielern beachtet zu werden. Das kann ja nicht strafbar sein, wenn der betreffende Mann ab und an mal auf ein Angebot einsteigt.

»Die Frauen sind ja auch ganz verrückt nach diesem Hotte Günther. Er ist gar nicht mein Typ, aber ich kann es schon verstehen«, bekräftigt Lena.

»Eben, Stars und ihre Fans, das ist die älteste Geschichte der Welt. Und die Sache mit dem Würgen, ja gut, was weiß ich denn, was die Frauen für sexuelle Vorlieben haben. Ich stehe nicht drauf, aber diese Schauspielerinnen sind alle Grenzgängerinnen. Es gibt viele Paare, die für sowas eine Schwäche haben, das ist für viele ein tolles Gefühl, wenn ihnen kurz die Luft wegbleibt, ist eine richtige Sexpraktik. Ich finde die Vorstellung ja gruselig, aber natürlich ist das auch deren Privatsache.« Benedicta zuckt mit den Schultern und nimmt einen großen Schluck von ihrem grünen Smoothie.

Lenas Gehirn läuft heiß. Diese Antwort fühlt sich nicht so gut an, wie sie gehofft hatte.

»Wer wurde denn gewürgt? Hat da tatsächlich jemand einen anderen gewürgt?«, entfährt es ihr mit hoher Stimme.

Benedicta muss lachen: »Quatsch, das habe ich doch schon gesagt. Anscheinend fanden sich dieser Hotte und eine andere Schauspielerin ziemlich hot, so eine ganz unbekannte, die es offenbar auch irgendwie nötig hatte. Und vor langer Zeit gab es mal eine Assistentin, die war aber nachweislich irre, die war in Psychotherapie, weil sie so labil war. Das war eine abgekartete Sache, die wollte einfach Geld.«

Lena nickt. Es hat ihr einen Stich versetzt, dass Benedicta sie ausgelacht hat. Lena kann nichts dafür, aber sie war schon in der Schule eine Spätentwicklerin und galt als verklemmt. Dass sie Flori fragen könnte, ob er sie ein bisschen würgt im Bett, erscheint ihr absolut undenkbar. Lena fragt sich, ob Nina vielleicht auch auf so etwas steht. Viel über Sex gesprochen haben sie eigentlich nie miteinander. Dafür waren sie zu unterschiedlich.

Lena wird manchmal wütend auf die Frauen, die so tun, als wäre das alles ganz leicht mit dem Sexysein und allem, was da dranhängt. Es ist eine ungerecht verteilte Sache, wie man bei ihr und ihrer Schwester sehen kann.

Trotzdem bleibt eine Spur von Zweifel. Weg damit. Wahrscheinlich ist alles sehr viel einfacher, als es sich anhört. Und dass Geld eine große Rolle spielt, kann sich Lena gut vorstellen. Allein wie wichtig es hier bei den Frauen im Grunewald zu sein scheint.

Aber was bedeutet dieses Verfahren nun für Flori?

»Was passiert denn eigentlich genau bei dem Compliance-Verfahren?«, fragt Lena in bemüht beiläufigem Ton. Es soll ja schließlich niemand annehmen, dass sie denkt, ihr Mann könnte Dreck am Stecken haben, nein, bei Flori gibt es da sicher nicht einmal ein Staubkörnchen.

»Tja, da passiert so einiges«, stöhnt Benedicta. »Die haben eine Unternehmensberatung damit beauftragt, die Mitarbeiter zu befragen. Dann wird das Ganze ausgewertet und entschieden, ob es vielleicht problematische oder strafrechtlich relevante Vorkommnisse in der Firma gegeben hat. Das wird einfach nur unheimlich viel Geld kosten und erwartungsgemäß ins Nichts laufen. Da wird niemand gefeuert.«

Lena nickt beruhigt. Genau das wollte sie hören.

»Es sind ja alles erwachsene Frauen. Bei Kindern wäre das was anderes, aber auch eine Achtzehnjährige ist nach dem Gesetz volljährig und kann selbst entscheiden.«

Lena hat keine Ahnung, wieso Benedicta jetzt auf eine Achtzehnjährige kommt, aber nachfragen will sie auf keinen Fall. Was Flori und seinen Job betrifft, kann sie erstmal beruhigt sein.

Der Kredit für das Haus haut jeden Monat ordentlich ins Budget. Auch der Umzug hat fast doppelt so viel gekostet wie geplant. Wer hätte auch ahnen können, dass die Handwerkerkosten derart in die Höhe schießen? Und die private Kita bucht jeden Monat ein kleines Vermögen ab …

»Alles in Ordnung bei dir?«, fragt die nette Ginny und reißt Lena damit aus ihren Gedanken.

»Kommt, wir machen ein Selfie, Ladys!«, ruft Lulu dazwischen.

Diesmal ist Lena vorbereitet. Sie rutscht so weit wie möglich auf der Bank nach hinten. Bei ihrer Internetrecherche hat sie erfahren, dass die Person im Vordergrund immer am fülligsten wirkt.

Geschickt dreht Lena ihr Gesicht in Pose und saugt das Innere ihrer Wangen zur Mundmitte. Das ist der neueste Instagram-Hype. Models lassen sich das Innenwangenfett absaugen und wer sich das nicht leisten kann, hält eben kurz die Luft an. Die Mühen haben sich gelohnt.

Auf Lulus Insta-Seite lächelt nun gekonnt und hohlwangig Lena mit den anderen zusammen in die Kamera. Hashtags: »MyGirls«, »PowerMamas«, »BossBitches« und »Blessed«.

Lena fährt mit schmerzenden Pobacken, aber einem breiten Lächeln im Gesicht nach Hause.

Als sie die Mädchen gerade bettfertig gemacht hat, kommt Flori mit einer Laune aus der Hölle nach Hause. Überrascht sieht er auf den mit viel Mühe gedeckten Tisch und einen Stapel Kartoffelpuffer, die er liebt.

Heute war einfach gute Laune angesagt.

Nicht einmal, als Carlotta Greta die erste Fuhre Kartoffelteig in die Haare geschmiert hat, woraufhin erst Greta anfing zu heulen und dann dicke Tränen über Carlottas kleine Pausbacken rollten, weil sie traurig darüber war, dass ihre Schwester weinte, hat Lena sich aufgeregt. Geduldig hat sie beide Mädchen in den Arm genommen und gewartet, dass das Gewitter vorüberzog und sie einen neuen Teig anrühren konnte. Logik ist etwas, das in einem Kinderleben keine besonders große Rolle spielt.

»Wie war's im Büro?« Sie nimmt Flori den Mantel ab, als wäre sie eine Hausfrau in einem dieser Filme aus den Fünfzigern, in denen die Welt immer so schön in Ordnung ist.

Flori zuckt nur müde mit den Schultern, macht ein undefinierbares Geräusch und lädt sich sieben Kartoffelpuffer auf den Teller. Lena weiß, dass ihr Mann ein Trostesser ist. Diese Anzahl Kartoffelpuffer, die er jetzt in sich hineinschaufelt, lässt auf Probleme in der Firma schließen.

Doch Lena muss ihre Neugier zügeln. Geht sie jetzt zu nassforsch vor, wird Flori sofort zuklappen wie eine Auster. Es gilt, das mögliche Thema vorsichtig einzukreisen, um es am Ende wie ein scheues Vögelchen herauszulocken. Damit ist sie bisher immer gut gefahren bei ihrem Mann.

Die Spiele sind eröffnet.

Als Erstes legt Lena eine Spur und erwähnt beiläufig, sie habe Benedicta von Kloben kennengelernt.

»Die Frau von dem Vorstandsmitglied von Kloben?«, fragt Flori sofort hellwach.

»Ja, genau.« Sie nickt.

»Und worüber habt ihr euch unterhalten?«

»Ach, nur ein bisschen über die Kinder.«

»Und sonst? Habt ihr sonst noch etwas besprochen?«

Jetzt hat sie ihn.

»Benedicta hat diese Compliance-Sache erwähnt ... die ganze Geschichte scheint ja langsam ein bisschen kompliziert zu werden.«

Flori nickt nachdenklich. Er sieht besorgt aus. »Diese verdammte Schauspielerin!«

»Welche?«

»Kennst du nicht. Hatte eine Mini-Rolle in einer Folge von ›Ein Fall von Glück‹ und hat jetzt nichts Besseres zu tun, als uns mit einem Scheiß-Interview in dieser Schmierenzeitung zu drohen!«

Aha. Das also war der Auslöser. Lena arbeitet sich weiter vor. »Das ist doch die Serie, für die Nina arbeitet.«

»Ja. Es nervt einfach, weil es jetzt doch eine Untersuchung gibt und ich mich darum kümmern soll. Und bekomme ich mehr Mitarbeiter? Natürlich nicht. Ich hab den ganzen Schreibtisch voll. Gibt es eigentlich Apfelmus?«

»Klar, habe ich heute mit den Mädchen zusammen gemacht. Carlotta kann schon richtig gut Äpfel schneiden. Ist im Kühlschrank. Ich habe nur vergessen, es auf den Tisch zu stellen.«

Da ist es. Das erste Lächeln des Tages. Lena beschließt, das Thema vorerst ruhen zu lassen. Flori streicht ihr liebevoll über die Schulter, während er aufsteht. »Bleib sitzen. Ich hol's mir selbst.«

Lena beobachtet Flori dabei, wie er im Kühlschrank herumsucht, obwohl das Apfelmus ganz vorne im mittleren Fach steht. Sie hat mal in einer Studie gelesen, dass Männer ein anderes Blickfeld haben und deswegen in Kühlschränken nichts finden.

»Auch wenn's gerade stressig bei mir ist, ich hab Lust, dass wir wieder mehr zusammen machen. Vielleicht gehen wir am Wochenende mal in die Therme? Ich muss mich dringend ablenken vom Job und dem ganzen Mist.«

Lena starrt auf Floris Rücken. Wie überraschend das Leben doch sein kann. Sie kann sich überhaupt nicht daran erinnern, wann Flori das letzte Mal von sich aus eine Familienunternehmung vorgeschlagen hat. Ein warmes Gefühl breitet sich in ihrer Magengegend und überraschenderweise sogar in den tieferen Regionen aus.

Floris Hintern sieht gut aus in der hellbraunen Bundfaltenhose, die sie zusammen im Ausverkauf bei Ralph Lauren ergattert haben. Wie lange genau ist das jetzt her mit dem Sex? Lena stellt fest, dass sie der Grundidee gegenüber, Geschlechtsverkehr mit ihrem Ehemann zu haben, nicht mehr ganz so abgeneigt ist.

Flori streckt sich bei der großen Kühlschranksuche in alle möglichen Richtungen. Unter dem Stoff des hellblauen Button-Down-Hemdes, ebenfalls aus dem Ausverkauf, zeichnen sich jetzt seine Muskeln ab.

Lena sieht an sich herunter, öffnet einen weiteren Knopf ihrer unschuldig geblümten Bluse und versucht, französisch auszusehen.

Als Flori schließlich ruft: »Ah, Apfelmus, da bist du ja!«, und sich zu seiner Frau herumdreht, hört Lena sich zu ihrer Überraschung sagen: »Findest du nicht, wir könnten auch etwas anderes tun als essen?«

Während Flori noch dabei ist, diese unerwartete Entwicklung zu verarbeiten, steht Lena auf, kickt im Gehen die gefilzten Hüttenschuhe von sich und geht lasziv die Treppe hoch. Von unten hört sie, wie Flori laut zu sich selbst »Ähem« sagt, eilig die Kühlschranktür zuklappt und ihr schließlich nach oben folgt.

Hypersensibilität, komische Haut
und der Fund von Piment,
das genauso alt ist wie ich

Nina

Nach einem ereignislosen Bürotag erreiche ich die Wohnung meiner Mutter, in die sie heute nach der Abendvisite per Krankenfahrt gebracht werden soll.

Ihr Bett ist frisch bezogen, im Wohnzimmer habe ich eine gemütliche Ecke vor dem Fernseher für sie vorbereitet und jetzt mache ich mich an die Küche.

Wie so oft, seit Lena und ich ausgezogen sind, beherbergt der Kühlschrank hauptsächlich abgelaufene Lebensmittel. Ganz hinten finde ich einen Becher Sahne aus dem letzten Jahr, Schimmelkäse im Schimmelmantel und mehrere Gläser sehr alten Senf.

Für die Gewürzschublade braucht es eine extragroße Mülltüte. Hier verbergen sich längt vergessene Schätze, wie zum Beispiel gleich siebenmal das rätselhafte Gewürz Piment aus den Jahren 1975, 1983 und 1985, »Italienische Kräuter« – aus jedem vergangenen Jahrzehnt einmal – und sehr viele abgepackte Wacholderbeeren. Ich kann mich an kein einziges Gericht aus meiner Kindheit erinnern, in dem Wacholderbeeren enthalten gewesen wären. Was mag sie mit dem Piment angestellt haben? Laut Internet eignet es sich besonders für Wurstwaren und Kohlgerichte und schmeckt nach einer Mischung aus Zimt, Nelken und Pfeffer.

Mir fällt ein, dass mein Vater ein begeisterter Kohl- und Fleischfan gewesen ist. Am liebsten aß er Würstchen und jegliches Fleisch in Aspik, vor dem meine Schwester und ich uns zu Tode ekelten.

Ich erinnere mich an einen Nachmittag, als er auf dem Sofa lag, dünn und mager. Meine Mutter kam mit einem Tablett herein, auf dem sie einen Berg Wiener Würstchen aufgetürmt hatte und daneben Scheiben aus gewürztem Beinfleisch und Frikadellen. Ich erinnere mich an das überraschte Strahlen meines Vaters. Ich weiß noch, wie meine Mutter ihm in den Bademantel half, sich zu ihm setzte und ihn mit zurechtgeschnittenen Stücken Wiener Würstchen fütterte. Natürlich bekam er nicht viel davon herunter, aber ich weiß noch, wie viel sie an diesem Tag zusammen gelacht haben und wie glücklich mein Vater danach eingeschlafen ist.

Ich habe mich seltsamerweise nie gefragt, wie sich wohl die schwere Krankheit meines Vaters und die Zeit der Trauer für meine Mutter angefühlt haben mögen.

Ich weiß so gut wie alles über jede Gefühlsregung, jede Welle der Trauer, das gebrochene Herz des vaterlosen Kindes, also mich, aber so gut wie nichts darüber, wie es meiner Mutter dabei ergangen ist. Es war kein Platz für sie in meiner Trauer, vielleicht gibt es den erst jetzt, in meiner zweiten Lebenshälfte? Oder hat es etwas mit David zu tun? Ich kann mich auf jeden Fall nicht daran erinnern, dass wir damals in der Familie länger über den Tod meines Vaters gesprochen hätten, weder, als es so weit war, noch davor. Wir haben uns nie in Gesprächen darauf vorbereitet.

Damals konnte meine Mutter nicht wissen, dass er trotz seiner eigentlich ganz guten Prognose sterben würde, aber hätte sie als Erwachsene nicht wenigstens ab einem gewissen Punkt damit rechnen müssen?

Ich weiß natürlich auch noch, dass ich während dieser Zeit über nichts davon sprechen wollte, nicht mit ihr, nicht mit Lena. Aber hätte sie mich nicht trotzdem dazu bringen können?

Wenn meine Kinder Kummer hatten, habe ich eigentlich immer fast alles aus ihnen herausbekommen. Manchmal haben sie es mir einfach erzählt, manchmal musste ich sie ein wenig austricksen. Dann habe ich versucht zu erraten, was los sein könnte, oder ein Probierstück Apfelkuchen mit Sahne ins Kinderzimmer gestellt und sie behutsam zu mir in die Küche gelockt. Die ganze Sache hatte selbstverständlich auch egoistische Motive: Ich habe es nicht ausgehalten, meine Kinder traurig zu sehen. Statt sie ein wenig sich selbst zu überlassen, sodass sie hätten lernen können, wie sich Traurigkeit anfühlt, habe ich sie dabei unterbrochen und sie mit Hoffnungen und Liebe vollgetankt, bis in meinen Augen alles wieder gut war.

Ich habe keine Ahnung, ob das die richtige Taktik war und ob sie jetzt als Erwachsene auch nur den Hauch einer Frusttoleranz entwickelt haben.

Als ich im Schlafzimmer unter dem Bett staubsauge, stelle ich mich so ungeschickt an, dass ich dabei das Nachtschränkchen meiner Mutter umstoße. Der gesamte Inhalt ergießt sich auf den Parkettboden. Ein Tampon und ein paar andere Dinge rollen unters Bett.

Wow, ein Tampon? Aus welchem Jahrzehnt der stammen mag?

Wofür hat ein Mensch so viele Kugelschreiber im Nachtschrank? Ich finde sogar einen Riegel Twix, als der noch Raider hieß.

Ich sammle alles auf, lege es wieder zurück. Gerade will ich das Türchen schließen, da entdecke ich ein Päckchen Briefe direkt vor mir auf dem Boden. Warum fallen mir die erst jetzt auf?

Es sind mindestens zwanzig Kuverts, die sorgsam mit einer roten Satinschleife zusammengebunden sind, wie aus einem sehr altmodischen Roman für Mädchen.

Natürlich habe ich schon mal etwas vom Briefgeheimnis gehört, aber ich werde ja wohl noch einen Umschlag von außen betrachten dürfen? Schließlich geht es hier um meine Mutter!

Dem Stempel entnehme ich das Jahr, in dem sie abgehauen ist, das einsamste Jahr meiner Kindheit, das Jahr, in dem meine Mutter im Sommer mehrere Wochen mit Monika in einem Wohnmobil durch Südeuropa gereist ist. Alle Briefe haben unterschiedliche Empfängeradressen, auch wenn immer der Name meiner Mutter in der obersten Zeile steht, aber darunter findet sich mal die Adresse eines Campingplatzes in Südfrankreich, mal die einer Pension in Portugal. Sogar ein Bed and Breakfast an der Küste Englands ist dabei.

Die Absenderadresse ist immer gleich, Frank Voltz in Berlin. Der Name sagt mir zuerst nichts, aber dann fällt der Groschen.

Herr Voltz, Erdkunde, Sport, Geschi, ja klar, das war ein Kollege meiner Mutter.

Ich kannte ihn aus ihren Erzählungen, in denen er

immer als »der tollste Lehrer« beschrieben wurde. Und von meinen zahlreichen Besuchen im Lehrerzimmer, wenn meine Mutter mal wieder vergessen hatte, uns einen Wohnungsschlüssel dazulassen.

Frank Voltz sah tatsächlich etwas cooler aus als die anderen Lehrer. Er war groß, mit längerem blondem Haar, lässigen Jeans und Turnschuhen, wie Horst Janson aus der *Sesamstraße*. Dazu schien er immer gut gelaunt zu sein und am laufenden Band charmant zu zwinkern.

Ich muss mich setzen. Wieso hat Herr Voltz meiner Mutter Briefe geschrieben? Und warum wusste Herr Voltz im Gegensatz zu meiner Schwester und mir anscheinend immer ganz genau, wo sich unsere Mutter im Sommer 1989 aufhielt?

Es ist einzig und allein mir und meinem Talent fürs Lügen zu verdanken, dass meine Schwester aus dieser Zeit keinen größeren Schaden davongetragen hat.

An diesem einen Tag im einsamsten Sommer meiner Kindheit lag mitten auf dem Küchentisch ein großer Zettel und daneben ein Umschlag mit Geld und absurderweise eine angebrochene Packung Mini-Milky-Ways, die Lena und ich beide nicht mochten. Meine Mutter hatte in ihrer geschwungenen Lehrerinnenschrift notiert, dass sie schnell hier wegmüsse, weil sie nicht mehr könne. Sie schrieb, dass Monika sie mit einem Wohnmobil abholen würde, dass sie in den Süden wollten, »um sich über einiges klar zu werden« und »viele Dinge zu verkraften«. Das war's, nichts weiter. Es gab keine Telefonnummer (wie auch, in einem Wohnmobil?), keine weiteren Erklärungen, und das Wichtigste: Es gab keinerlei Information über das Datum ihrer Rückkehr.

Ich bin jetzt noch froh, dass ich den Zettel vor Lena gefunden und vernichtet habe.

Die Sommerferien hatten gerade angefangen und ich war morgens mit gepackter Schwimmtasche in die Küche gegangen, um mir eine Schüssel zuckriger Smacks zusammenzurühren. Ich erinnere mich, wie die Müslischale an der Wand zerbarst, gegen die ich sie in meiner Wut gepfeffert hatte, an das Scherbenaufsammeln und an das Lächeln, das ich mir ins Gesicht zwang, als Lena verschlafen in die Küche kam.

Von jetzt an fragte Lena jeden Morgen: »Wann kommt Mama wieder?«

Sie war damals zehn, ich vierzehn.

Ich weiß noch, dass sie sich am Anfang mit kleinen Tricks abspeisen ließ, wenn ich zum Beispiel sagte: »Oh, sie war eben hier und hat mir einen Kuss für dich dagelassen, aber sie ist gerade wieder raus, sie schläft bei Monika.«

Irgendwann reichte das nicht mehr, und ich ging über zur nächsten Phase. Ich schrieb lange Briefe an Lena, von Orten, an denen ich unsere Mutter vermutete, mit Gefühlen, nach denen wir uns sehnten, und mit Küssen unterschrieben, die wir uns schon lange nicht mehr gaben.

Vielleicht haben mir diese Briefe dabei geholfen, mich daran zu erinnern, wie es zu Hause war, als ich noch zwei starke und gesunde Elternteile hatte, als es genug Aufmerksamkeit für alle gab und Liebe im Überfluss. Wenn ich an meine jungen Eltern denke, kommt die Erinnerung daran zurück, wie wir sonntagmorgens alle zusammen im Bett lagen und »Kitzelkrieg« spielten. Lena konnte damals noch nicht sprechen, ich höre sie hell lachen mit ihrer Babystimme, bis ihr kleine Freudentränen aus den

Augen kullerten. Damals muss meine Mutter noch wie eine »ganz normale Ehefrau« gewirkt haben, nur vielleicht ein bisschen fröhlicher und ausgelassener als andere. Sie trug ihre braunen Locken bauschig und lang mit einem dichten Pony, der ihr in die mit Kajal umrandeten Augen fiel. Dazu bestickte Blusen und Schlagjeans oder lange Röcke. Damals war bei uns immer was los, die Tür stand allen offen, Nachbarskinder gingen ein und aus. Das ging so weit, dass manche ihre Lieblingsjoghurts auf unserem Wochenendeinkaufszettel eintrugen. Unsere Eltern hatten Spaß daran, sich immer neue Beschäftigungen und Spiele für die Wochenenden auszudenken. Am liebsten malten wir mit bunter Straßenkreide Wohnhäuser, Straßen und ganze Städte auf die Bürgersteige. Dann wieder stellten wir uns vor, wir würden in einem Traumhaus mit Pool und Garten wohnen, das wir selbst entworfen hatten. Wir malten mit den Nachbarskindern Möbel, Haustiere und wunderschöne Parks, neue Länder, Meere, was auch immer uns einfiel. Unsere kleine Straße mit den schmalen Gehsteigen wurde jede Woche zu einer neuen Welt.

Das Besondere daran war, dass unsere Eltern unsere kindlichen Fantasien sehr ernst nahmen. Nie wäre es meinem Vater passiert, auf eine der gezeichneten Wände zu treten oder zu uns zu kommen, ohne die gemalte Türklingel zu läuten. Ich kann mich an viele glückliche Sommerabende erinnern, an denen wir alle zusammen auf unserem Sofa aus Straßenkreide gesessen und Saft getrunken haben, statt einfach reinzugehen in unsere echte Wohnung mit den echten Möbeln. An diesen Abenden habe ich gespürt, wie eng verbunden unsere Eltern waren, wie sehr sie uns liebten und über jede unserer Ideen staunten.

Mit dem Tod unseres Vaters wurde alles anders.

Meine Mutter verlor zusehends den Halt und damit auch wir. Ich habe lange gebraucht, um die Wut, die ich auf sie hatte, abflauen zu lassen. Seitdem lebe ich mit dem Gefühl, dass sie mir etwas schuldig geblieben ist.

Habe ich nicht schon allein deswegen vielleicht sogar das Recht, diese Briefe zu lesen? Betrifft mich deren Inhalt nicht genauso? Vorsichtig löse ich die rote Schleife und lege die Briefe nach Datum geordnet vor mir aus.

Ich könnte ja mal in den ersten Brief reinlesen. Vielleicht geht es darin ja einfach nur ums Wetter?

Aber warum sollten bedeutungslose Schilderungen von Sonnentagen und Regenwolken mehrere Jahrzehnte lang im Nachttisch meiner Mutter liegen? Allerdings lag dort auch ein wahrscheinlich dreißig Jahre altes Raider. Ich vermute, dass dies keine sentimentale Bedeutung hat, aber was weiß ich schon über meine Mutter?

Den ersten Finger habe ich bereits in die Innenseite des Briefes geschmuggelt, dann den zweiten, und der Umschlag öffnet sich wie von selbst. Das interpretiere ich als Wink des Schicksals und beginne zu lesen.

Liebste Karin, steht dort, was mir schon absurd vorkommt. Warum nennt Frank Voltz meine Mutter nicht einfach »Liebe Karin«? Wieso denn gleich »Liebste«?

Ich lese weiter.

ich hoffe, Dir und Monika geht es gut und Ihr grüßt mir die Pinienwälder in Südfrankreich!

Okay, bis hierhin hört sich doch alles ganz unverfänglich und normal an.

Glaub mir, das Kollegium wird sich schon beruhigen. Es ist bestimmt nicht das erste Mal, dass so etwas passiert. Du siehst die ganze Sache einfach zu düster!

Was ist denn »passiert«? Kann Frank Voltz bitte mal genauer erklären, wovon er da spricht?

Ich weiß, Du sagst immer, dass eine alleinstehende Frau in Deinem Alter nicht gern gesehen ist bei den anderen Ehefrauen, aber vielleicht spielt sich da auch einiges in Deinem Kopf ab? Ich glaube wirklich, dass es ein Versehen war, dass Ulla Dich nicht eingeladen hat.

Es mag ja sein, dass so etwas durchaus manchmal auch mit Absicht geschieht. Aber bist es nicht vielleicht am allermeisten Du selbst, die denkt, Du seist ein Störfaktor? Du hast da eine sehr einseitige Weltsicht. Ich glaube nicht, dass Du Dir um Deinen Ruf Sorgen machen musst. Ja, das war nicht ideal, dass es alle mitbekommen haben, da gebe ich Dir recht. Wir hätten dem Schwips und der kleinen Verliebtheit nicht nachgeben dürfen oder es wenigstens besser verbergen sollen. Glaub mir, meine Frau hat mir die letzten beiden Wochen hier zur Hölle gemacht. Sie wird sich bezüglich unseres kleinen Ausrutschers irgendwann wieder beruhigen. Da bin ich mir sicher.

Und sieh es doch mal so, es war wirklich besser, dass Du nicht auf dem Sommerfest warst, auch wenn das nicht ganz freiwillig war. Die Geschichte ging da noch ziemlich herum. Du hättest vermutlich darüber gelacht, dass Deinem heißen grünen Kleid die Hauptschuld zugeschoben wird. Vielleicht findest Du das aber auch nicht so lustig wie ich? Irgendwann lachen wir zusammen.

Darüber. Bitte sag mir, wie es Dir geht. Du kannst an die Adresse meiner Schwester schreiben, die ich Dir hiermit schicke. Ich vermisse dich als Mensch.

Dein Frank

Ich lege den Brief zur Seite. Gedanken rasen durch meinem Kopf. Was soll denn heißen *Ich vermisse Dich als Mensch*? Als was denn sonst, als Amöbe oder Schirmständer? Nein, ich weiß, was das bedeutet. Frank Voltz will hier bewusst Abstand schaffen, eine Grenze ziehen, sich aber auch ein Türchen offenlassen. Solche Formulierungen haben mich schon immer wütend gemacht. Was bildet er sich ein? Was soll die Scheiße?

Ich erinnere mich an ihr grünes Kleid, das in der Tat sehr sexy war. Darin sah sie immer aus wie eine glamouröse Hollywood-Schauspielerin mit anrüchiger Vergangenheit.

Tja, genau das scheint damals ihr Problem gewesen zu sein. Mir wird schwindelig bei dem Gedanken, dass meine Mutter anscheinend mitten auf dem Schulgelände wild mit Frank Voltz herumgemacht oder sogar mit ihm geschlafen hat.

Ich hoffe, dass es nicht auf der speckigen hellbraunen Ledercouch im Lehrerzimmer geschehen ist.

Ich höre mich selbst seufzen. Das ist also der Grund, warum sie damals abgehauen ist. Sie hatte eine Affäre mit dem blonden Riesenmann.

Das war also ihre Antwort auf den ganzen Schlamassel, einfach erstmal abhauen.

Oder bin ich ihr gegenüber ungerecht? Ich kann mich noch gut daran erinnern, wie verletzt ich war, als nach unserer Scheidung keine Einladungen mehr kamen und ich plötzlich ausgeschlossen wurde.

Phil dagegen war sogar mit seiner neuen blutjungen Begleitung überall willkommen. Dieselben Paare, mit denen wir hundertmal gemeinsam zu Abend gegessen hatten, saßen jetzt wieder zusammen, nur ohne mich.

Damals musste ich feststellen, dass ich auch unter Frauen eine Art Problem darstellte. Man wusste einfach nicht, wohin mit mir, und ich wusste es auch nicht. Wenn ich zu lange bei den Männern stand und vielleicht sogar noch lachte, war das nicht in Ordnung, wenn ich bei den Frauen saß, fühlten die sich durch meine bloße Anwesenheit an die Möglichkeit einer Trennung erinnert, was ebenfalls nicht angenehm zu sein schien.

Eine Frau aus Phils und meinem gemeinsamen Bekanntenkreis hatte es einmal betrunken auf den Punkt gebracht: »Denkst du nicht, ich habe auch manchmal keine Lust mehr auf meinen Mann? Uns geht es doch allen so. Aber wenn du jetzt aufgibst und einknickst, wollen wir dich hier nicht haben. Und wer garantiert uns, dass du uns nicht die Männer wegnimmst?«

Ich weiß noch, wie baff ich damals war, nicht unbedingt wegen dieser Frau, die eine unmögliche und dumme Person war, sondern weil ich mir sicher war, dass die anderen genauso dachten. Und ich habe nicht anders reagiert als meine Mutter, die nach jenem Sommer die Schule wechselte.

Ich bin auch abgehauen aus dem Grunewald. Ich konnte gar nicht schnell genug meine Koffer packen und mit allem brechen, was bis dahin mein Leben ausgemacht hatte.

Und jetzt sitze ich hier und versuche mich an den Gedanken zu gewöhnen, dass meine verwitwete Mutter damals mit Frank Voltz geschlafen hat. Sie hat ein perfektes Paar zerstört und damit anscheinend auch ihren Ruf.

Ich erinnere mich an die dünn gehungerte Frau mit dem praktischen Kurzhaarschnitt von Frank Voltz, die ihm mittags das Essen in die Schule brachte. Ich erinnere mich daran, dass ich oft dachte, so sieht eine heile Familie aus. Beide waren im Sommer immer zusammen bergsteigen. Sie waren sportlich, dynamisch, aufgeräumt, gebügelt und gebürstet.

So viele Jahre habe ich mich gefragt, was in meine Mutter gefahren war, dass sie Lena und mich wochenlang allein ließ. Aber wollte ich es *wirklich* wissen? Als sie nach drei Wochen nach Hause zurückkehrte, gebräunt, mit Meersalzresten im Haar, habe ich sie einfach nur dafür gehasst, dass sie mich noch nicht mal gefragt hatte, ob ich mich überhaupt in der Lage fühlte, mich jeden Tag um ein Kind zu kümmern. Sie hatte es einfach vorausgesetzt.

Ich habe keine Ahnung, welcher Teufel meine Mutter damals geritten hat, zu denken, dass diese Aktion sich nicht in uns festsetzen würde.

Ach ja, jetzt weiß ich es ja, der reitende Teufel hieß Frank Voltz. Was genau hat meine Mutter in die Flucht geschlagen? War es die Demütigung, falscher Stolz oder war sie vielleicht wirklich verliebt gewesen?

Leicht haben wir es ihr nicht gemacht, als sie plötzlich wieder vor der Tür stand, etwas verlegen, mit halb ausgebreiteten Armen, die sich nicht trauten, sich ganz auseinanderzuklappen.

Ich muss immer noch über Lena lachen, die sie von da an wochenlang einfach mit »Sie« und »Karin« angesprochen hat. Meine Schwester war schon als Mädchen besonders gut darin, die Menschen um sich herum auf eine überaus einfallsreiche Art und Weise auf ihren Platz zu verweisen.

Ich habe meiner Mutter ihren kleinen Europatrip nie verziehen, bin aber in all den Jahren auch nie darauf gekommen, sie mal nach dem Grund dafür zu fragen.

Jetzt frage ich mich, ob ihre ausgeprägte Weintrinkerei erst nach der Frank-Voltz-Sache angefangen hat.

Meine Mutter sitzt samstagnachmittags gerne mit Monika in der *Eisente* und hält Hof. Dort finden sich alte Platzhirsche mit strubbeligem Haar und Kordweste und nach Lavendel riechende Klavierlehrerinnen ein, die sich gegenseitig Geschichten aus ihrer wilden Kommunen- und Off-Theater-Zeit erzählen. Es riecht nach Henna, längst vergangenen Träumen und Potenzproblemen auf beiden Seiten.

Wenn Monika und meine Mutter die *Eisente* betreten, bekommen sie dort die absolute VIP-Behandlung. Der Lieblingswein wird auf den Tisch gestellt, diverse grauschläfige Galane umschleichen unruhig ihren Tisch in der Hoffnung, bei einer günstigen Gelegenheit auch mal mit nach Hause genommen zu werden.

Ob das womöglich ab und an passiert, weiß ich nicht. Ich weiß nur, dass es nach meinem Vater niemanden im Leben meiner Mutter gegeben hat, der wichtig genug gewesen wäre, Lena und mir vorgestellt zu werden.

Einerseits hat es mich erleichtert, mich nie auf »den Neuen« einstellen zu müssen, andererseits war meine Mutter damals, als sie für immer mit der Liebe »Schluss gemacht« hat, jünger, als ich es heute bin.

Sofort sehe ich Davids Gesicht vor mir, sehe seinen nackten Oberkörper, bekomme Gänsehaut bei der Erinnerung daran, wie er seine Hand in meinen Slip geschoben hat und mir fast das Herz stehen blieb.

Ich versuche, in meinen Gedanken den Moment abzuspielen, als ich ihn auf mich gezogen habe, wir kurz so verharrten und dann eine Einheit wurden. Ich spüre noch immer seine Hand auf meinem Rücken, als ich danach auf seiner Brust lag und versucht habe, mir seinen Geruch so einzuprägen, dass ich ihn jederzeit wieder abrufen könnte.

Doch leider hat das nicht funktioniert, ich muss mir eingestehen, dass man sich nicht von einem einzigen Moment ernähren kann.

Ich muss mir auch eingestehen, dass ich vielleicht doch ein wenig einsam gewesen bin, dass ich einen ganzen Teil von mir weggeschlossen hatte und ihn mir zurückgeholt habe. Das Problem ist einfach nur: Jetzt will ich mehr.

Ich will noch mal nackt mit jemandem im Bett herumalbern, ich will noch mal meine Arme um jemanden schlingen und nicht genug davon bekommen, ich will noch mal so in jemanden versunken sein, dass ich die ganze Welt vergesse.

Und ich will, dass dieser andere Mensch David ist.

Oder entsteht da plötzlich bloß eine riesige Sehnsucht, weil ich insgeheim schon weiß, dass die ganze Sache vorbei ist? Ist es vielleicht meine schwermütige Seele, die immer das haben will, was nicht mehr zur Verfügung steht?

Meine Gedanken werden von der Türklingel unterbrochen. Schnell stecke ich die Voltz-Briefe in meine große Handtasche und gehe zur Tür. Dort steht, auf zwei

Krücken gestützt und mit einer Fußschiene, meine blass aussehende Mutter mit einem Taxifahrer, der sie am Arm hält.

Ohne ein Wort zu sagen, schließe ich sie, nachdem der Fahrer verschwunden ist, in die Arme und halte sie lange fest. Ich umarme ihre knochigen Schultern und drücke ihren schmächtigen Oberkörper an meinen. Ich höre, dass sie weint. Wahrscheinlich war die Nacht in der Klinik doch etwas angsteinflößender als gedacht. Schließlich haben wir alle drei keine schönen Erinnerungen an Krankheiten oder Krankenhäuser.

Ich habe keine Ahnung, ob meine Mutter von Monika oder irgendwelchen Stammgästen in der *Eisente* auch mal umarmt wird. Ihren kleinen Schluchzern nach zu urteilen, ist es auf jeden Fall schon länger her. Ich streichele ihr noch ein Weilchen übers Haar, warte, bis ich nichts mehr höre, und bringe sie dann behutsam zum Sofa im Wohnzimmer, wo schon ihr Kissen und das Bettzeug liegen.

Im Ofen wärme ich zwei Döner auf, die ich vorsorglich nach der Arbeit geholt habe, und mache uns eine Sendung an, in der ein amerikanisches Ehepaar rumpelige Häuser günstig aufkauft und sie dann in der immer gleichen Weise renoviert. In jeder Folge werden am Ende so viele Wände wie möglich entfernt, »to open up the whole space«, und irgendwo wird eine riesige antike Uhr aufgehängt.

Meine Mutter ist begeistert: »Ach, sieht das hübsch aus!« und »Welche Wand könnte denn hier raus?« und »Wir müssen sofort morgen auf den Flohmarkt und alte Planken finden, aus denen wir einen Tisch basteln können! Du bist doch immer so geschickt!«

Wir besprechen neue Dekorationsideen, diskutieren, welche Möbel bleiben dürfen und welche eigentlich noch nie eine Augenweide waren, und erleichtern den Grundriss der Wohnung meiner Mutter um zahlreiche Wände.

»Alles raushauen« wollen wir. Das mit dem Raum, der geöffnet werden muss, leuchtet uns ein. Wir wissen beide, dass wir dieses Vorhaben nie in die Tat umsetzen werden, aber hier zu sitzen und darüber zu philosophieren, ist einfach schön.

Als ich meine Mutter gegen elf ins Bett bringe und ihr eine gute Nacht wünsche, sagt sie: »Warte noch mal kurz.« »Ja?« Sie sieht mich lange an, sucht nach Worten und entscheidet sich dann einfach für ein leises »Danke«.

»Kein Problem«, antworte ich, bevor ich die Tür schließe und mich zum Schlafen aufs Sofa lege.

Die riesige Glasfassade glänzt im Morgenlicht. Vor zehn Jahren stand hier ein rotes Backsteinhaus mit vielen kleinen Büros, das mir kaum auffiel. Je mehr der Konzern wuchs, desto knapper wurde der Platz. Also wurde die Baufläche nebenan dazugekauft und ein namhafter Architekt verpflichtet, der einen bedrohlichen Glasklotz um den kleinen Backsteinkern herumbaute. Der Plan war, eine Symbiose zwischen Alt und Neu zu schaffen, tatsächlich sieht das Gebäude aber aus wie ein sehr alter Mann in einem angeberischen Designermantel.

Auf dem Flur kommt mir Zeynep schon hektisch mit dem ersten Kaffee entgegen, während ich an einem gerade erfühlten einzelnen Haar an meinem Kinn herumzuppele. Das ist auch neu, seit ich in den Wechseljahren bin. Bekomme ich jetzt einen Backenbart?

Ich setze mich an meinen Platz, nehme einen kleinen

Handspiegel aus meiner Schreibtischschublade, setze die Lesebrille auf und versuche mit spitzen Fingern, das Haar zu erwischen.

Das klappt zwar leider nicht, aber dafür entdecke ich im Spiegel Menschen auf dem Flur, die geschäftig Stühle und Tische in den hinteren Bereich des Bürotraktes tragen.

Arbeiten die jetzt alle bei uns?

Ich sehe Zeynep fragend an und sie macht sofort: »Pscht, sei vorsichtig!«, und zerrt mich in die hässliche kleine Kaffeeküche, die fast ausschließlich wir benutzen, weil alle wahnsinnig scharf darauf sind, auf den peinlichen bunten Kissen im neuen »kommunikativen Meeting Space« herumzuliegen.

Ich sehe Zeynep wieder fragend an: »Was ist denn da los? Gibt es ein neues Projekt, das hier mit einzieht? Machen sie jetzt doch die Serie mit dem attraktiven Tierarzt, der in Kriminalfällen ermittelt?«

»Du bist so süß ahnungslos manchmal!«, sagt Zeynep und streichelt mir mütterlich über den Kopf. »Das, meine kleine süße Kuschelmaus, sind die Leute vom Compliance-Verfahren. Es geht los!«

Seit Monaten gibt es Gerüchte darüber, dass die Konzernführung ein solches Verfahren in Betracht zieht, um negativen Schlagzeilen zuvorzukommen und das Unternehmen reinzuwaschen, zumindest was die Außenwahrnehmung betrifft.

Ich werfe erneut einen Blick auf die Männer im Blaumann, die geschäftig Möbel und stoßsicher verpackte Computer über den Flur befördern. Ihnen folgen im Eilschritt hektisch telefonierende Männer in teuer aussehenden Anzügen und rahmengenähten Schuhen, solche, wie Phil sich immer aus England schicken ließ.

Das kleine Rudel Anzugmänner macht designtechnisch absolut Sinn in Kombination mit unserem maskulin anmutenden, ganz in Grautönen gehaltenen Flur mit klarer Linienführung.

Zum ersten Mal wird mir bewusst, wieso ich mir hier immer so fehl am Platz vorkomme mit meinen verwurschtelten Haaren, den ungebügelten Shirts und Flohmarktröcken. Mein Design ist nicht reduziert genug, also bin ich schon rein optisch ein Störfaktor.

Das Rudel eilt an unserer Tür vorbei, ohne auch nur einen Seitenblick auf uns zu werfen. Ich sehe den Männern entgeistert hinterher.

»Ist doch schön, was für eine anheimelnde Atmosphäre sie schon jetzt verbreiten«, witzelt Zeynep.

Ich muss lachen, obwohl es mir gleichzeitig kalt den Rücken herunterläuft.

Weiter erklärt Zeynep mir, dass wir alle eine E-Mail bekommen haben mit dem Ablauf und den Richtlinien des Verfahrens. Anscheinend kann theoretisch jede von uns zu einer Befragung einbestellt werden, wahrscheinlich werde das aber nicht in allen Fällen nötig sein.

Ich frage mich, bei welchem dieser kalt wirkenden Typen ich überhaupt in der Lage wäre, einen Satz herauszubringen. Der stumme Einmarsch war auf jeden Fall schon mal keine vertrauensbildende Maßnahme. Ich schließe besser die Tür, denn Zeynep ist auf hundertachtzig: »Die Schweine haben denen ein Büro ganz hinten im Flur eingerichtet. Falls wir da hinbestellt werden, müssen wir an den Büros von Ansgar und den Produzenten vorbei. Seit heute tun sie so, als würden sie schon immer bei offener Tür arbeiten.«

Das ist natürlich typisch für unsere Firma.

Wir beraten uns noch eine Weile darüber, was wir im Falle des Falles sagen werden.

Einerseits wissen Zeynep und ich, dass dieses Verfahren dazu gedacht ist, Vorfälle von Machtmissbrauch aufzuklären, andererseits haben wir auch gelernt, hier niemandem zu trauen. Wenn mir jemand zu oft garantiert, dass etwas streng vertraulich sei, bin ich mittlerweile genauso vorsichtig wie bei Leuten, die tausendmal betonen, wie »unheimlich glücklich« sie seien.

Ich glaube kein einziges Wort. Vor nicht einmal einem Jahr gab es eine angeblich anonyme Befragung aller MitarbeiterInnen zu ihrer Zufriedenheit im Unternehmen. Danach stand unsere Kollegin Ulla bei uns im Büro und sagte, sie hätte da mal »richtig vom Leder gezogen« und »den Sesselpupsern da oben kräftig die Meinung gegeigt.« Drei Wochen später war sie weg und wir sahen sie nie wieder, während »die da oben« fröhlich weiter in ihre Sessel pupsten.

Als Zeynep und ich zurück an unsere Computer gehen, erwartet uns der erste Schock des Tages.

Jede von uns hat eine Einladung zu einem Gespräch erhalten. Die Termine sind schon nächste Woche.

»Ich kann uns eine Krankschreibung von meinem türkischen Hausarzt besorgen«, schaltet Zeynep schnell.

Ich nicke nur und versuche auszurechnen, wie viel Geld ich mit dem Verkauf von einer paar Dingen und dem Rest auf meinem Sparkonto zusammenbekommen könnte, falls ich nach meiner Aussage gefeuert werden sollte. Ich glaube, dass ich sogar einen Monat damit hinkäme. Meine Gedanken werden von einem zarten Klopfen an unserer Bürotür unterbrochen. Beim zweiten Klopfen bin ich bereits ein einziges Nervenbündel.

Zeynep und ich sehen uns fragend an. Wer kann das denn jetzt sein?

Es klopft noch mal ganz leise und ich sage mit zittrigem Stimmchen: »Herein.«

Eine kleine Frau mit Bomberjacke und tief ins Gesicht gezogener Mütze schlüpft durch die Tür. Erst als sie die Mütze abnimmt und uns unsicher anlächelt, erkennen wir eine der Schauspielerinnen, die kürzlich mit Hotte zusammen in der Serie gespielt haben. Sie heißt Susanna. Ich habe sie nur zweimal gesehen, einmal, als Zeynep und ich ihr den Personalstammbogen zum Ausfüllen gegeben haben, und dann noch einmal, als ich für sie den Termin beim Versicherungsarzt ausgemacht habe.

Susanna ist eine dieser Schauspielerinnen, deren Gesicht man schon mal gesehen zu haben meint, deren Namen aber niemand kennt. Sie ist gut in ihrem Job, gilt als freundlich und zuverlässig. In ihrer Vita ist eine äußerst renommierte staatliche Schauspielschule aufgeführt. Dort werden jedes Jahr aus weit über fünfhundert Bewerbern nur zwölf junge Menschen ausgewählt, die überhaupt für talentiert genug befunden werden, um diese Ausbildung beginnen zu dürfen.

Susanna hat sie vor über einem Jahrzehnt abgeschlossen, hat auf den besten Bühnen des Landes gespielt, doch hier bei uns in der Filmbranche verkommt sie zu einer Art Füllmaterial, ist verdammt dazu, zwischen Hotte und den anderen wichtigen Rollen herumzustehen und Stichworte abzusondern. In den letzten drei Folgen hat sie eine Currywurstverkäuferin gespielt, die den Tatverdächtigen vor dem Mord gesehen hat und deswegen von Hotte Günther alias Kommissar Glück verhört wurde.

Man könnte meinen, dass es schwer wäre, gute Schauspielerinnen für eine derart nichtssagende Rolle zu bekommen, doch das Gegenteil ist der Fall.

Es gibt einfach insgesamt sehr wenige weibliche Rollen, auch bei uns. Seit Neuestem müssen auf Druck des Senders mehr Frauen eingebaut werden, deswegen wurde kurz vor Drehbeginn beim »schnodderigen Wurstverkäufer« noch schnell ein »in« hinter die Rollenbezeichnung gesetzt.

Susanna hat nicht sonderlich viel gedreht in diesem Jahr. Diese drei Drehtage bei uns könnten nach Abzug des Steuerhöchstsatzes und der Prozente für ihre Agentur eine Monatsmiete für sie bedeuten. Ihre Rolle ist zudem eine jener Rollen, die auch in den nächsten Folgen auftauchen könnten, das wäre dann jeden Monat eine sichere Miete. Susanna ist wahrscheinlich kurz davor, sich das alles zu versauen. Sie hat tiefe Ringe unter ihren ausdrucksstarken blauen Augen und sieht blass und übernächtigt aus.

»Hey Susanna, wie geht's?«, fragt Zeynep freundlich. Und dann noch: »Ich weiß ganz genau, dass du hier bist, weil wir den besten Kaffee im ganzen Laden machen, stimmt's?«

Susanna muss lächeln und nickt. Ich rücke ihr einen Stuhl zurecht. Sie setzt sich und atmet schwer aus.

Während Zeynep frischen Kaffee holt, plaudere ich mit Susanna über Belanglosigkeiten, bis ich das Gefühl habe, dass sie sich etwas wohler in ihrer Haut fühlt.

»Darf ich euch etwas im Vertrauen sagen?«, fragt sie, als Zeynep ihr den Kaffee reicht.

Wir nicken beide.

»Ihr wisst, wieso ich hier bin beziehungsweise ihr könnt es euch denken?«

Wir nicken wieder wie zwei Dackel auf der Hutablage im Auto.

»Ich werde dahinten gleich eine Aussage machen. Ich sage denen, dass Hotte mich angefasst und mir gedroht hat. Ich habe ein Attest, in dem Blutergüsse an den Handgelenken und am Rücken vermerkt sind. Ich kann es beweisen.«

Und wieder nicken wir nur blöde. Ich räuspere mich schließlich und sage: »Wir wissen, dass er ein Schwein ist.«

Zeynep beugt sich zu Susanna, sieht ihr in die Augen: »Das ist sehr mutig, was du vorhast.«

Susanna schluckt, ihr steigen Tränen in die Augen. Sie sieht uns fragend an: »Traut ihr der Firma, die das Verfahren leitet?«

Zeynep und ich zucken mit den Schultern.

»Ehrlich gesagt trauen wir hier niemandem. Vielleicht spielen die Bosse zusammen Golf? Vielleicht geht alles mit rechten Dingen zu? Woher soll man das wissen.«

Wir sitzen eine Weile da und niemand sagt etwas.

Schließlich steht Susanna auf. »Danke für den Kaffee.«

»So gut war er jetzt auch wieder nicht«, sagt Zeynep und grinst.

»Sollen wir dich nach vorne zu deren Büro bringen? Würde dir das helfen?«, frage ich. Zeynep guckt zuerst erschrocken, nickt dann aber zustimmend.

»Hey, danke, aber ihr seid ja jeden Tag hier. Da will ich euch keine Probleme machen.«

Doch Zeynep ist bereits aufgestanden. Wir sehen uns an. Ich stehe auch auf.

Zeynep sagt: »Majestät, wenn Sie mir Ihre zarte Hand für Ihr Geleit reichen würden?«

Ich füge galant hinzu: »Es wäre uns eine Ehre!«

Auf Susannas Gesicht zeichnet sich ein Lächeln ab. »Seid ihr sicher? Okay.«

Als wir auf den Gang treten, kommt er mir länger vor als jemals zuvor. Jede Tür, an der wir vorbeigehen, steht sperrangelweit offen. Sofort verstummen die eben noch lebhaften Gespräche. Aller Augen sind auf uns gerichtet. Jetzt verstehe ich die Sache mit dem Lamm und der Schlachtbank.

Je mehr wir uns nähern, desto mächtiger werden die Menschen, die in den jeweiligen Büros sitzen. Hinter einer der letzten Türen sitzt Ansgar, der geräuschvoll Luft durch seine Vorderzähne zieht, als er uns sieht. Aus dem Augenwinkel sehe ich, wie er den Kopf schüttelt. Schließlich gehen wir an den Büros der Produzenten und dann an denen der Geschäftsführer vorbei. Es ist totenstill, als wir so dahinschreiten.

Mir ist schlecht, ich muss dringend auf Toilette, ich bin starr vor Angst, ich hätte mir noch mal die Haare waschen sollen und ich weiß mit absoluter Sicherheit, dass ich in diesem Augenblick nichts lieber tun würde, als diese Frau sicher zur Tür der Compliance-Officer zu bringen.

Wir tätscheln Susanna noch mal die Schulter, bevor sie in das Büro am Ende des Ganges tritt, um ihre Aussage zu machen. Dann gehen wir den ganzen langen Flur zurück, beobachtet von gefühlt tausend Augen.

»Dabei wollte ich heute eigentlich den ganzen Tag mit dir über deine heiße Nacht reden! Und du bist dir sicher, dass es viermal war?«

»Yep. Viermal«, sage ich und füge der Ordnung halber noch hinzu: »Und viermal gekommen.«

»Und kein Anruf?«

»Nope«, sage ich und bin sofort wieder niedergeschlagen.

Zeynep stupst mich in die Seite. »Egal, dafür hattest du in einer Nacht mehr Sex als ich in den letzten zwei Jahren. Außerdem hab ich ’ne Kleinigkeit vor deine Tür gelegt, damit du gar nicht erst traurig wirst, du Flittchen.«

»Was denn, Strickzeug, Thrombosestrümpfe oder was zum Entenfüttern?«

»So ähnlich.« Zeynep grinst mich an.

»Womit hab ich dich nur verdient?«, sage ich und weiß, dass mir ganz egal ist, was da liegt, entscheidend ist, dass ich vom Leben eine Freundin geschenkt bekommen habe, der es wichtig ist, dass es mir gut geht.

Zeynep drückt mich noch mal und sagt: »Ich warte doch seit einem ganzen Jahr darauf, dass ich mich auch mal um dich kümmern kann!«

Damit spielt sie auf die schreckliche Trennung von ihrer Freundin an, als ich sie überreden musste, wenigstens eine Scheibe Toastbrot pro Tag zu essen. Damals habe ich ihr einen Waschlappen neben das Bett gelegt, weil sie so viel geweint hat. Weil Zeynep nicht allein schlafen wollte, lagen wir abends zusammen im Bett und guckten Reality-Fernsehen, das uns von der Traurigkeit ablenkte und ansonsten nicht sehr viel abverlangte.

Unsere liebste Sendung drehte sich um eine hippe Bar in Los Angeles und eine Gruppe junger Kellner, die sich permanent gegenseitig mit den Partnerinnen ihrer engsten Freunde betrogen. Dann geschah immer das Gleiche:

Mindestens zwei bis drei Folgen lang schworen sie auf die Gräber ihrer Mütter, Väter, Großeltern, dass dergleichen nie passiert sei, um schließlich in Folge vier alles zuzugeben und für immer aus der Clique verbannt zu werden, was meistens nur wenige Wochen anhielt.

Unser absoluter Liebling war ein junger Narzisst, der nicht nur mit der Freundin seines besten Freundes geschlafen hatte, sondern dazu auch noch dessen gerade gekaufte Kondome benutzt hatte, die direkt neben dem Bett gelegen hatten. Man konnte sich wirklich voll und ganz auf diesen Typen verlassen. Sobald ein wie auch immer gearteter komplett absurder Vorwurf aufkam, wussten Zeynep und ich bereits, dass er in allen Punkten zutraf.

Wir nahmen, im Bett liegend und gesalzene Pistazien essend, eine Art Gottesperspektive ein, aus der heraus wir die wichtigsten Ereignisse und den Zeitpunkt ihres Eintretens vorhersagten. Wenn wir schon im wirklichen Leben keine Kontrolle hatten, dann doch wenigstens im Leben eines haltlosen Kellners in Los Angeles.

Was uns neben den sexuellen Aktivitäten auch noch sehr interessierte, waren die Looks der Darsteller und Darstellerinnen. Die Männer hatten durch Waxing in Form gebrachte Augenbrauen, einer rasierte sich jeden Tag die Stirn, und die Frauen hungerten sich dünn und ließen sich im Anschluss ihre Pobacken vergrößern, was schon bloßes Sitzen schwieriger gestaltete.

Tatsächlich kam dieser absurde Look schneller bei den Frauen im Grunewald an, als wir gedacht hätten.

Merkwürdigerweise hielten deren Ehemänner jedoch noch immer am Altbewährten fest. Sie trugen an den Wochenenden die 501-Jeans aus den Neunzigern mit

Polohemden und im Büro Anzüge von Hugo Boss. Lenas Mann Flori war mit seinen Freizeitlooks so überfordert, dass er sich alle zwei Jahre drei Komplett-Outfits aus der jungen Linie von Hugo zusammenstellen ließ. Er trug dann die Schuhe, die Socken, die lockere Bundfaltenhose, das Shirt und den um die Schultern gelegten Sommerstrickpulli genauso, wie sie im Katalog abgebildet waren. Und eben weil er dies mit dem Katalog beweisen konnte, hielt Flori sich für einen extrem gut gekleideten Menschen.

Als ich an diesem Abend kurz zu Hause Halt mache, um ein paar Dinge für eine weitere Nacht bei meiner Mutter zu packen, bin ich so gerührt wie schon lange nicht mehr!

Vor meiner Wohnungstür liegen zwei Paar selbst gestrickte dicke Socken, ein Lipgloss, das von einem unserer peinlichsten Reality-Stars kreiert wurde, und ein verpackter Klumpen Ton mit Werkzeugen und sogar einer Töpferscheibe. Daneben liegt eine Karte von Zeynep.

Die Socken sind für dich und deine Mum, gestrickt von mir und meiner Mutter. Das Lipgloss bekommst du, weil wir diesen Sommer ganz viel in Bars gehen, mit vielen Leuten schlafen und das Leben genießen werden! Das wird der Sommer der Liebe, Kuss, Zeynep

Ich trage alles hinein, schreibe Zeynep eine überschwängliche Nachricht, dann muss ich mich setzen. Ich hocke eine Zeit lang einfach nur da, bis ich bemerke, dass mir eine Träne die Wange hinunterläuft.

Ich weiß nicht, ob das mein Sommer der Liebe werden kann.

Ich weiß nicht, ob ich bereit dazu bin, mich noch mal so zu fühlen wie jetzt.

Warum bin ich so empfindlich geworden? Es war nur eine Nacht. Ich muss doch in der Lage sein, diese eine Nacht zu verkraften. Früher ging das auch.

Da hätte ich in genau so einem Moment mein Adressbuch gezückt – ja, meine wilden Jahre fanden statt, noch bevor man alles inklusive eines Menstruationskalenders im Handy hatte –, und hätte die Nummer irgendeiner vergangenen Geschichte gewählt und mich abgelenkt.

Warum habe ich diese Fähigkeit verloren? Warum schießen mir bei dem bloßen Gedanken, ich könnte ohne David in eine Bar gehen, noch mehr Tränen in die Augen? Das ist mir sogar vor mir selbst peinlich.

Ich kann ihn doch anrufen, jederzeit. Ich bin eine erwachsene Frau, die ein Telefon besitzt. Wieso melde ich mich nicht bei ihm? Bei dem bloßen Gedanken bekomme ich schon Herzklopfen.

Ja, warum nicht? Ich könnte ihn einfach anrufen. Ich könnte ihn fragen, wie es ihm geht, so wie ganz normale Menschen das gelegentlich tun. Wir könnten uns sogar auf einen Kaffee verabreden.

Ich nehme das Handy in die Hand, suche seine Nummer heraus.

Dann fällt mir dieser merkwürdige Morgen danach ein, an dem David zuerst noch gedacht hat, er hätte mit einer sehr viel jüngeren Frau geschlafen.

Ich spüre, wie die Scham darüber in mir hochkriecht. Dabei kann ich gar nichts dafür. Ist dieses Altersthema sein Problem oder ist es auch ein bisschen meins?

Ich scheine wirklich ein Problem damit zu haben und obendrein auch ein Problem damit, dass ich ein Problem damit habe.

Hätte ich das Thema Sex und Sexiness mal nicht all die Jahre aus meinem Kopf verbannt. Wenn ich jetzt darüber nachdenke, fühle ich mich völlig orientierungslos. Mein Gefühlszustand kann sich innerhalb von Minuten komplett umkehren und das hat alles mit Sex zu tun.

Wenn ich mir vorstelle, dass ich David begegne, zaubert mir mein Unterbewusstsein eine Montage aus den besten nackten Momenten unserer gemeinsamen Nacht herbei.

Wenn ich mir aber vorstelle, wie ich mit David abends an der Spree entlanggelaufen bin und so absolut glücklich war, gibt es eine Stimme in mir, die hässliche Dinge sagt: »Schau sie dir an, die liebestolle Alte« oder »Was hat er denn für ein Problem, dass er dich heiß findet? Sucht er eine Ersatzmutter?« oder auch »Ein verirrter junger Mann, der alles mal ausprobieren möchte«.

Die Stimme in mir sagt nie: »Da steht ein verliebter Mann, der mit einer verliebten Frau flirtet.«

Entweder bin ich diejenige, die so hoffnungslos altmodisch ist, dass sie sich keine Liebesgeschichte zwischen einer älteren Frau und einem jüngeren Mann vorstellen kann, oder ich habe genau das, was ich in Davids Gesicht gesehen habe, in meinem Kopf ausformuliert.

Das Ergebnis ist, dass ich lieber meinen eigenen Arm aufessen würde, als bei ihm anzurufen. Die Stimme in mir hat dazu nämlich auch noch etwas zu sagen: »Schau, jetzt läuft die Alte ihm auch noch nach!«

Diese und ähnliche Gedanken begleiten mich den ganzen Weg zu meiner Mutter. »Na, was kommt denn hier Schönes von der Straße reingefegt?«, kräht sie glücklich, als sie mir die Tür öffnet.

Während sie sich gemütlich auf ihr Sofa fläzt, mache ich uns beiden eine türkische Pizza vom Imbiss warm und versuche die Stimme zu verdrängen, die zu mir sagt: »Da sitzen sie, Mutter und Tochter, zwei von der Liebe und dem Leben enttäuschte Frauen. Sie haben sich einfach verrechnet, damals, als noch vieles möglich war.«

Damit meint die Stimme jene Jahre, in denen wir noch jung und ohne Hormonersatztherapie vor uns hin gelebt haben. Ich frage mich, wo wir Frauen gelernt haben, stets so grausam zu uns selbst zu sein.

Der leise Zweifel bleibt, ob ich in meinen entscheidenden Jahren nicht schnell genug gewesen bin, nicht rechtzeitig genug geschaltet habe, dass ich noch mal auf die Suche gehen muss, so wie Phil.

Was ist eigentlich die Perspektive für uns mittelalte Frauen mit Blick auf den Rest unseres Lebens?

Ich betrachte meine Mutter von der Seite, die sich vergnügt eine kitschige Tierdokumentation im Fernsehen ansieht und sich über das Paarungsverhalten der Eichhörnchen freut. Vielleicht ist die Geschichte zwischen ihr und Frank Voltz ja auch gar nicht so enttäuschend ausgegangen, wie ich es mir gerade denke.

Mir fällt ein, dass ich noch Briefe in meiner Tasche mit mir herumtrage. Ich gehe auf die Toilette, schließe mich ein und mache dem Datum des Poststempels nach Brief Nummer zwei auf.

Liebe Karin,

ich weiß nicht, was Du damit meinst, wenn Du sagst, dass Du enttäuscht bist und dass ich Dir etwas vorgemacht hätte. Es war ja nie ein Geheimnis, dass ich verheiratet bin. Und Du hast recht, ich bin nicht glücklich verheiratet, aber man hat ja doch eine Verantwortung füreinander übernommen. Können wir das, was zwischen uns war, nicht einfach rückblickend genießen und uns gemeinsam darüber freuen?

Ich denke, ich war Dir gegenüber immer ehrlich. Deshalb finde ich es auch nicht fair, wenn Du mir jetzt meine Ehe vorwirfst und mich feige nennst. Hast Du mal darüber nachgedacht, dass es für mich auch nicht leicht ist?

Ulrike hat mir ihre Bereitschaft signalisiert, mir alles zu verzeihen.

Da du ja im neuen Schuljahr nicht mehr Teil unseres Kollegiums sein wirst, hoffe ich, dass wir uns trotzdem noch sehen können, ab und an, vielleicht als Freunde? Wir müssen beide daran arbeiten, unsere Erwartungen auf eine realistische Ebene zu schrauben.

Ich werde immer gerne an unsere verrückte Zeit zurückdenken, daran, wie viel wir zusammen gelacht haben, wie wir damals übereinander hergefallen sind nach dem Schulfest oder wie Du mir einen Teller Spaghetti ans Bett gebracht hast. Das war wunderschön, aber das war nicht das echte Leben. Ich werde mich immer an unsere gemeinsame Zeit erinnern, auch wenn sie kurz war. Und hatten wir es nicht genau so ausgemacht? Wir wollten es gut sein lassen danach. Ich habe respektiert, dass Du von Deiner Trauer noch nicht geheilt bist. Und Du wusstest von mir, dass ich meine Frau schon wegen ihrer La-

bilität nicht verlassen kann. Ich habe Dir doch erzählt, was ich alles durchhabe mit ihr, ihre depressiven Phasen, Wutausbrüche. Es geht einfach nicht, und darüber haben wir so oft gesprochen, Du und ich. Mir tut unsere Trennung genauso weh wie Dir, glaub mir, aber ich habe Verantwortung übernommen für diese Frau, für meine Ehe, ich bin keiner, der abhaut. Ich verstehe Deine Wut nicht. Wir hatten doch von Anfang an beschlossen, dass das mit uns nicht für die Ewigkeit gemacht wäre, dass wir niemanden verletzen wollten. Das ist nun geschehen und ich muss zu meiner Verantwortung stehen und hoffen, dass meine Frau mir tatsächlich verzeihen kann. Und Du, Karin, weißt genau, dass ich genauso darunter leide wie Du. Glaub mir, ich habe mit jedem einzelnen Kollegen gesprochen und den verletzenden Dingen widersprochen, die über Dich gesagt wurden. Ich bin genauso in all das verwickelt wie Du! Es tut mir auch leid, dass sich das Missfallen über unsere Tat ausschließlich an Dir entlädt. Natürlich ist unser Umfeld jetzt erstmal nicht begeistert von dem, was passiert ist, aber ich glaube eben nicht, dass es daran liegt, dass Du eine Frau bist, ich denke, es liegt daran, dass ich mich der Sache stelle und Du nicht. Ich halte es deswegen immer noch für eine gute Idee, wenn Du vielleicht mal einen Brief schreibst an den einen oder anderen – meinst Du nicht? Ich bin mir sicher, die Lage hier an der Schule wird sich eines Tages wieder bessern. Warum willst Du mein Freundschaftsangebot nicht annehmen? Ich kann Dir helfen, Karin, wir beide kriegen das zusammen hin. Es wird ein paar Jahre dauern, ja, aber irgendwann werden sich alle wieder beruhigen. Das ist doch kein Grund, so am Leben zu verzweifeln. Ich spreche hiermit meine Einladung zum nächsten Schulfest noch einmal aus. Ich habe hier alle Hebel in Bewegung gesetzt, obwohl von Dir nichts kommt. Meinst Du nicht, dass Dein Nichterscheinen das Feuer der Gerüchte um uns nur wieder neu entfachen wird? Überleg es Dir noch einmal!

Dein Frank

Ich lasse den Brief sinken. »Alles in Ordnung bei dir da drinnen? Caren Miosga fängt gleich an!«, ruft meine Mutter aus dem Wohnzimmer.

»Ja. Alles supergut«, rufe ich zurück und beeile mich, den Brief wieder zu verstauen.

Als wir zusammen vor dem Fernseher sitzen, kann ich mich nicht auf die Sendung konzentrieren. Ich frage mich in einer Tour: Worum geht es eigentlich im Leben? Was ist denn das richtige Leben? Eine Ehe, in der man unglücklich ist? Das einsame Dasein einer geschiedenen Frau in einer Anderthalbzimmerwohnung mit Aussicht auf eine mickrige Rente?

Worauf soll ich mich freuen?

Besteht das Leben darin, dass jeder von uns in seinem Kästchen hockt und sich nach etwas anderem sehnt? Je nachdem, wie viel man verdient, ist ein Kästchen kleiner, das andere größer. Wenn wir es richtig dicke haben, kaufen wir uns noch schön zusammengenähte Stofflappen, mit denen wir unsere fröstelnde, empfindliche Haut zudecken. Das mag eine Frau wie Lulu glücklich machen.

Was könnte mich glücklich machen?

Oder war's das jetzt schon für mich mit dem Glück?

Ich beobachte meine Mutter, die Zeyneps Wollsocken

trägt und zu glauben scheint, dass sie an der Talkrunde von Caren Miosga teilnimmt. Sie kommentiert eifrig mit, regt sich lautstark auf und ist so mittendrin, dass ich ein bisschen über sie lachen muss.

Vielleicht reicht mir das ja für später, eine gemütliche Wohnung und abends eine gute Sendung gucken? Da ist es doch ganz praktisch, dass man allein entscheiden darf, was geguckt wird, und ältere Männer gibt es im Fernsehen ja in der Überzahl. Vielleicht reicht das schon, um nicht einsam zu sein?

Ich habe viel Mitgefühl in diesem Moment mit meiner Mutter, die sich verliebt hatte, die Konsequenzen nicht einschätzen konnte und offenbar vom gesamten Kollegium für ihren Fehltritt moralisch abgestraft wurde.

Niemand hat damals verstanden, dass meine Mutter wahrscheinlich nur versucht hat, nicht zu fallen. Ich weiß noch, wie waidwund wir alle gewesen sind nach dem Tod meines Vaters, wie wir alle verzweifelt nach einer Liebe gesucht haben, die wir für immer verloren hatten.

So viele Jahre habe ich es nicht fertiggebracht, alte Fotos von meinen Eltern anzusehen, auszuhalten, wie sie strahlten. Wie stolz mein Vater immer auf unsere Mutter war: »Passt auf, eure Mutter ist die beste Autofahrerin der Welt!« oder: »Wusstet ihr schon, dass wir heute zur lustigsten Familie des Landes gewählt worden sind? Das liegt wahrscheinlich an euch und eurer Mutter. Wir müssen noch alle tanzen üben für die Preisverleihung!«

Wir lachten alle zusammen darüber, weil wir wussten, dass mein Vater Spaß machte. Ich erinnere mich, dass mein Vater, am liebsten nach dem Sonntagsfrühstück, die Musik aufdrehte und wir zusammen tanzten. Er wirbelte zuerst meine Mutter im Kreis herum, dann Lena und mich. Es waren Momente vollkommenen Glücks, ohne Sorgen, ohne Ängste.

Bis heute steigen mir die Tränen in die Augen, wenn ich Marvin Gaye, Al Green oder eine alte Platte von Quincy Jones höre.

Bis heute liebe ich es zu tanzen und tue es trotzdem viel zu selten!

Die Einsamkeit, die ich seit dem Tod meines Vaters spüre, habe ich dagegen immer im Gepäck. Selbst wenn ich sie in manchen Momenten nicht akut spüre, weiß ich, dass sie im hintersten Winkel meiner Seele geduldig darauf wartet, sich wieder bemerkbar machen zu dürfen, mal sanfter, mal deutlicher, so wie jetzt gerade.

Wenn es mir nicht gut geht, erwischt mich die Trauer kalt von hinten. Dann vermisse ich meinen Vater, mit dem ich vielleicht genau jetzt zu unserer Lieblingseisdiele marschiert wäre, um eine Kugel »Trosteis« zu holen, meinen Vater, den ich so gern noch ein letztes Mal umarmen würde.

Ich habe oft gelesen, die Trauer komme in Wellen, aber mir war nicht klar, dass diese Wellen mich für immer begleiten sollten. Wenn in meinem Leben ein Unwetter aufkommt, umschließt mich das kalte Wasser und wirbelt mich herum, bis ich irgendwann keuchend und geschwächt an den Strand geschleudert werde. Dann kann ich nur hoffen, dass der schlimme Schmerz bald nachlässt. Vielleicht geht es diesmal schneller, als ich denke, und das hier ist nur eine Art Übergangsphase, in der ich mich von einem Lebensabschnitt verabschiede?

Wenn früher in meiner Gegenwart über die Wechseljahre gesprochen wurde, war mir nie klar, wie lebendig und hungrig man sich fühlt, wenn man offiziell schon abgeschrieben ist.

Warum hören die meisten Lebensträume eigentlich mit circa fünfunddreißig Jahren auf?

Ich hätte gerne einen Plan für die nächste Hälfte, irgendwas außer der Vorbereitung auf das Sterben.

Seelöwen

Lena

Das mit dem Sex war keine gute Idee. Wie konnte etwas, das vor einiger Zeit noch so einfach und selbstverständlich war, sich plötzlich so peinlich anfühlen?

Wie zwei tumbe kämpfende Seelöwen haben sie sich gestern im Bett herumgewälzt. Dabei ist Floris Penis immer wieder erschlafft. Gott sei Dank war sie als Frau nicht auf eine Erektion angewiesen, sonst hätte die Sache überhaupt nicht stattfinden können.

Eigentlich hatte sie sich alles so aufregend vorgestellt, jetzt, wo sie ihren Körper endlich wieder ein wenig spürte nach der zugegebenermaßen furchtbaren Pilatesstunde. Sie hatte sich ausgemalt, wie gut sie in ein paar Monaten aussehen würde, und das hatte ihr Schwung gegeben.

Die erste Flaute war bereits aufgekommen, als sie das vibrierende Kästchen aus ihrem Nachttisch genommen und auf ihre Klitoris gelegt hatte. Flori hatte laut hörbar genervt gestöhnt. Er entschuldigte sich zwar gleich darauf, aber die gute Stimmung war irgendwie dahin.

Dabei hatte Lena das Kästchen überhaupt erst anschaffen müssen, weil Flori nicht begriff, dass sich ihre Klitoris einen guten Zentimeter neben der Stelle befand, die er stets erfolglos zu stimulieren versucht hatte. Das war zumindest einer der Gründe, warum ihr Liebesleben bald nach der Hochzeit ins Stocken geraten war.

Lena sitzt, nachdem sie die Kinder fertig gemacht und weggebracht hat, am Küchentisch und nimmt ein zweites Frühstück ein. Dafür hat sie extra einen kleinen Ausflug zur allseits beliebten Wiener Conditorei am Roseneck gemacht. Sie hat sich den berühmten, mit Pudding gefüllten Streuselkuchen und zwei Stücke Frankfurter Kranz mit Buttercreme gekauft. Leider hat die Verkäuferin beim Bezahlen gesagt: »Na, dann wünsche ich einen schönen Kaffeeklatsch.«

Lena hat daraufhin ertappt genickt und nicht verraten, dass sie vorhatte, alles allein aufzuessen. Ein Stück Puddingstreusel hat sie sich binnen weniger Minuten einverleibt, das zweite ist in Arbeit.

Sie kämpft gegen ihre aufkommende Selbstverachtung. Noch nicht einmal geduscht hat sie heute. Sie hat einfach keine Lust, sich auszuziehen. Vielleicht kann sie jahrelang so weiterleben: Streuselkuchen essen, Klamotten über die Klamotten von gestern drüberziehen und wieder essen, dann neue Klamotten.

Warum ist sie in letzter Zeit so nah am Wasser gebaut? Eine Träne tropft auf den Kuchen und zerstört damit dessen ganze Knusprigkeit.

Eigentlich hatte sie sich für heute, während die Mädchen in der Kita sind, vorgenommen, mit dem zwanzigminütigen Sportprogramm namens »Fat Killer Challenge« von Lulus liebster Fitness-Influencerin zu beginnen. Stattdessen sitzt sie hier und isst und grübelt.

Damals, in der Anfangszeit mit Flori, hatte sie das Gefühl, endlich angekommen zu sein. Er verkörperte all das, was ihr in ihrer Kindheit gefehlt hatte, wie Stabilität, Zuverlässigkeit und eine moderne, jedoch konservative Einstellung zum Thema Familie. Bezeichnenderweise hatte sie ihn im Supermarkt direkt neben dem reduzierten Biogemüse kennengelernt, und hatte sofort gedacht: »Ein attraktiver Typ, der gute Ernährung schätzt, aber auch auf den Preis achtet.«

Dann war alles wie von selbst gegangen. Er hatte sie mit dem Satz angesprochen: »Was macht man bloß mit Sellerie?«

Daraufhin hatte sie all ihren Mut zusammengenommen und ihn zu Kartoffel-Sellerie-Rösti in ihre damalige kleine Wohnung eingeladen.

Schon am ersten Abend hatten sie sich geküsst und ein wenig ungelenk herumgemacht, so wie das eben manchmal ist, wenn man sich noch nicht so gut kennt und, wie in ihrem Fall, ohnehin nicht sonderlich viel Erfahrung hat.

Auf dieses erste Date folgten gemütliche Spieleabende, Kinobesuche und Spaziergänge und jede Menge gemeinsame Zukunftspläne. Das Leben, das sie sich zusammen aufbauten, übertraf ihre kühnsten Erwartungen. Gleich zwei süße Kinder, die zum Glück nicht Floris Nase, dafür aber seine blonden Locken geerbt hatten, ein Reihenhaus in einer guten Gegend und jetzt sogar neue Freundinnen, die zweifelsohne zu den coolsten Frauen gehören, die sie je getroffen hat.

Wieso fühlt sie sich heute nur so leer und bereits erschöpft, obwohl ihr Tag gerade erst begonnen hat? Besitzt sie nicht alles, was sie sich sehnlichst gewünscht hat? Zur Beruhigung geht sie im Kopf noch einmal die Checkliste durch: Kinder, Haus, Mann, check. Trotzdem lassen sich die Angst und das unbestimmte Gefühl, etwas übersehen zu haben, nicht einfach wegdrücken.

Was soll sie bloß tun? Mit Flori über den misslungenen Sex reden? Oder würde das alles nur noch schlimmer machen? Lebt tief in ihnen noch echte Leidenschaft füreinander oder ist da vielleicht gar nichts mehr?

Es gab doch mal dieses Wochenende vor einigen Jahren im Urlaub in Italien, als sie aus Versehen auf den Pornokanal des Hotelfernsehers schalteten. Der Porno hieß tatsächlich »Bunga Bunga Amore«. Flori und sie hatten schon anderthalb Flaschen Wein geleert und dann sehr albern alle gestöhnten italienischen Ausdrücke nachgemacht.

Die Gelöstheit hatte sie so in Stimmung gebracht, dass sie sich, noch während der Porno lief, gegenseitig auszogen. Dieser Abend wird Lena immer im Gedächtnis bleiben. Es war der beste Sex, den sie jemals zusammen hatten. Danach lagen sie Arm in Arm im Bett und unterhielten sich die ganze Nacht. Lena konnte völlig frei beschreiben, wonach sie sich im Bett sehnte. Sie erzählte Flori, dass sie einfach gepackt werden, einmal das Gefühl erleben wollte, dass ein Mann bei ihrem Anblick gar nicht mehr an sich halten konnte. Sie wollte nicht gefragt werden, ob sich etwas »schön anfühle«, sie wollte, dass jemand über sie herfiel und gar nicht genug von ihr bekommen konnte. Sie wollte einmal eine begehrte Frau sein und keine »zuverlässige bessere Hälfte« oder »richtig gute Mama«, nein, sie wollte das fühlen, was ihr in Filmen und Büchern versprochen worden war. Sie wollte, dass es Flori beim Anblick ihres nackten Körpers egal war, ob der blöde Knopf von seinem Polohemd abgesprungen war.

Normalerweise sind Gespräche über dieses Thema bei ihr immer schambehaftet. Normalerweise würde sie lieber eine unfassbar unangenehme Sache tapfer bis zum Ende aushalten, als einen Piep zu sagen, weil es ihr peinlich ist, eine Grenze zu ziehen. Oder hat sie einfach Angst davor?

Flori hat damals in Italien genau verstanden, was sie meinte, und trotzdem ist es nie wieder zu einer solchen Nacht gekommen.

Vielleicht sind sie und er auch einfach die falschen Menschen für das, was sie sich erträumt?

Vielleicht findet so etwas nur zwischen wirklich schönen Menschen statt?

Vielleicht hat Lena einfach einen Körper, der am besten für Bilanzbuchhaltung geschaffen ist?

Zumindest war sie beispiellos gut in dem einzigen Job, den sie vor der Ehe hatte.

Ein weiterer Grund für die Sexflaute ist, dass sie seit den Geburten der Kinder so gut wie keine Zeit zu zweit mehr haben. Einen Babysitter engagieren sie nur bei wichtigen Terminen, wie runden Geburtstagen oder dem Sommerfest von Floris Firma.

Die Momfluencer auf Instagram, denen Lena folgt, inklusive Lulu, erzählen regelmäßig von tollen Date-Nights mit ihren Ehemännern, bei denen sie die Romantik wieder aufleben lassen. Ständig werden sie von ihren Männern in schicke Restaurants ausgeführt, wofür sie in der Regel schöne Kleider und High Heels tragen.

Seit wann ist das eigentlich nicht mehr möglich, eine Mutter zu sein und kein Sixpack zu besitzen?

Immerhin hat sie in dieser Hinsicht mit ihrer ersten Pilatesstunde bereits Tatsachen geschaffen und wird diesmal dranbleiben. Auch hat sie ihre Abnehm-App wieder installiert, die die Kalorien aller Lebensmittel, die man zu sich nimmt, ausrechnet, und die Lena bisher meistens angelogen hat.

Statt der großen Portion Nudeln, die sie mittags gerne mit den Mädchen isst, gab sie immer nur eine halbe an, die Burger, die sie sonntags oft zubereitet, trug sie als Salat mit magerem Fleisch und einem Stück Brot ein. Natürlich ist Lena klar, dass es überhaupt keinen Sinn macht, ihre eigene App zu belügen, die ja sonst niemand sieht, aber manchmal ist es einfach zu schwer, die Wahrheit auszuhalten.

Sie versucht es anders, denkt an ihre Schwester. »Gott sei Dank bin ich nicht geschieden, Gott sei Dank muss ich nicht in einer Anderthalbzimmerwohnung wohnen, Gott sei Dank bin ich nicht fünfzig und Single«, sagt sie auf wie ein Vaterunser.

Kurz ist sie beruhigt, dann steigt das unwohle Gefühl wieder in ihr auf, als würde bald etwas geschehen, das ihr ganzes Glück zunichtemachen könnte.

Warum war Flori gestern beim Sex so abwesend? Oder haben sie beide einfach nach der langen Zeit gefremdelt?

Lena denkt daran, wie leise es im Schlafzimmer war. Wie in einem schlechten Film konnte man sogar die Bettfedern quietschen hören und bei jedem Atemzug hatte sie den aufdringlichen Duft der Vanillekerze in der Nase, die eigentlich der Romantik dienen sollte. Jedes noch so kleine Geräusch hat sie abgelenkt und aus der Situation herausgerissen.

Plötzlich piept Lenas Telefon in die Stille hinein. Sie sieht auf das Display. Lulu hat geschrieben: *»Hey Süße, Lust auf einen Smoothie?«*

Lena rappelt sich vom Küchenstuhl hoch. Das muss das Zeichen sein, auf das sie gewartet hat. Zwar wollte sie eigentlich noch das Tiefkühlfach ausmisten und hat genau genommen nicht die geringste Lust auf eine wie auch immer geartete Aktion, aber die Chance, sich mit jemandem wie Lulu näher anzufreunden, kommt im Leben nur einmal.

»Ja, total!«, schreibt sie zurück und: »Wann passt es dir?«

»Wie wär's in 20 min?«

Lena schickt ein »Daumen hoch«-Emoji und sprintet unter die Dusche und dann zum Kleiderschrank, wahrscheinlich die einzige sportliche Betätigung, die sie heute zustande bringen wird.

Was soll sie bloß anziehen?

Lulu scheint im Alltag ausschließlich hautenge Yogaklamotten zu tragen. Dazu braucht man aber angesagte Sneaker, die Lena nicht besitzt, hauptsächlich weil sie keine Ahnung hat, worin die feinen Unterschiede bestehen. Als sie das letzte Mal welche getragen hat, hießen Sneaker noch Turnschuhe.

Vielleicht bleibt sie doch lieber bei ihrem bewährten klassischen Look. Sie schlüpft in eine Jeans mit unentschlossener Weite, einen dunkelblauen Lambswoolpulli, der ein klein wenig an den Hüften spannt, darunter ihre Lieblingsbluse, dazu ein schöner Haarreif mit dunkelblauem Karomuster und Perlenohrstecker.

Eilig wirft sie sich die neue Moncler-Jacke über, obwohl es langsam ein wenig zu warm dafür wird. Das Treffen mit Lulu wird ihrer Stimmung ein wenig Aufwind geben und ihre neue Freundschaft festigen.

Als sie beim *Smoothie-Paradies* in der schönsten Seitenstraße der schicken Königsallee im altehrwürdigen Berliner Stadtteil Grunewald ankommt, sitzen dort schon Lulu, Ginny, die Frau des Schönheitschirurgen, und Benedicta, die etwas schroffe Vorstandsgattin.

Das ganz in Rosa und Weiß gehaltene Café, an dessen Tür ein quietschbunter Aufkleber mit dem Piktogramm einer weiblichen Brust und dem Text »Stillende Mamas Welcome!« prangt, befindet sich im Erdgeschoss einer schneeweißen Gründerzeitvilla.

Lulu winkt Lena enthusiastisch zu, als sie hereinkommt, so als müsste Lena sie in dem ungefähr dreißig Quadratmeter großen Laden ansonsten lange suchen. »Hey Süße!«, ruft Lulu mehrfach.

Am Tisch begrüßen sich alle mit Küsschen. Lena bestellt wie die anderen einen Smoothie namens Mama Glow. Lulu knabbert außerdem an zwei Energy-Balls, die eine eklig matschige Konsistenz haben und wahrscheinlich ihr gesamtes Mittagessen darstellen. Lena wünschte, sie könnte sich auch derart konsequent kasteien, so wie das als Frau über dreißig nun mal notwendig zu sein scheint.

Wenn sie sich wenigstens dazu durchringen könnte, auf Quinoa-Bowls umzusteigen, wenn die Kinder zu Hause ihre Parmesan-Nudeln oder Fischstäbchen essen, aber dazu scheint ihr die Willenskraft zu fehlen.

Auch hier am Tisch geht es gerade um das Thema Gewicht. Lena wird ein bisschen aggressiv, als die bleistiftdünne Ginny seufzt und sich über ihre Speckröllchen beschwert. Da ist es wieder, Lenas bösartiges Ich, das denkt: »Speckröllchen hast du höchstens im Gehirn, du blöde Kuh.« Statt dies auszusprechen, reißt sie sich zusammen und sagt munter: »Oh ja, ich weiß leider genau, wovon du redest! Hast du einen guten Diättipp?«

Plötzlich sehen sich Ginny, Benedicta und Lulu verschwörerisch an. Was läuft hier? Lulu nickt und grinst, dann sagt Ginny: »Na, komm doch einfach mit heute! Mein Mann hat ein neues Gerät in der Praxis!«

»Ein Diätgerät?«, fragt Lena blöde.

Alle kichern.

Ginny beugt sich vor und erklärt, dass es sich dabei um eine Apparatur handelt, die in der Lage ist, Fett einfach wegzuschmelzen. Lena hat abgesehen von den blonden Strähnchen und ein wenig Zahnaufhellung noch nie etwas an sich machen lassen. Ihr fällt ein, dass sie ziemlich zimperlich und schmerzempfindlich ist. Außerdem weiß sie von den verschiedenen untergewichtigen Influencerinnen, denen sie auf Instagram folgt, dass die »Fettschmelze« zwischen vier- und siebenhundert Euro kosten kann. Allein der Smoothie für sage und schreibe acht Euro macht ihr schon ein schlechtes Gewissen, da sie alle Zutaten dafür zu Hause hat. Angesichts der neuen Moncler-Jacke und der prall gefüllten Süßigkeiten-Schublade wäre die Behandlung Flori gegenüber schwierig zu begründen. Als Lena gerade ansetzt, sich herauszureden, nimmt Ginny die Sache in die Hand: »Los, kommt, Mädels, ihr seid alle eingeladen!«

Bereits zwanzig Minuten später, nach einer Fahrt, bei der sie laut in Ginnys G-Klasse »Single Ladies« von Beyoncé gehört und mitgesungen haben, betreten sie die schicke Beauty-Praxis direkt am Ku'damm. Alles hier ist in eleganten Braun- und Beigetönen gehalten. Im Hintergrund läuft sphärische Musik.

Lena und Benedicta sind die einzigen Frauen im Wartezimmer, die einen Pullover tragen, obwohl es sich in Benedictas Fall vermutlich eher um Kaschmir als um Lambswool handelt. Alle anderen tragen die allseits beliebten Yogaklamotten und Sneaker, haben mindestens zehn Ohrlöcher, in denen dicke Diamanten stecken.

Eine zierliche Arzthelferin begrüßt sie alle mit Küsschen und bittet sie in den Behandlungsraum. Lena wird starr vor Angst, als sie die Apparatur sieht. Neben einer Liege steht ein großer Wagen auf Rollen, aus dem sich Schläuche mit einer Art Bügeleisen am Ende herauswinden.

Und schon kommt Ginnys Mann Oliver mit riesigen weißen Zähnen herein und begrüßt alle freundlich mit: »Na, Ladys, kleines Verwöhnprogramm gefällig?«

In der Hand hält er eine große Spritze, in der Lena Botox vermutet. Benedicta begibt sich als Erste auf die Liege und sagt noch: »Eigentlich bin ich für natürliches Altern«, bevor die Spritze erst metertief in ihre Stirn und dann noch in zehn weitere Gesichtsareale eintaucht.

Lena bricht beim Anblick der Behandlung der kalte Schweiß aus. Einerseits würde sie jetzt nur zu gerne einen Rückzieher machen, andererseits weiß sie, dass sie ein so großzügiges Angebot nicht einfach abschlagen kann, ohne merkwürdig zu erscheinen. Und mit welcher Begründung? Angst wäre zu peinlich und alle anderen Gründe, die ihr einfallen, würden den anderen das Gefühl geben, dass sie die ganze Sache moralisch verurteilt. Es ist eigentlich wie damals mit fünfzehn, als sie es endlich einmal in eine coole Gruppe geschafft hatte und dann der Joint rumging, an dem sie nicht ziehen wollte. Daraufhin ist sie nicht mehr gefragt worden, ob sie nach der Schule auf den Sportplatz hinter dem Jugendzentrum kommen wolle.

Anders als Nina, die natürlich immer gefragt wurde, weil sie schön war, und eventuell auch, weil sie eine Kifferin war.

Wann hört der Schulhof jemals auf?

Lena legt sich mit klopfendem Herzen auf die Liege. Oliver lässt das Kopfteil noch ein wenig hochfahren, um ihr Gesicht besser betrachten zu können, und murmelt etwas von »beginnenden Krähenfüßen«. Lena sieht die Spritze auf ihre Augen zukommen. Die Wellnessmusik dröhnt in ihren Ohren, sie hält die Luft an und verspürt ein kurzes unangenehmes Brennen, kombiniert mit einer Art elektrischem Schlag, vermutlich weil in diesem Moment die Nadel auf einen Nerv trifft. Lena ballt die von den anderen abgewandte Hand zur Faust und hält die nächsten Stiche tapfer aus.

Als Oliver fertig ist, sagt er: »Du hast wirklich eine sehr schöne Haut, das wird toll aussehen. Die Wirkung setzt erst in zwei Wochen richtig ein.«

Lena rutscht von der Liege, ist stolz, erleichtert und ein wenig verlegen. Ihre Haut fühlt sich in erster Linie sehr reich an.

Genauso schnell, wie er hereingekommen ist, verschwindet Oliver auch wieder. Eine Arzthelferin bringt ein kleines Tablett mit Sekt herein, vielleicht ist es sogar Champagner?

Alle prosten sich kichernd zu und stoßen an.

Während Lena noch selig lächelnd zwischen ihren Freundinnen steht, fährt die Arzthelferin direkt hinter ihr das Teufelsgerät hoch. Danach rollt sie noch eine zweite Maschine herein, die sie als »unser neues Baby« bezeichnet.

Die Bauchsache hatte Lena nach der ganzen Aufregung mit dem Botox komplett verdrängt. Und wieder geht es der Reihe nach, Lena und Benedicta machen den Anfang.

Nebeneinander legen sie sich auf die beiden Behandlungsliegen. Anschließend müssen sie den Bauch freimachen. Das allein ist Lena schon unglaublich unangenehm. Die Helferin steht über ihr, packt relativ uncharmant Lenas dicke Fettrolle, legt ein Schutztuch über die Haut, »um Erfrierungen möglichst zu vermeiden«, und klemmt sie rechts und links in die zwei Schnauzen des Geräts.

Lena denkt gerade noch über die Wendung »möglichst zu vermeiden« nach, als bereits die Kühlung hochgefahren wird.

Ihre Haut fühlt sich an, als würde sie ihren Bauch mitten im Winter gegen eine eisige Straßenlaterne pressen.

Nach ungefähr einer halben Stunde ist der ganze Zauber vorbei. Lena sieht an sich herunter und entdeckt zwei steif gefrorene viereckige Päckchen direkt über ihrem Schambereich, die von der Helferin so lange massiert werden, bis sie sich wieder einigermaßen in das restliche Bauchfett einfügen.

Angeblich soll die Schwellung nach ein paar Tagen zurückgehen und ihr Bauchfett einfach abfließen, zumindest ein Teil davon. Das hört sich schlicht unglaublich an und fast zu schön, um wahr zu sein.

Lena lässt sich wie eine Flunder von der Liege gleiten und gesellt sich zu Benedicta an die kleine Erfrischungsbar, die an das Wartezimmer angeschlossen ist. Aus dem Behandlungsraum sind die fröhlichen Gespräche und das Lachen der anderen zu hören. Für sie scheint diese Prozedur genauso zur Körperpflege zu gehören wie Zähneputzen.

Beschwingt fahren sie anderthalb Stunden später wieder laut Musik hörend zurück zum *Smoothie Paradies*. Lena kriegt ihre Hose zwar nicht mehr zu, aber in ihr macht sich das angenehme Gefühl breit, dass in dieser neuen Welt noch etliche Abenteuer auf sie warten. So lässt sich Flori mit seiner schlechten Laune gleich viel besser aushalten.

Anscheinend ist Benedictas Mann zurzeit auch nicht viel besser drauf, obwohl er im Vorstand ist und wahrscheinlich im Jahr mehr Geld verdient, als Lenas und Floris ganzes Haus wert ist. Benedicta hat ihn allein während ihres Beautyausflugs zweimal als »Stinkstiefel« bezeichnet und angedeutet, dass im Konzern gerade äußerst miese Stimmung herrsche.

Lena freut sich zwar darüber, dass Benedicta sich ein ganz klein wenig geöffnet hat und nicht mehr ganz so schroff zu ihr ist, hat sich aber trotzdem nicht getraut, genauer nachzufragen. Das kann sie auch das nächste Mal nach dem Pilates tun. Oder sie hakt noch mal bei Flori nach, der müsste als Mann an der Basis ja Bescheid wissen.

Ihr Bauch fühlt sich an, als hätte jemand ein Päckchen tiefgekühlte Fischstäbchen daran befestigt.

Booty Call für meine neu erwachte Libido

Nina

Die Stimmung in der Firma ist heute nicht besser als gestern. Überall auf unserem Flur wird getuschelt über jede und jeden, der/die zu einem Termin bei den Compliance-Officern gerufen wird. Es gab keine Mitarbeiterversammlung, bei der wir informiert und uns die Herren vorgestellt wurden, keine Kaffeerunde an unserem Meeting-Point, einfach nichts. Ich habe keine Ahnung, warum jemand denken könnte, dass wir Lust darauf haben, uns diesen fremden Menschen anzuvertrauen.

Das Anzugsakko eines einzigen Compliance-Officers hat mehr gekostet, als die meisten hier im Monat verdienen. Ich habe seit meiner Ehe einen Blick für solche Dinge.

Zeynep und ich haben heute noch mehr Arbeit auf dem Tisch als sonst. Zeynep ist sich sicher: »Das ist die Strafe für gestern!« Das will ich nicht glauben, obwohl mich das ungute Gefühl beschleicht, sie könnte recht haben …

Der Tag verläuft auf jeden Fall freudlos und unspektakulär, bis Zeynep mir etwas gesteht: »Ich will dir das schon die ganze Zeit sagen, aber ich wollte erstmal gucken, ob ich das überhaupt kann ... weißt du, ich schreibe, und ich glaube, es wird richtig gut!«

Meine Freundin zieht die Tür unseres Büros hinter sich zu. Dann kramt sie in ihrer beutelartigen Handtasche herum und hält mir einen kleinen Stapel zusammengetackerter Blätter unter die Nase.

Ich muss mich erstmal setzen und meine Lesebrille vom Schreibtisch fischen. Dann sehe ich, was ich da in den Händen halte. Es ist das etwa zwanzigseitige Konzept für eine Krimiserie mit einer türkischstämmigen lesbischen Kommissarin, Ähnlichkeiten mit der wirklichen Welt natürlich rein zufällig. Es gibt Beschreibungen der Hauptfigur und aller wiederkehrenden Charaktere. Dazu hat Zeynep eine ganze Staffel mit sechs Folgen skizziert und sogar schon die ersten Szenen ausgeschrieben.

Ich bin beeindruckt. »Wann hast du das denn gemacht?«

Natürlich hat fast jede Person, die beim Fernsehen arbeitet, ein unfertiges Drehbuch über die eigene dysfunktionale Familie in der Schublade, eine Idee für einen historischen Zwanzigteiler auf dem Handy oder einen legendären Entwurf für den zweiten Teil des Kinohits *Titanic* in der Tasche, aber das hier sieht zur Abwechslung mal professionell aus und genau das sage ich Zeynep.

Sie nickt stolz: »Du denkst wohl, ich kiffe die ganze Zeit? Nein, ich habe mich am Wochenende und nachts und wann immer ich Zeit hatte, hingesetzt. Erst habe ich nur so herumgekritzelt, um nicht die ganze Zeit an meine Ex zu denken, und dann hat das Schreiben richtig Fahrt aufgenommen, ich würde sogar sagen, es macht mir Spaß!«

»Wow, und kann ich es jetzt lesen?«, will ich wissen, aber sie hat sich das Manuskript schon wieder geschnappt und steckt es in ihre Tasche.

»Noch nicht, aber bald«, sagt sie geheimnisvoll. »Es ist noch nicht gut genug.«

»Für mich? Willst du mich verarschen? Seit wann sind denn deine Gedanken nicht gut genug für mich?«

Es ist aber nichts zu machen, Zeynep schüttelt entschlossen den Kopf.

»Weißt du, ich habe das Gefühl, dass das hier nicht die Endstation für mich sein kann. Ich will noch was aus mir machen.«

Ich nicke und merke, dass mir ihre Aussage einen kleinen Stich versetzt, und zwar nicht, weil ich mich nicht für sie freue, sondern weil ich mir das Gefühl für mich auch wünsche. Kurz bin ich versucht, ihr vorzuschlagen, bei ihr mitzuarbeiten. Ich weiß aber, dass man so etwas nur tut, weil man seine Berufung noch nicht gefunden hat. Es scheint ein menschliches Bedürfnis zu sein, sich sofort an jemanden dranhängen zu wollen, der etwas mit sich anzufangen weiß.

Nein, ich muss meine eigene Leidenschaft finden, sonst komme ich keinen Meter weiter. Ich weiß, dass ich das Thema seit Jahren vor mir herschiebe, vielleicht, weil es so lange eine Art Luxusthema für mich war.

Nach der Scheidung ging es schlicht ums Überleben, einfach darum, irgendwo unterzukommen, dankbar zu sein für jeden, der mich nahm. So wurde ich Produktionsassistentin. Ich bin stolz darauf, meine Existenz gerettet zu haben. Das ist doch schon was, oder nicht?

Ich spüre ein Rumoren in mir, das ich lange unterdrückt habe. Ich habe keine Lust auf die Anstrengung, etwas erreichen zu müssen. Nein, ich will nicht Drehbücher schreiben, aber trotzdem ist da etwas, das mir nicht mehr gehorcht, das endlich rauswill, das nach Luft schnappt.

Wann habe ich endlich Ruhe vor mir selbst? Wann sitze ich endlich selig lächelnd mit einer Erwachsenenwindel in einem Schaukelstuhl und blicke gütig auf meine Enkelkinder hinunter, die sich mit Träumen, Selbstverwirklichung und dem ganzen Schwachsinn herumschlagen müssen?

Diese Gedanken wandern auf dem Heimweg in meinem Kopf herum. Ich beschließe, mich erstmal hinzulegen, wenn ich zu Hause bin.

Heute schaut Lena nach unserer Mutter. Sie nimmt zur Ablenkung sogar die Kinder mit, obwohl ihr das normalerweise zu anstrengend ist. Sie klang merkwürdig beschwingt am Telefon und erzählte, dass sie mit Lulu unterwegs gewesen sei.

Ich hege tatsächlich keinerlei Groll mehr gegen Lulu, wahrscheinlich aus dem einfachen Grund, dass ich froh darüber bin, nicht mehr mit Phil verheiratet zu sein. Mittlerweile bin ich mir im Übrigen fast sicher, dass Phil Lulu damals erzählt hat, dass wir bereits getrennt seien und uns lediglich das Haus teilen würden, bis die Scheidung durch sei. Mein Ex-Mann hat schon immer zu kleinen Flunkereien geneigt, wenn er damit die Schuld von sich abwenden konnte.

Wie man sich allerdings mit Lulu anfreunden kann,

ist mir ein Rätsel. Allein ihre Stimme würde mich in den Wahnsinn treiben. Vor Kurzem hat sie auch noch begonnen, die Zwillinge in ihre süßen Instagram-Beiträge einzubinden. Sie filmt, wie sie mit ihnen zu Hause Yoga macht und dann alle lustig stolpern und herumpurzeln. Sie dreht lustige Filmchen, wie sie sich von den Zwillingen schminken lässt oder die beiden ihr dabei helfen, ein Outfit zusammenzustellen. Das scheint noch besser anzukommen als ihre Berichte über den Klimawandel oder Achtsamkeit.

Ich frage mich, ob man mit so etwas wirklich Karriere machen kann. Würden Firmen Lulu Geld dafür zahlen, dass sie anderen »Mamas« ihre Produkte empfiehlt?

Wahrscheinlich ist das so. Wahrscheinlich bin ich sogar ein bisschen neidisch, weil ich mich allein bei der Vorstellung, in eine Kamera zu sprechen und Produkte ins Bild zu halten, vor Scham winde.

Wieso haben plötzlich alle Pläne für die Zukunft und meine einzige Errungenschaft ist eine betrunkene Nacht mit einem viel zu jungen Typen? Ich laufe rastlos weiter, bis mir eine Idee kommt und ich den Bastelladen bei mir um die Ecke betrete.

Zu Hause schiebe ich den Küchentisch zur Seite und breite ein großes Laken aus. Darauf stelle ich einen Hocker, den ich mit einem alten Geschirrspültuch bedecke. Mit einem Messer schneide ich eine dicke Scheibe Ton ab, benetze sie mit Wasser und beginne zu arbeiten. Ich forme die lehmige harte Masse zu einer Kugel, drücke sie flach und wiederhole den Vorgang, bis der Ton weich genug ist.

Mein Herz klopft vor lauter Aufregung. So lange habe ich nicht mehr meine Hände benutzt, mein Gehirn ausgeschaltet. Der erdige Geruch steigt mir in die Nase. Ich erinnere mich an die kleine Töpferwerkstatt bei uns im Jugendzentrum, ich erinnere mich daran, wie mich das Arbeiten mit Ton erfüllt und glücklich gemacht hat. Ich bin gespannt, was hier und heute in meiner Küche, nur durch meine Hände, entstehen wird. Nach ungefähr zwei Stunden habe ich die Antwort: Nichts! Absolut gar nichts! Ich habe einfach nur hässlichen Blödsinn getöpfert, sofern man das überhaupt so nennen kann.

Zuerst eine Art dicke Muschel, die einfach in sich zusammengefallen ist, danach eine Art Schnecke, aus der man eine Vase hätte machen können, wenn man bereit gewesen wäre, komplett auf guten Geschmack zu verzichten. Dann habe ich eine missmutige Blüte getöpfert, die jetzt anklagend auf dem Hocker steht und die einfach nur Verschwendung von Material ist.

So wie ich heute.

Deprimiert lege ich mich aufs Bett. Die Farben, die ich heute auch noch gekauft habe, werde ich morgen wieder umtauschen. Das Töpfern hätte ein neues Hobby werden können oder sogar mein Lebensinhalt oder vielleicht einfach nur etwas, woran ich mich im Alter festhalten könnte.

Tja, das war wohl nichts.

Ich liege regungslos auf dem Bett und versuche, keinen einzigen mich selbst herabwürdigenden Gedanken zu haben, was schwer genug ist.

Vielleicht gelingt es mir, einfach ein- und auszuatmen: einfach die Luft einsaugen, sie durch meinen Körper strömen und dann wieder gehen lassen.

Ich schaffe es nicht. Beim Einatmen denke ich »depri« und beim Ausatmen »miert«. Ich gebe auf und rolle mich auf die Seite. Plötzlich höre ich ein Piepen. Ich rolle mich widerwillig auf die andere Seite und greife nach dem Handy.

Mit einem Schlag bin ich hellwach. Auf dem Display steht »David«. Es ist spät, Viertel nach elf. Mit zittrigen Fingern öffne ich den Text und lese:

Hey, vielleicht willst du mich noch mal sehen mit 29? Du hast noch 45 Minuten! Es gibt Kuchen und Haschkekse oder Ganja oder Gras oder Weed oder wie auch immer ihr Erwachsenen das nennt ;)

Darunter steht Davids Adresse, als könnte ich die nicht längst auswendig.

Ich starre blöde das Display an. Mein Herz rast, mir ist schlecht, gleichzeitig freue ich mich. Wegen des ganzen Stresses mit meiner Mutter und in der Firma habe ich völlig vergessen, dass heute Davids Geburtstag ist.

Mein Gehirn sagt: Das ist ein Booty-Call, da fährst du auf keinen Fall hin. Das ist ein betrunkener, bekiffter Mann, der gerade zehn verschiedenen Frauen die gleiche Nachricht geschrieben hat, weil er horny ist! Du bist mehr wert als das.

Mein Bauch sagt gar nichts und vor meinem inneren Auge laufen die schönsten Momente unserer gemeinsamen Nacht ab. Ich sehe David vor mir, nackt, wie er mit geschlossenen Augen unter mir liegt und seine Lippen zu einem Stöhnen öffnet.

Mein Unterbewusstsein scheint auf jeden Fall nicht der Meinung zu sein, dass ich mehr wert bin als seine Lust, und eigentlich ist es ja auch meine.

Wenn ich die Augen schließe, kann ich seine Haut fühlen. Es tut fast körperlich weh, wenn ich mir vorstelle, ihn nicht zu sehen. Es ist, als hätte diese eine Nachricht meine sorgsam aufgebaute kleine Mauer umgestoßen, und schon durchströmen mich alle Empfindungen, die ich mir eigentlich verboten hatte.

Noch dreißig Minuten. Ich könnte es schaffen.

Die kalte Nachtluft pfeift mir durch die Glieder, als ich mit dem Fahrrad die Straße hinunterjage. Warum fehlt mir das einzige Wechseljahressymptom, auf das ich wirklich gehofft hatte? Wo, bitte, bleiben die Hitzewallungen? Wenigstens meine überbordende Aufregung könnte mich warm halten.

Auf der kurzen Strecke zu David fällt mir auf, dass ich eigentlich gar nichts über seine Wohnsituation weiß. Lebt er in einer WG oder allein? Lässt er den Filterkaffee durch eine alte Socke laufen? Ist der Fußboden übersät mit Pizzakartons, Münzen und Unterhosen, so wie bei mir, als ich jung war?

Ich erinnere mich an einen Ex aus meiner Studienzeit, der mir immer Flip-Flops für die Dusche gab, weil er und sein verspulter Mitbewohner sich unsicher waren, ob sie dort jemals geputzt hatten.

Nein, David ist Koch und hat ganz sicher eine Grundidee davon, wie Ungeziefer und mangelnde Hygiene zusammenhängen.

Wenn ich ehrlich bin, ist mir das auch alles egal. Die Sehnsucht bohrt sich so sehr in mein Herz, dass ich kaum Luft bekomme, als ich die Stufen zu seiner Wohnungstür hinauflaufe.

An den Wänden bietet sich mir eine kunstvolle Collage aus abblätternder pistaziengrüner, hellblauer und olivgrüner Farbe dar. Das Treppenhaus in dem schon etwas in die Jahre gekommenen Altbau scheint frisch geputzt worden zu sein und riecht nach Frühling.

Wer sagt denn, dass nicht genau jetzt die beste Zeit meines Lebens beginnt?

Ich klingle. Und stehe plötzlich vor einer Frau in Maries Alter mit Glitzersteinchen auf den Wangenknochen und einem Outfit, das hauptsächlich aus verschieden eingefärbten Jeansstücken besteht. Sie sieht aus wie ein internationales Supermodel, das sich als Besucherin der Love-Parade von 1993 verkleidet hat.

Ich dagegen sehe aus wie ein älterer Mann. Ich wollte nicht schick gemacht oder extra sexy gestylt wirken, deswegen trage ich ein sehr weites, verwaschenes schwarzes T-Shirt zu einer zu großen und alten Jeans.

Meine Hoffnung war, dass die etwas zu weite Hose meine Hüftknochen hervorblitzen lassen könnte und dass das T-Shirt ein wenig über meine Schulter rutschen würde. Ich dachte an unbemühten Sex-Appeal, der viel Raum für Fantasie lässt.

Während ich Mini-Marusha vor mir betrachte, begreife ich, dass »rein zufällig aussehende Sexiness« in der modernen Welt definitiv kein Thema ist.

Marusha stellt sich als »Jojo« vor, gibt mir einen Kuss auf die Wange und hopst vor mir durch den sehr engen Flur.

Ich höre Stimmengewirr. Wie konnte ich mir einbilden, David sei allein? Ich wusste doch, dass er heute feiert. Ich verstehe manchmal nicht, wie mein Gehirn arbeitet, das mir anscheinend eine Idealvorstellung als absolut wahrscheinliche Realität verkauft.

Genau in dem Moment, als ich eine gemütliche und mit jungen, hippen Menschen gefüllte Wohnküche betrete, fangen alle an, »Happy Birthday« zu singen. Um David herum hat sich ein Pulk aus hauptsächlich leicht bekleideten Gratulantinnen gebildet.

Ich stehe verlegen im Türrahmen und kenne niemanden. Als ich gerade beschließe, mich heimlich wieder aus dem Staub zu machen, höre ich meinen Namen.

Und dann noch mal: »Nina!«, ruft David erfreut und lacht mich an. Alle im Zimmer drehen sich zu mir um und mustern mich.

Ich zucke dümmlich mit den Schultern und sage: »Yep, that's me!«

Ich habe keine Ahnung, warum ich jetzt Englisch spreche. Jojo ruft enthusiastisch: »Sie stand eben vor der Tür und ich hab sie reingelassen!«

Wenigstens bin ich jetzt nicht mehr der Mensch mit dem dämlichsten Satz.

Plötzlich steht David ganz dicht vor mir. »Hey, hätte nicht gedacht, dass du wirklich kommst.« Ich sage einfach nur »tja« und nehme mir vor, ernsthaft an meiner Kommunikationsfähigkeit zu arbeiten.

Wie ist das jetzt gemeint, dass »er nicht gedacht hätte, dass ich komme«? Er hat mich doch kontaktiert und nicht andersherum. Oder heißt es etwa, dass er ehrlich freudig überrascht ist, dass ich hier bin? Kann es bitte einmal einen Moment in meinem Leben geben, der nicht mit neurotischen Mindfucks gespickt ist?

Mir fällt ein, dass hier ja Geburtstag gefeiert wird. Also schiebe ich noch ein »Happy Birthday« hinterher. Verlegen stehen wir voreinander, bis er seine Arme um mich schließt und leise sagt: »Schön, dass du gekommen bist!«

Und schon werden wir wieder getrennt, weil ein Song beginnt, zu dem alle in der Küche herumspringen. Ich habe das Stück weder jemals im Radio noch irgendwo sonst gehört und bin dazu noch unsicher, ob es sich überhaupt im klassischen Sinn um ein Lied handelt oder vielleicht um eine beliebte Stelle innerhalb eines DJ-Sets. Ich bin wohl einfach raus.

Immerhin weiß ich noch, was ein DJ-Set ist.

Der Unterschied zu meinen Zwanzigern scheint hauptsächlich darin zu bestehen, dass von den Anwesenden niemand krampfhaft versucht, cool und geheimnisvoll zu wirken, nein, alle sind unheimlich offen und nett. Dabei dachte ich immer, ich hätte meine Tochter besonders gut erzogen. Ich wusste ja nicht, dass diese Freundlichkeit einfach die »attitude« der neuen Generation ist.

Nett scheint das neue »cool« zu sein.

Eine kleine Gruppe, hauptsächlich Frauen, tanzt sexy um David herum. Ich sitze inzwischen auf der Küchenbank neben einem Typen, der unter ein paar Leuten kleine blaue Tabletten verteilt. Jojo lässt sich neben mir nieder und sagt: »Alter, ist mir schlecht, ich hab genau heute meine Tage gekriegt.«

Ich nicke nur und habe keine Ahnung, was ich mit dieser Information anfangen soll.

Dann fragt sie mich und eine circa Zweiundzwanzigjährige, die nur mit einem Netz bekleidet ist, ob wir auch »Vollmondbluterinnen« seien. Die Zweiundzwanzigjährige schreit begeistert: »Ey, klar, Vollmondblut«, und klatscht sich mit Jojo ab.

»Ich will nach Hause«, denke ich traurig und dass das

jetzt aber nicht mehr geht, weil David mich schon gesehen hat und mein plötzliches Verschwinden als eine Art beleidigtes Statement auslegen könnte.

Ob es mir passt oder nicht, ich bin hier erstmal mit den Vollmondbluterinnen gefangen.

Ich erinnere mich daran, dass Zeynep einmal gesagt hat, dass man für sich selbst und sein eigenes Wohlbefinden immer freundlich zu fremden Menschen sein soll, weil das angeblich in der Glücksforschung so belegt wurde.

Daraufhin beginne ich ein tatsächlich sehr nettes Gespräch mit Jojo und Sam, ihrer Menstruationskollegin. Ich erfahre, dass Sam bei einer Werbeagentur in der Nähe von Davids Café arbeitet und Jojo noch studiert. Sie gehen fast jeden Tag bei David essen und haben sich irgendwann mit ihm angefreundet.

Als mich Jojo fragt: »Und, woher kennt ihr euch so?«, höre ich einen spitzen Unterton heraus und frage mich, wie gut David und Jojo sich eigentlich angefreundet haben. Ich traue mich allerdings nicht, das anzusprechen, weil ich Angst davor habe, dass man den Grund meines Interesses an meinem Gesicht ablesen könnte. Also verlege ich mich auf unverfänglichere Themen und versuche zu ignorieren, dass ich plötzlich auf diese Jojo eifersüchtig werde. Das habe ich nun davon, dass ich hierhergekommen bin.

Ich erzähle Jojo und Sam eine ziemlich wirre Geschichte, wie ich David auf einem Gartenfest kennengelernt habe, eigentlich über seinen Bruder, der meine Schwester kennt, dann aber auch wieder nicht und im Prinzip nur, weil ein Kuchen abgeholt werden musste.

Meine Zuhörerinnen nicken höflich, während ich versuche, Davids und mein Verhältnis schwammig bis beinahe fast verwandtschaftlich zu umschreiben, was nicht ganz klappt, weil Jojo treffend feststellt: »Komisch, dass ich dich noch nie hier oder im Café gesehen habe.«

Darauf fällt mir keine bessere Antwort ein als: »Ich habe ja auch immer viel zu tun, ich habe meinen Job, meine Mutter, meine Kinder …«

Nun will Sam wissen, wie alt ich bin. Als ich wahrheitsgemäß antworte, reißen Sam und Jojo erstaunt die Augen auf und überschütten mich mit absolut nett gemeinten Komplimenten.

»Wow, wenn ich mal so alt bin, dann möchte ich auch so cool sein wie du!«

Und: »Krass, du hast ja fast gar keine Falten für dein Alter!«

Ich habe keine Ahnung, wieso ich mich nicht freuen kann. Ich weiß nicht, ob das meine eigene Altersfeindlichkeit ist oder ihre, wenn ich heraushöre, dass ich für einen rumpeligen Oldtimer eigentlich noch ganz okay aussehe. Ich würde lieber einfach so gut aussehen, ohne Zusatz.

Vielleicht ist es auch an der Zeit, mich unauffällig von dieser unbequemen Baumarktbank zu schieben und mich ein wenig umzusehen. Natürlich verrenke ich mir beinahe den unteren Rücken, als ich versuche, elegant über einen auf dem Boden stehenden Bierkasten hinwegzusteigen.

Nachdem ich den Rücken ein wenig gedehnt habe, gehe ich von der Küche aus auf den Balkon und schnorre mir dort eine Zigarette von einem Mann mit Perlenohrringen und einem Muppets-T-Shirt.

Von draußen betrachtet sieht die Küche gemütlich aus. Sie besteht zwar aus zusammengewürfelten Siebziger-Jahre-Möbeln, die nur auf den ersten Blick so wirken, als wären sie von Charles Eames, ist aber um einiges besser ausgestattet als meine. In der Mitte befindet sich ein selbst gebauter Block mit Arbeitsplatte, von dem aus man auf den Balkon blicken kann. Neben, vor und hinter mir stehen diverse Töpfe mit verschiedenen Kräutern. Die kühle Nachtluft beruhigt mich ein wenig.

Der Mann mit den Perlenohrringen heißt Jasper und ist Davids Geschäftspartner in der Tagesbar. Ich stelle mich vor und glaube, in Jaspers Augen eine Reaktion auf meinen Namen zu bemerken. Ohne dass ich nachgefragt habe, klärt er mich sofort in den blumigsten Formulierungen darüber auf, was für ein feiner Kerl, begnadeter Koch und guter Freund David sei. Jasper und David scheinen sich seit der Schule zu kennen. Jasper ist Vater einer kleinen Tochter und hat heute »Ausgang«. Seine Freundin ist zu Hause und passt auf.

»Es ist echt schön zu sehen, dass David langsam aus seiner Krise herauskommt«, sagt Jasper dann noch.

»Meinst du sein abgebrochenes Studium?«, frage ich.

Jasper merkt, dass er zu viel gesagt hat, und nickt nur. Am Ende spielt er die Sache herunter: »Na ja, wir haben doch alle auch mal schlechte Zeiten«, und fängt an, die Serienmelodie von *Gute Zeiten, schlechte Zeiten* zu singen.

Ich muss lachen.

Da entdecke ich eine weitere offene Tür, die vom Balkon abgeht und in ein anderes Zimmer führt. Davor hängt ein zerschlissener grüner Samtvorhang.

Ich drücke meine Zigarette in einem kunstvoll gut getöpferten Aschenbecher aus, schlüpfe neugierig hindurch und stehe in Davids Schlafzimmer.

Es muss seines sein, weil ich das T-Shirt entdecke,

das er an unserem Abend getragen hat, und ein paar alte Fotos von ihm an der Wand hängen. Ich gehe näher heran, betrachte sie genau. Die Bilder scheinen aus einem Urlaub zu stammen, vermutlich in Portugal. Jojo ist auch darauf, sie umarmt David und küsst ihn auf den Mund.

Ist Jojo seine Ex-Freundin?

Ich setze mich auf Davids Bett, das nur aus einem Viereck zu bestehen scheint. Überhaupt sieht das ganze Zimmer mit den grünen Vorhängen, der braunen Ledercouch und der kleinen Hausbar aus wie für einen französischen Film ausgestattet, im Prinzip also wie David.

Ich nehme das getragene T-Shirt vom Stuhl neben dem Bett und tauche meine Nase hinein. Sofort erinnere ich mich an die Nacht, an seinen Geruch, an das Glück, das ich gefühlt habe. Ich lasse mich nach hinten fallen, liege regungslos da und spüre kaum, dass mir eine Träne die Wange hinunterrollt. Nebenan wird ausnahmsweise ein richtiger Song gespielt und alle singen mit. »Don't You Forget About Me« von den *Simple Minds*.

Vielleicht kennen sie das Stück von ihren Großeltern? Es trägt auf jeden Fall dazu bei, dass ich mich einsam fühle, hier in dieser Wohnung, in die ich von allen am wenigsten gehöre.

Ich fühle mich unfähig aufzustehen, ich will nicht durch den Flur gehen, will niemandem begegnen. Ich mache die Augen zu und versuche, mich auf meinen Aufbruch vorzubereiten. Gleich muss ich gehen, um meine Würde zu bewahren, doch ein Teil von mir sagt: Scheiß auf die Würde, bleib einfach, Würde ist nichts wert.

Ich wache davon auf, dass sich ein warmer Körper neben mich legt, was sich gut anfühlt. Ich öffne die Augen und sehe Davids Gesicht vor mir. Wir sagen beide nichts. Er kommt noch näher und wir küssen uns. Mein ganzer Körper steht in Flammen. Ich kann nicht weg, ich kann nicht wieder zurück in mein Leben, ich bin jetzt hier, kann nichts dagegen tun.

Von nebenan schallt der Partylärm herüber, wir ziehen uns aus. Er schiebt mein Becken an den Rand des Bettes, kniet sich vor mich und dringt mit seiner Zunge in mich ein.

Ich stöhne leise, lasse mich zurückfallen.

Ich vergrabe meine Hände in seinen Haaren. Dann ziehe ich ihn zu mir herauf. Ich schlinge meine Beine um seinen Körper.

Ich schließe die Augen und für die nächsten Bewegungen sind wir eins, er und ich, ein Körper, ein Herz, ein Atem.

Verschwitzt und aneinandergeschmiegt liegen wir danach stumm da, lauschen auf die Geräusche von nebenan.

Ich weiß es, ich bin für immer verloren.

Es ist mir egal, wie ich behandelt werde, es ist mir egal, wie das hier ausgeht, ich bin machtlos, das verstehe ich jetzt.

»Das macht mir Angst«, sagt David plötzlich leise.

»Was?«, frage ich zurück.

Er dreht sich auf die Seite, sieht mich an: »Das hier, das mit uns.«

Ich sage nichts, ich weiß, was er meint.

Er nimmt etwas vom Nachttisch und drückt es mir in die Hand. Es ist mein Armreif, der mir bei unserer gemeinsamen Autofahrt vom Handgelenk gerutscht war.

»Er lag die ganze Zeit auf meinem Nachttisch.«

Ich lächele: »Du hattest wohl Sehnsucht nach mir, hm?«

Er küsst mich, grinst dann: »Ich? Kein bisschen.«

Er nimmt mein Gesicht in beide Hände und küsst mich so intensiv, dass ich es in jeder Faser meines Körpers spüre. Gleichzeitig breitet sich eine Schwere in mir aus, weil ich weiß, dass das hier nicht für die Ewigkeit gemacht ist. Irgendwann wird es mir das Herz zerreißen, ganz sicher, jetzt vielleicht noch nicht, aber bald.

Wir liegen beide auf dem Rücken, teilen uns stumm eine Zigarette. Nach einer Weile sagt David: »Ich hätte diese ganzen Idioten nicht einladen sollen.«

Wir sehen uns an, müssen beide lachen, übertrieben viel lachen, und die gesamte Anspannung der letzten Tage entlädt sich. Ich fühle mich, als würden meine unglücklichen Gedanken alle auf einmal von mir abfallen.

»Lass uns abhauen«, sage ich plötzlich, von mir selbst überrascht.

»Okay, und wohin?«

»Na, du bist doch hier der junge Mensch. Lass uns tanzen gehen, weißt du da nicht irgendwas?«

»Klar«, sagt David und richtet sich auf.

Wir schlüpfen in unsere Klamotten und schleichen kichernd durch den Flur nach draußen.

Ich sitze auf dem Gepäckträger meines Fahrrads, schmiege mich an Davids Rücken und habe keine Ahnung, wohin wir fahren. An einer Bahnunterführung hält er an. Hinter einer Mauer, die mir etwa bis zur Brust reicht, erstreckt sich eine Wiese. David schließt mein Fahrrad ab.

»Und jetzt?«, frage ich.

»Na, wir müssen da hoch.«

Ich nicke, lege meine Hände auf die Mauer, nehme all meine Kraft zusammen und versuche, mich mit den Armen hochzustemmen. Nach zwei Sekunden lande ich wie ein Sack Kartoffeln auf dem Boden. Ich schäme mich, muss aber lachen.

»Ich habe keine Armmuskeln«, sage ich entschuldigend.

»Aber ich«, höre ich, kurz bevor sich eine Hand unter meinen Hintern schiebt und ich mit einem Ruck wie von einem routinierten Hafenarbeiter auf die Mauer gehievt und auf die Wiese befördert werde.

David stemmt sich mit einer einzigen eleganten Bewegung nach oben und landet geschmeidig neben mir. Aus der Ferne sind Bässe zu hören.

»Was ist das?«, will ich wissen.

David zuckt mit den Schultern: »Einfach nur ’n kleiner illegaler Rave.«

Das klingt wirklich cool und wenigstens weiß ich, was ein Rave ist. Wir gehen Arm in Arm über die Wiese, in den Wald hinein, bis wir eine riesige Lichtung erreichen.

Ich versuche meine Umgebung zu erfassen. Die Äste, die in die Lichtung ragen, sind über und über mit Lichterketten behängt, auf einer kleinen Erhebung steht ein DJ-Pult, auf der vollen Tanzfläche sind viel Haut und glitzernde Schminke zu sehen.

Wie viel Uhr haben wir eigentlich?

Egal. Ich will tanzen. David scheint das Gleiche zu denken und zieht mich mit sich.

Wir tanzen mal eng aneinandergeschmiegt, mal wild

und jeder für sich. Es ist viel zu lange her, dass ich so ausgelassen war.

Ich sehe David, wie er mich in der Dunkelheit anlacht, spüre seine Arme, die sich um meine Taille schlingen, seine Lippen auf meiner Schulter, in meinem Nacken, auf meinen Lippen.

Ich kann mir einreden, dass ich zu alt bin für all das hier, ich kann versuchen, mich gegen all das hier zu wehren, weil es böse für mich ausgehen könnte, aber wäre es das nicht auf jeden Fall wert?

Was ist das Leben wert, wenn es sich nicht lebendig anfühlt?

Wir tanzen, bis die Sonne aufgeht, laufen eng umschlungen zurück zur Mauer und holen mein Fahrrad.

Ich sitze auf dem Gepäckträger und schiebe meine Hände unter Davids T-Shirt, berühre seine warme Haut, lehne mich mit meiner Wange an seinen Rücken. Die Stadt gleitet an uns vorbei.

Er will wissen, ob wir zusammen frühstücken, ob ich etwas im Kühlschrank habe. Ja und ja und sowieso ja zu allem, was er an diesem Morgen vorgeschlagen hätte.

Wir biegen in meine Straße ein, die Vögel zwitschern, um unserer Kulisse den richtigen Kitschsound zu verleihen. Wir steigen vom Rad.

Ich lehne mich an die Hauswand, schließe kurz die Augen, um die Morgensonne zu spüren. David steht vor mir, beugt sich herunter und küsst mich. Seine Hände fahren unter mein T-Shirt. Ich seufze leise.

Das ist der erste Sonntagmorgen seit vielen Jahren, den ich nicht allein verbringe, eine sowohl kurze als auch eintönige Affäre mit einem Münchner Unternehmensberater inbegriffen.

Michael, den ich kurz nach der Scheidung in einem Frühstückscafé kennengelernt hatte, ging nachts immer zurück in sein NH-Hotel, vermutlich weil er befürchtete, dass das zwischen uns sonst zu verbindlich werden und ich Ansprüche stellen könnte. Wegen seines guten Gehalts, von dem er oft erzählte, fühlte er sich stets im Vorhinein emotional unter Druck gesetzt und in »etwas Festes« hineingezwungen.

Michael hatte ja keine Ahnung, wie wenig er sich darum bei mir hätte Sorgen machen müssen. Ich hatte ihn damals ja gerade deshalb in mein Leben gelassen, weil ich mir sicher war, dass ich mich niemals in ihn verlieben könnte. Ich wollte keine Beziehung, ich wollte meine Ruhe.

»Ach du Scheiße«, sagt plötzlich eine mir sehr vertraute Stimme neben uns und schreit dann: »Sie ist hier!«

David und ich fahren erschrocken herum und ich blicke direkt in die Augen meiner Tochter.

»Marie!«, sage ich nur und sehe sie verwirrt an. David hat seine Hände noch immer unter meinem T-Shirt und starrt meine Tochter an, genau wie sie uns.

Ich räuspere mich und schiebe unauffällig Davids Hände weg.

»Das ist meine Tochter Marie«, sage ich, als wäre dies eine ganz normale Situation.

David streckt genau die Hand nach Marie aus, die eben noch auf meinen Brüsten lag, und sagt: »Hey, freut mich, wir kennen uns von dem Gartenfest neulich.«

Marie betrachtet befremdet Davids Hand, schüttelt sie kurz und widerwillig.

»Kommt ihr jetzt erst nach Hause?«, fragt sie streng,

und dann, noch dazu kopfschüttelnd: »Was treibst du eigentlich die ganze Nacht?«

Es ist gar nicht so lange her, dass ich Marie ziemlich ähnliche Fragen gestellt habe. Jetzt steht sie mit verschränkten Armen vor meiner Haustür.

»Was ist denn überhaupt los? Erklärst du mir bitte mal, was das hier soll?!«

Ein Punkt für mich. Ich bin hier die Erwachsene.

Plötzlich ist auch noch Lena da, sieht entsetzt erst zu mir, dann zu David und wieder zurück.

»Du bist doch der Bruder von Christoph, dem Anwalt? Der Bruder mit dem Broteladen?«

»Sandwiches«, sage ich, als würde es die Situation besser machen.

»Ja, genau, der mit den Broten«, sagt David ganz entspannt und legt einen Arm um mich. Sofort fängt meine Schulter zusammen mit meinen Wangen an zu brennen.

»Seid ihr, seid ihr etwa zusammen?«, fragt Marie entsetzt.

Langsam werde ich ungeduldig und ein kleines bisschen wütend. »Darf ich jetzt mal erfahren, was hier los ist?«

Lena sieht mich mit zusammengekniffenen Lippen an.

»Was hier los ist? Das kann ich dir gerne sagen, meine Liebe. Du hattest versprochen, mich am späten Abend bei Mama abzulösen! Ich musste irgendwann nach Hause und die Kinder ins Bett bringen. Dann hab ich es tausendmal bei dir probiert.«

Das stimmt. Wie konnte ich das nur vergessen?

»Dann hat Lena mich angerufen«, meldet sich jetzt

Marie. »Ich bin zu Oma gefahren und hab sie im Nachthemd auf dem Küchenboden gefunden. Sie hat da schon zwei Stunden gelegen, ohne Hilfe. Dabei hat sie sich auch noch verkühlt.«

Mir ist auf einen Schlag kotzübel.

»Und wo ist sie jetzt?«, will ich wissen.

»Sie liegt in der Klinik, gleich wird sie operiert. Sie hat einen Bruch! Wir dachten, wir fahren jetzt noch mal bei dir vorbei und gucken, ob du schon wach bist, aber du bist ja anscheinend *noch* wach. Du bist vollkommen verantwortungslos.« Marie sieht mich vorwurfsvoll an.

»Hast du Drogen genommen?«, fragt Lena zu allem Überfluss.

David muss unpassenderweise lachen.

Ich bin wütend und schäme mich. Für was eigentlich? »Nein, hab ich nicht.«

»Das bringt doch alles nichts. Lasst uns zur Klinik fahren«, sagt meine Tochter endlich.

Ich nicke, wende mich David zu: »Tut mir leid.« Dann folge ich den beiden zu Lenas Auto.

Schon auf der Fahrt beginnt Marie zu weinen. Ich weiß, dass sie das eben alles nicht so gemeint hat. Sie macht sich Sorgen um ihre Oma.

Meinen Kindern gegenüber war meine Mutter so viel einfühlsamer und aufmerksamer als Lena und mir. Mit Ben und Marie hatte sie endlose Geduld, stundenlang hat sie mit ihnen im Garten herumgetollt, ihnen vorgelesen, ihnen Kinderlieder beigebracht.

Kaum etwas davon hatte sie mit Lena und mir gemacht, als wir noch klein waren. Für den Gesang und das Herumtollen war hauptsächlich mein Vater zuständig gewesen, und das hatte spätestens dann ein Ende, als er nur noch schwach und blass in seinem Krankenbett im Wohnzimmer lag.

Danach zog die Trauer bei uns ein und machte unser gemeinsames Zuhause zu einem bedrückenden Ort.

Meine Kinder kennen die Frau von damals nicht. Sie kennen nur ihre lustige Oma, die für jede Schulgeschichte und alle großen und kleinen Kindersorgen ein offenes Ohr hatte.

Marie hat Ben schon angerufen, der sich bereits ein Flugticket aus England gebucht hat und morgen ankommt.

Ich streichele meiner Tochter über den Kopf, bis wir die Klinik erreichen.

Lange müssen wir auf dem Flur warten. Das Klinikpersonal gibt uns lediglich bruchstückhafte Informationen. Im tiefsten Inneren wissen wir aber, was das bedeutet, wenn die Sätze mit den Worten anfangen: »Ein Oberschenkelhalsbruch in dem Alter …«

Endlich dürfen wir zu ihr.

Die Operation hat zwei Stunden gedauert und meine Mutter sieht bleich und geschrumpft aus. Marie stürzt sofort auf sie zu und umarmt sie vorsichtig.

»Mariechen, was machst du denn hier?«, fragt meine Mutter benommen.

Lena und ich rücken uns nach der Begrüßung die beiden Besucherstühle ans Bett.

Ich versuche, nicht an die Statistiken zu denken, die es über Oberschenkelhalsbrüche im Alter gibt.

Ich versuche, nicht daran zu denken, dass meine Mutter in einem Mietshaus ohne Aufzug wohnt.

Ich versuche zu verdrängen, dass das alles passiert ist, weil ich nicht da war, weil ich Besseres zu tun hatte.

Ich hole Lena, Marie und mir einen ungenießbaren Kaffee aus dem Automaten im Flur. Als ich zurückkomme, scheint meine Mutter Schmerzen zu haben.

Ich renne auf den Flur, halte Ausschau nach der Ärztin, die ich eben noch habe vorbeilaufen sehen.

Endlich finde ich sie.

Meine Mutter bekommt ein Medikament und scheint wegzudösen. Sie ist fix und fertig. Die Ärztin gibt uns einen ungefähren Überblick.

»Ihre Mutter und Großmutter muss sich jetzt erstmal hier bei uns erholen. Wenn sie Glück hat, darf sie in ein paar Tagen nach Hause. Sie darf das Bein aber in den ersten Wochen nicht belasten. Sie kann nach einiger Zeit mit Rehamaßnahmen beginnen, und dann sehen wir, wie die Heilung verläuft. Grundsätzlich haben ältere Frauen Probleme mit der Knochendichte. Das liegt am Hormonabfall ab den Wechseljahren.«

Marie fängt wieder an zu weinen. Ich lege tröstend den Arm um sie, sehe die Ärztin überfordert an.

»Moment mal«, sage ich, »meine Mutter hat aber mit Beginn der Wechseljahre Hormone eingenommen, die können gar nicht abgefallen sein.«

Die Ärztin sieht mich ernst an: »Tja, aber in der Generation ihrer Mutter hat man den Frauen keine bioidentischen Hormone gegeben, so wie heute, sondern zum Beispiel Östrogene aus Pferdeurin. Das war nicht sonderlich wirkungsvoll.«

Wir sitzen alle drei da und sehen die Ärztin entsetzt an.

»Von Pferden?«, fragt Marie sicherheitshalber nach.

Die Ärztin nickt: »Ich denke mir das leider nicht aus. Die Frauengesundheit steckt weltweit quasi noch in den Kinderschuhen. Wir sind wohl nicht wichtig genug. Aber es gibt auch gute Nachrichten: Inzwischen hat die Pharmaindustrie festgestellt, dass Frauen in den Wechseljahren eine riesige Geldquelle sind, deswegen wird jetzt mehr geforscht. Das ist doch schön!«

Wir nicken alle stumpf.

»Und Sie sind hier die Oberärztin?«, will Lena wissen.

Die Ärztin lacht: »Ich doch nicht. Nein, ich bin Frau Dr. Celik. Der Oberarzt ist Herr Dr. Schneidermeier.«

»Schneidermeier, wie originell, zwei todlangweilige Namen miteinander kombiniert«, lallt meine Mutter plötzlich.

Die Ärztin verabschiedet sich und Lena verschwindet, um Flori anzurufen.

Marie und ich sitzen still am Krankenbett und versuchen, uns unsere Sorgen nicht anmerken zu lassen.

Meine Mutter lächelt selig und sagt mit schwerer Zunge: »Schön, dass ihr hier seid.« Und: »Da bin ich wohl ausgerutscht.«

Sie scheint ziemlich benebelt zu sein von den Medikamenten.

Marie nickt und ich streichele die Hand meiner Mutter.

Ich war nicht da, sie hätte mich gebraucht, ich habe einfach alles vergessen, weil ich nur noch ans Feiern dachte. Das ist noch der netteste Satz, den meine innere Stimme zu mir sagt.

»Ich bleibe heute Nacht hier«, sage ich zu Marie. Und: »Du brauchst dir keine Sorgen zu machen.«

Am nächsten Morgen fahre ich gähnend ins Büro. Meine Mutter hatte die ganze Nacht Schmerzen und konnte nicht schlafen. Dann kam schon um sechs Uhr die Krankenhausputzfrau. Um halb sieben habe ich mit Lena und meiner Tochter telefoniert. Marie hat die ganze Zeit geweint und sich währenddessen dafür entschuldigt.

»Mama, ich hab solche Angst. Jetzt wird alles anders. Sag mir bitte, dass alles in Ordnung kommt!«, schluchzte sie ins Telefon.

Marie ist behütet aufgewachsen, und dann habe ich ihr den Schlag mit der Scheidung verpasst. Ich hatte gedacht, sie sei alt genug, um es zu verkraften. Vielleicht ist man das aber nie? Hatte ich mir nicht immer gewünscht, dass meine Kinder einmal einen sicheren Rückzugsort haben werden, einen Ort, an dem alles gut ist?

Diesen Ort habe ich verlassen und dadurch zerstört. Das ging mir auf, als ich die Angst in der Stimme meiner Tochter hörte.

Am Schluss fragte sie schüchtern: »Dieser Typ da, ist der jetzt dein Freund? Wie alt ist der eigentlich?«

In diesem Moment schoss mir die Schamesröte ins Gesicht. Ich sagte aus tiefstem Herzen, ohne darüber nachzudenken, klar und deutlich: »Nein, Böhnchen, da brauchst du dir überhaupt keine Sorgen zu machen. Er ist nicht mein Freund.«

Warum habe ich das gesagt? Wie weit kann ich meinen Gefühlen trauen?

Natürlich kann man einen Moment, sogar eine ganze Nacht lang überwältigt werden von einem Gefühl, aber ob es auch wahr ist, merkt man doch am besten am Tag danach.

David hat ein paarmal angerufen, aber ich kann nicht rangehen, ich habe keine Ahnung, was ich zu ihm sagen soll. Ich will einen klaren Kopf behalten, will nicht von etwas eingesogen werden. Ich muss mich jetzt konzentrieren, ich muss die Familie zusammenhalten, oder das, was davon übrig ist.

Ich habe heute Morgen lange über meine Mutter nachgedacht. Wie lange sie wohl unglücklich verliebt war in Frank Voltz. Was für ein schreckliches Gefühl muss es für sie gewesen sein, als es alle wussten und ihr die Schuld an der ganzen Sache gaben.

Ich erinnere mich daran, dass ich sie damals oft habe weinen sehen. Ich weiß, welche Wut ihre Schwäche und Untätigkeit in mir ausgelöst haben.

Voller Wut habe ich Lenas Schulbrote geschmiert, sie wütend an der Hand zur Schule gebracht, wütend habe ich uns Mittagessen gekocht und mit Wut im Bauch habe ich meiner Schwester ihre Gute-Nacht-Geschichte vorgelesen.

Ich wusste ja nicht, wie sehr meine Mutter gelitten hat, dass sie direkt gescheitert ist, als sie sich ein neues Leben aufbauen oder wenigstens ein bisschen Freude haben wollte.

Es ist manchmal gar nicht schwer, die richtigen Schlüsse aus der Vergangenheit zu ziehen. Ich werde nicht den gleichen Fehler machen und mich von einer Liebesgeschichte ablenken lassen.

Heute Abend kommt Ben aus England an. Wir werden zusammen essen und eine Familie sein. Das steht fest.

Blutung eine Woche zu früh.
Vielleicht meine letzte?
Ein neues Zeitalter beginnt.

Nina

In der Firma werde ich sofort von Zeynep in unser Büro gezerrt, die mir, kaum dass die Tür wieder geschlossen ist, einen Teller Kekse überreicht. »Hat meine Mum gebacken, damit du ein bisschen Nervennahrung hast. Ich musste ihr heute früh deine WhatsApps aus der Klinik vorlesen. Wir drücken Karin alle die Daumen, dass sie schnell wieder gesund wird.«

Ich bin gerührt, habe dafür aber keine Zeit, weil Zeynep gleich weiterspricht: »Du wirst die Kekse brauchen, ich hab nämlich auch noch schlechte Nachrichten. Es haben anscheinend alle mitbekommen, dass wir Susanna über den Flur begleitet haben. Ansgars Assistentin hat mich heute Früh in der Kaffeeküche abgefangen und total bedeutungsvoll gesagt, dass sei ja eine ›krasse Aktion‹ von uns gewesen. Es war ihr wichtig, dass ich spüre, dass das diesem Sauhaufen gar nicht gefällt, was wir beide hier tun. Sie hat sich nicht mal die Mühe gemacht, nicht fucking bedrohlich zu wirken. Sie war angsteinflößender als jede Hamburger Gattin, abgesehen davon, dass sie mit ihren blauen Blusen und der geföhnten Helmfrisur auch wie eine aussieht. Ich hab mich dumm gestellt und gesagt: ›Ich weiß nicht, was du meinst. Wir haben doch bloß einer Frau den Weg zu einem Büro gezeigt.‹ Britta hat mich nur angesehen und wie in Zeitlupe den Kopf geschüttelt und ist gegangen. Es war richtig unheimlich.«

»Klingt wie eine sehr deutliche Warnung«, stelle ich blöde fest, als wäre das nicht schon längst sonnenklar. Und: »Also langsam verstehe ich deine Blaue-Blusen-Phobie!«

Zeynep nickt: »Sie wird uns eines Tages mit einem ihrer Perlenohrringe erstechen.«

Dann wird sie wieder ernst: »Hotte ist mit seiner Serie die Cashcow der Firma. Ist ja eigentlich klar, dass es keine Begeisterung auslöst, wenn wir uns auf die Gegenseite schlagen.«

Ich weiß, dass sie recht hat, halte aber trotzdem dagegen: »Wir wollen diesen Frauen ja nur ein bisschen beistehen, damit sie nicht mutterseelenallein über den Flur gehen müssen. Das ist doch einfach nur normale Menschlichkeit.«

»Und wofür, glaubst du, interessiert sich der liebe Ansgar mehr, für Gefühle oder für den allseits beliebten Kommissar, der seit neun Serienstaffeln Geld für uns scheffelt? Und nicht zu vergessen die komische Männerkochsendung, die mit ihm geplant ist, der neue ›True-Crime-Podcast‹ und die schönen T-Shirts, Jutebeutel und Bettwäschesets, die wir mit seinen ›lässigen‹ Sprüchen drauf verkaufen!«

Obwohl mir gerade gar nicht nach Lachen zumute ist,

witzele ich: »Du hast die Eierwärmer mit seinem ekligen Machospruch drauf vergessen. Ich weiß überhaupt nicht, wieso harte Männer nur harte Eier essen sollen. Wo ist da der Zusammenhang?«

»Keine Ahnung, aber ich sag dir eins: Die zahlen für dieses Compliance-Verfahren. Keiner von denen will, dass da wirklich die Wahrheit ans Licht kommt. Die wollen *ihre* Wahrheit und dafür ist unter anderen unser lieber Ansgar zuständig!«

»Und was ist ihre Wahrheit?«

Zeynep springt von ihrem grauen Drehstuhl auf und beginnt hin- und herzulaufen. Das macht sie immer, wenn sie sich aufregt.

»Na, sie werden vielleicht sagen, dass unser lieber Hotte manchmal ein wenig ›zu charmant‹ sein kann, aber ansonsten ein liebenswerter Kerl ist, er gehöre nun mal zu einer Generation, die eine andere Vorstellung von Komplimenten hat. Am Ende dieser Untersuchung soll herauskommen, dass er im Grunde nichts getan hat. Dann entschuldigt er sich, alle sind happy, fertig.«

»Und wie wollen sie körperliche Übergriffe als Kompliment darstellen? Das macht doch alles keinen Sinn.«

»Tja, auch wenn du und ich komischerweise unempfänglich sind für seinen umwerfenden Charme, tippe ich mal, dass die versuchen werden, es so darzustellen, dass die Frauen sich an Hotte herangemacht haben, weil sie einmal mit dem großen Star ins Bett wollten. Wenn eine Frau behauptet, dass Hotte sie zu einem Kuss oder Ähnlichem gezwungen hat, reicht es doch im Prinzip, dass es einen einzigen Menschen gibt, der behauptet, die betreffende Schauspielerin hätte Hotte angeflirtet und sich ihm gegenüber eindeutig verhalten. In vielen Situationen kann man ja wahrscheinlich auch einfach behaupten, dass Hottes Übergriffe Bestandteil der Spielszene und genau so abgesprochen waren. Für diese Art der Aussagen haben sie sicher ein paar linientreue Zeugen aufgetrieben. Dann müssten die Frauen erstmal das Gegenteil beweisen, und wie sollen sie das anstellen, wenn Aussage gegen Aussage steht? Und für Übergriffe, die sich schwer uminterpretieren lassen, fällt Ansgar sicher ein gutes Druckmittel ein. Schließlich sind die meisten Setjobs immer nur jeweils auf die anstehende Serienstaffel begrenzt. Welche Frau würde gegen Hotte aussagen, nachdem Ansgar ihr durch die Blume klargemacht hat, dass sie dann für die nächste Staffel nicht wieder engagiert würde? Wer ist schon bereit, seine Existenz zu riskieren?«

Mir wird schlecht. Eine harte Kugel formt sich in meinem Magen. Ich nicke, weil ich genau weiß, was sie meint. Ansgar fällt immer etwas ein.

Einmal habe ich ihn um eine Gehaltserhöhung gebeten. Bestärkt von einem YouTube-Tutorial mit Verhandlungstaktiken für Frauen mit dem Titel »Ihr seid es wert, Ladys« marschierte ich in sein Büro, nahm die im Video empfohlene, sehr unbequeme »selbstbewusste Sitzhaltung« ein und »bat nicht«, sondern »verlangte« (»You go, Girl!«).

Danach wurde ich von Ansgars Assistentin mit Aufgaben überhäuft, die ich definitiv nicht bewältigen konnte, wurde von ihm gegängelt, wo es ging, eingeschüchtert, abgewertet, bis ich am Ende selbst der Meinung war, dass mein kümmerliches Gehalt meinen minimalen Wert für die Firma doch absolut widerspiegele.

Ansgar scheint ein untrügliches Gespür für persönliche Schwachstellen zu haben. Bei mir war es das mangelnde berufliche Selbstbewusstsein. Was wird es bei diesen Frauen sein?

Als hätte sie meine Gedanken gelesen, sieht mich Zeynep traurig an: »Er wird sich diese Frauen genau ansehen und er wird herausfinden, wo und wie er jeder Einzelnen zusetzen muss. Das ist sein ganz besonderes Talent. Er hat mich mal beim Kiffen auf dem Parkplatz erwischt und dann angeblich aus Spaß ein Handyfoto davon gemacht. Ich habe ihn gebeten, es zu löschen. Er hat sein Haifischgrinsen aufgesetzt und gesagt: ›Sowas Schönes muss man doch aufheben!‹ Seit vier Jahren weiß ich, dass der Typ mich anschwärzen kann, wann immer er will. Ich glaube zwar nicht, dass ein einzelner Joint meine gesamte Zukunft hier ruinieren kann, aber das Ganze spricht für sich, oder?«

»Wow«, mache ich nur. Das hat sie mir nie erzählt. Eins ist sicher: Die Geschichte vervollständigt auf jeden Fall mein Bild von Ansgars Persönlichkeit. Nach außen hin ist er der Musterbürger mit seinem blonden Scheitel, den salopp gekrempelten Hosen und seiner gruseligen Bürotasche aus recycelter Lkw-Plane.

Er ist die Führungsspitze im Fußvolk, die oberste Machtebene im Unternehmen und sein Ehrgeiz ist unübersehbar. Was ist er bereit zu tun, um den Ruf der Firma zu schützen? Den Gedanken, der mir jetzt kommt, kann ich keine Sekunde für mich behalten. Alarmiert sehe ich Zeynep an: »Falls er vorhat, die Frauen unter Druck zu setzen, hat er das hier schlau eingefädelt. Er muss sich nicht mal die Mühe machen, nach ihnen zu suchen. Sie kommen ja hierher und laufen direkt an seinem Büro vorbei.«

Zeynep nickt stumm. Dann flüstere ich, weil ich mich

gar nicht traue, es laut auszusprechen: »Glaubst du, er ahnt, dass wir die Tagesberichte kopieren?«

Zeynep lässt sich schwer auf ihren Schreibtischstuhl fallen, zuckt mit den Schultern und atmet nachdenklich aus. »Er scheint auf jeden Fall ziemlich sauer auf uns zu sein.«

Ich nicke und beiße gerade in einen von Zeyneps Keksen, weil ich sehr viel Fett und Butter brauche, um diese neuen Informationen zu verdauen, als es an der Tür klopft.

Wir sehen uns erschrocken an. Dann reiße ich mich zusammen und rufe mit kieksiger Stimme: »Herein!«, während ich mich gleichzeitig an den Kekskrümeln verschlucke.

Ängstlich sehe ich zur Tür und erkenne die nächste Schauspielerin aus Hottes Serie, die den Kopf hereinsteckt. Ich erinnere mich, dass sie Latisha heißt und vor ein paar Wochen ihren Personalstammbogen bei uns abgegeben hat. Sie sieht sehr jung aus, hat ein klares Gesicht mit ausdrucksvoll geschwungenen Augenbrauen und dunkle Locken, die zu einem ordentlichen Zopf zusammengebunden sind. Sie mustert uns: »Susanna hat gesagt, dass ich euch beiden vertrauen kann. Darf ich mich vielleicht kurz zu euch setzen, bevor ich dahinten reingehe?«

Zeynep und ich wechseln einen Blick.

»Du hast einen Termin bei der Compliance-Firma?«, frage ich, obwohl eigentlich schon klar ist, dass es nur das sein kann. Latisha nickt, ringt sich ein Lächeln ab.

Ich weiß genau, was Zeynep denkt. Da kommen wieder ihre nervigen moralischen Grundsätze ins Spiel und dieser ganze Kram, dass man Menschen in Not nicht die

Tür vor der Nase zuschlagen darf. Und sie hat ja auch recht.

Deswegen wahrscheinlich höre ich mich in diesem Moment zu Latisha sagen: »Bei uns bist du genau an der richtigen Stelle. Hat es sich schon herumgesprochen, dass wir den besten Kaffee machen? Ich bin übrigens Nina.«

Ich rücke den Besucherstuhl an unsere einander gegenüberstehenden Schreibtische heran. Zeynep schiebt den Keksteller auf Latisha zu und sagt: »Hi, Zeynep. Die Dinger hier hat meine Mutter gebacken, die haben pro Stück mindestens zehntausend Kalorien.«

»Sonst schmeckt's ja auch nicht«, sagt Latisha lächelnd und setzt sich. »Ich wollte zuerst nicht kommen, die können mich nicht dazu zwingen, ich bin ja nicht fest angestellt.«

»Können sie nicht? Ich dachte, wenn man von denen vorgeladen wird, muss man erscheinen?«, fragt Zeynep interessiert.

Latisha schüttelt den Kopf: »Ich war ja nur zwei Drehtage lang als Schauspielerin bei euch engagiert. Die Compliance-Officer können eigentlich nur Festangestellte wie euch verpflichten, bei dem Verfahren auszusagen. Ich habe mich erkundigt, weil ich zuerst unsicher war, ob ich das wirklich machen will.«

»Fuck«, rutscht es mir raus.

»Siehst du, hab ich dir doch gesagt, dass wir hinmüssen, falls die uns einbestellen. Du glaubst mir ja nie«, sagt Zeynep in meine Richtung.

Ich stoße genervt Luft aus. »Ist ja gut, du hast recht. So ein Mist.«

Es ist nicht so, dass ich ihr nicht geglaubt habe, vielmehr hat mir die Wahrheit nicht gefallen, wie es mir meistens nicht gefällt, wenn mich jemand zu etwas zwingen darf. Das scheint ein rebellisches Überbleibsel aus meiner Kindheit zu sein, als ich mir meine Regeln selbst ausgedacht habe und sie wieder verwerfen konnte, wann immer es mir passte.

Ich gieße Latisha Kaffee nach. Sie nimmt einen Schluck, fährt dann fort: »Ich habe ein Schreiben von der Compliance-Firma bekommen, dass sie alles aufklären wollen, um in Zukunft Machtmissbrauch zu verhindern. Zuerst habe ich Nein gesagt, weil ich misstrauisch war, aber ich habe es mir doch noch mal überlegt. Ich glaube, die wollen wirklich, dass sich hier in Zukunft etwas ändert.«

Dann fügt sie etwas leiser hinzu: »Es wäre schon gut, wenn solche Dinge nie wieder passieren.«

Latisha wischt sich eine Träne aus dem Augenwinkel.

Ich streichele ihr über den Rücken, bis sie sich wieder gefasst hat.

»Entschuldigung, ich hab ein bisschen Schiss«, sagt sie leise, und: »Eigentlich hab ich mich damals so gefreut. Das war doch meine erste größere Rolle. Meine Mutter hat all ihren Freundinnen erzählt, was ich Tolles mache. Sie hat mich an dem Morgen noch ganz fest umarmt. ›Jetzt wird alles gut, jetzt hast du auch endlich mal Glück‹, hat sie zu mir gesagt.« Latisha lacht bitter auf, ihre Miene verdüstert sich. Sie sieht uns direkt an: »Dieser Typ denkt, er kann eine Frau einfach zerstören, nur weil er der Star ist.«

Zeynep sagt: »Er ist der Teufel.«

Es ist klar, dass wir von Hotte sprechen.

Ich nicke wieder. Ich frage mich, was ihr passiert ist.

»Willst du darüber reden, was er getan hat?« Ich könnte mir auf die Zunge beißen, weil ich Angst habe, dass ich mit dieser direkten Frage zu weit gegangen bin. Vielleicht ist sie traumatisiert, und ich trample einfach mit der Tür ins Haus. Vielleicht ist das jetzt zu viel für sie. Ich hätte lieber warten sollen, bis sie es von allein erzählt.

Latisha sieht nachdenklich aus, scheint zu überlegen. Dann sagt sie einfach nur: »Ja, doch, besser, ich habe es schon mal über die Lippen gebracht, bevor ich da reingehe. Irgendwie will ich auch, dass ihr es wisst.«

Latisha lächelt Zeynep und mich an, nimmt noch einen Schluck von ihrem Kaffee.

»Ich habe mir immer gewünscht, dass irgendwann die große Chance kommt, und da war sie plötzlich. Ich sollte das *Love Interest* von Hotte spielen, dem großen Hotte Günther! Meine Agentur meinte sogar, die Rolle würde vielleicht ausgebaut. Ich bin einfach nur in meiner Wohnung herumgesprungen. Ich dachte: Ich hab's geschafft! Als ich morgens ans Set kam, waren auch alle sehr nett zu mir. Hotte habe ich bis zur Probe gar nicht gesehen. Und dann stand er plötzlich da und lächelte mich an. Irgendwie hatte ich da schon ein komisches Gefühl, weil es kein nettes Lächeln war, sondern ein bewertendes oder anzügliches. Wisst ihr, was ich meine?«

Ich nicke. »Klar. Ich habe es direkt vor Augen. Manchmal kündigen sich Dinge an, aber man unterdrückt sein schlechtes Bauchgefühl, wenn es in dem Moment nicht passt.«

Latisha seufzt: »Ja, genau. Er begrüßte mich, musterte mich dabei von oben bis unten und dann ging es auch schon los. Wir sollten für eine Szene proben, in der wir allein im Polizeirevier sitzen, uns zuerst über eine

Zeugenvernehmung streiten und es dann beinahe zu einem Kuss kommt. Die Energie zwischen den beiden Rollen sollte so eine Art Heiß-Kalt-Leidenschaft transportieren, also einen Mix aus Anziehung und dann wieder Streit, so stand es in der Rollenbeschreibung, die ich kurz zuvor mit dem Drehbuch bekommen hatte.

Und dann, gleich in der ersten Probe, hat er mich ziemlich grob auf dieses Ledersofa gedrückt und mit einer Hand unter meinen Rock gefasst. Ich habe versucht, ihn abzuschütteln, aber er hat ganz schön viel Kraft. Niemand hat eingegriffen. Als die Probe vorbei war, bin ich aufgesprungen und rausgelaufen. Er hat mir sowas hinterhergerufen wie: ›Jetzt ist es ihr zu viel! Komm, Mädchen, beruhige dich, das muss realistisch aussehen, das ist so bei uns Profis!‹«

Beim letzten Satz klingt Latishas Stimme belegt. Zeynep will etwas sagen. Ich sehe sie an und schüttele ganz leicht den Kopf. Ich kenne das von Marie, wenn sie mir etwas Emotionales erzählt, kann schon die kleinste Unterbrechung bei ihr auslösen, dass sie sofort dichtmacht und gar nicht mehr reden will.

Ich glaube, für Latisha ist es gut, wenn sie einmal alles erzählt, hier bei uns, wo sie sicher ist, wo sie sich selbst zuhören kann, bevor es ernst wird.

Sie fängt sich nach einer Weile und spricht weiter: »Es war so unglaublich widerlich, seine Hände waren an meiner Haut. Ich weiß nicht, wie ich das ausdrücken soll, aber für einen Moment war er auch mit seinem Finger in mir.«

Latisha schluckt und senkt den Blick. Ich bin fassungslos und sage leise: »Das ist eine Vergewaltigung. Er hat dich vergewaltigt.«

Latisha nickt. Zeynep hat Tränen in den Augen, sieht

ebenfalls schockiert aus: »Das tut mir so leid für dich. Das muss ein solcher Schmerz sein.« Latisha nickt. Sie hat ihre Hände so sehr ineinander verkrampft, dass die Knöchel weiß hervortreten. Ich will schreien, ich will alles kurz und klein hauen, ich will nicht, dass jemand so etwas aushalten muss. Dass ich die ganze Zeit »nein, nein, nein« flüstere, merke ich erst, als Latisha mich direkt ansieht und sagt: »Ich weiß, es klingt unglaublich. Eigentlich sind so viele Leute an einem Set, aber jeder von ihnen ist unter Druck, muss sich um seinen eigenen Job kümmern, Requisiten vorbereiten, die nächsten Darsteller schminken, den Ablauf organisieren, und noch dazu befindet sich ja fast niemand direkt bei den Schauspielenden, also im Auge des Orkans.

Glaubt mir, ich habe sofort versucht, es dem Regieassistenten zu sagen, gleich nachdem es passiert ist, aber der meinte nur, er könne sich das gar nicht vorstellen und ob ich wüsste, dass jemand, der den Drehtag schmeißt, regresspflichtig ist … Ich habe dann Angst bekommen, denn ich habe keine fünfzigtausend Euro, um einen Drehtag zu bezahlen.« Latisha sieht von Zeynep zu mir. »Ihr müsst mir glauben, ich hab mich wirklich gewehrt, als es passiert ist, aber alle um uns herum müssen gedacht haben, dass wir einfach gut spielen, was weiß ich. Es hat niemand etwas gesagt. Im Drehbuch stand ja nur, dass Hotte und ich uns *fast* küssen, aber er hat es einfach gemacht, schon bei der Probe. Danach habe ich darum gebeten, kurz mit der Regie sprechen zu können, aber er ist einfach mitgekommen und hat betont, wie wichtig es ist, dass wir uns richtig küssen und wild sind dabei, damit die Leidenschaft auch rüberkommt. Der Regisseur wirkte wie eine Marionette von ihm. Ich wusste auch nicht, wie ich das sagen sollte mit dem Rock. Ich dachte eigentlich, dass das jemand gesehen haben müsste. Von der Seite konnte man doch erkennen, wo seine Hand war, vielleicht aber auch nicht? Es war ja sowieso ›Closed Set‹, das heißt, es waren nur die Regie, der Ton, die Assistenz und die Kamera anwesend, alle anderen haben die Szene draußen auf einem kleinen Monitor gesehen, und da wird ja nur das Kamerabild gezeigt. Vielleicht konnte man es sehen, aber vielleicht auch nicht? Beim ersten richtigen Take hat er es dann wieder gemacht. Mir kamen sofort die Tränen. Hotte war genervt und hat immer wieder vor allen gesagt: ›Mädchen, jetzt reiß dich mal zusammen, wir müssen das Ding heute noch in den Kasten kriegen, da kannst du hier nicht deine Gefühlsachterbahn ausleben!‹, aber mir sind immer wieder die Tränen gekommen. Ich hab seine Hand weggeschoben. Ich musste noch mal weinen, alle haben gewartet, das ganze Team war genervt von mir. Am Ende wollte ich es einfach hinter mich bringen. Ich habe auch dem Maskenbildner gesagt, was Hotte getan hat, als er mir das erste Mal die Tränen weggeschminkt hat. Er hat mich gar nicht ausreden lassen. Er wollte es nicht hören. Er hat dann irgendwas gefaselt von ›Hotte improvisiert gern‹ und dass er manchmal ›ein bisschen ruppig rüberkommt, aber im Grunde doch ein guter Kerl ist‹. Die wollten es alle einfach nicht wissen. Ich wollte es vergessen, ich habe es versucht, aber seitdem geht es mir nicht mehr wie vorher. Ich kann nicht schlafen, ich weine manchmal einfach so los. Meine Hände zittern oft. Ich kenne mich gar nicht mehr wieder.«

Die letzten Worte schluchzt Latisha nur noch. Ich gehe zu ihr und nehme sie in den Arm. Auch Zeynep streicht ihr beruhigend über den Rücken. Keine von uns weiß, was sie sagen soll, zu schlimm ist das alles. Wir verharren eine Weile so, die Arme tröstend umeinandergeschlungen.

Ich war auch immer wieder mal am Set, als gedreht wurde, um Unterlagen abzuholen. Das Polizeirevier, in dem Kommissar Glück in der Serie arbeitet, ist in ein großes Studio hineingebaut. Ich kann mich an das speckige Ledersofa dort erinnern. Ein Großteil des Teams, das dort arbeitet, ist schon seit der ersten Staffel dabei. Viele von ihnen sind Familienväter und -mütter. In einer so unsicheren Branche ist eine durchgehende Anstellung in einer Serie wie ein Sechser im Lotto. Hotte ist bei den meisten sehr beliebt und für seine Großzügigkeit bekannt. Es kursieren immer wieder Gerüchte, wie er dem ein oder anderen bei der Finanzierung einer Wohnung ausgeholfen habe, und letztes Jahr soll er sogar der alleinerziehenden Kostümassistentin die hohen Spielschulden ihres Ex-Mannes bezahlt haben. Und bei der Abschlussparty der letzten Staffel soll Hotte das gesamte Team für ein Wochenende in ein Luxushotel in Portugal eingeladen haben.

Ist es möglich, dass solche Geschichten dazu führen, dass Menschen vor der Wahrheit die Augen verschließen? Und auch noch aussagen, sie hätten nichts gesehen?

Zeynep spricht aus, was mir durch den Kopf geht: »Hast du mal darüber nachgedacht, ihn anzuzeigen? Das ist ja schließlich ein Straftatbestand.«

Latisha nickt und zuckt mit den Schultern und lacht bitter. Sie sieht uns an: »Und wie hätte ich das beweisen sollen?«

»Schöne Scheiße«, sage ich einfach nur. Zeynep nickt und flüstert: »Es tut mir so leid.«

Ich fühle mich hilflos und desillusioniert, aber nicht

überrascht. Ich wünschte, ich könnte den Hauch eines Zweifels an der Geschichte haben, ich wünschte, die Welt wäre nicht dermaßen verrottet.

Wir sitzen noch eine Weile schweigend zusammen, jede von uns mit ihren Gedanken beschäftigt, bis Latisha sich bereit fühlt.

Wir machen es genauso wie beim letzten Mal. Wir bringen sie bis zum Büro der Compliance-Firma. Während ich Latishas Hand halte, muss ich die ganze Zeit an meine Tochter denken, die – genau wie Latisha – noch so neu ist auf dem Parkett der Erwachsenen, obwohl sie natürlich glaubt, sie habe die Welt schon verstanden.

Als wir über den Gang gehen, beobachten uns andere Mitarbeitende durch die geöffneten Bürotüren. Es ist unangenehmer als beim letzten Mal. Hinter uns ertönt ein ungläubiger Pfiff.

Ansgar streckt den Kopf aus seinem Zimmer, mustert uns und sagt mit spöttischem Gesichtsausdruck: »Hello again.«

Seine Augen blitzen mich böse an.

Er sieht uns nach, ich spüre seinen Blick in meinem Rücken.

Britta kommt uns entgegen, grüßt stumm und schüttelt kaum merklich den Kopf, als wollte sie sagen: »Wie könnt ihr nur so dumm sein?«

Latishas Hände fühlen sich eiskalt an, als wir endlich am Büro der Compliance-Leute ankommen. Wir verabschieden uns vor der Tür von ihr. Ich drücke ihr noch mal aufmunternd die Hand.

Es ist jetzt schon klar, dass diese junge Schauspielerin

niemals wieder eine Rolle in einer von diesem Konzern produzierten Serie bekommen wird.

Auch wenn es niemand offen zugibt, weiß ich, dass Listen existieren mit den Namen von Leuten, die »unbequem« sind. Erst letztes Jahr bei unserem Sommerfest hat einer der Produzenten betrunken damit angegeben. Er war sehr stolz darauf.

Seit heute stehen Zeynep und ich wahrscheinlich auch auf dieser berüchtigten Liste und ganz unrecht haben sie damit nicht, schließlich kopieren wir ja seit ein paar Wochen heimlich die betreffenden Unterlagen.

Es gehört zu unseren Aufgaben, alles, was einen Dreh betrifft, in dem jeweiligen Projektordner abzuheften und eine Kopie auf Ansgars Schreibtisch zu legen. So ist es nicht weiter aufgefallen, dass wir für uns einen inoffiziellen Ordner angelegt haben.

Gerüchte über Hotte hatten wir schon gehört, ihn jedoch lange einfach nur für schmierig, aber harmlos gehalten.

Misstrauisch wurden wir, als in einem der Tagesberichte eine merkwürdige Notiz stand.

An einem Drehtag, als Susanna anwesend war, hieß es in einem Vermerk, Schauspielerin Nummer 4 habe sich bei der Probe verletzt und zum Arzt gemusst.

Ich kann mich immer noch nicht daran gewöhnen, dass Schauspieler und Schauspielerinnen üblicherweise der Größe ihrer Rolle nach durchnummeriert werden. So ist die Erstellung von Listen, Drehplänen und Tabellen schlichtweg einfacher. Schön ist es trotzdem nicht. Eigentlich kenne ich das sonst nur von Gefängnissen.

Bei Susanna, also der Nummer 4, war bei »Art der Verletzung« eingetragen »wahrscheinlich Halswirbelsäule verknackst und Abschürfung«. Darunter war der Name eines Anwalts aus Phils Kanzlei eingetragen. Daneben stand lapidar: »freundschaftlicher Setbesuch«. Da wurde ich misstrauisch. Ich wusste zwar, dass die Kanzlei, bei der Phil arbeitete, den Medienkonzern schon ein paarmal vor Gericht vertreten hatte und da also ein Kontakt bestand, doch es kam mir merkwürdig vor, dass Phils stets gehetzter und demonstrativ an allem desinteressierter Kanzleipartner einen »freundschaftlichen Besuch« machen sollte. Außerdem machte sich normalerweise niemand bei den von Aufnahmeleitung und Regieassistenz erstellten Tagesberichten die Mühe, die Art eines Setbesuchs zu definieren, warum auch? Tagesberichte dienen vor allem dem Controlling. Zeynep und ich hatten das Gefühl, dass es einen Grund für den Setbesuch gab, auf jeden Fall steckte mehr dahinter als bloßer Settourismus.

Also haben Zeynep und ich im Drehbuch der betreffenden Folge nachgesehen, welche Szenen an diesem Tag gedreht wurden. Natürlich dachten wir, dass es sich um eine Actionszene handeln musste, aber wir lagen falsch. Susanna und Hotte hatten am betreffenden Tag eine Liebesszene mit einem Closed Set. Was bedeutet, dass bei einer Liebesszene, die ja manchmal sogar nackt gedreht wird, wirklich nur die notwendigsten Gewerke am Set sein dürfen. Alle anderen müssen draußen warten. Genau wie bei Latisha. Wie zum Teufel hat sich Susanna bei der Probe einer Sexszene den Hals verrenkt und sich dazu noch eine Schürfwunde geholt?

Das kann nur passieren, wenn es wirklich grob zugeht. Hotte gibt gerne damit an, dass er vom Theater kommt und es deswegen gewohnt ist, drei Stunden lang akrobatische Leistungen auf einer Bühne zu vollführen. In jedem Interview erzählt er, dass er mit seinen sechzig Jahren noch topfit ist und »leidenschaftlich gerne mit seinem Körper« arbeitet.

Normalerweise müssen Liebesszenen vorher besprochen und genau durchgeplant werden, damit niemand etwas Unvorhergesehenes tut oder einer anderen Person zu nahe tritt.

Ich wette, Hotte hat sich darüber aufgeregt, dass so die ganze Spontaneität und der Zauber seiner Schauspielkunst verloren gehen. Er hat wahrscheinlich einfach das getan, worauf er Lust hatte. In diesem Fall scheint er die Schauspielerin besonders grob behandelt zu haben.

Das war für Zeynep und mich Anlass genug, um von nun an jeden Tagesbericht mit einer außerordentlichen Notiz zu kopieren. Unser Ordner, den wir in einer verschlossenen Schublade im Büro aufbewahren, ist mittlerweile gut gefüllt.

Ich vermute, dass Latisha die Schauspielerin ist, über die in einem der Tagesberichte steht, dass es Verzögerungen gab, weil sie dreimal in die Maske musste, wo ihr Spuren von Tränen und geschwollene Lider weggeschminkt wurden. Im Drehbuch haben wir keine Szene gefunden, bei der sie hätte weinen müssen. Jetzt kennen wir den Grund dafür.

Zeynep und ich gehen nach draußen, weil Zeynep rauchen will beziehungsweise rauchen muss.

»Mir ist kotzübel«, sagt sie nur, als sie an ihrer Zigarette zieht. Ich nicke. »Mir auch.« Ihr macht die ganze Sache genauso sehr zu schaffen wie mir.

Als wir auf dem Parkplatz hinter unserem Büro stehen, entfährt es ihr leise: »Dass das möglich ist, dass dieses Schwein eine Frau mitten am Set vergewaltigt, ist einfach zu krass. Ich finde das alles einfach zum Kotzen!«

Ich habe immer noch Latishas Gesicht vor mir, merke, dass mir wieder die Tränen kommen. »Und dann noch zu denken, dass die das wissentlich geschehen lassen. Dieses ganze Verfahren ist doch eine Art Schauprozess, bei dem der Ausgang jetzt schon klar ist.«

Zeynep nickt düster: »Diese erbärmlichen Lügner. Vermutlich hast du recht.«

Da fällt mir ein Spruch von Phil ein, den er früher zu unseren Kindern gesagt hat, wenn er sie beim Flunkern erwischt hatte. Ich spreche ihn laut aus. »Lügen ist etwas für Stümper! Die Wahrheit in die richtige Richtung zu drehen, das ist die große Kunst!«

Zeynep nickt nachdenklich. Ich führe meinen Gedanken fort: »Ansgar sticht die Informationen durch. Es muss so sein.«

Zeynep zündet sich gleich die nächste Zigarette an. »Also, sagen wir, Latisha erzählt da drin gerade ihre Story, dann hat zum Beispiel Ansgar keine Ahnung, was genau sie aussagt, aber er könnte ja, falls die Compliance-Typen wirklich mit ihm zusammenarbeiten, oder wenigstens einer von denen, also er könnte dafür sorgen, dass zahlreiche ihm gegenüber loyale Teammitglieder, die am selben Tag am Set gearbeitet haben, auch eingeladen werden und eine gegenteilige Aussage machen.«

Ich nicke, hätte jetzt auch Lust auf eine Zigarette, verbiete es mir aber: »Was ist Latishas Aussage wert, wenn alle anderen behaupten, sie hätten nichts dergleichen gesehen? Und was wäre, wenn sie vielleicht sogar das Gegenteil gesehen hätten? Und was wäre, wenn jeder findet, dass Hotte ein prima Kerl ist, bei dem sie sich das nun wirklich nicht vorstellen könnten? Was wäre, wenn da eine ›hysterisch‹ heulende, junge und unprofessionelle Schauspielerin am Set ihr Unwesen getrieben hätte? Ansgar meldet jede Frau, die den Gang entlangläuft, greift sich dann die opportunistischsten Duckmäuser, die ja schon am Set nichts gesehen haben wollen, und bestärkt sie darin. Am Ende bestätigt die Auswertung der Anhörungen, dass das Unternehmen sauber ist, und dieses Ergebnis wird von den Compliance-Officern verkündet. Dann sind sie erstmal über jeden Verdacht erhaben.«

»Das wäre schon sehr nützlich, wenn sie die nächsten Jahre in Ruhe Geld verdienen wollen. Wow, das ist heftig.« Zeynep sieht jetzt sehr blass aus.

»Bei den Unsummen, die mit der Serie verdient werden, sind die Frauen einfach nur eine Art Kollateralschaden. Die decken Hotte, wahrscheinlich bis ganz oben.«

Ich schnappe mir jetzt doch eine Zigarette, ausnahmsweise, und nehme einen tiefen Zug, weil ich mir einbilde, dass mir das helfen könnte. Stattdessen bekomme ich einen Hustenanfall, bis mir die Tränen in die Augen steigen, und reiche die Kippe an Zeynep.

»Verdammte Scheiße, jetzt ersticke ich hier auch noch«, keuche ich dramatisch.

»Lass mal lieber, wer weiß, was die dann mit deiner Leiche machen«, sagt Zeynep trocken.

Als ich mich wieder gefangen habe, sehe ich Zeynep an.

»Wir müssen etwas tun. Wir haben genug belastendes Material in unserem Ordner. Wir haben die Tagesberichte und die dazu passenden Szenen aus den Drehbüchern.

Das muss nur richtig interpretiert werden. Wir müssen jetzt etwas tun. Und wenn wir es nicht für uns machen, dann wenigstens für diese Frauen, damit wir ihnen eine Anlaufstelle bieten können. Lass uns zu Subsidio gehen! Das ist jetzt der richtige Zeitpunkt.«

Subsidio ist eine Vertrauensstelle des Kultusministeriums, bei der man sich als Medienschaffende in Fällen von sexueller Belästigung am Arbeitsplatz melden kann.

Zeynep drückt ihre gefühlt fünfte Zigarette an der Staatsvertreter hässlichen Außenmauer des Konzerngebäudes aus und schnaubt wütend: »Und was sollen die jetzt machen?!«

Zeynep und ich wollten da zwar erst hinmarschieren, wenn wir hieb- und stichfeste Beweise haben, aber jetzt brauchen wir Hilfe, bevor das Compliance-Verfahren abgeschlossen wird und uns dann wahrscheinlich erst recht niemand mehr glaubt. Wir müssen herausfinden, welche Schritte unternommen werden können, und dann den anderen Frauen helfen.

Ich beuge mich noch mal vor und sage beschwörend zu meiner Freundin: »Ich weiß, du hast null Bock auf diese Staatsvertreter, aber ich glaube, du täuschst dich! Da sitzen Juristinnen, die sicher total den Durchblick haben, und die brauchen wir jetzt, okay? Das ist richtig starker Tobak und dafür sind die ja schließlich da!«

»Ja, du hast ja recht. Da müssen jetzt Profis ran!«

Zeynep ist aufgrund ihres türkischen Namens grundsätzlich misstrauisch gegenüber staatlichen Institutionen, weil sie dort immer als Mensch zweiter Klasse behandelt worden ist, erklärt sich aber trotzdem einverstanden und ruft an, um für uns einen Notfall-Termin zu erbitten.

Drei Stunden später, nach Büroschluss, laufen Zeynep und ich auf ein prachtvolles Altbauhaus im Berliner Westen zu. Die Eingangshalle ist beeindruckend mit ihren Stuckverzierungen und der Wandverkleidung aus grünem Marmor. Wir fahren mit dem altmodischen Aufzug nach oben und ich ziehe das kunstvolle Gitter vorsichtig beiseite, bevor wir aussteigen. Ich zwinkere Zeynep zu, als wir vor der Tür stehen, an der auf einem Schild in nüchterner Schrift »Subsidio« steht.

»Bereit für die Gerechtigkeit?«, witzele ich.

»Ja! Wenn wir keine Lösung für diese Frauen finden, ist bald unser ganzer Kaffee leer«, sagt Zeynep ernst.

»Ja, diese Besuche werden langsam teuer«, sage ich und drücke auf die Klingel.

Ein angenehmer dreistimmiger Glockenklang ertönt. Eine angenehm klingende Türklingel ist ein Accessoire, das ich bisher nur von wohlhabenden Haushalten kenne.

Eine sympathisch aussehende Frau mit blondem Zopf, Brille und hellblauer Bluse öffnet uns die Tür. »Ach, Gott sei Dank geht die Klingel wieder. Hallo, Andrea Niedermeier mein Name. Unsere Sekretärin ist leider im Urlaub. Kommen Sie doch herein, ich beiße nicht, auch wenn ich das zu Hause bei den Kindern manchmal gerne tun würde. Wir haben vorhin telefoniert?«

Zeynep nickt und lächelt. Sie scheint sich, genau wie ich, darüber zu freuen, dass wir hier so nett empfangen werden. Wir folgen Frau Niedermeier durch den ganz in Beige gehaltenen Flur und laufen an drei bis vier geschlossenen Bürotüren vorbei, durch die gedämpfte Stimmen zu uns dringen. An den Wänden hängen antike Stiche mit Stadtansichten. Frau Niedermeier führt uns in einen holzgetäfelten Raum, in dem ein großer dunkler Schreibtisch mit Löwenfüßen steht. Zeynep und ich nehmen auf den beiden nüchternen Freischwingern davor Platz und Frau Niedermeier, von der wir inzwischen erfahren haben, dass sie bei Subsidio als Rechtsanwältin angestellt ist, seufzt laut: »Ich hole mal Wasser, Kaffee kann ich Ihnen leider nicht anbieten. Außer der Sekretärin weiß hier niemand, wie diese vermaledeite italienische Maschine funktioniert.« Sie lacht dröhnend und geht hinaus.

Zeynep verzieht das Gesicht. »Sie hat Jura studiert und weiß nicht, wie man eine Kaffeemaschine bedient? Ja, so sind sie, die hellblauen Blusen. Halten sich für was Besseres.« Ich wünschte, Frau Niedermeier hätte sich heute Morgen wenigstens eine Bluse in einer anderen Farbe ausgesucht. Als wir hören, dass sie wiederkommt, sehe ich Zeynep mahnend an und flüstere: »Hey, lass mich das machen, du wirst hier viel zu emotional, du bist ja schon auf hundertachtzig und wir haben noch nicht mal angefangen. Ich rede mit der Bluse, okay?«

Zeynep zuckt zwar etwas motzig mit den Schultern, lässt mich aber übernehmen, als sich die Anwältin uns gegenübergesetzt hat. »Wir sind hier, weil wir als Produktionsassistentinnen bei *Ein Fall von Glück* den Verdacht haben, dass der Hauptdarsteller Hotte Günther übergriffig gegenüber Frauen ist. Wir haben dazu ein paar Unterlagen gesammelt.«

Andrea Niedermeier nickt ernst. »Alles, was Sie hier in diesem Raum erzählen, wird natürlich streng vertraulich behandelt. Da brauchen Sie sich überhaupt keine Sorgen zu machen.«

»Das ist ja wohl selbstverständlich, sonst wären wir überhaupt nicht hier. Hören Sie, in der Firma muss dringend was passieren!«, sagt Zeynep unwirsch. Ich stupse sie unauffällig in die Seite, weil wir hier so ganz bestimmt nicht weiterkommen.

Die Juristin lässt sich nicht aus der Ruhe bringen und bedenkt uns mit einem großmütigen Lächeln. »Ja, dann erzählen Sie mal, was Sie hierherführt, am besten von Anfang an …« Bei den letzten Worten sieht sie kurz auf die Uhr an ihrem Handgelenk, dann wieder zu uns.

Ich will gerade loslegen, da kommt mir Zeynep zuvor: »Es waren sicher schon Leute hier wegen ihm, oder? Da müssen doch bestimmt zig Frauen bei Ihnen gewesen sein wegen Hotte!«

Und schon wieder klingt Zeynep vorwurfsvoll, sie hat einfach einen tiefsitzenden Groll gegen die Obrigkeit. Ich lächle Frau Niedermeier freundlich an, um einen Ausgleich zu schaffen für die Wutbombe, die neben mir sitzt, denn schließlich brauchen wir Hilfe.

Frau Niedermeiers Ton bleibt zwar freundlich, wird aber eine Spur kühler: »Tut mir leid, darüber darf ich Ihnen leider keine Auskunft geben.«

Ich nicke verständnisvoll: »Na klar, das fällt ja unter den Datenschutz, dachten wir uns schon, aber wäre es dann möglich, dass Sie sich bei den anderen Frauen melden, falls es welche gibt, und ihnen unsere Kontaktdaten geben? Wenn wir Ihnen hiermit mitteilen, dass wir damit einverstanden sind? So hätten wir wenigstens die Möglichkeit …«

»Nein, tut mir leid, das ist nicht möglich, das gehört auch nicht zu meinen Aufgaben«, sagt Frau Niedermeier, die die eben noch vorhandene Freundlichkeit inzwischen nicht mehr zu ihren Aufgabengebieten zählt.

Zeynep hakt nach: »Wieso ist es nicht möglich?«

Frau Niedermeier seufzt und sieht uns dabei an wie eine Mutter ihre unartigen Kinder. »Datenschutz ist nur einer der Gründe.«

Zeynep schiebt stoisch hinterher: »Aber wenn wir unsere Daten freigeben, müssen Sie doch nicht auf den Schutz unserer Daten achten.«

Ohne auf Zeyneps Einwurf einzugehen, setzt Frau Niedermeier wieder ihr steifes Lächeln auf. »Nun berichten Sie mir doch erstmal detailliert, worum es in Ihrem Fall geht.«

Wie aufs Stichwort knallt Zeynep den dicken Ordner, den wir angelegt haben, auf den Tisch und sagt wie in einem schlechten Krimi: »Da steht alles drin. Da haben Sie alle Informationen zu diesem Schwein!«

Angesichts des Papierstapels sieht Frau Niedermeier schon wieder auf ihre Uhr.

Ich beschließe, mich davon nicht tangieren zu lassen, und schlage die erste Seite auf. »Wissen Sie, unser Job ist es unter anderem, alle Unterlagen zu einem Projekt, also zu jeder Staffel der Serie, zu sichten und dann abzulegen. Hier ist jede gedrehte Szene der Serie vermerkt. Natürlich kennen meine Kollegin und ich auch die jeweiligen Drehbücher, weil es unsere Aufgabe ist, diese an die Schauspielagenturen zu schicken. Wir sind eigentlich in jeden Produktionsschritt involviert, obwohl wir in der Hackordnung relativ weit unten stehen. Wenn man sich ein bisschen auskennt, kann man hier alles nachschauen …«

Frau Niedermeier sieht bereits etwas ungeduldig aus, was wiederum Zeynep dazu verleitet, demonstrativ genervt auszuatmen. Ich sage mir, dass wir ja eine große Gemeinsamkeit haben, weil es uns allen ja um die Sache geht, und fahre fort: »Wir sind bei einigen Notizen in den Tagesberichten misstrauisch geworden. Eigentlich wird da ja nur notiert, ob die geplanten Szenen an dem Tag auch tatsächlich gedreht wurden, welche Schauspieler anwesend waren und ob es irgendwelche besonderen Vorkommnisse gab.

Uns ist aber aufgefallen, dass in der letzten Staffel auffällig oft ein Arzt wegen nicht genauer definierter Verletzungen geholt wurde. Und wir haben uns darüber gewundert, dass Schauspielerinnen verarztet werden mussten, wenn sie doch laut Drehbuch nur eine Art Flirtszene mit Hotte Günther gedreht haben.

Also haben wir angefangen, alle uns merkwürdig vorkommenden Tagesberichte zu kopieren. Immer wieder haben sich bei den Hotte-Drehs Schauspielerinnen am Set verletzt. Und wie Sie wissen, läuft bei uns aktuell dieses Compliance-Verfahren. Wir haben festgestellt, dass genau die Personen, die an auffälligen Drehtagen anwesend waren, von der Compliance-Firma einbestellt worden sind. Wir haben das Büro ganz vorne neben dem Eingang und irgendwie hat sich wohl herumgesprochen, dass wir vertrauenswürdig sind … ich meine, wir haben die betreffenden Frauen kennengelernt und sie haben uns persönlich von den Übergriffen berichtet. Es gab sogar eine Vergewaltigung.«

Frau Niedermeier zieht bei diesem Wort ihre Augenbrauen zusammen, so als würde sie mir nicht glauben oder vermuten, dass wir zur Übertreibung neigen. Ich lasse mich davon nicht aus dem Konzept bringen. Dafür ist das alles hier zu wichtig. Während ich rede, sucht Zeynep einige Tagesberichte und die betreffenden Drehbuchseiten raus und legt sie vor Frau Niedermeier hin.

Zeynep verhält sich zwar immer noch leicht bockig, hilft aber trotzdem bei der Erklärung vieler Zusammenhänge.

Wir bringen die auffälligen Tagesberichte mit den entsprechenden Auszügen aus den Drehbüchern zusammen, ich schildere Hottes Verhalten und lasse nichts aus. Ich komme richtig in Fahrt. Am Ende erzähle ich sogar noch von unserem Verdacht, was die Konzernführung und das Compliance-Verfahren betrifft.

»Deswegen sind wir hier. Ich habe große Angst, dass Hotte Günther sich weiterhin so verhalten wird und noch mehr Frauen Schaden nehmen. Wir sind hier, um das alles zu stoppen, gemeinsam mit Ihnen!«

Meine Wangen glühen vor Aufregung. Endlich haben wir etwas unternommen, endlich haben wir uns getraut.

Frau Niedermeier bläst erstmal geräuschvoll Luft aus. Nach einer Weile sagt sie: »Ja, also, das war ja ganz schön viel. Ihnen ist klar, dass eine Vergewaltigung ein schweres Vergehen ist und es damit auch eine schwerwiegende Anschuldigung ist?«

Ich sage: »Ja, natürlich.« Zeynep ergänzt: »Deswegen sind wir ja hier, damit das aufhört.«

Frau Niedermeier nickt, sieht allerdings irgendwie unzufrieden mit uns aus. Dann ist es wieder still. Zeynep beginnt, ungeduldig mit ihren Fingern auf die Tischplatte zu trommeln. Ich lege meine Hand auf ihre, bedeute ihr, damit aufzuhören, lächele Frau Niedermeier an und frage: »Also: Was passiert jetzt genau?«

Und wieder hören wir erstmal nichts. Die Anwältin sieht ausdruckslos von mir zu Zeynep, zuckt dann mit den Schultern.

»Ich nehme den Vorgang auf beziehungsweise könnte das tun, wenn Sie möchten.«

»Ja, natürlich wollen wir das«, entfährt es mir mit einem leicht ungeduldigen Unterton. »Sie schreiben das auf und dann?«

»Ja, was passiert dann?«

»Na ja, bei den geschilderten angeblichen Vorfällen muss ich natürlich vermerken, dass weder Sie persönlich davon betroffen waren noch diese beobachtet haben. Ihnen wurde davon erzählt. Besonders was den Vergewaltigungsverdacht betrifft, ist das natürlich schwierig.«

»Okay, Sie vermerken das alles, und dann?«, frage ich und komme mir blöd vor, weil ich nicht verstehe, wie das hier funktioniert.

Frau Niedermeier scheint keine besonders konkrete Antwort zu haben: »Wir als Subsidio könnten den vermeintlichen Opfern eine einmalige Rechtsberatung anbieten oder unter bestimmten Voraussetzungen ein Gespräch mit allen Beteiligten moderieren, wenn gewünscht. In den von Ihnen geschilderten Fällen wäre das jeweils eine betroffene Frau und dann die Produzenten und dieser Produktionsleiter, von dem Sie mir berichtet haben. Wie hieß er noch?«

»Ansgar?«, entfährt es Zeynep entsetzt.

Frau Niedermeier nickt seelenruhig, als würde sie das alles nichts angehen.

»Ja, genau. Ich muss vielleicht noch hinzufügen, dass wir natürlich als neutrale Partei agieren. Und selbstverständlich tragen wir auch keine Verantwortung dafür, dass es zu einer Lösung kommt.«

Wir sitzen beide mit offenen Mündern da. Frau Niedermeier sieht zufrieden mit sich aus.

»Also, falls der betreffende Schauspieler eine der Frauen geschlagen, sexuell missbraucht oder sogar vergewaltigt hat, soll sich die Frau zusammen mit ihm und unserem Produzenten hinsetzen und darüber diskutieren, während sie ihm dabei in die Augen sehen muss?«, frage ich und ziehe die Augenbrauen bis zum Anschlag hoch.

Frau Niedermeier nickt nachdenklich und sagt: »Ich wäre ja auch dabei. Was die Vergewaltigung betrifft, müsste man da ohnehin den justiziablen Weg gehen. Gibt es denn Zeugen oder Beweise?«

»Wir glauben der Frau. Vielleicht sieht man etwas auf dem Filmmaterial, aber vielleicht auch nicht. So ganz genau kann man es wahrscheinlich nicht sehen, das liegt in der Natur der Sache, denn die Hand war ja unsichtbar, also unter ihrem Rock.«

Frau Niedermeier seufzt: »Also, dann kann ich tatsächlich nur davon abraten, das so ganz ohne Beweise zu verfolgen. Sie haben da einen Sachverhalt, den vermutlich niemand genau gesehen hat, und dem gegenüber stehen ein sehr berühmter Schauspieler und ein extrem mächtiger Konzern. Noch mal: Ich kann Ihnen da nur abraten.«

Ich bin baff. Zeynep anscheinend auch: »Meinen Sie das ernst?«

Frau Niedermeier bekommt jetzt einen verkniffenen Zug um den Mund: »Ich kann natürlich ein Gespräch anbieten, zusammen mit den Verantwortlichen. Vielleicht kann man sie so sensibilisieren für die Problematik im Unternehmen?«

Ich bin entsetzt über den Vorschlag, hake aber nach: »Widerspricht das nicht allem, was man so über Täter und Opfer weiß? Es heißt doch eigentlich, dass die sich bei sowas nicht im selben Raum befinden sollen.«

»Wir sprechen hier ja lediglich von mutmaßlichen

Tätern und mutmaßlichen Opfern. Es gilt immer noch die Unschuldsvermutung. Falls Sie einen anderen Weg beschreiten wollen, kann ich Ihnen oder den Frauen in der einmaligen rechtlichen Beratung dabei helfen, herauszufinden, welche Handlungen strafrechtlich relevant sein könnten. Dann kann ich von meiner Seite aus dazu raten, sich von einem Anwalt unterstützen zu lassen«, entgegnet Frau Niedermeier, die langsam etwas ungeduldig mit uns beiden wird.

»Und können Sie da jemanden empfehlen und bekommt man da von Ihnen eventuell einen Zuschuss?«, will ich wissen.

»Nein und nein, das machen wir nicht. In diesem Fall, also wenn die Gegenseite eine sehr mächtige Person ist, die zudem einen Konzern hinter sich hat, muss ich schon Bedenken äußern. Bei einer nicht eindeutigen Beweislage kann ich da wirklich keiner Frau raten, den rechtlichen Weg zu beschreiten. Glauben Sie mir, eine Vergewaltigung zu beweisen, ist nicht einfach. Ich spreche hier aus Erfahrung«, lässt Frau Niedermeier verlauten.

»Aber wir wissen doch, dass es sehr wahrscheinlich ist, dass er es getan hat! Was sollen wir dieser Frau sagen und auch den anderen Frauen, denen er etwas angetan hat? Er macht doch weiter damit, es wird mehr und mehr Opfer geben!«, entfährt es Zeynep.

Frau Niedermeier nickt nachdenklich, hat aber dann eine Idee: »Das ist alles sehr traurig. Also, was die Frauen betrifft, lassen wir die natürlich nicht im Regen stehen! Wir haben hier im Haus die Möglichkeit, den Betroffenen eine gute psychologische Betreuung zu vermitteln. Dazu würde ich in jedem Fall raten. Da kann man das Trauma besser verarbeiten.«

Zufrieden mit sich und der Welt lächelt die blaue Bluse in die Runde. Jetzt platzt auch mir der Kragen. Ich sehe Frau Niedermeier fest in die Augen: »Also, wenn ich das mal eben zusammenfassen darf, sagen wir den Frauen oder, wie Sie es ausdrücken, den ›mutmaßlichen Opfern‹ sexueller Übergriffe, dass sie sich bitte nicht wehren sollen, sie sollen nicht versuchen zu klagen, weil diese Firma und der betreffende Mann zu mächtig sind, und im Gegenzug, um aushalten zu können, dass die Falschen gewinnen, dass das alles ungestraft bleibt und auch weiterhin passiert, sollen die Frauen eine Psychotherapie machen? Wow!«

Frau Niedermeier rührt sehr lange in ihrer Kaffeetasse herum, obwohl gar kein Kaffee mehr darin ist.

Dann atmet sie schließlich hörbar aus. »Hören Sie, ich kann Ihnen hier nur Ratschläge erteilen, die das Resultat jahrelanger Erfahrung sind. Die können Sie annehmen oder auch nicht. Als Juristin kann ich Ihnen nur davon abraten, den Weg einer Klage zu beschreiten, falls es keine Augenzeugen gibt, die für Sie aussagen. Das ist nicht erfolgversprechend. Das ist die harte Realität.«

»Ah, danke, dann sage ich den Frauen, dass sie bei der nächsten Belästigung bitte ihre besten Freundinnen und Familien zum Zuschauen mitnehmen sollen«, sagt Zeynep und schüttelt den Kopf über diesen ganzen Blödsinn. Ich kann spüren, dass mir peinlicherweise Tränen in die Augen steigen, so enttäuscht bin ich.

»Ich habe gerade erfahren, was alles nicht zu Ihren Aufgaben gehört. Und was bleibt da übrig? Sie notieren jetzt, was wir Ihnen erzählt haben, und dann heften Sie das irgendwo ab und das war's?«

Frau Niedermeier nickt stumm und zuckt mit den

Schultern. »Wenn Sie so wollen, im Prinzip ja. Und nun geht mir leider langsam die Zeit aus.«

Sie scheint jetzt wirklich keine Lust mehr auf uns zu haben.

Es ist still. Ich stehe langsam auf, betrachte die Regale voller Akten an der Wand hinter Frau Niedermeier.

»So viele Geschichten, so viele Frauen haben Sie hier eingeordnet …«

Der Anblick macht mich traurig.

»Na, dann richten Sie dem Kultusministerium mal tausend Dank für die enorme Hilfe und ganz liebe Grüße aus!«, sage ich sarkastisch. Ich koche innerlich und gleichzeitig verspüre ich unglaubliches Mitleid mit all den Frauen, die schon vor uns hier waren.

Zeynep steht auch auf. Sie fixiert Frau Niedermeier. »Hab ich mir gleich gedacht, dass das hier 'ne Luftnummer ist. Ein kleiner Tipp von mir: Beschreiben Sie Ihren Aufgabenbereich doch bitte gleich auf der Website, dann kann man sich den Weg hierher und den schlechten Kaffee ersparen. Ach nee, Kaffee gab's ja gar nicht!« Zeyneps Augen funkeln. »Gemütlich haben Sie es hier, ja wirklich sehr, sehr gemütlich und so weit weg von allem.«

Ich schnappe mir unseren Ordner, sehe Frau Niedermeier fest in die Augen und sage ganz ruhig: »Sie sollten sich schämen.«

Wir gehen.

Stumm laufen wir nebeneinander die altehrwürdige Charlottenburger Straße mit ihren schicken Antiquitätengeschäften und überteuerten Cafés entlang. Zeynep schnappt sich den Strafzettel, der auf ihrer Windschutzscheibe klemmt, und schließt ihr Auto auf. Ich sage leise: »Ich zahl die Hälfte, is ja klar«, und steige ein. Wir sitzen im Auto und starren stumpf geradeaus. In dieser Gegend befinden sich viele Kanzleien und Büros, deswegen besteht unser Ausblick hauptsächlich aus Geschäftsmännern in kostspieligen Anzügen.

Ich höre ein sehr helles, sehr leises Geräusch, das klingt wie ein sterbendes Kätzchen. Verwundert sehe ich mich um.

Was ist das?

Und dann sehe ich es. Auf Zeyneps Wange läuft eine einzelne Träne, eine dunkle Linie von ihrem schwarzen Lidstrich hinter sich herziehend, nach unten. Meine selbstbewusste, toughe Freundin Zeynep weint, und zwar richtig. Ich streichele ihr vorsichtig über den Rücken. Sie schluchzt lauter.

Sie murmelt etwas Unverständliches. Ich lehne mich dichter an sie heran und flüstere leise: »Kannst du das noch mal sagen, bitte?«

Zeynep wiederholt es und ich verstehe nur das Wort »Bär«.

Ich sehe sie stirnrunzelnd an.

Sie schluckt ihre Tränen herunter, versucht sich zu beruhigen und nuschelt dann: »Wieso ist alles immer so schwer? Warum können wir nichts tun?«

Ach so.

Ich nicke, weil ich genau weiß, was sie meint.

»Wir kämpfen und wir wollen doch das Richtige. Wieso schaffen wir das nicht? Niemand hilft uns.«

Ich wünschte, ich könnte jetzt etwas Kluges sagen, um meine Freundin zu trösten. Stattdessen zucke ich mit den Schultern, lächele sie an und sage: »Wir schaffen das, ich verspreche es dir. Wir müssen es wenigstens versuchen. Das darf einfach nicht so weitergehen. Wir machen weiter, und du bist doch die schlaueste Frau der Welt. Wenn jemand das Patriarchat stürzen kann, dann doch wohl du!«

Zeynep schluchzt zwar noch leise, kann aber nicht anders, als auch ein wenig zu lächeln.

Dann flüstert sie: »Es tut mir so leid für Latisha, dass sie nicht mehr schlafen kann.«

Ich nicke. »Ja, mir auch. Und deswegen müssen wir weitermachen, sonst tut es ja keiner. Heute vielleicht nicht mehr, aber morgen und übermorgen und am Tag danach und die nächsten hundert Jahre.«

Wir schütteln uns die Hand darauf. Dann umarmen wir uns. Zeynep sagt in mein Ohr: »Morgen geht's wieder, versprochen.« Ich drücke sie noch mal fest an mich.

Auch wenn mir in diesem Leben nichts Schönes mehr passieren sollte, eine solche Freundin zu haben, ist schon mehr als genug.

Ich bitte Zeynep, mich auf dem Firmenparkplatz abzusetzen, wo mein Fahrrad steht. Bevor ich losradle, lasse ich meinen Blick noch mal zur obersten Etage, dem Stockwerk der Vorstände, wandern. Wäre ich lieber dort oben? Wie viel sind wir denen wert? Ist man glücklicher im obersten Stockwerk? Da ich an keinem Punkt in meinem Leben Macht besessen habe, habe ich nachweislich keine Ahnung, wie es sich dort lebt.

Ich radle die dicht befahrene Chausseestraße entlang, werde dabei zweimal fast überfahren, woran ich mich mittlerweile schon gewöhnt habe. Was können Zeynep und ich nur tun? Mir gehen allmählich die Ideen aus. Als der nächste große BMW mich beinahe rammt und zum

Anhalten zwingt, fahre ich aus der Haut. Ich schreie den Mann am Steuer durch die Scheibe an und sprühe dabei meine Spucke in Tröpfchen aufs Glas. Der Typ im Auto sieht mich erschrocken an. Was kann er dafür. Ich werde sofort still. Das bringt jetzt wirklich überhaupt nichts. Ein paar Passanten sind stehen geblieben und starren sensationslüstern herüber. Ich streiche meine Haare zurück, um zu zeigen, dass ich mein Leben im Griff habe, und radle weiter.

Als ich in meine Straße einbiege, kneife ich die Augen zusammen, weil das, was ich sehe, eine Wunschvorstellung sein muss. Doch ich täusche mich nicht. Mein Herz hüpft, denn vor meiner vollgesprayten Haustür steht mein Sohn Ben. Direkt über seinem Kopf steht absurderweise »Liebe ist ein Schwein«. Ben grinst mich an und wirft mir einen unvergleichlich verschmitzten, warmherzigen Blick zu. Ich lasse das Fahrrad achtlos auf die Seite fallen und schließe ihn fest in meine Arme. »Whoa, Mum, du erdrückst mich«, sagt er lachend.

»Ist mir egal«, nuschele ich in die Umarmung hinein und drücke ihn noch ein bisschen fester an mich, bevor ich mich von ihm löse.

Ich weiß zwar, dass sein Besuch hier einen traurigen Grund hat, aber trotzdem fällt mir jedes Mal, wenn ich ihn sehe, auf, wie sehr ich ihn die ganze Zeit vermisse. Wenn ein Gefühl immer da ist, bemerkt man es einfach nicht mehr.

Ben sieht erwachsener aus als noch vor ein paar Monaten. Er hat sich seine ehemals langen braunen Haare abgeschnitten und einen Dreitagebart wachsen lassen. Er trägt eine schwarze Yankees-Kappe und einen grauen Hoodie, dazu eine Brille mit einem dicken schwarzen

Rahmen. Ein klein wenig riecht er nach Rauch. Kaum zu glauben, dass ich diesem Menschen, der jetzt zwei Köpfe größer ist als ich, vor zweieinhalb Jahrzehnten mal das Fläschchen gegeben habe.

»Wie geht es Omi?«, erkundigt Ben sich ängstlich.

Ich versuche, mir die Angst um meine Mutter nicht anmerken zu lassen, und werfe mit Floskeln um mich: »Du kennst sie doch, die haut so leicht nichts um. In dem Alter und bei ihrem Lebensstil ist es doch fast ein Wunder, dass sie noch nie etwas Ernstes hatte. Sie hat sich schon über den Namen ihres Arztes lustig gemacht, sie ist also fast wieder die Alte.«

Ben scheint beruhigt zu sein: »Wie heißt er denn?«

»Wer?«

Hat Marie ihm etwa von David erzählt? Weiß schon die ganze Welt Bescheid?

»Na, der Arzt. Wie der Arzt heißt, über den Oma sich lustig gemacht hat«, sagt Ben und sieht mich an, als hätte ich insgesamt nur drei Gehirnzellen.

»Ach so. Dr. Schneidermeier heißt er.«

Ben nickt und stellt fest: »Zwei irre langweilige Namen zu einem noch öderen zusammengesetzt.«

Ich muss lachen: »Genau so etwas in der Art hat deine Oma auch gesagt.«

Ben nickt und scheint sich darüber zu freuen. Ich bin erleichtert und wühle in der riesigen Beuteltasche nach meinem Schlüssel, als mein Sohn in meinen Rücken hinein fragt: »Dachtest du etwa, ich spreche von deinem jugendlichen Liebhaber?«

Ich werde knallrot und noch röter, als mein Sohn sagt: »Angeblich hast du ja hier wild auf der Straße mit diesem Butterbrotmann rumgeknutscht. Warst du eigentlich die ganze Nacht wach? Das passt alles gar nicht zu dir, das ist doch nichts Ernstes, oder, Mama?« Ich überlege fieberhaft, was ich darauf sagen soll. Endlich finde ich den Schlüssel, stecke ihn in die Haustür, drehe mich noch mal zu Ben und sage: »Das ist nichts, worüber du dir Sorgen machen musst, okay, Schätzchen? Ich war auf einer Party, aber das war alles nur Spaß und jetzt bin ich ja hier und bleibe zu Hause und kümmere mich, wie sich das gehört, also erwarte keine Partygeschichten mehr von mir.«

Das ist zumindest das, was ich mir fest vornehme.

Ben sieht mich erst verwirrt, dann belustigt an und sagt: »Ach schade, ich dachte, du fährst jetzt noch zum Burning Man oder zu anderen Musikfestivals, haust dir ein paar Pillen rein und wir müssen dann ’ne Intervention machen und anschließend den Entzug mit dir planen, was sicher hart wird für die ganze Familie. Und dann bleibt ja immer noch die Frage, was wir mit der ungeplanten Schwangerschaft anstellen. Behalten wir es oder nicht?«

Ich gucke ihn an wie ein Auto. Wo ist meine Schlagfertigkeit, wenn man sie mal braucht? Irgendjemand hat die Leertaste gedrückt und lässt sie nicht mehr los. Ist das dieser berüchtigte Wechseljahres-Brain-Fog?

Statt zu antworten, knuffe ich Ben nur wie eine Fünfjährige in die Seite und sage: »Du Doofi.«

Ben muss lachen und wiederholt: »Doofi?«

Ich schäme mich, weil ich anscheinend kein Gehirn mehr habe. Warum hat mich niemand auf diesen Geisteszustand im Lebensherbst vorbereitet? Ich überlege gerade, ob ich noch etwas bezüglich der David-Situation zu ihm sagen muss, als Marie mit quietschenden Reifen vor uns einparkt, aus dem Wagen springt und ihren Bruder genauso stürmisch in die Arme schließt, wie ich das vorhin getan habe. Ich freue mich so darüber, endlich mal wieder mit meinen Kindern zusammen zu sein, dass ich mich in die Umarmung einklinke und die beiden fast erdrücke.

Ben wehrt sich gespielt und sagt glücklich: »Was ist los mit euch? Habt ihr kein eigenes Leben oder wieso klammert ihr euch hier an mich? Ich kann euch nicht retten.«

Marie löst sich lachend und kichert: »Zwei Minuten Zuneigung und sein Ego explodiert! Pass mal auf, du Blödmann, es ist paradiesisch hier ohne dich und deine Erfolgloser-Schriftsteller-Neurosen!«

Mein Sohn Ben studiert Englische Literatur und Kreatives Schreiben und scheint darin wirklich aufzugehen. Mir ist es beinahe egal, ob er am Ende Lehrer, Schriftsteller oder Taxifahrer wird. Ich sehe einfach, wie viel Freude ihm sein Studium macht. Jedes Mal, wenn wir telefonieren, erzählt er mir begeistert Details aus den Kurzgeschichten, die er schreibt und die ich nie lesen darf. »Zu intim«, sagt er dann, oder: »Erst wenn ich weltberühmt bin« oder auch: »Die ist viel zu traurig, dann muss ich dich womöglich noch trösten.« Ich bin froh, dass er seine kreative Ader auslebt, so wie ich es nie konsequent getan habe.

Nachdem die beiden sich eine ganze Weile über meinen beinahe leeren Kühlschrank lustig gemacht haben, beginnen wir aus den restlichen Kartoffeln und den Zwiebeln Latkes zu machen. Glücklicherweise finden wir auch noch ein Glas mit noch nicht abgelaufenem Apfelmus und es wird so gemütlich wie immer, wenn wir zusammen sind.

Nach dem Essen schauen wir uns alte Fotoalben an, Ben erzählt von seiner Uni und Marie überrascht uns damit, dass sie sich für die nächsten Semesterferien schon ein Praktikum organisiert hat.

»Es ist ein Start-up von Frauen und die bezahlen mich sogar!«, teilt sie stolz mit.

Ich bin froh, dass ich mich Phil immer entgegengestellt und somit verhindert habe, dass Marie und Ben so viel Geld von zu Hause bekommen, dass ein Einstiegsgehalt, egal in welchem Job, jeglichen Reiz verliert.

Marie ist die Rationalere von beiden. Sie hat Phils dunkle Locken und einen stets amüsierten Zug um den Mund, weil sie gerne lacht, beobachtet, an allem etwas Lustiges findet (außer eventuell an ihrer Mutter, die mit einem jungen Liebhaber auf der Straße knutscht).

Marie hat ein altes Foto von Ben, ihr und mir mitgebracht. Wir sitzen im Schatten direkt vor meinem Wandelröschen. Eine große Schüssel Obst steht vor uns auf dem Rasen.

Ben hat Kirschen an den Ohren hängen und Marie liegt auf meinem Schoß und beißt gerade in einen Apfel. Ich liebe es zu sehen, wie glücklich und sorglos wir auf unserer kleinen Blumeninsel sitzen und uns selbst genug sind. Meine Mutter hat dieses Foto gemacht. Ich kann mich daran erinnern, dass wir Kuchen gegessen und mit den Kindern gespielt haben. Ich weiß noch, wie ernst meine Mutter die Spiele der Kinder nahm, wie sie sich bemühte, das »allerbeste Versteck« für Ben zu finden, als Marie mit Suchen an der Reihe war.

Mir fällt ein, mit wie viel Geduld sie vor dem Abendbrot mit den Kindern malte und bastelte. Ich erinnere mich daran, dass mich ihre liebevolle Art dabei insgeheim wütend machte, weil ich an früher denken musste. Warum kann ich dieser Frau gegenüber nicht wenigstens einmal ein eindeutiges Gefühl haben? Warum vermischen sich da stets Liebe und Frustration und Freude und Trauer?

So schön es ist, meine Kinder jetzt bei mir zu haben, so dick ist plötzlich der Kloß in meinem Hals, wenn ich an meine Mutter denke, die allein in der Klinik liegt. Wie einsam sie wohl sein mag?

Ben bemerkt den Stimmungsumschwung als Erster und spricht mich darauf an: »Du denkst an Oma, stimmt's?« Ich nicke. Marie seufzt und sagt leise: »Wie es ihr jetzt wohl geht?« Ich seufze auch, reiße mich aber schnell zusammen und sage mit fester Stimme: »Sie schafft das, ich verspreche es euch, okay? Eure Oma will noch ganz viel mit euch erleben!« »Wenigstens meine erste Scheidung, das wär schon schön«, sagt Ben trocken und hebt die Stimmung damit wieder.

Neulich habe ich in einem Interview mit einer berühmten Schriftstellerin gelesen, dass sie auf die Frage, ob sie nicht manchmal einsam sei mit siebzig allein in ihrem Haus, geantwortet hat: »No, I'm never lonely because I have a rich inner life. That's where I live.«

Diese Aussage hat etwas tief in mir berührt.

Vielleicht könnte das Alter für mich auch so aussehen, dass ich hauptsächlich in meinem Kopf lebe. Warum auch nicht? Schließlich ist das ein sehr interessanter Ort, an dem viele Dinge herumliegen, die ich mir noch gar nicht genau angesehen habe.

Was brauche ich vom Leben, abgesehen von meinen Kindern? Hat meine Mutter einen Ort, an den sie mit ihren Gedanken flüchten kann? Ich versuche, mir meine Sorgen nicht anmerken zu lassen, was mir tatsächlich halbwegs gut gelingt. Ob meine Mutter Angst hat? Am meisten hoffe ich, dass sie schläft und erst wieder aufwacht, wenn wir bei ihr sind.

Als bereits der Mond durch die Fenster scheint, erledigen wir gemeinsam den Abwasch und stehen uns vor meiner winzigen Küchenzeile im Weg. Ich räume gerade den letzten Teller in den Küchenschrank, da meldet sich plötzlich mein Handy, was mich erschrocken zusammenzucken lässt.

»Ist das die Klinik?«, fragt Marie alarmiert. Ich schnappe mir sofort das Handy und ein Blick aufs Display verrät mir, dass David geschrieben hat. Also sage ich: »Nein, nicht die Klinik, alles gut.«

Ich balanciere das Handy auf meinen Knien, setze mir beiläufig die Lesebrille auf und öffne seine Nachricht unter dem Tisch: »Mein Bett riecht nach dir. Ich vermisse dich! Hey, wollte nur fragen, wie es deiner Mum geht.«

Und sofort beginnt meine Haut zu kribbeln, erinnere ich für einen Sekundenbruchteil den Duft seiner Haut. Als ich wieder aufsehe, bemerke ich, dass sich Marie und Ben einen Blick zuwerfen.

Das Gerät piept noch mal und ich lese: »Hat deine Tochter unseren Anblick verkraftet? Ich hoffe es …« Als ich das lese, zieht sich mein Magen zusammen. Ich habe keine Ahnung, was ich darauf antworten soll.

»Ist das der Typ?«, höre ich Maries Stimme neben mir und sehe wahrscheinlich ertappt aus.

»Ist er jetzt doch dein Boyfriend?«, fragt Ben und grinst mich an. »Wie alt ist er noch mal?«

»Das ist nicht lustig, Ben! Du bist ja nie hier, aber du hättest sie sehen sollen. Es sah so merkwürdig aus.«

Ben und Marie sehen sich an, müssen kichern.

Was soll das denn jetzt?

Marie wirft sich aufs Sofa, lacht albern: »Wolltest du ihn mit hierhernehmen und wild mit ihm Liebe machen?« Ben hält sich theatralisch die Augen zu und ruft: »Oh Gott, bitte hör auf damit, hör sofort auf!«

Er lässt sich neben Marie fallen, die lachend aufkreischt. »Sie hat richtig krass rumgemacht, mitten auf der Straße! Ihre Schminke war verschmiert ...« Ben schüttelt den Kopf und sagt in meine Richtung: »Und wie alt ist der Typ denn jetzt bitte?«

Eigentlich sind sie zwei nette junge Menschen, eigentlich liebe ich sie mehr als mein Leben, aber jetzt gerade, wo sie sich königlich darüber amüsieren, dass ihre Mutter ein Liebesleben haben könnte, machen sie mich einfach nur wütend.

Ihre Witze treffen mich an einer empfindlichen Stelle.

Ich sage knapp: »Dreißig. Er ist dreißig. Immerhin älter als ihr!« Dann wende ich mich ab und beginne, die blitzsaubere Spüle abzuwischen. Ich sehe ein, dass das eben eine schlechte Verteidigung war, aber die Frage ist doch, warum ich mich überhaupt verteidigen muss.

Hat sich Phil eine Sekunde lang dafür geschämt, dass er mit Lulu ins Bett gegangen ist? Nein, er war sogar stolz darauf. Lulu war der lebende Beweis für seine immense sexuelle Attraktivität. Wieso wird das bei mir anders gesehen? Gut, die Kinder waren damals nicht begeistert von der Scheidung, aber ich kann mich nicht daran erinnern, dass das Alter so ein großes Thema war.

Warum aber bin ich eine peinliche Gestalt, wenn ich mit einem jungen Mann gesehen werde?

»Ist das vielleicht nicht einfach meine Sache, mit wem

ich Sex habe?«, fahre ich meine Kinder heftiger an als geplant. Beide sehen mich mit großen Augen an.

»Ja, klar«, sagt Ben einlenkend, gefolgt von einem erschrockenen »Ihr hattet wirklich Sex?«.

Dann Marie: »Sag es nicht, ich will's gar nicht so genau wissen!«

Und dann wieder Ben: »Du hast ja recht. Es geht uns wirklich nichts an.«

»Eben«, sage ich trotzig.

»Wir wollen doch nur nicht, dass du verletzt wirst«, sagt Marie mit einem merkwürdigen Unterton, den ich nicht ganz deuten kann.

Ich sehe sie entgeistert an.

»Wieso soll ich denn zwangsläufig diejenige sein, die am Ende verletzt wird?«, frage ich aus echtem Interesse, aber auch mit einer Spur Gekränktheit.

»Na ja«, druckst Marie herum, »das ist ja wahrscheinlich von seiner Seite aus nicht auf Dauer angelegt.«

»Und das willst du woher wissen?«, frage ich direkt.

»Das gibt es doch oft, dass jüngere Typen aus einer Art Erlebniszwang heraus die fixe Idee haben, mal was mit einer älteren Frau zu haben …«, sagt Ben. Dass er dabei meinem Blick ausweicht, sagt mir, dass er wahrscheinlich aus Erfahrung spricht.

Stimmt es, was er sagt? Basieren die Affären von jüngeren Männern mit älteren Frauen auf einer Art perverser Obsession, die man einmal befriedigen will und dann geht man wieder zurück ins richtige Leben?

Ich merke, wie ich mich in diesem Moment an die blödsinnige Hoffnung klammere, dass mich hier alle falsch verstehen, keine Ahnung von der Welt haben und dass David in Wirklichkeit sein Leben mit mir verbringen will.

Ich komme mir dumm und naiv vor.

Warum habe ich nur das deutliche Gefühl, dass an den Worten meiner Kinder etwas Wahres dran ist?

»Könnte es nicht auch einfach sein, dass da zwei Menschen – und hier geht es jetzt nicht um mich – sehr verliebt ineinander sind?«, frage ich und ernte sofort dermaßen gefühlvolle Blicke, dass ich weiß, es handelt sich um Mitleid.

»Doch, natürlich«, bemüht sich Marie. »Ich sage dir ja auch immer, wie toll du noch aussiehst.«

»Ich hab doch gerade gesagt, es geht nicht um mich«, antworte ich patziger als geplant.

Neben vielen anderen Dingen, die heute Abend gesagt wurden, stört mich die Selbstverständlichkeit, mit der junge Menschen einem so ganz locker aus der Hüfte signalisieren, dass man ja schon länger vor sich hin welkt, aber die paar grünen Blätter, die noch an einem dran sind, eben »noch« ganz okay aussehen … bis natürlich schon sehr bald auch die letzte braune Blüte abfällt.

Ich versuche meine düsteren Gedanken zu unterdrücken. Schließlich habe ich die Kinder so selten beide zugleich bei mir, und sie sind ganz sicher nicht das Problem in meinem Leben, ganz im Gegenteil. Ich setze ein schwungvolles Lächeln auf und sage: »Na, wer will einen Espresso?«

»Trinkst du so spät abends noch Kaffee?«, fragt Ben überrascht.

Auch Marie sieht mich mit hochgezogenen Augenbrauen an: »Krass! Jetzt noch? Bist du dir sicher?«

Da ist es wieder, das blöde Wort. Wieso werde ich heute dauernd ange»nocht«?

Ich bereite mir seelenruhig einen doppelten Espresso

zu, aus Trotz. Damit wäre dann auch klar, dass ich die ganze Nacht nicht schlafen werde, nur um hier vor meinen eigenen Kindern jung und dynamisch zu wirken.

»Also, wer will jetzt einen?«, frage ich betont jugendlich salopp. Wen will ich hier eigentlich verarschen?

»Ja, na gut, okay«, sagt Ben.

»Für mich nicht, danke, ist mir zu spät«, entgegnet Marie.

Ich stelle die kleine Kanne auf den Herd und warte, bis das Wasser kocht und nach oben blubbert.

Marie sieht mich an. Sie scheint über etwas nachzudenken.

»Was ist denn, Mäuschen? Hast du Sorgen?«, frage ich, wieder mit meiner normalen Stimme.

Marie schluckt und sagt dann: »Du weißt schon, dass der Typ mal so eine Art Nervenzusammenbruch hatte, ich glaube, als er mit dieser Jojo zusammen war? Danach hat er das Studium abgebrochen. Ich glaube, er hat immer noch krassen Liebeskummer wegen ihr. Bestimmt läuft da auch noch was.«

»Quatsch. Woher willst du das überhaupt wissen?«, entfährt es mir.

Marie sieht mich forschend an. Ich versuche mich zusammenzureißen, während ich wie von der Tarantel gestochen wahnhaft mein Gehirn durchscanne ... Kann das sein? Kann das wirklich sein?

Meine Tochter druckst herum, sagt dann schließlich: »Na ja, gut, du hast mich ertappt. Ich hab mich mal umgehört. Ich kenne eine an der Uni, die mit Jojo lose befreundet ist. Die ist ja auch ziemlich cool, viele wissen, wer sie ist.«

Mir ist schlecht, mein Herz klopft viel zu schnell, ich würde mich am liebsten auf den Boden werfen und losschreien.

Ziemlich cool?

Was soll das heißen?

Jojo ist die Vollmondbluterin, die junge Frau von Davids Geburtstag mit den Glitzersteinen.

Natürlich!

Das ist die Frau, die David wirklich liebt?

Ich muss mich an der Küchentheke festhalten.

»Alles okay, Mama?«, fragt Marie.

Ben kommt gerade aus dem Bad, wo er durch die Tür sicher alles mitbekommen hat, denn er sieht mich besorgt an und streicht mir über den Rücken. Ich schlucke, merke, wie sich Tränen hocharbeiten und meinen Blick trüben.

»Ist schon okay, wirklich, alles okay«, sage ich mit piepsiger Stimme und wische mir mit der Hand über die Augen. Ben nimmt mich in den Arm. Ich konzentriere mich darauf, jetzt bloß nicht loszuheulen. Auf keinen Fall werde ich hier wie ein Teenager in mein Kissen weinen. Ich schlucke den sehr großen Kloß Tränen erfolgreich herunter.

Das miese Gefühl bleibt.

Ist das wahr? Mache ich mich da gerade zur absoluten Idiotin? Mir fällt der Morgen nach unserer ersten gemeinsamen Nacht ein und wie merkwürdig und verdruckst er sich benommen hat.

»Mir geht's gut, wirklich«, sage ich mit immer noch dünner Stimme. Ich versuche, meine gute Stimmung zu beweisen, indem ich die Balkontür aufreiße und laut rufe: »Ach, ein bisschen frische Luft, Leute. Guckt mal, wie schön der Mond heute scheint.«

Marie und Ben sitzen am Esstisch und sehen mich befremdet an, was kein Wunder ist, weil ich eine schlechte Schauspielerin bin. In mir steigen Scham und Reue auf darüber, dass ich mich so weit vorgewagt habe in diese ganz offensichtlich bedeutungslose Sex-Affäre.

Selbst schuld, denke ich. Wenn ich so darüber nachdenke, fällt mir ein, dass ich David gar nicht nach seinem Liebesleben gefragt habe.

Aus Angst, weil ich gespürt habe, dass dann mein gesamtes Romantik-Kartenhaus zusammenbrechen würde?

Wieso gibt es keine *Bravo* für Erwachsene?

Herr Dr. Sommer, ich habe tausend Fragen.

David hat sich auch nicht nach meiner aktuellen Beziehungssituation erkundigt. Hat er das vielleicht mit Absicht nicht getan, um nicht in irgendwelche Verpflichtungen verwickelt zu werden? Die Antwort liegt auf der Hand.

»Ben, du hast mir noch gar nicht von deinen neuen Kurzgeschichten erzählt, Marie, wie hieß die eine Kommilitonin, die so barsch zu dir war?«, frage ich nun, etwas besser gespielt. Meine Kinder sehen sich fragend an, dann beginnt Marie aber doch, mir eine Geschichte aus der Uni zu erzählen. Ich versuche zuzuhören, doch meine Gedanken schweifen immer wieder ab.

Die eigentliche Frage ist: Warum sollte jemand, der sein Leben noch vor sich hat, der eine Familie gründen könnte, mit mir zusammen sein?

Ich habe selber einen Sohn, der ganz am Anfang steht. Was würde ich ihm wünschen?

Wahrscheinlich würde ich versuchen, ihm die Sache auszureden, oder automatisch davon ausgehen, dass es nur was Vorübergehendes ist.

Diese Erkenntnis fühlt sich nicht gut an.

Ist es eine Grundregel, dass der Mensch lieber mit einem zweiundzwanzigjährigen Körper nackt im Bett liegt als mit einem fast fünfzigjährigen, der an manchen Stellen so aussieht, als wäre ihm die Haut zu groß geworden? Geht es hier um Biologie und die Notwendigkeit der Fortpflanzung oder wäre alles anders, wenn Social Media und die Modeindustrie Fotostrecken mit Frauen voller Falten zeigen würden?

Wahrscheinlich treibt uns die Angst vor dem Tod zu glatten jungen Köpern. Mich auch? Bin ich meinem eigenen Verfall davongelaufen, direkt in Davids Arme?

Rede ich mir ein, dass das Verliebtheit ist? Versuche ich mir alles schönzureden, wenn ich mir weismache, dass eine Frau, die Erfahrung mitbringt, auch begehrenswerter ist? Aber ist es nicht so, dass Begehren darauf basiert, dass jemand auch weiß, was er will im Bett?

Und jetzt, nach all den Jahren, wo ich es herausgefunden habe, ausgerechnet in den Armen eines jungen Mannes, komme ich nicht mehr in Frage? Da soll mal jemand sagen, dass mein Leben keinen Humor hat.

Ich muss wohl langsam der Tatsache ins Auge blicken, dass ich mich vertan habe.

Ich muss damit anfangen, die Sache mit David realistisch zu sehen.

Es war schön, aber wenn es weitergeht, wird es mich todunglücklich machen. Weil jetzt schon feststeht, wer Sieger und wer Verliererin sein wird. Weil mir jemand mein Herz brechen wird. Ich muss mich schützen. Meine Kinder meinen es gut mit mir.

Ich muss besser auf mich aufpassen.

Ich bin ja noch nicht mal das Mäuerchen zur Technoparty hochgekommen.

Ich muss aufhören, mir etwas vorzumachen.

Hallo Realität, ich bin wieder da.

Mein Gehirn funktioniert wieder. Ich werde mich mit vollem Einsatz um meine Kinder und meine verrückte Mutter kümmern.

Das sind meine Aufgaben.

Ach ja, und mit Zeynep das Patriarchat stürzen. Das reicht ja dann auch.

Ich beschließe, nicht auf Davids Nachricht zu antworten. Es ist besser so. Warum den Schmerz noch unnötig in die Länge ziehen? Soll er mich doch in Ruhe lassen und sich auf diese Jojo konzentrieren. Ich kämpfe gegen eine Welle der Eifersucht, die immer wieder in mir aufsteigt. So weit kommt es noch, dass ich auf ein junge Frau eifersüchtig bin, die sich verrückte Sternchen ins Gesicht klebt.

Okay, das war nicht nett.

»Mama, hallo? Erde an Mama?«, hallt eine schöne Stimme in meinem Kopf. Ach ja, ich sitze hier mit meinen Kindern. Ich gebe mir einen Ruck: »Tut mir leid, Marie, jetzt bin ich wieder ganz da, entschuldige«, sage ich schnell und meine es auch so.

Und tatsächlich muss ich über Maries Geschichte aus der Uni lachen, als sie dachte, dass es niemand merken würde, wenn sie in ihrer Schlafanzughose in die Vorlesung geht. Ben erzählt uns noch, dass eine seiner Kurzgeschichten in der nächsten Ausgabe der Unizeitung abgedruckt wird. Darauf stoßen wir spontan mit einem Mirabellenschnaps aus einer eingestaubten Flasche an.

Albern und angetrunken winke ich meinen Kindern aus meinem Fenster nach, als sie sich schließlich auf den Weg zu Maries Wohnung machen. Als die beiden um die Ecke gebogen sind, verschwindet das Lächeln aus meinem Gesicht.

»Nie wieder, nie wieder«, sagt mein Liebeskummergehirn.

Der verdammte Kaffee hält mich dazu noch die halbe Nacht wach, die ich trauernd und in Embryonalstellung verbringe.

Nie wieder werde ich eine Nacht mit David verbringen.

Nie wieder werde ich ihn küssen.

Nie wieder wird mich jemand Wodka Soda nennen.

Nie wieder werde ich solche Lust empfinden.

Nie wieder werde ich vor jemandem so tun müssen, als würde ich mich mit Elektro-DJs auskennen.

(Das ist immerhin ein kleiner Trost.)

Nie wieder werde ich diese eine Stelle seines Schlüsselbeins küssen, wo sich der kleine Leberfleck befindet, ganz kurz vor seiner Schulter.

Nie wieder werde ich mich in Gefahr begeben.

Nach allerhöchstens drei Stunden Schlaf wache ich verkatert auf. Trotzdem fällt mir als Erstes der Unfall meiner Mutter wieder ein. Es wird alles gut, versuche ich mir selbst zu sagen und sage es auch laut, während ich eilig die Wohnung in Ordnung bringe und mich dann auf den Weg zur Klinik mache. Zuvor habe ich noch im Halbschlaf eine Mail an Britta geschrieben und mir für heute freigenommen. Auch Zeynep habe ich eine Nachricht geschickt.

Als ich am Klinikgebäude ankomme und mein Rad abstelle, scheint ein Sonnenstrahl direkt auf eine Frau mit Gips, die vor dem Eingang steht und aussieht wie meine Mutter. Das ist ja nicht zu fassen, dass sie schon wieder auf den Beinen ist. Ich laufe auf sie zu, plötzlich ganz leichtfüßig vor Freude.

Ich rufe: »Mami, du stehst ja schon wieder!« Ich rufe noch mal, bis die Frau sich schließlich umdreht und mich fragend ansieht. Das ist sie nicht. Eine wildfremde Frau ist das, die bei genauerem Hinsehen auch gar nicht so große Ähnlichkeit mit meiner Mutter hat. Ich murmle: »Entschuldigung, ich dachte, wir kennen uns«, und gehe durch die Schiebetür des Haupteingangs in das Gebäude.

Marie und Ben sind schon da, als ich nach einem Marsch durch die verschlungenen Gänge des Krankenhauses endlich das Zimmer meiner Mutter finde. Den ganzen Weg über klopft mein Herz wie wild vor Angst.

Als ich das Zimmer betrete und das kleine Häufchen Elend im Bett entdecke, weiß ich, dass meine Sorge berechtigt ist. Meine Mutter sieht nicht besonders gut aus. Sie ist fahl und wirft sich unruhig hin und her. Ich streiche Marie über den Kopf, die auf einer Bettseite sitzt. Ben steht verloren in dem kahlen Zimmer. Ich begrüße ihn, und er erzählt mir, dass gerade eine Ärztin da war: »Anscheinend hat Omi sich über Nacht eine Lungenentzündung geholt. Angeblich kann sich das innerhalb von Stunden entwickeln. Wir können nichts machen, sagt die Ärztin. Wir können einfach nur hier sein. In ihrem Alter kann das schon lebensbedrohlich werden.«

Der letzte Satz fühlt sich an wie ein Schlag in die Magengrube. Meine Hände beginnen zu zittern, sofort befehle ich ihnen stillzuhalten. Ich schlucke die Tränen hinunter, die hier jetzt keinen Platz haben, wenn wir meiner Mutter eine Hilfe sein wollen.

»Wir gehen jetzt mal nicht vom Schlimmsten aus, ja? Omi erholt sich schon wieder. Sie ist stark, da könnt ihr euch drauf verlassen.«

Als ich mich neben meine Tochter ans Bett setze und die Hand meiner Mutter nehme, erkennt sie mich nicht, faselt unter einer Sauerstoffmaske nur wirres Zeug vor sich hin.

Ich schicke die Kinder, die erst protestieren, nach zwei Stunden nach Hause, als sich der Zustand meiner Mutter nicht merklich verbessert hat. Marie und Ben sehen unendlich traurig aus, als ich sie bitte, sich wenigstens noch einen schönen Resttag zusammen zu machen.

»Ihr werdet sehen, wenn ihr zurückkommt, ist sie wieder ganz die Alte!«, rufe ich ihnen hinterher, bevor die Zimmertür hinter ihnen zufällt. Dann wird es still, bis auf die rasselnden Atemzüge meiner Mutter.

Die Tür öffnet sich und die Ärztin, die ich schon kenne, Frau Dr. Celik, kommt ins Zimmer. Sie sieht besorgt aus, als sie neben das Bett tritt. Sie prüft, ob die Sauerstoffmaske richtig sitzt, leuchtet meiner Mutter in die Augen und misst ihre Temperatur. Ich stehe währenddessen an der Wand neben dem einzigen Fenster im Raum und traue mich kaum zu atmen. Als die Ärztin mich ansieht, halte ich angespannt die Luft an.

»Wenn das Fieber nicht bald sinkt, müssen wir sehen, ob wir sie auf die Intensiv verlegen, aber dann sieht es nicht so gut aus«, höre ich und nicke stumm. Ich sehe auf meine Hände, die plötzlich wieder zu zittern begonnen haben. Ich komme da nicht mehr mit. Ich nehme den Geruch der scharfen Reinigungsmittel wahr, der hier überall in der Luft hängt. Die Ärztin wendet sich bereits zum Gehen, als ich doch noch eine Frage habe, die ich leise stelle: »Was bedeutet das, dass es nicht so gut aussieht? Was heißt das genau?« Dr. Celik sieht mich mit klarem Blick an: »Das bedeutet, dass wir auch dann die Hoffnung nicht aufgeben, dass sie das hier überlebt. Angesichts des Alters Ihrer Mutter kann ich Ihnen leider nichts Zuverlässigeres sagen. Aber es ist alles möglich, hier sind schon Neunzigjährige wieder völlig gesund hinausmarschiert.«

»Okay danke«, sage ich und setze mich wie in Zeitlupe wieder auf meinen Platz.

Die Tür schließt sich und mein Kopf fühlt sich leer an. Ich sitze einfach nur da und halte die Hand meiner Mutter. Ich versuche all meine Gefühle und Wünsche in diese eine Hand zu legen, als könnte ich sie ihr durch meine Finger weiterleiten. Irgendwann piept mein Handy, dann noch mal und noch mal. Ich öffne die Sperre und entdecke viele aufmunternde Nachrichten von Zeynep.

»Alles gut«, schreibe ich ihr zurück und lege das Handy wieder weg. Ich weiß nicht, warum ich lüge, denn gar nichts ist hier gut.

Meine Mutter hat immer noch hohes Fieber und scheint sich in einer Art Zwischenwelt zu befinden. Sie keucht und schnappt unter der Maske nach Luft. Ihre Stirn ist heiß, ihre Augen sind glasig. Ich kann mich nicht erinnern, je solche Angst gehabt zu haben. Dass sie jetzt sterben könnte, fühlt sich plötzlich real an. Wie oft hören wir von Menschen über siebzig, die gestorben sind, und denken dann: »Na ja, hoffentlich ein erfülltes Leben gehabt. Abgehakt.«

Wie dumm es ist, zu denken, dass der Tod eines Menschen weniger wehtun könnte, nur weil die Person alt ist. Das ist meine Mutter, verdammt noch mal! Wie oft habe ich sie verteufelt, eine Wut auf sie gehabt, und jetzt, wo ich zum ersten Mal die Frau begreife, die sie ist, soll ich sie direkt wieder verlieren? Jetzt, wo ich in ihr außer der Mutter auch einen Menschen sehen kann, wo ich ihren Weg besser kenne, soll sie mir genommen werden? Wahrscheinlich sollte ich Lena anrufen, um ihr zu sagen, wie schlimm es um unsere Mutter steht, aber ich schaffe es einfach nicht. Ich habe das Gefühl, sobald ich es ausspreche, wird es auch passieren, dann geht sie. Ich darf mich nicht bewegen, nicht ihre Hand loslassen. Vielleicht kann sie mich hören, wenn ich immer wieder sage: »Du schaffst das, du schaffst das.« Bei jedem rasselnden Atemzug flüstere ich: »Ja, hol Luft, kämpf weiter, komm wieder zurück.«

Wenn sie jetzt stirbt, wird meine Schwester mir niemals verzeihen, dass ich ihr nicht Bescheid gesagt habe, dass ich vorhin Marie und Ben noch mit auf den Weg gegeben habe, dass sie ihrer Tante ausrichten sollen, sie könne ruhig bei ihren Mädchen bleiben. »Mama, ich liebe dich«, sage ich zu ihr wie eine Beschwörungsformel und: »Ich brauche dich hier noch.«

Dr. Celik kommt bei Dienstschluss am Nachmittag noch mal in Straßenkleidung ins Zimmer und blickt sorgenvoll auf meine kleine, bleiche Mama. »Unverändert«, sagt sie knapp.

Mit einem Kloß im Hals sehe ich sie an: »Bis wann muss das Fieber runter sein?«

»Bis morgen früh. Wenn es morgen mithilfe der Medikation runter ist, haben wir gute Chancen.«

Sie drückt mir die Hand und geht.

Da sitze ich nun in fast völliger Stille. Nur das gelegentliche Stöhnen unterbricht ab und an meine angstvollen Gedanken.

Meine Mutter verzieht schmerzvoll ihr Gesicht, als sie sich auf die Seite rollen will, was nicht geht, wegen des Oberschenkels. Ich versuche, sie ein wenig zu beruhigen, streichele ihr über den Arm, schiebe die Maske wieder zurecht. Langsam wird es dunkel. Ich habe keine Lust, das Licht anzuknipsen, wozu auch? Ich bleibe einfach hier sitzen und lasse mich in die Dunkelheit fallen.

Ich schreibe meinen Kindern und Lena, dass sie sich hoffentlich gesundschläft und ich mich melde, falls es Neuigkeiten gibt. Ich weiß, dass das zwar wörtlich gesehen keine Lüge ist, aber im Grunde dann doch. Ich versuche mich dazu zu bringen, eine ehrliche Nachricht hinterherzuschicken, und schaffe es einfach nicht. Wenn ich ausspreche, was wirklich hier los ist, habe ich nichts mehr, womit ich mich gegen die Angst wehren kann. Im Halbwahren ist alles möglich, da ist ein Raum, in dem ich Schutz suche vor dem Schmerz. Auch damals als mein Vater im Sterben lag, habe ich es viele Monate vermieden, diese Tatsache auszusprechen. So gewann ich noch ein bisschen Zeit.

Zwei Stunden später ist ihr Zustand immer noch unverändert. Ich habe die Lichtröhre über dem Kopfende des Bettes angeschaltet, die das Gesicht meiner Mutter in ein gespenstisches Licht taucht.

Im Zimmer ist fast ausschließlich ihr rasselnder Atem zu hören. Manchmal lässt er einige Sekunden auf sich warten, dann drücke ich ihre Hand ganz fest und warte, bis ihre Sauerstoffmaske wieder von innen beschlägt und mich aus meiner Angst erlöst.

Ein Pfleger mit ernstem Gesicht kommt herein, sagt jedoch nichts und schaut nach meiner Mutter. Als er die Tür wieder hinter sich zuzieht, fällt mir auf, dass mein T-Shirt nass ist. Ich habe noch nicht einmal bemerkt, dass ich weine.

Wieder frage ich mich, wieso ich in dieser einen Nacht nicht bei meiner Mutter war. Wieso bin ich nicht schon längst bei ihr eingezogen?

Mir ist natürlich klar, dass sie das nicht gewollt hätte, sie, die bei jeder Gelegenheit auf ihre Eigenständigkeit gepocht hat …

In Gedanken führe ich mit ihr eine Diskussion über meinen möglichen Einzug, eine Diskussion, die es nie gab, aber hätte geben müssen, wenn ich mich mehr angestrengt hätte. Ich sehe aus dem Fenster, das den Blick auf das nächste Klinikgebäude freigibt. Unzählige nur noch schwach erleuchtete Fenster gucken genauso ratlos in die Nacht wie ich gerade.

Auf dem Flur höre ich Lachen, wahrscheinlich von den Schwestern, Besucher sind außer mir ja keine mehr hier. Dann wird es wieder still.

Vielleicht sollte ich mir ein bisschen Musik anmachen? Mit der freien Hand greife ich nach meinem Handy auf dem Nachttisch und genau in diesem Moment piept es. Ich zucke zusammen und sehe erschrocken auf das Display. Die Nachricht ist von David: »Hey, bist du noch wach?«

Ich starre auf den Text und schreibe ihm dann kurzerhand, dass ich in der Klinik bin, dass meine Mutter schwer krank ist, und anschließend schreibe ich spontan genau das, was ich noch nicht mal mit mir selbst besprochen habe. »Was ist, wenn sie stirbt? Ich bin nicht bereit dafür.«

Ich sehe, dass David die Nachricht gelesen hat und schreibt.

Dann piepst es: »Sie lebt aber noch. Deswegen machst du dir jetzt am besten nur Gedanken darüber, dass sie lebt.«

Er hat recht und ich bin erstaunt darüber, dass ich ihm gegenüber meine Gedanken so klar formulieren konnte.

»Ich weiß nicht, wie ich ihr helfen kann.«

»Du kannst einfach nur da sein, das ist schön für sie, wenn sie aufwacht. Das ist Hilfe genug.«

Und dann schreibt er noch: »Ich bin sowieso wach. Erzähl mir doch etwas Schönes von ihr oder von euch. Vielleicht spürt sie das?«

Dann klingelt mein Handy.

Ich nehme ab und obwohl ich weiß, wer dran ist, jagt es mir einen Schauer über den Rücken, als ich seine raue, tiefe Stimme höre.

»Ich dachte, es ist besser, wenn ich dich anrufe. Dann kannst du entspannter reden. Also, erzähl …«

»Moment …«

Ich lege das Handy auf den Krankenhausnachttisch und stelle auf laut, damit ich weiter die Hand meiner Mutter halten und ihr den Schweiß abtupfen kann.

»Tja, etwas Schönes aus meiner Kindheit, das ist gar nicht so leicht.«

»Entschuldige«, unterbricht mich David. »Ich weiß, dein Vater ist ja früh gestorben, hast du mir erzählt.«
»Nein, ist okay«, sage ich schnell, und dann fällt mir etwas ein, an das ich schon viele Jahre nicht mehr gedacht habe: »Meine Mutter hat mit mir zusammen mal Hasen gestohlen. Das findest du als Koch wahrscheinlich lächerlich.« Ich höre ein Seufzen durchs Telefon: »Ich

bin kein richtiger Koch, ich schmiere Brote.« Ich muss lächeln, wahrscheinlich zum ersten Mal an diesem beschissenen Tag. »Also, was war jetzt mit den Hasen?«, dringt es aus dem Lautsprecher und ich muss wieder lächeln. »Okay, es war so: Wir haben in der Nähe eines wunderschönen Sees Urlaub gemacht. Es war in dem Jahr, bevor ich eingeschult wurde, und meine Schwester sah noch so aus, als hätte man sie aus ein paar übergroßen Marshmallows zusammengesetzt.«

Ich höre David lachen. Ich stelle mir vor, dass er hier bei uns sitzt. Ich streichele die Hand meiner Mutter und tupfe ihr die immer noch heiße Stirn ab, während ich weitererzähle. Es war ein richtiger Sommer und ich durfte allein durch die Gegend streifen, was ich extrem erwachsen und aufregend fand. Das größte Event in der Gegend war ein Hasenstall mit fünf kleinen und zwei großen Hasen ganz am Ende der Straße im Garten eines Nachbarn, eines älteren Herrn. Ich bin jeden Tag dorthin gelaufen, habe vorher so viel Löwenzahn gesammelt, wie ich nur tragen und mir in die Taschen stopfen konnte, und habe die Hasen gefüttert. Der Mann kam manchmal zu mir raus und hat sich mit mir unterhalten. Deswegen wusste ich auch, wie die Hasen hießen: Die beiden großen hießen Bierchen und Schnaps und die kleinen sowas wie Kleiner Feigling, Kurzer, Pfeffi und so weiter. Ich werde unterbrochen von Davids schallendem Lachen: »Ernsthaft?! Das ist echt unwürdig!« Ich muss mitlachen, dann erzähle ich weiter: »Auf jeden Fall habe ich mich auch über die Namen gewundert und den Mann gefragt, warum er sie so genannt hat. Er hat geantwortet, dass ihm das Spaß machte, verrückte Namen zu erfinden, und dass er die neuen Hasen im nächsten

Jahr eventuell nach berühmten Schlagersängern benennen würde.«

»Oha, die neuen?«, fragt David.

»Ja, genau, das habe ich damals noch nicht verstanden«, erinnere ich mich, »ich habe zu dem Mann gesagt, dass der Stall doch so schon klein ist, und wollte wissen, wo die Hasen dann alle hinsollen. Daraufhin ist er sich – und das werde ich nie vergessen – mit dem Zeigefinger über die Kehle gefahren und hat zu mir gesagt: ›Na, die hier kommen bald alle in den Kochtopf. Tot, weißt du?‹ Dann hat er auf seinen Hackklotz im Garten gezeigt und gelacht.«

»Wow, was für ein Arschloch. Wie kann man sowas zu einem Kind sagen?«, entfährt es David.

Ich nicke: »Ja, unglaublich. Ich bin dann schreiend nach Hause gelaufen, habe den ganzen Nachmittag geweint. Ich konnte es nicht fassen, dass jemand seinen Tieren Namen gibt und ihnen dann den Kopf abhackt. Mein Vater war mit meiner kleinen Schwester unterwegs und meine Mutter hat versucht, mich zu trösten. Dann stand sie auf einmal in meinem Zimmer und sagte: ›Los, such deinen restlichen Krempel zusammen. Ich hab schon alles gepackt. Papa und Lena holen wir auf dem Weg ab.‹ Ich habe natürlich nur Bahnhof verstanden und habe immer wieder gefragt, was wir vorhätten.

Aber erst als wir im Auto saßen, drehte sie sich zu mir um, grinste und sagte: ›Na, wir retten die Hasen, was denkst denn du?‹ In dem Moment habe ich einen Satz nach vorne gemacht, bin über die Mittelkonsole geklettert und habe mich in ihre Arme geworfen. Eigentlich hätte mich das nicht überraschen sollen, denn sie hat schon immer ein weiches Herz gehabt, zu weich vielleicht manchmal für das Leben.

Tja, wir sind dann also zu dem Haus gefahren, haben gecheckt, ob der Mann auch wirklich bei der Arbeit ist. Ich habe vorne Schmiere gestanden und meine Mutter hat hinten im Garten Bierchen, Schnaps und die ganzen Kleinen in eine Kiste gepackt. Die hatten wir vorher schön mit meinem T-Shirt ausgepolstert und ein wenig Löwenzahn hineingelegt. Dann sind wir mit einem Affenzahn zum Spielplatz gefahren, haben meinen Vater und meine Schwester aufgesammelt und sind dann direkt nach Berlin zurück. Ich weiß noch genau, wie unendlich dankbar ich ihr dafür war, dass sie verstanden hat, dass mir der Gedanke an Schnaps tot im Kochtopf das Herz gebrochen hätte. In Berlin haben wir dann die Kleinen an Freunde vermittelt und die beiden Großen behalten.«

»Schnaps und Bierchen?«

»Es hat sich bei der Tierärztin herausgestellt, dass die beiden zwei Hasendamen waren. Wir haben sie dann Stevie und Nicki genannt.«

»Wie Stevie Nicks?«

»Ja, genau.« Ich wundere mich, dass er das so schnell erfasst hat. Eigentlich ist er doch viel zu jung, um Fleetwood Mac zu kennen. Als hätte er meine Gedanken gelesen, fügt er hinzu: »Erstens kenne ich mich ein bisschen aus mit Musik und zweitens war Fleetwood Mac vor drei Jahren auf Nummer eins bei TikTok.«

Ich muss lachen. »Okay, alles klar. TikTok. Und ich dachte für eine Sekunde, ich rede mit jemandem in meinem Alter.«

»Wäre das denn besser?«, fragt er etwas ernster.

Ich habe heute keine Lust, über unseren Altersunterschied zu sprechen. Also sage ich: »Nein, Quatsch. Das war nur ein Witz.« Ich höre ihn förmlich überlegen, ob er noch mal nachhaken soll, tut er aber nicht, sondern seufzt und sagt: »Das war 'ne gute Geschichte. Bei meinen Eltern undenkbar, ich glaube, bei den meisten. Normalerweise bekommt man als Kind doch immer signalisiert, dass man sich mit den Tatsachen abfinden muss, weil ›die Welt eben so ist‹.«

Er hat recht. So habe ich die Sache noch gar nicht betrachtet. Ich drücke sanft die Hand meiner Mutter und sage leise: »Nein, so war sie nie beziehungsweise so ist meine Mutter nicht. Sie war im Kern immer so voller Leben, nur nachdem mein Vater damals gestorben war, wurde sie ... wie soll ich das sagen ... haltlos, irgendwie hat sie sich nicht mehr zurechtgefunden und ist überall abgeprallt, sie wurde abgelehnt und enttäuscht.«

»Von jemand Bestimmtem?«

»Es gab da jemanden, eine Affäre im Kollegium, aber ich glaube, der Typ war eigentlich gar nicht so wichtig, vielleicht eher der Zeitpunkt. Sie war wahrscheinlich unheimlich allein und verloren als junge Witwe und hat dann etwas mit einem anderen Lehrer angefangen. Er war verheiratet und wahnsinnig beliebt. Irgendwie kam alles raus und dann das Übliche ...«

»Was ist denn das Übliche?«, fragt David ehrlich interessiert.

»Sie wurde zur Persona non grata, musste die bösen Blicke, Seitenhiebe der anderen aushalten. So stelle ich es mir auf jeden Fall vor. Es muss schlimm gewesen sein, denn sie hat danach die Schule, also ihren Arbeitsplatz, gewechselt. Das war zu viel für sie, wo sie wahrscheinlich noch mitten in der Trauer um meinen Vater steckte. Ich glaube, dass sie die ganze Sache überhaupt nur deshalb angefangen hat, das wäre typisch für sie. Sie hatte schon immer ein Talent dafür, aus jeder Situation heraus das größtmögliche Chaos zu kreieren. Als Krönung hat sie dann auch noch meine Schwester und mich über die Hälfte der darauffolgenden Sommerferien allein gelassen in der Illusion, dass wir ja alt genug seien. Ich war gerade vierzehn und Lena erst zehn. Wahrscheinlich dachte meine Mutter, es ist für alle besser, wenn sie erstmal weg ist.«

Ich betrachte ihr Gesicht im Schein der Lichtröhre. Sie atmet immer noch schwer, scheint um jeden Atemzug zu kämpfen, wie wahrscheinlich schon öfter in ihrem Leben. Zum ersten Mal seit vielen Jahren spüre ich so etwas wie Verständnis für einige ihrer Verrücktheiten.

Das Leben war nicht nett zu ihr, zu uns allen nicht.

»Das ist eine krasse Geschichte, die von deiner Mutter, und auch, dass sie euch allein gelassen hat, besonders weil euer Vater gerade erst gestorben war. Irgendwie kann ich auf eine verdrehte Art und Weise verstehen, dass sie dachte, dass es für alle leichter ist, wenn sie verschwindet. Ich hätte früher wahrscheinlich genauso gedacht. Habt ihr mal darüber geredet, wie es euch ging und wie sie sich gefühlt hat?«

Das ist eine berechtigte Frage. »Nein, ich weiß das alles nur aus Briefen, die ich neulich bei ihr gefunden habe. Über echte Probleme zu reden gehört nicht gerade zu unseren Familientalenten. Der Typ klingt jedenfalls wie ein absoluter Arsch, hat alles auf sie abgewälzt und ist anscheinend bei seiner Frau geblieben.«

Meine Mutter gibt plötzlich ein leises Stöhnen von sich. Ich sehe erschrocken zu ihr, aber sie kehrt zu ihrem Rasselatem zurück. Ich frage mich, ob sie uns hören kann, aber das sind wahrscheinlich meine üblichen Neurosen.

David muss lachen: »Okay, und wo liegen eure Talente dann?«

Ich überlege einen Augenblick: »Wahrscheinlich haben wir auch kein besonderes Talent, glücklich zu sein. Oder wir suchen in der falschen Ecke.«

»Willst du mir damit was sagen?«, fragt David mit etwas unsicherer Stimme.

Ich fühle mich ertappt. Was soll ich jetzt antworten? Ich will ihn nicht vor den Kopf stoßen, aber auch ehrlich sein: »Du merkst ja, was in meinem Leben gerade los ist. Wo soll da noch Platz sein für jemanden, verstehst du? Das war schön, der Abend und die Nacht, wunderschön, aber ich habe Kinder und diese verrückte Mutter und ich habe das Gefühl, dass ich mich verliere, wenn ich jetzt nicht aufpasse und …«

»Ja, klar, natürlich, kein Problem, verstehe ich«, unterbricht er mich. Hat seine Stimme gerade belegt geklungen? Höre ich da ein Schlucken am anderen Ende der Leitung? Habe ich ihn gerade verletzt? Wahrscheinlich bilde ich mir das nur ein. Er liebt eine andere, viel passendere jüngere Frau.

Eine Pause entsteht, zu hören ist nur das leise Stöhnen meiner Mutter. Ich beuge mich zu ihr hinunter. Ihre Augen sind geschlossen, sie hat einen harten Zug um den Mund. Sie sieht erschöpft aus. Ich fühle mich so verdammt unnütz hier an diesem Bett.

»Wie hieß eigentlich deine erste große Liebe?«, fragt David in die Stille hinein. Seine Stimme klingt wieder fester und möglicherweise ein wenig distanzierter.

Ich muss lachen, in erster Linie aus Verlegenheit. »Das ist ja jetzt ein zügiger Themenwechsel.«

»Also, wie hieß er?«

»Wieso interessiert dich das?«

»Oder bin ich das und deshalb willst du es nicht sagen?« Er lacht trocken und klingt eine Spur unentspannt, aber das bilde ich mir wahrscheinlich auch wieder ein. Dann ist es still. Das halte ich schlecht aus, also antworte ich brav: »Okay … Er hieß René Duval.«

»Du verarschst mich.«

»Nein. Sein Vater war Franzose, aber seine Mutter war Deutsche. Sie sind von Paris nach Berlin gezogen. Er kam zu uns in die neunte Klasse.«

»Wie alt warst du da?«

»Fünfzehn. Ich hatte gerade mein Taschengeld gespart und mir in einem Vintage-Laden die perfekten alten Jeans, ein ausgefranstes T-Shirt und eine alte braune Strickjacke gekauft.«

»Weil du aussehen wolltest wie ein Opa?«

Und da zeigt sich wieder der Altersunterschied. Er versteht gar nicht, was wichtig ist.

»Natürlich weil ich aussehen wollte wie Kurt Cobain, du Trottel.«

»Ah, Nirvana Grunge Girl, verstehe …« David lacht.

»Du bist wahrscheinlich ungefähr in dem Jahr geboren worden, als Kurt Cobain sich erschossen hat.«

»Ja, da bist du schon herumgelaufen, wahrscheinlich mit zerfledderten Holzfällerhemden, zerrissenen Jeans, Joints, zur Schau getragenem Weltschmerz und René.«

Ich muss zugeben, dafür, dass David keine Ahnung von diesem Jahrzehnt hat, hat er mein Teenager-Ich ziemlich genau getroffen.

»Und Monsieur Duval? Wie ist das Ganze ausgegangen? Große Leidenschaft und dann hast du ihm das Herz gebrochen?«

David lacht heiser und klingt überhaupt nicht fröhlich dabei. Sein Ton irritiert mich. Was soll dieses schwachsinnige Gespräch über meine Teenagerliebe?

»Willst du mir gerade irgendetwas sagen?«

Das meine ich eher als Warnung, nicht als Frage. Die Hand meiner Mutter drückt meine fester. Hat sie Schmerzen? Ich befühle vorsichtig ihre nach wie vor heiße Stirn. Ihre Augen sind immer noch geschlossen. Unter den Lidern bewegen sich ihre Augäpfel hektisch hin und her.

»Keine Ahnung«, sagt David in die Stille hinein. Und: »Es geht mich ja eigentlich auch nichts an, dein Liebesleben, meine ich.« Seine Antwort versetzt mir einen Stich. Ich will, dass ihn das etwas angeht, und auch wieder nicht. Ich will, dass ihn alles etwas angeht. Anstatt das zu sagen, gebe ich ihm recht: »Stimmt, das tut es nicht. Und andersherum natürlich auch nicht.«

Und schwupp, spukt mir wie auf Kommando diese Jojo im Kopf herum. Mir fällt auch wieder ein, dass Marie sie als »cool« bezeichnet hat. Ja, das passt dann wohl zu David. Es ist besser so. Irgendwie ist die Luft raus aus unserem Gespräch. Ich höre über den Lautsprecher, wie sich David leise räuspert. Dann sagt er: »Vielleicht hätten wir uns ja verliebt ineinander, wer weiß?«

Er lacht leise und in mir steigt eine Wut auf, die sich schlecht kontrollieren lässt.

»Langsam langweilt mich dieses Gespräch«, stoße ich mit gepresster Stimme hervor.

»Ja, mich auch, es bringt auch nichts, ich kann mich sowieso nicht verlieben«, sagt David scharf.

»Danke für die Info«, entfährt es mir.

Ich fühle mich, als hätte ich einen Schlag in die

Magengrube bekommen. Oder war dieser Satz genau das, was ich hören musste?

Plötzlich geht die Tür auf und der Pfleger von vorhin kommt herein.

Ich sage knapp: »Ich muss auflegen.«

Der Pfleger grüßt mich nett und checkt die Werte meiner Mutter.

»Ist es besser?«, frage ich hoffnungsvoll.

Der Pfleger schüttelt den Kopf. »Tut mir leid.«

Und schon ist er wieder weg und ich sitze da in der Stille und starre ins Leere.

Soll ich doch Lena anrufen? Ich nehme das Handy in die Hand. Mir fällt ein, dass es schon mitten in der Nacht ist und meine Schwester ihr Handy sicher leise gestellt hat. Das bringt jetzt einfach nichts.

»Mama«, flüstere ich, »bitte bleib bei mir.« Ich wiederhole das noch ein paarmal wie eine Beschwörungsformel. Da zucke ich plötzlich zusammen. Mein Handy schrillt in die Stille hinein. Ich sehe aufs Display. Damit habe ich nicht gerechnet nach diesem merkwürdigen Gespräch eben. Wenn ich jetzt rangehe, wird mich das vielleicht nur traurig machen, was vorbei ist, ist vorbei, denke ich und gehe trotzdem ran. Ich bleibe stumm, er auch.

Dann höre ich seine Stimme, sanfter als eben: »Tut mir leid, das war blöd.«

»Ja«, sage ich leise und: »Ich packe das gerade alles nicht. Das ist mir zu viel.«

Er lacht plötzlich: »Das liegt an mir. Ich hab einfach diese unwiderstehliche Wirkung auf Frauen.«

Ich lache mit, obwohl mich dieser Satz umhaut, weil ich nun endgültig weiß, dass ich mich da in eine blödsinnige Sache verrannt habe.

Es entsteht eine kleine Pause. David räuspert sich. »Soll ich dir vielleicht lieber erzählen, was ich morgen auf der Tageskarte habe?«, fragt er mich mit neuem Schwung in der Stimme.

Wie auf Kommando beginnt mein Magen zu knurren. Ich überlege kurz und denke, dass das vielleicht genau der richtige Weg ist, um die ganze Sache in eine Art lockere Freundschaft übergehen zu lassen.

»Okay, leg los, ich habe heute noch nicht viel gegessen, vielleicht werde ich ja vom Zuhören satt.«

Ich werde einfach zuhören und bei jedem Satz langsam Abschied nehmen von uns als Liebespaar. Das schaffe ich. David will mich aufmuntern und das ist doch ein Geschenk, das man annehmen sollte im Leben.

»Hey, ich hab 'ne Idee«, höre ich seine raue Stimme und schließe die Augen.

»Ja?«

»Wenn es deiner Mutter besser geht, kommst du einfach mal im Laden vorbei, okay?«

»Okay«, sage ich leise.

»Sie schafft das, ganz bestimmt«, sagt mein neuer bester Freund, den ich nie wieder küssen werde.

»Ich hoffe es«, flüstere ich und gebe meiner Mutter einen Kuss auf die zarte Pergamenthaut ihres Handrückens.

Ich merke, dass plötzlich viele Tränen aus meinen Augen herauslaufen und mir über die Wangen rinnen. Ich wische mir mit dem Ärmel übers Gesicht: »Also, was kochst du denn heute, erzähl doch mal.«

»Viele, viele schöne Sachen, Grunge-Lady«, sagt David sanft. »Ich mache eine Brioche, natürlich selbst gebacken, mit einem Aufstrich aus gedünstetem Thunfisch,

Kapern, Knoblauchmayonnaise, süßen Cherrytomaten und Schalotten. Das Ganze überbacke ich dann mit Cheddar. Im Prinzip ist das ein klassisches amerikanisches Tuna Melt. Ich mache noch eine Variante mit Jalapeños und Weizentoast. Du wirst es nicht glauben, aber auch der Toast ist homemade, und die Jalapeños hat Jasper selbst angebaut.«

»Klingt fantastisch«, sage ich und versuche die Traurigkeit abzuschütteln: »Was gibt es noch?«

»Mal sehen. Außer den üblichen Klassikern wie unserem Clubsandwich und den Varianten mit Pastrami und so weiter mache ich noch eine Art Burger mit veganem Hack, Pfifferlingen, Zucchini, Birnenchutney und Gorgonzola. Davon nehme ich immer reichlich. Maßlosigkeit im Leben ist scheiße, zumindest für mich, aber bei Käse immer sinnvoll.«

»Hmm«, sage ich. Und wieder laufen mir Tränen übers Gesicht, während David weiterspricht. Gedämpft dringen die nächtlichen Geräusche der Klinik durch die Tür. Ich knipse die Röhre aus. Auf das Gesicht meiner Mutter scheint der Mond. Sie sieht klein und verletzlich aus in dem großen weißen Bett.

Lena

Auch wenn ihre Kindheit lange her ist, kann Lena sich noch gut an das Gefühl der Einsamkeit erinnern, wenn ihre Schwester mit Freunden unterwegs war und die Mutter mit Monika bei ihrem hundertsten Rotwein in der Kreuzberger *Eisente* Hof hielt.

Genau dieses Gefühl ist plötzlich wieder in ihr hochgekommen, als sie ihre Mutter gestern ins Krankenhaus bringen mussten. Und obwohl ihre Sorge groß war, ist sie nach Hause gefahren zu Flori und den Kindern. Nötig war das nicht, sondern einfach nur feige.

Insgeheim war sie erleichtert, als Nina ihr am späten Abend noch schrieb, dass sie sie nur benachrichtigen würde, falls ihre Anwesenheit wirklich vonnöten sei. Nach dieser Nachricht ist Lena in einen unruhigen Schlaf gefallen, um heute Morgen viel zu früh und völlig zerstört aufzuwachen. Seit sie die Augen aufgeschlagen hat, spürt sie eine innere Unruhe, was sie als ein Zeichen interpretiert, ein Zeichen dafür, dass ihr

Kartenhaus von einem Leben Gefahr läuft, in sich zusammenzufallen.

Da helfen auch die drei frischen Apfelkuchen nicht, die Lena gleich um fünf Uhr dreißig gebacken hat. Nun ist es bereits zehn Uhr und Lena hat immer noch nicht bei ihrer Schwester angerufen. Stattdessen hat sie auf Ninas Nachricht hin einfach nur einen »Daumen hoch« geschickt, als die ihr schrieb, dass sie sich noch bis zum frühen Nachmittag um unsere Mutter kümmern könnte.

Nun steht die köstlich nach Äpfeln duftende Übersprungshandlung direkt vor Lena und verlangt, von ihr gegessen zu werden. Sie schneidet sich bereits das dritte große Stück ab. Nur noch eins. Vergessen sind die drei Kilos, die sie sich seit Hannover mühsam abgehungert hat.

Nein, sie braucht jetzt Teig und Zucker, um ihre Nerven zu beruhigen und sich heute Nachmittag endlich auf den Weg zur Klinik machen zu können.

Als sie auch dieses Kuchenstück schon fast verschlungen hat, meldet sich plötzlich ihr Handy. Lulu hat geschrieben: »Hey, heute mal Lust auf ein Playdate? Den Zwillingen ist so langweilig allein bei uns im Garten.«

Wow.

Natürlich ist in der Kita wieder irgendeine Kinderseuche ausgebrochen und der Laden die ganze Woche geschlossen. Lena hat auch schon überlegt, ob sie Lulu mal schreiben und nach einer Verabredung mit den Kindern fragen soll. Dass die Sache aber von Lulu angeleiert wird, ist nun wirklich überraschend.

Was findet eine derartig supercoole Frau und perfekte Mutter denn an ihr, Lena?

Erst gestern hat Lulu ein Video mit den Zwillingen in aufeinander abgestimmten süßen Outfits gepostet. Im

Hintergrund läuft der Kindersong »You Are My Sunshine«.

Lulu und die Kids fassen sich an den Händen und üben einen kleinen Tanz ein. Daraufhin wechselt der Song in eine rockige Version, zu der Lulu und die Kinder dann wie verrückt herumspringen und ihre langen Haare und Arme schütteln. Besonders lustig sieht Lulu aus, als sie einen »Headbanger« imitiert.

Seit gestern hat Lena sich das Video mindestens fünfmal angesehen und sich vorgenommen, auch mal verrücktere Dinge mit den Mädchen zu unternehmen. Und als könnte sie durch ihre Wünsche die Zukunft bestimmen, steht plötzlich Lulu auf der Matte und will den Vormittag mit ihnen verbringen.

Lena bekommt Herzklopfen vor lauter Aufregung und schneidet sich noch ein letztes hauchhauchdünnes Stückchen Kuchen ab. Vielleicht wird das neue Fett ja gemeinsam mit der gefrorenen Bauchfettmasse gleich wieder über den Stoffwechsel ausgeschieden?

Lena nimmt sich vor, noch mal genauer nachzulesen, wie lange die Wirkung der absolvierten Schönheitsbehandlung eigentlich anhält.

Sie geht zum Schrank, holt ihre Tupperdose in Tortenform heraus und verstaut den schöneren der beiden intakten Apfelkuchen. Fast hätte sie in der Aufregung vergessen, Lulu zu antworten: »Die Kinder und ich sind schon auf dem Weg«, schreibt sie zuerst, löscht dann aber das Wort »Kinder« und ersetzt es durch das coolere »Kids«. Die Suche nach einem geeigneten Emoji hält sie länger auf als gedacht.

Zuerst wählt sie ein rotes Herz, was dann aber zu bedeutungsschwanger hinter dem Text aussieht. Das könnte zu viel Druck ausüben. Lena sucht weiter, probiert einen Regenbogen aus, den sie beinahe gesendet hätte, als ihr einfällt, dass dies ja auch ein bekanntes LGBTQ-Symbol ist und Lulu vielleicht denken könnte, sie sei in sie verliebt.

Nach langem Hin und Her entdeckt Lena eine hübsche Blume, die dem Text eine unaufdringliche Eleganz verleiht. »Keep it simple«, denkt sie und schickt die Nachricht schließlich ab, sammelt die Mädchen ein und fährt los.

Vom Gesundheitszustand ihrer heißgeliebten Großmutter wissen Greta und Carlotta nichts, das hat Lena nicht übers Herz gebracht. Warum die beiden Mädchen so in ihre Oma vernarrt sind, ist Lena ein Rätsel. Womöglich hat sie mit ihrem Geborgenheitsgetue bei den Kindern genau das Gegenteil bewirkt. Beide haben eine Faszination für alles Chaotische. Deswegen ist die Begeisterung immer groß, wenn die verrückte Omi zum Beispiel findet, dass man zum Legospielen nicht angezogen sein muss oder dass ein Kind eine Belohnung bekommen sollte, wenn es sich besonders kreative Schimpfwörter ausgedacht hat.

Grundsätzlich versucht Lena, sie vor allem zu beschützen, was ihre kleinen Seelen durcheinanderbringen könnte. Den Zustand ihrer Ehe verdrängt sie dabei. Viel lieber spielt sie auf der Autofahrt »Ich sehe was, was du nicht siehst«. Sie entdecken am Roseneck die vielen Rentner, die mit Sonnenbrillen vor der Wiener Conditorei sitzen, als Greta »Opas und Omas« ruft. In der kleinen Geschäftsstraße herrscht munteres Treiben. Da schreit Carlotta: »Ich sehe was, was du nicht siehst, und das sind große Busen.« Die Mädchen bekommen einen Kicheranfall. Tatsächlich stellt auf dem Bürgersteig neben ihnen an der Ampel eine in hautenge Yogaklamotten gekleidete Frau in Lenas Alter in Begleitung eines wesentlich älteren Herrn ihre diversen Schönheitseingriffe zur Schau. Das war nicht ganz Lenas Vorstellung von einem schönen Kinderspiel. Sie blafft Carlotta an: »So sagt man das nicht!« Carlotta scheint ehrlich verwirrt zu sein. »Was denn? Busen?« So war das auch wieder nicht gemeint. Lena reißt sich zusammen: »Doch, Busen darfst du schon sagen, aber nicht, wenn du das nicht nett meinst.« Darauf antwortet Carlotta erschrocken: »Das war nett! Ich liebe große Busen!« »Ich auch«, stimmt Greta ein. Na toll. Lena biegt entnervt in die kleine Wohnstraße ein, die zu Lulus und Phils Villa führt.

Als sie wenig später im schicksten Teil von Grunewald ankommen und die großzügigen Steintreppen zur Villa hinauflaufen, reagiert niemand auf die Türklingel. Es ist so schön still hier. Das einzige Geräusch in dieser Gegend sind das Rauschen der Bäume und ab und an mal ein Porsche Cayenne oder eine G-Klasse, die über das altmodische Kopfsteinpflaster rattern. Lena läutet bereits zum zweiten Mal und wieder reagiert niemand. Sie befindet sich jetzt in einem inneren Streitgespräch darüber, ob ein drittes Läuten als übergriffig interpretiert werden könnte.

Sie stellt sich Lulu vor, die gerade zu cooler Musik Make-up aufträgt und jedes Mal mit den Augen rollt, wenn von unten die Türklingel zu hören ist.

Lena nimmt allen Mut zusammen und klingelt zum dritten Mal.

Nichts.

Soll sie jetzt wieder fahren?

Greta reißt Lena aus ihren Gedanken: »Ist der Garten zu? Kannst du da anrufen?«

»Bitte ruf an! Ich will da anrufen«, stimmt Carlotta sofort begeistert ein.

»Oder sollen wir einbrechen? Ich kann ja gut klettern. Ich mach das. Bitte Mama!«, drängelt Greta weiter.

»Bitte, Mama, wir machen auch nichts kaputt«, bekräftigt Carlotta.

Lena muss lächeln. Sie nimmt ihr Handy aus der Tasche, um Lulu anzurufen. Ist doch eigentlich egal, ob sie als aufdringlich empfunden werden könnte. Ihre Töchter freuen sich so auf den Garten.

Gerade will Lena auf Lulus Namen tippen, da ist aus dem Garten ein markerschütternder Schrei zu hören, dann ein lautes Aufheulen. Lena nimmt die Mädchen an die Hand, setzt sich in Bewegung. Sie ruft lauft: »Ich bin gleich da, ich bin da!«

Natürlich ist es blödsinnig, weil sie ja nicht hier wohnt und demzufolge auch niemand erwarten würde, dass sie herbeigerannt kommt, auf der anderen Seite hört aber jeder hilfsbedürftige Mensch gern, dass Hilfe naht, wie auch immer sie geartet sein mag.

Als sie schließlich um das Haus herumgelaufen sind, bietet sich ihnen ein merkwürdiges Bild.

Mitten auf dem Rasen liegt Lulu. Sie hat alle viere von sich gestreckt und liegt flach auf dem Bauch.

Ist sie etwa bewusstlos? Nein, bei genauerem Hinsehen kann Lena erkennen, dass ihre Augen geöffnet sind. Lena beschließt, gleich nach ihr zu sehen, sobald sie alle Kinder versorgt hat.

Sie nähert sich dem kleinen Spielplatz, den hier fast

jede anständige Villa zu bieten hat und der ihre Mädchen schon auf der Fahrt in helle Aufregung versetzt hat.

Bei der Sandfläche angekommen, stellt Lena erstmal die Tupperdose mit dem Kuchen auf dem Rasen ab. Eines von Lulus Zwillingsmädchen tollt gut gelaunt neben dem Klettergerüst herum, mit einer korallenroten blutigen Schramme am Knie. Nicht weit davon entdeckt Lena, ebenfalls hüpfend, das zweite Mädchen, allerdings ohne Schramme. Es ist immer schwer auszumachen, welche von beiden Skyler und welche Kylie ist. Die Zwillinge sind zwar zweieiig, aber immer genau gleich gekleidet.

Lena gibt Greta und Carlotta ihre Spielautos, um den Spielnachmittag in Gang zu bringen. Sie begutachtet kurz Skylers (oder eventuell Kylies) Schramme, wischt sie mit einem der Desinfektionstüchlein ab, die sie immer in ihrer Handtasche hat.

Dann steckt sie noch zwei Schäufelchen in den Sand und verspricht den Mädchen ein großes Stück Apfelkuchen, wenn sie jetzt ein bisschen lieb miteinander spielen.

Während Lena sich den Sand von den Knien klopft, bereitet sie sich darauf vor, sich mit dem größeren Problem in diesem Garten zu befassen.

Langsam nähert sie sich der immer noch am Boden liegenden Lulu. Ein leises Schluchzen ist zu hören.

Lena räuspert sich laut, um ihre Ankunft diskret anzukündigen. Zögernd geht sie auf Lulu zu. Dann flüstert sie leise: »Lulu? … Lulu? Ich bin's, Lena.«

Als sie sich schließlich zu Lulu hinunterbeugt und neben ihrem Ohr leise fragt, ob alles »okay« sei, was an sich schon eine blöde Frage ist, weil ja offensichtlich gar nichts auch nur annähernd okay zu sein scheint, hebt

Lulu ruckartig den Kopf. Ihr Gesicht sieht aufgequollen und verheult aus.

Lena fragt sich, welche Wimperntusche Lulu verwendet, weil davon nicht ein Tröpfchen unter Lulus Augen gewandert ist.

Nein, die Wimpern sind sogar perfekt, einzeln abgeteilt und sanft gebogen.

Wenn Lena zu Hause heult, sieht sie immer gleich aus wie die Geisterbraut aus einem Halloweenfilm.

Wie kann jemand im Gras gelegen, so viel geweint haben und immer noch so gepflegt aussehen?

Das Aufgequollene und die geröteten Wangen mit dem Tränenfilm wirken sogar irgendwie frisch, wie ein schöner praller Apfel im Morgentau.

Von welcher Marke wohl diese Wimperntusche ist? Die mit der blauen Kappe für mehr Volumen kann es schon mal nicht sein, die hat sich bei Lena schon eine Sekunde nach dem Auftragen als riesige Enttäuschung herausgestellt.

Es kann einen manchmal schon wütend machen, wenn die Herstellerfirmen ihre Produkte »Showstar« oder »Lash Wonder« nennen und man am Ende schwören könnte, dass die Wimpern nach dem Auftragen sogar noch kürzer und stummeliger erscheinen.

Oder ist das vielleicht nur bei ihr so?

Lena muss aufhören, immer so abzuschweifen. Sie reißt sich zusammen und nimmt sich vor, sich jetzt ganz und gar auf Lulus seelischen Zustand zu konzentrieren. Sie setzt sich zu ihr ins Gras. Lulu rollt sich auf den Rücken, macht aber keinerlei Anstalten aufzustehen.

»Was war denn eben los? Ich habe Schreie gehört.«

Lulu bläst eine widerspenstige Haarsträhne nach

oben. Dann richtet sie sich auf und sagt: »Es ist einfach die Hölle.«

»Was denn genau?« Lena versteht nicht, was gemeint ist.

»Komm, du weißt es doch.«

»Nein, ich habe wirklich keine Ahnung.«

»Muss ich es denn ganz ausbuchstabieren?«

»Ich fürchte schon.«

Lulu atmet angestrengt aus, dann sieht sie Lena an. »Ich krieg das nicht hin, ich krieg's einfach nicht gebacken, diesen ganzen Mütterscheiß!«

Ach so. Lena nickt. Sie muss fast darüber lachen, dass sie nicht gleich darauf gekommen ist. Sie weiß natürlich ganz genau, was Lulu meint.

Es geht um die Kinder und die Verantwortung und den Stress, den man hat, wenn man es ernst meint.

Lulu schnieft. Tränen klettern ihren perfekt getuschten Wimpernrand entlang.

Lena ist sich inzwischen sicher, dass das keine Wimperntusche von Rossmann sein kann, das muss irgendeine abgefahrene Luxusmarke sein, von der sie noch nie gehört hat.

Lulu zieht die Nase hoch. Na bitte, wenigstens kann sie auch richtig menschliche Geräusche machen.

Lulu fährt fort: »Ich wusste ja, dass es Zwillinge werden können, wegen der künstlichen Befruchtung. Ich habe mich sogar gefreut und mir vorgestellt, wie niedlich sie sein werden …«

Lena nickt und sagt leise: »Aber wie es dann wirklich ist, das kann sich kein Mensch vorstellen.«

Lulu lächelt schwach und schüttelt den Kopf. »Stimmt.«

»Man könnte sie manchmal an die Wand klatschen, richtig?«

Lulu muss ein bisschen lachen, wird dann aber sofort wieder ernst. »Ja, aber der Punkt ist, ich weiß nicht, wie ich es sagen soll …«

Lena sieht sie aufmunternd an: »Sag es einfach, ich verspreche, ich finde es nicht schlimm.«

Lulu nickt, wischt sich mit dem Handrücken über die feuchten Augen.

Das gibt es doch nicht! Wieder ist da keine Spur von Tusche! Nichts! Nicht mal ein kleines getrocknetes Krümelchen!

Wie ist das möglich?

Lulu sieht Lena schüchtern an: »Du musst versprechen, dass du es niemandem erzählst.«

»Okay, versprochen.«

Lulu holt noch mal Luft, als müsste sie Anlauf nehmen für einen besonders großen Sprung. Dann sagt sie mit einer Stimme, die direkt zwei Oktaven tiefer klingt: »Ich sag es, wie's ist: Ich glaube, dass da vielleicht etwas schiefgelaufen ist bei der Befruchtung. Ich glaube, vielleicht hat es einen Grund, dass manche Eier sich nicht ohne fremde Hilfe befruchten lassen. Vielleicht wollten sie gar nicht auf die Welt kommen und jetzt nehmen sie mir das übel. Die Wahrheit ist: Die Zwillinge können mich nicht leiden.«

Hui, Lena bemüht sich, erstmal einzuordnen, was sie da gerade gehört hat. Ihr fällt nichts Besseres ein als: »Aber ich habe doch gerade noch das süße Video von euch gesehen. Sowas würden die Mädchen doch nicht machen, wenn sie dich nicht lieben würden.«

»Ich hab ihnen Schokolade gegeben.« Lulu klingt beschämt. »Für Schokolade tun sie alles. Und auf Instagram erzähle ich dauernd, wie schädlich Zucker ist und welche leckeren Nachtische man aus Rohkakao und Datteln zaubern kann. Die wollen aber keine Datteln. Kylie hat neulich alles auf den Boden gespuckt, mit voller Absicht. Und auf Instagram tue ich immer so, als hätten wir keinen Industriezucker im Haus, dabei habe ich haufenweise Schokoriegel und Gummibärchen hinten in einem Karton in der Speisekammer versteckt, weil ich selbst nicht davon loskomme.«

Lena kann das Lachen nicht zurückhalten. Lulu sieht sie verständnislos und verletzt an. »Was ist daran so lustig?«

Lena reißt sich zusammen: »Eigentlich nichts. Ich dachte nur, du wärst perfekt.«

Lulu nickt nachdenklich. »Ja, das dachte ich auch.«

»Alle Kinder wollen Schokolade. Und wenn du sie ihnen nicht gibst, fressen sie sich spätestens beim nächsten Kindergeburtstag damit voll. Das ist auch nicht schön, wenn sie sich dann bei anderen Leuten komplett danebenbenehmen. Und was dich angeht, ist doch nicht schlimm, wenn du ab und zu mal Schokolade isst.«

»Ich hab mir das alles ganz anders vorgestellt. Es war am Anfang wie im Märchen, als ich Phil im Fitnessstudio kennengelernt habe. Und ich sag's noch mal: Er hat mir wirklich erzählt, er sei schon getrennt.«

Lena zuckt mit den Schultern: »Ich glaube dir. Meine Schwester glaubt dir übrigens auch. Sie findet ja sowieso, dass das mit euch am Ende auch was Gutes hatte, weil Phil und sie überhaupt nicht zueinanderpassen.«

Was sie sagt, ist die Wahrheit. Nina hat schon oft erwähnt, wie dankbar sie dem Schicksal ist. Sie hätte nicht gedacht, dass Lulu die Sache so zu schaffen macht.

Gerührt sieht sie zu den Mädchen hinüber, die einträchtig mit Lulus sonst wilden Zwillingen Sandkuchen backen. Lulu folgt ihrem Blick und seufzt. »Ich schwöre dir, so lieb sind die erst, seit du hier bist.«

Lena lächelt. »Wir können das gerne öfter machen.«

Lulu nickt. Dann sieht sie Lena traurig an. Sie setzt ein paarmal an, etwas zu sagen, traut sich dann schließlich. »Ich habe gedacht, dass das mit der Kindererziehung mehr Spaß macht oder einfach besser klappt oder dass ich besser darin bin, aber ich bin absolut scheiße, wenn ich ehrlich bin. Ich hab keine Geduld mit ihnen. Und alle sagen, dass du darin so gut bist.«

»Ja? Ich? Wer sagt das denn?«

»Na Phil, ein paar Mütter und die Betreuerinnen in der Kita. Die sagen, deine Töchter sind so toll erzogen. Man merkt es ja auch, seit du hier bist, ist alles friedlich.«

Ein warmes, prickelndes Gefühl breitet sich in Lena aus. Sie ist immer davon ausgegangen, dass die meisten Mütter nicht mal wissen, wie sie heißt, geschweige denn dass sie überhaupt existiert.

Lena genießt das schöne Gefühl, das die Anerkennung in ihr auslöst. Wer hätte das gedacht?

Lulu steigen wieder Tränen in die Augen. »Offen gesagt bin ich ein bisschen neidisch auf dich. Ich bin einfach so erschöpft von allem. Und diese schrecklichen Lieder, die sie auf der Toniebox hören. Das Teufelsding läuft den ganzen Tag mit diesen idiotischen Texten zum Mitsingen. Ich hab früher mal coole Musik gehört, ich war *Rihanna*-Fan ... Mir platzt bald der Schädel.«

»Möchtest du vielleicht ein Stück Apfelkuchen mit extra viel Zucker? Ich habe zu Hause schon drei Stücke gegessen.«

Auf Lulus Gesicht deutet sich ein Lächeln an. Lena

holt die Tupperform, die sie vorhin auf dem Rasen abgestellt hat, lächelt Lulu an und lässt den Deckel aufschnappen.

»Oh, wow. Genau das brauche ich jetzt«, sagt Lulu, greift zu und nimmt einen riesigen Bissen.

Lena nimmt sich auch noch ein Stück. Dann sitzen beide da und kauen.

Nach einer Weile sagt Lena: »Ich glaube, ich kann dir das beibringen, wenn du willst.«

»Was genau?«

»Na, wie das mit den Kindern mehr Spaß macht.«

Lulu sieht sehr traurig aus, als sie sagt: »Das ist lieb, aber ich glaub ich kann das einfach nicht. Sie sind so laut und sie können nicht mal den kürzesten Weg normal laufen, sie müssen immer rennen. Den ganzen Tag poltert es im Haus. Wieso müssen Kinder immer rennen? Sie haben doch keine Termine oder so. Es würde viel mehr Sinn machen, wenn Phil immer rennen würde oder diese ganzen Vorstände.«

Lena muss lachen. Ihr war nicht klar, dass Lulu Humor hat. »Ich weiß es auch nicht. Vielleicht haben es die Kinder einfach eilig damit, die Welt zu entdecken? Sie haben keine Ahnung, wie kompliziert alles noch wird.«

»Ich bin heute Morgen um halb fünf aufgestanden und habe anderthalb Stunden Online-Pilates gemacht, bevor die Kinder wach geworden sind, sonst schaffe ich das ja nicht. Danach habe ich noch dreißig Minuten Atemübungen gemacht für mehr Achtsamkeit. Dann hat Skyler ins Bett gemacht und gebrüllt, bis Kylie ihr ein ganzes Büschel Haare ausgerissen hat. Ich dachte, Kinder wären liebere Menschen«, sagt Lulu und beißt in ihren Apfelkuchen.

»Na ja, das Dumme ist, Kinder sind auch Menschen«, bemerkt Lena mit vollem Mund. Gut, dass sie so viel Zucker verwendet hat. Die Apfelstückchen schmecken wie purer Kandis.

Lena realisiert in diesem Moment, wie lange sie schon nicht mehr stolz auf sich war. Sie will dieses Gefühl festhalten, sodass sie es jederzeit abrufen kann. Warum sprechen sie zu Hause nie darüber, dass sie das gut hinbekommt mit den Kindern? Denkt Flori, dass es ihr leichterfällt, weil sie eine Frau ist? Glaubt er, Kindererziehung sei eine Nebensache, die jede Frau einfach so hinbekommt?

Lena wünscht sich in diesem Moment, Flori hätte diesen Moment mit Lulu miterlebt, hätte begriffen, wie schwierig das alles ist und wie viel Mühe sie investiert.

Hat Flori eigentlich einen der Erziehungsratgeber gelesen, die sie vor der Geburt des ersten Kindes besorgt hatte? Hat er begriffen, dass Kindererziehung eine Aufgabe ist und kein weibliches Instinktverhalten?

Immerhin ist er der Einzige unter seinen Freunden, der sich auch mal einen Abend allein um seine Kinder kümmert. Phil oder Benedictas Mann, Dr. von Kloben, tun das nicht.

Als hätte Lulu ihre Gedanken gelesen, sagt sie: »Wenn Phil mal einen Abend oder länger allein ist mit dem Nachwuchs, kommt ein Babysitter oder seine Mutter reist an. War das mit den Kindern früher unkomplizierter?

Phil hat den Zwillingen neulich ein Puzzle mitgebracht. Da stand ganz groß drauf, dass es erst ab fünf ist. Soll ich das jetzt zwei Jahre lang in den Keller stellen? Für übernächstes Wochenende hat er sich zu einem Weinseminar angemeldet. Meinst du nicht, er sollte erstmal etwas über Dreijährige lernen als über einen beerigen Abgang?«

Lena weiß auch nicht so recht, was sie dazu sagen soll. Sie denkt nach. Dann beschließt sie, einfach ehrlich zu sein: »Flori spielt auch mit dem Gedanken, zu diesem Seminar zu fahren, und insgeheim ist mir das ganz recht. Ich stelle mir schon die ganze Zeit vor, wie gemütlich ich es mir zusammen mit den Mädchen machen werde. Offen gesagt, stört Flori oft dabei.«

Lena lässt ihre Worte nachhallen. Wenn man es so laut und deutlich hört, klingt es nicht gut. Wie sind sie überhaupt an diesen Punkt gekommen, dass da im Prinzip einer zu viel an Bord ist?

Plötzlich stehen Kylie und Carlotta neben ihr und sehen nicht besonders glücklich aus. Carlotta kuschelt sich an sie. »Was ist denn los, mein Mäuschen?«, fragt Lena besorgt.

»Mir ist langweilig.«

Na toll. Kylie stimmt ein: »Dürfen wir iPad gucken?« »Bitte!«, sagt Carlotta mit der kläglichsten Stimme der Welt. Jetzt muss Lena schnell handeln, sonst muss sie nachher mit zwei iPad-geschädigten, aufgekratzten Monstern nach Hause fahren.

Sie zuckt lässig mit den Schultern und sagt: »Na klar, macht das, aber dann habt ihr natürlich keine Zeit mehr, das große Schloss aufzubauen und alles zu schmücken und euch zu verkleiden.« Die Mädchen machen große Augen. »Du hast ein Schloss?«, fragt Kylie ungläubig. »Klar«, sagt Lena todernst. »Ihr müsst es nur aufbauen. Das ist alles da in den gestreiften Jutetaschen, aber ich weiß nicht, ob ihr die schon alleine tragen könnt.«

»Doch, doch, kann ich! Bitte, darf ich?«, quietscht

Carlotta begeistert dazwischen. »Ich will Verkleiden spielen.«

Lena tut so, als müsste sie darüber nachdenken, sagt dann schließlich: »Na gut, ihr dürft die Taschen nehmen und mit allem spielen, was da drin ist, aber nur, wenn die anderen beiden mitmachen dürfen, okay?« Die Mädchen nicken eifrig, schultern die beiden großen Taschen und ziehen ab Richtung Spielplatz. Lulu sieht ihnen hinterher und sagt dann zu Lena: »Wow. Ich muss echt zugeben, dass ich denen eben fast das iPad gegeben hätte. Was ist denn drin in den Taschen?« Lena grinst: »Ach, tonnenweise alte Bauklötze, ausrangierte Klamotten von meiner Mutter, alter billiger Schmuck, alles, was nicht mehr gebraucht wird. Manchmal schneide ich auch einfach eine Glitzerapplikation aus einem alten T-Shirt raus. Ich sammle es und lasse die Mädchen zu besonderen Gelegenheiten damit spielen. Sie lieben das.« Lena ist froh, dass sie daran gedacht hat, die Taschen mitzunehmen.

Lulu guckt beeindruckt: »Du bist echt der Hammer. Auf sowas komme ich überhaupt nicht. Danke!«

Lena hat eine Idee: »Hey, lass Phil doch zu dem blöden Seminar fahren und wir tun uns zusammen, darauf hätte ich Lust«, sagt sie.

Lulu scheint zu überlegen, nickt dann und lächelt Lena an: »Warum eigentlich nicht? Ja, das klingt toll und er ist sowieso unausstehlich, seit er mit seiner Kanzlei dieses komisches Compliance-Ding betreut.«

»Das Verfahren in Floris Firma? Das versteh ich nicht. Dafür haben sie doch so eine Riesenberaterfirma engagiert.«

»Ja, das stimmt schon, aber offenbar läuft die Sache

gerade etwas aus dem Ruder. Deshalb hat man Phils Kanzlei für eine inoffizielle Beratung hinzugezogen.«

Lena hat nicht die geringste Ahnung, wovon die Rede ist. Das beweist wieder einmal, wie wenig Flori zu Hause erzählt. Jetzt steht sie seinetwegen da wie eine Vollidiotin.

»Was meinst du mit inoffizieller Beratung? Wobei hilft Phil denn da genau? Hat er dabei auch mit Flori zu tun?«

Lulu rollt mit den Augen, scheint auch nicht gut auf dieses Verfahren zu sprechen zu sein. »Du, die drehen da alle durch. Flori, sein Kollege Cedric und deren Chef haben Phil damit beauftragt, sicherzustellen, dass die Verschwiegenheitsklausel, die alle Mitarbeiter in ihren Verträgen unterschrieben haben, auch eingehalten wird. Phil ist heute Morgen schon ganz früh los, weil irgendeine No-Name-Schauspielerin etwas über diese Sache auf Telegram gepostet hat und Ärger macht. Sie behauptet, dass ausgerechnet Hotte Günther sie belästigt haben soll, als hätte der das nötig. Der ist doch glücklich verheiratet. Wahrscheinlich will sie einfach einen Hype entfachen und bekannt werden.

Ich habe es mir gar nicht zu Ende angeguckt, es hat mich so genervt. Die kriegt jetzt natürlich erstmal Anwaltspost von Phil. Wenn sie gegen die Verschwiegenheitspflicht am Set verstoßen hat, muss sie bestimmt Strafe zahlen, vielleicht wird sie sogar verklagt. Für Floris Abteilung ist da wohl schon ein Budget freigeschaufelt worden, damit sie zusammen mit Phil für Ordnung sorgen können.«

Und wieder eine Neuigkeit, die sie gern zuerst von Flori erfahren hätte. Früher hat er sie immer aus dem Büro angerufen, wenn etwas Spannendes passiert ist, sogar ihren Rat eingeholt. Schließlich kennt sie sich auch ein wenig aus mit »strategischer Unternehmensplanung«. Heute teilt er gar nichts mehr mit ihr, aber wenn sie sich eine neue Jacke kaufen will, mischt er sich ein.

Das ist doch absurd.

»Gibt es da denn noch mehr Frauen? Und wie wollen sie die finden?«, fragt Lena, jetzt, wo Lulu sowieso schon gecheckt hat, dass Flori ihr nichts erzählt.

Lulu rollt wieder mit den Augen: »Ich sag's dir, ich bin ja schon lange Influencerin, aber es gibt einfach immer mehr Menschen, denen es einfach nur um Aufmerksamkeit geht. Damit nicht noch mehr Frauen anfangen, da Schaden anzurichten, hat Phil sich was ausgedacht. Da darf ich eigentlich gar nicht darüber sprechen.«

Lena sieht sie erwartungsvoll an. Es ist ziemlich klar, dass diese Information aus Lulu herauswill. Und da kommt sie auch schon: »Also, da gibt es einen Typen, der bei dieser Krimiserie von Hotte arbeitet, Arnold oder … warte … Ansgar, ja genau. Das ist der Produktionsleiter, bei ihm laufen alle Fäden zusammen, er ist quasi eins unter dem Produzenten und kriegt alles mit. Der weiß ganz genau, wer Ärger macht. Phil und er telefonieren alle paar Tage, dann kriegt Phil eine Liste mit Namen. Und die arbeitet Phil dann ab, schickt diesen Leuten möglichst scharfe Briefe, in denen er mit Klagen und Geldstrafen droht, wenn sie gegen den Vertrag und die Verschwiegenheitsverpflichtung verstoßen. Glaub mir, das ist das Einzige, was hilft.«

»Wow«, entfährt es Lena. »Das klingt ja, als wäre da der Teufel los!«

Lulu grinst und zuckt mit den Schultern. »Gut für unsere Männer. Die sind jetzt wichtig, auf die kommt's jetzt an. Ich hab Phil schon gesagt, dass für mich da aber mindestens drei Wochen Malediven fällig sind, wenn das vorbei ist, so wie ich ihm den Rücken freihalte.«

»Und was soll diese ganze Nummer mit dem Verfahren bringen? Wann ist das denn abgeschlossen?«, will Lena jetzt mal grundsätzlich wissen.

Lulu beugt sich vertrauensvoll zu ihr. »Phil meinte neulich, die hätten keine andere Wahl gehabt, weil es schon Gerüchte gab über eine große Zeitung, die an der Sache dran sein soll, und dann kann ja heute jeder so schnell über Social Media an die Öffentlichkeit. Ich weiß das aus meinem Job.«

Ob sie damit ihren Momfluencer-Account meint? Lena tippt mal darauf. Es ist ja in gewisser Weise auch ein Job. Lulu scheint Lenas fragenden Blick zu bemerken und schiebt hinterher: »Klar, ich verdiene noch nicht direkt Geld mit meinem Influencing, aber vielleicht irgendwann schon. Außerdem bekomme ich viele Produkte und Rabatte. Frag mich mal, wann ich das letzte Mal Geld für Hautpflege oder Schminke ausgegeben habe oder wir den vollen Preis für ein Hotelzimmer bezahlt haben!«

»Das heißt, die mussten das Compliance-Verfahren in die Wege leiten, weil sie tatsächlich massiv unter Druck stehen, und nicht aufgrund von Lappalien, die sich schon bald in Wohlgefallen auflösen?« So hatte Flori ihr das eines Abends relativ unwillig und knapp erklärt. Sie hatte sich durchaus über sein dünnes Nervenkostüm bei diesem Thema gewundert. Schon wieder beugt sich Lulu verschwörerisch vor. »Und jetzt verrate ich dir noch was: Phil hat da in dieser Compliance-Firma einen Maulwurf aufgetan, irgendeinen Typen, mit dem er zusammen studiert hat, ein Dr. sowieso. Das ist genial, oder?«

Lulu lächelt stolz.

Lena kocht innerlich vor Wut über die Sprachlosigkeit in ihrer Ehe. Dass Phil eine Plaudertasche ist, war ihr ja klar, trotzdem schneidet Flori im Vergleich zu ihrem Ex-Schwager schlecht ab.

Plötzlich denkt sie an den großen Tennisschläger, den ihr nach dem Tod ihres Vaters der Kindertherapeut in die Hand gedrückt hatte. Das Modell, mit dem Boris Becker Wimbledon gewonnen hatte. »Schlag damit einfach auf eine alte Matratze ein, sooft du willst!« Sie weiß noch, dass sie einfach dastand und die Arme hängen ließ und sich wie eine Versagerin fühlte.

Im Gegensatz zum damals besten Tennisspieler der Welt hatte Lena absolut nicht die geringste Ahnung davon, wie sie ihre Körperkraft einsetzen könnte. Wenn sie wütend war, wurde sie einfach nur steif. Sie kannte nur ein anderes Mädchen, die sich überhaupt mal geprügelt hatte, und die wurde von allen nur »Psycho-Tanja« genannt.

Heute bringt sie es immerhin fertig, ein mittelgroßes Grasbüschel auszureißen: »Meine Schwester arbeitet für diese Krimiserie von Hotte. Sie hat mir noch nie etwas davon erzählt, dass da merkwürdige Dinge vor sich gehen oder so. Ich verstehe das auch alles nicht. Das sind doch erwachsene Frauen, die sich da mit diesem Schauspieler eingelassen haben. Und selbst wenn er vielleicht ein bisschen aufdringlich war, warum haben sie sich nicht einfach direkt bei der Firma beschwert, so wie das jeder normale Mensch tun würde?«

Lulu seufzt schwermütig. »Ja, so würden du und ich das machen, aber ich sag's dir: Es gibt viel zu viele Menschen, leider auch Frauen, die alles, und damit meine ich wirklich alles, für ein bisschen Aufmerksamkeit tun würden. Die Welt ist krank. Diese Frauen machen alle ganz normal ihren Drehtag zu Ende und dann fällt ihnen Wochen später ein, dass sie belästigt wurden? Come on! Das ist doch einfach nur Quatsch und Schikane! Und damit zerstören sie dann eine ganze Firma? Die gute Nachricht ist aber, dass Phil sagt, dass es juristisch wahrscheinlich sowieso ganz dünn aussieht für die. Die müssen ja beweisen, dass da überhaupt irgendwas passiert ist. Und wieso gibt es niemanden, der das bezeugt, hm? Das passt doch von vorne bis hinten nicht. Phil sagt auch immer: Wo kommen wir denn da hin, wenn wir alle einfach mit dem Finger aufeinander zeigen dürfen und uns gegenseitig beschuldigen? Das hier ist ein Rechtsstaat.«

Lena nickt. Lulu hat ja so recht. Es tut gut, mal eine so klare Stimme zu dem Thema zu hören. Das scheint alles Sinn zu machen oder nicht?

»Ja, eben, wir haben hier in Deutschland immerhin die Unschuldsvermutung«, sagt sie bekräftigend.

»Du bringst es auf den Punkt«, sagt Lulu und lächelt sie mit ihrem perfekten Lächeln an.

Das fühlt sich einfach richtig gut an, zwei Freundinnen, die einander verstehen und unterstützen.

Dann fällt ihr wieder Lulus Kompliment von eben ein und ein warmes Gefühl im Bauch vertreibt den Unmut über Floris Verhalten.

Schluss jetzt mit den düsteren Gedanken, befiehlt sich Lena und lächelt Lulu an, die sie unvermutet mitten im Garten umarmt.

»Du bist so besonders, Lena. Und danke schon mal dafür, dass du mir bei der Kindersache hilfst. Ich bin so erleichtert. Die Zwillinge haben noch nicht ein Mal geheult, seit du hier bist. Du bist echt ein Engel, aber das weißt du ja, Süße!«

Nein, davon hatte Lena bis eben nicht die geringste Ahnung. Noch nie wurde sie von jemandem als Engel bezeichnet, nicht einmal, als sie als Kind zur Faschingszeit wirklich mal als einer verkleidet war. Mit ihrem mausbraunen Haar und dem alten Nachthemd ihrer Mutter war sie von allen für ein Gespenst gehalten worden.

Eigentlich ist Lena die ganze Zeit davon ausgegangen, dass nur sie von Lulu profitieren kann, nicht im Traum wäre sie darauf gekommen, dass es sogar gegenseitig sein könnte. Zum ersten Mal seit vielen Jahren hat sie jetzt das Gefühl, dass jemand sich etwas von ihr erhofft. Das letzte Mal könnte vor der Hochzeit gewesen sein, obwohl ja eigentlich sie bei der ganzen Sache die treibende Kraft war, wenn man mal ehrlich ist.

Hartnäckig hatte sie immer wieder darauf hinweisen müssen, dass sie eine Frau zum Heiraten war, bis Flori endlich kapierte, was zu tun war, und ihr einen Antrag machte.

Die Situation mit Lulu ist ganz anders. Hier werden sie und ihre Expertise wirklich gebraucht, ohne dass sie etwas dazugetan hätte.

Es ist von ganz allein passiert.

Jetzt ist sie diejenige, auf die Lulu schaut, und das auch noch aus einem Grund, an den Lena gar nicht gedacht hat.

»Weißt du, was mein Trick ist beim Spielen?«

Lulu sieht auf: »Nein, was?«

»Ich versuche mich daran zu erinnern, wie ich selbst gespielt habe, wie wichtig das für mich war, diesen einen gelben Duplostein auf den grünen zu klicken, wie zufrieden ich war, wenn ich in meiner Spielecke sitzen und vor mich hin werkeln durfte. Wenn ich mich daran erinnere, geht es von ganz allein. Ich denke an nichts, ich hinterfrage nichts und ich habe Spaß daran, sodass es völlig egal ist, was am Ende dabei herauskommt.«

Lulu seufzt. »Wenn man es so sieht, klingt es richtig erholsam.«

Lena nickt. »Das Interessante daran ist, dass die Kinder sich dann auch wohler fühlen, wenn man einfach nichts von ihnen will.«

Lulu nickt. »Das klingt richtig schön. Danke, dass du gekommen bist.«

Lena spürt, wie sich auf ihrem Gesicht ein breites und glückliches Lächeln abzeichnet. Sie betrachtet Ninas alten Rosengarten, ein leichtes Lüftchen weht ihr entgegen und sie fühlt sich zum ersten Mal seit Langem gut, sogar richtig gut.

Make it go away

Flori

Das sagt sich immer so leicht, dass man berufliche Hindernisse stets kompromiss- und gnadenlos aus dem Weg räumen soll, aber so einfach ist das eben meistens nicht.

Flori sitzt seit heute früh zusammen mit Cedric an der Geschichte mit den Frauen und telefoniert im Zwanzig-Minuten-Takt mit Phil. Natürlich war das eine gute Idee von Phil, schon mal die Briefe an die betreffenden Unruhestifterinnen zu schicken, aber die ganze Sache scheint plötzlich eine gewisse Eigendynamik zu entwickeln. Kaum hat man ein Problem beim Schopf gepackt und es halbwegs beseitigt, taucht bereits das nächste auf.

Die gute Nachricht ist, dass die Briefe, die Phil aufgesetzt hat, ihre Wirkung nicht zu verfehlen scheinen. Es ist doch immer wieder verwunderlich, welchen Eindruck der Briefkopf einer angesehenen Kanzlei in Kombination mit einer freundlichen Erinnerung an die in jedem Schauspielervertrag enthaltene Verschwiegenheitsklausel macht. Verständlich dabei ist natürlich, dass niemand Lust darauf hat, von einem riesigen Medienkonzern verklagt zu werden, vom finanziellen Aufwand mal ganz zu schweigen. Was diese Frauen eigentlich wollen, ist ohnehin relativ unklar. Warum begreifen sie nicht, dass sie im schlimmsten Fall mit ihren Vorwürfen die Existenz des gesamten Konzerns gefährden könnten? Dreitausend Mitarbeiter würden auf der Straße landen, alle Projekte würden eingestampft. Wem wäre denn bitte damit geholfen?

Durch blinde Wut könnte ein erheblicher Teil der Medienbranche ausgelöscht werden. Und wofür? Nur weil da ein paar erwachsene und mündige Menschen ihre Finger nicht bei sich behalten konnten? Was genau passiert ist, kann Flori den Unterlagen nicht entnehmen, aber was diese heillos überschminkte Möchtegernschauspielerin da ins Internet gestellt hat, klingt so aufgeregt und wirr, dass einem normalen Menschen einfach jegliches Verständnis fehlen muss. Als wäre das überhaupt möglich, dass an einem Filmset vor aller Augen irgendwelchen Frauen unter den Rock oder an den Busen gegriffen wird, besonders in der heutigen Zeit, wo man ja nicht mal mehr ein normales Kompliment machen darf. Kann sich jetzt einfach jeder hinstellen und in aller Öffentlichkeit absurdeste Vorwürfe formulieren, um damit ein ganzes Unternehmen in den Abgrund zu stoßen? Wo fängt das an, wo hört das auf?

Wie stellt sich der Vorstand eigentlich vor, wie man das alles kontrollieren soll? Und wie können sie sichergehen, dass sie unter Druck jetzt nicht einen Fehler nach dem nächsten machen? Wer weiß, ob nicht doch eine dieser Frauen verrückt genug ist, auf Drohungen der Firma zu scheißen? Dann sind sie geliefert.

Schon seit heute früh um fünf hatte Flori wachgelegen. Ihn hatte ein drängendes Thema beschäftigt: Was wäre, wenn jemand herausfände, dass bis jetzt nur die Frauen Briefe erhalten haben, die bereits eine Aussage im Büro der Compliance-Officer gemacht haben? Und wie lange dauert es dann noch, bis erstens dieser schmierige Ansgar als Maulwurf enttarnt wird und infolgedessen Flori und Cedric schneller, als sie das Wort Compliance aussprechen können, rausfliegen? Mittlerweile hat sich schon bis zu Cedric und ihm herumgesprochen, dass eine der als seriös geltenden großen Zeitungen bereits recherchiert. Als hätten diese ganzen Schmierenjournalisten nichts anderes zu tun, als ausgerechnet in der derzeitigen Wirtschaftslage eines ihrer besten Pferde anzuschießen! Und dann wird auch noch mit unfairen Mitteln im Verborgenen gekämpft. Niemand weiß, wer an dieser Recherche sitzt, keiner kennt Namen. Ein Gerücht kursiert, demzufolge es sich um eine Journalistin handelt, die bereits einige Artikel zu MeToo veröffentlicht hat. Weiblich würde ja auch Sinn machen bei dem Thema.

Cedric, der das schicke gläserne Eckbüro neben Flori hat, sitzt schon seit Stunden auf Floris hellbeigem Besucherstuhl und versucht gemeinsam mit ihm die nächsten Schritte zu besprechen.

»Wir müssen einfach allen Schauspielern, die bei uns beschäftigt waren, dieses Schreiben zukommen lassen, dann sieht es nicht so nach Absicht aus«, sagt Cedric und spricht damit ja keinen dummen Gedanken aus, aber an eines hat er nicht gedacht: »Was heißt allen Schauspielern? Weißt du, wie viele das waren in allen Serienstaffeln?«

»Nein, aber sonst wirkt es doch irgendwie verdächtig,

findest du nicht?« Damit führt er wieder Floris Argument von heute Morgen an. Sie drehen sich im Kreis. Flori raucht langsam der Kopf, und ob es ihm passt oder nicht, es ist seine Aufgabe, das Budget im Blick zu behalten.

»Toll, Cedric, hast du dir mal überlegt, was das kostet, wenn wir jetzt allen dieses Ding schicken? Phil kommt uns da sicher entgegen, aber trotzdem!«

»Was ist denn, wenn wir den Brief nur an die Frauen schicken? Das reduziert die Kosten doch schon mal vielleicht um die Hälfte.«

Flori nickt nachdenklich. Das ist unter Umständen gar keine so schlechte Idee. Sie würden dabei sogar weit mehr als die Hälfte einsparen. Die meisten Rollen in der Krimiserie werden von Männern gespielt. Die meisten Verbrecher, die in der Serie gejagt werden, sind Männer, und auf dem fiktiven Revier arbeitet nur eine durchgehende weibliche Rolle. Dazu kommt pro Serienfolge wahrscheinlich maximal eine weibliche Gastrolle auf vier männliche.

Die Sache hat nur einen Haken: »Wenn aber rauskommt, dass wir nur die Frauen anschreiben, machen wir uns noch verdächtiger. Wie verargumentieren wir das? So können wir einfach sagen, dass es eine Vorsichtsmaßnahme zum Schutz des Unternehmens ist und dass das ja nur eine Art Rundschreiben für alle Mitarbeiter ist, fast eine Formsache, damit keine Unruhe entsteht.«

Cedric bläst angestrengt Luft aus: »Ja, du hast recht, wenn es nur die Frauen kriegen, sieht es komisch aus. Und damit wären wir wieder beim Geldthema. Das Budget reicht nicht für alle und wer weiß, was noch auf uns zukommt. Der Vorstand stellt sich das alles viel zu einfach vor.«

Flori hat seit Wochen nicht mehr gut geschlafen, die ganze Sache wächst ihm allmählich über den Kopf. Auch, dass man ausgerechnet ihn mit dieser leidigen Aufgabe betraut hat, macht ihn langsam wütend. Eigentlich sollte er sich gemeinsam mit Cedric in die strategische Unternehmensplanung stürzen, aber davon war schon ziemlich lange nicht mehr die Rede. Die obere Riege legt einfach nur diese »Make it go away«-Mentalität an den Tag und scheint keinerlei Lust darauf zu haben, sich mit den kleinteiligen Zwischenschritten zu beschäftigen, die jetzt Cedric und ihm am Bein hängen.

Schon als es ans Unterschreiben von Phils Brief ging, hat es ein relativ unwürdiges Hin und Her gegeben, bei dem sich einfach niemand aus den oberen Etagen bereitfinden wollte, mit seinem Namen zu unterschreiben.

Die Verantwortung für die notwendige Maßnahme hatten sich alle wie eine heiße Kartoffel zugeworfen. Die Konzern-Geschäftsführung hatte verlauten lassen, dies sei eine rein juristische Angelegenheit, die hauseigene Rechtsabteilung verwies daraufhin auf die externe Kanzlei, sodass am Ende einzig und allein Phil mit seiner Firma auf dem Papier stand.

Wenn das hier schieflief, müsste ein Schuldiger gefunden werden, das war allen sonnenklar.

Vor ein paar Monaten hat Flori noch selbstbewusst den Vertrag für das Berliner Reihenhäuschen unterschrieben und sich zusammen mit Lena den Sommer im dazugehörigen kleinen Garten ausgemalt. Jetzt scheint die Sonne und er sitzt stattdessen tagtäglich mit Cedric in seinem stickigen Büro, um die Suppe der anderen auszulöffeln.

Wenn am Ende er dafür mit seinem Job bezahlt, ist

das nicht nur ungerecht, sondern umgehend existenzgefährdend, zumindest was die Existenz betrifft, die Flori sich mal vorgestellt hatte. Da hieße es dann vom Reihenhaus zurück in eine enge Wohnung, die Kinder raus aus der privaten Kita, und an Weinseminare oder Golf wäre ohnehin nicht mehr zu denken. Zu allem Überfluss scheint seine bisher eigentlich reibungslose Ehe langsam aus dem Ruder zu laufen. Warum hat Lena in sein Handy geguckt? Glaubt sie im Ernst, er hat mit zwei kleinen Kindern und der mittelmäßig gelaunten Partnerin zu Hause noch Lust auf eine weitere Frau in seinem Leben? Auch grundsätzlich versteht er Lenas Vertrauensbruch als Angriff auf seine Integrität. Er gehört eben nicht zu dieser Art Männer, die scharf auf eine Praktikantin sind, daraufhin eine sinnlose Affäre anzetteln, am besten noch in einem der Businesshotels, in denen alle führenden Konzernmitarbeiter Rabatte bekommen.

Natürlich hat es in Floris und Lenas Sexleben auch mal aufregendere Phasen gegeben, aber ist das nicht normal nach so langer Zeit? Klar, so wie in Italien ist es leider nie wieder gewesen. Da hatte Lena eine Enthemmtheit an den Tag gelegt, die Flori zuvor bei ihr noch nie erlebt hatte. Aber wer sagt denn, dass es nicht eines Tages noch mal so sein kann? Wie auf Kommando fällt ihm jetzt der letzte, etwas missratene Sex mit seiner Frau ein. Angesichts der Situation in der Firma ist es ohnehin ein Wunder, dass Flori an jenem Abend überhaupt eine Erektion zustandegebracht hatte. Die mechanisch quietschenden Bettfedern und Lenas verunsicherter Blick hatten ihm dann den Rest gegeben. Und dann hatte er etwas getan, was in seinem Leben noch nie notwendig gewesen war und wofür er sich immer noch abgrundtief schämt: Er hatte seinen Orgasmus vorgetäuscht, einfach um dem unwürdigen Geruckel endlich den Stecker zu ziehen.

Er hofft nun inständig, dass Lena keinen Verdacht geschöpft hat. Zwar hat er sie aus Pflichtgefühl, aber auch aus tiefer Liebe heraus geheiratet. Sie war nicht wie die Frauen der anderen Männer. Lena war keine von diesen gebotoxten Idiotinnen, die den ganzen Tag in Yogaklamotten herumliefen. Dafür war sie einfach zu klug und ruhte zu sehr in sich selbst. Auch als Mutter stach sie gleich beim ersten Kind mit ihrem sicheren Gespür, was die Erziehung betraf, aus allen heraus. Flori war immer klar, dass sie die einzig richtige Frau für ihn war, die einzige, mit der er sich vorstellen konnte, eine Familie zu gründen. Lenas Aufgabe sind die Mädchen und seine ist es, dafür Sorge zu tragen, dass es ihnen an nichts fehlt. Der Gedanke daran, dass sie alles verlieren könnten, durch seine Schuld, lässt ihn nachts wachliegen. Das hat Lena, das haben die Mädchen in keinster Weise verdient. Nein, er muss jetzt kämpfen, denn nun geht es um alles oder nichts.

»Ich spreche mit Phil. Wir schicken die Briefe an alle raus. Ich kümmere mich darum«, verkündet er Cedric mit fester Stimme.

Vorsicht: Idiot

David

Alles an diesem Tag fühlt sich schwer an. Der Kopf schmerzt, als Jasper morgens mit den Einkäufen vom Großmarkt kommt. »Kann es sein, dass ich kein Talent habe für den Umgang mit tieferen Emotionen?«, fragt sich David, als er nach verdammt wenig Schlaf in der Küche der Tagesbar steht. Aber wo ist da die Lösung, wo ist seine Lösung? Einfach Finger weg von Gefühlen? Soll er vielleicht ein T-Shirt mit einer Warnung darauf tragen: »Vorsicht: Idiot – Bitte nicht verlieben«? Vielleicht ist es an der Zeit, einzusehen, dass es gewisse Dinge im Leben gibt, die einfach nicht für ihn bestimmt sind.

Vielleicht liegt es an der Lieblosigkeit, mit der er aufgewachsen ist, aber ist das nicht ein wenig peinlich, als erwachsener Mann alle seine Fehler an der Kindheit festzumachen?

David schiebt ein Blech Brioche in den Ofen und macht sich an die Vorbereitung der Burger, mixt Hack mit verschiedenen Gewürzen und brät einen Testburger für Jasper und sich zum Frühstück.

»Alter, du hast echt 'ne Gabe!«, stöhnt sein Freund, als er den ersten Bissen zerkaut.

»Genieß es, ist leider meine einzige«, entgegnet David, immer noch düster gestimmt.

»Oh, là, là, ich sehe die dunkle Wolke, die dich umhüllt, mein Lieber«, sagt Jasper kauend. Darauf folgt das übliche Gespräch, in dem sich beide Freunde gegenseitig versichern, dass sie eben ihre »lebenslange Pseudobeziehung« füreinander seien und dass das doch »auch irgendwie reichen« müsse. Dieses Mal ist es nur schwerer zu akzeptieren als sonst. Das Scheißgefühl von heute Morgen verschwindet einfach nicht. Nichts, was mit Nina zu tun hat, ist einfach. Es scheint immer wieder gute Gründe zu geben, die gegen sie sprechen. Soll Liebe nicht eigentlich Spaß machen, wenn das überhaupt Liebe ist? Gut fühlt es sich auf jeden Fall nicht an, jemandem so ausgeliefert zu sein, plötzlich so roh und empfindlich sein zu müssen. Er kann sich gar nicht genau daran erinnern, wer gestern zuerst zum großen Schlag ausgeholt hat. Eigentlich war sie es doch, die ihm gesagt hat, dass sie keinen Platz für ihn hat. Aber hat er das Ganze vielleicht auch unbewusst dort hingesteuert? Wie sind sie überhaupt darauf gekommen? Und dann noch dieses unsagbar peinliche Gespräch über die erste Liebe und seine plötzlich aufflammende Eifersucht wegen dieses Franzosen. Er konnte sich heute Morgen gar nicht entscheiden, welches miese Gefühl er zuerst fühlen sollte: die Scham über seine offensichtliche Eifersucht auf einen Jungen aus der neunten Klasse oder seine latent patzige Gesprächsführung, nur um dann noch mal anzurufen und aus lauter Hilflosigkeit seine Tageskarte herunterzurattern.

Liegt es daran, dass Nina älter ist als er, dass er in ihrer Gegenwart regelmäßig seine Sicherheit und damit auch die Kontrolle verliert? Mit welcher Wucht diese Gefühle auf ihn eindreschen, das ist ungewohnt, das kann nicht gut sein. Selbst Jasper erkennt ihn nicht mehr wieder. Und beide verstehen sie nicht, wie sich diese Frau verhält. Mal will sie ihn sehen, obwohl natürlich ausschließlich er alle Treffen initiiert hat, mal verschließt sie sich und stößt ihn weg, so wie gestern. Natürlich hat er damals den Armreif auf dem Sitz liegen sehen und selbstverständlich hat er nichts gesagt. Wenn er in ihrer Nähe ist, brennt er lichterloh, jeder Blick, jede ihrer Berührungen fühlt sich an, als würde ihn da jemand bis auf die Knochen durchschauen. Er hat in jeder Sekunde Angst, die Zeit mit ihr zu genießen, weil er weiß, dass sie sich danach sofort wieder entziehen wird. Dann kommt er morgens fast nicht aus dem Bett, dann wandert er ziellos durch die Straßen, dann wünscht er sich die Unkompliziertheit herbei, die er zum Beispiel mit Jojo hatte.

Jasper erinnert ihn an eine Doku, die sie neulich verkatert zusammen gesehen haben. Da ging es um Tauben, die eine Futtertaste drücken konnten. Die eine Gruppe Tauben bekam immer Futter, wenn die Taste gedrückt wurde, die andere nie und die dritte bekam mal Futter, mal nicht, ganz ohne nachvollziehbare Taktung. Das Interessante war, dass nur die letzte Gruppe ein ausgeprägtes Suchtverhalten zeigte.

Jasper spült den Restburger mit einem Schluck Bier herunter, was man um kurz vor zwölf zumindest als Mittagsbier bezeichnen kann. »Intermittierende Verstärkung, erinnere dich! Du gehörst gerade zur dritten Taubengruppe. Du hämmerst wie blöd auf die Taste und diese Frau gibt dir nur dann was, wenn es ihr gerade passt. Ich erkenne dich nicht mehr wieder. Du hast doch sonst immer die Oberhand, und jetzt hängst du hier wie ein Schluck Wasser in der Kurve.«

David weiß, dass sein Freund recht hat. Er hat sich ihr ausgeliefert. Warum ausgerechnet ihr? Warum nicht schon vorher einer anderen? Und ohne dass er es will, sieht er sie vor sich, ihre weiche Haut, ihre unergründlichen Augen, ihre Brüste, ihren Mund, der leicht geöffnet ist, wenn er mit ihr schläft. Wie immer, wenn er an sie denkt, verspürt er einen Stich und den Schmerz darüber, dass er sie einfach nicht zu fassen bekommt, dass diese Sache zum Scheitern verurteilt ist, und er weiß nicht mal, warum.

Jasper erinnert ihn daran, während er den riesigen Herd reinigt und David mit dem Einkochen des Chutneys beginnt.

»Das bringt einfach nichts. Sie sagt dir immer wieder, dass sie nicht will, oder benimmt sich komisch. Schon an eurem ersten Morgen, als sie dir erst ihr Alter entgegengeschleudert hat und dich dann gar nicht schnell genug aus der Wohnung haben konnte. Und du weißt, am Anfang war ich voll dabei, ich war ein Fan, aber jetzt? Guck dich mal an.«

»Nach der ersten Nacht war ich aber auch komisch. Ich weiß, dass sie mir angesehen hat, dass ich ziemlich überrascht über ihr Alter war. Vielleicht war es ihr einfach unangenehm?«

Jasper schüttelt den Kopf und knallt ein Tablett mit geschnittenen Pilzen auf die Ablage. »Hey, ich sag's echt ungern, aber du klingst, als hättest du das Stockholm-Syndrom. Ich weiß ja, dass es hart ist, aber die hat das Ganze wahrscheinlich aus anderen Gründen als du gemacht. Wake up! Da draußen laufen viele ältere Frauen rum, die gut aussehen und mit jungen Typen ins Bett wollen. Da ist doch auch ’n tolles Kompliment, sieh es doch mal so!«

David sagt nichts dazu. Alles an dieser Aussage fühlt sich falsch an, aber ja eben vielleicht auch nur, weil er es nicht so haben will.

Dafür scheint Jasper in Fahrt zu kommen: »Guck, manchmal sind die Dinge ganz einfach: Eine Frau will dich oder sie will dich nicht. Es ist nicht so kompliziert. Wo ist der Spaß hin bei dir? Wann waren wir das letzte Mal zusammen unterwegs? Willst du wirklich so weitermachen? Denk dran, wie es dir schon mal ging. Ich meine das als Freund. Das ist alles nicht gut.«

David nickt. Er weiß, dass Jasper wahrscheinlich recht hat. Der Witz ist, dass es David seit der Sache mit dem Kind immer leichtgefallen ist, sich zu verabschieden, immer und bei jeder Frau. Was stimmt nicht mit ihm, dass es ihm jetzt so schwerfällt, dass jedes blödsinnige Argument, jede Rechtfertigung willkommen ist?

Und schon macht er genauso weiter. »Vielleicht werde ich ja erwachsen und verpisse mich nicht mehr beim kleinsten Problem? Könnte ja auch sein?«

Jasper stöhnt angestrengt. »Nicht dein Ernst! Hör dir doch mal zu! Und bitte erinnere dich zum Beispiel mal an den letzten Sommer, wo wir gesagt haben, dass wir genau so leben wollen. Wir wollten vor allem Spaß haben! Und wo ist das hin? Irgendwo da drin steckst du noch, ich weiß es!« Bei den letzten Worten tippt Jasper ihm gegen die Brust und sieht ihn ernst an.

David muss lachen. »Ist ja gut, ist ja gut, der lustige Onkel kommt wieder zurück, versprochen, okay?«

»So will ich dich hören! Na also, da ist er ja!« Jasper klopft ihm freundschaftlich auf den Rücken.

Ganz so sicher ist David sich nicht mit dem lustigen Spaßonkel. Das Gefühl, das er gerade im Magen hat, behauptet auf jeden Fall das Gegenteil. David versucht, sich daran zu erinnern, wie unbeschwert er damals gewesen ist, wie unkompliziert zum Beispiel die Geschichte mit Jojo war.

Ist es vielleicht so im Leben, dass es gar nicht so gut ist, mit den Menschen zusammen zu sein, die man wirklich liebt? Sollte man sich nicht vielleicht lieber jemanden suchen, mit dem man einfach Spaß hat? Ist das am Ende der bessere Weg? Fest steht, dass zu viel Liebe unglücklich macht, dass zu viel Angriffsfläche einen verwundbar macht, und ganz sicher ist, dass dieses »zu viel« sich nicht gut anfühlt.

Vielleicht hat man aber auch einfach die Wahl, entweder derjenige zu sein, der mehr liebt und deswegen auch mehr leidet, oder auf der anderen Seite zu stehen und einfach dieses wichtige kleine bisschen weniger zu empfinden. So war das damals mit Jojo. Es war schön für ihn und er wusste, dass er nie verletzt werden konnte.

Ist er es sich nicht selbst schuldig, sich in Sicherheit zu bringen? Man sagt ja: Das Herz will, was das Herz will.

Aber in seinem Fall führt der Weg offenbar direkt in den Abgrund. Wie lange soll das noch so gehen? Wenn er so weitermacht, kann er sich wahrscheinlich irgendwann aus kleinen Einzelteilen mühselig wieder zusammensetzen. David muss ein wenig über seinen Hang zur Dramatik grinsen. Was ist denn schon passiert? Er hat was mit einer Frau angefangen, die sehr gerne ein paarmal mit ihm schlafen wollte und das jetzt nicht mehr will. Das kann ja nicht so schwer zu akzeptieren sein. Als hätte er seine Gedanken gelesen, klopft Jasper ihm noch mal auf die Schulter und sagt lachend: »Ich bin ja auch ein bisschen stolz auf dich, du so als Sexsymbol der Milfs, du so das Objekt der Begierde aller älteren Ladys. Ich meine: Wow! Ich krieg ja noch nicht mal eine in meinem Alter dazu, mit mir zu schlafen, also: Respekt!«

»Tja, ich bin eben unwiderstehlich. Pass bloß auf, wenn ich dich ein Mal anfasse, bist du mir verfallen! Komm her, Kleiner!«

Und schon ist David mit einem Satz bei Jasper, der Reißaus nimmt und schreiend durch die Küche in den Gastraum rennt. Dort öffnet sich plötzlich die Tür und unvermuteter Besuch erscheint: »Na, ihr Pappnasen, was geht ab?«, fragt Jojo und fällt Jasper und David gut gelaunt um den Hals.

»Was machst du hier? Schön, dich zu sehen!«, sagt David und freut sich wirklich.

»Na, ich war hier so in der Gegend«, sagt sie in einem Tonfall, der offenlegt, dass es nicht stimmt. David wundert sich, wieso Jasper so schnell wieder in die Küche verschwindet, dann sieht er wieder zu Jojo, die sich eine Strähne aus dem Gesicht streicht.

David betrachtet sie: »Ist das mein T-Shirt? Du hast mein T-Shirt an!«

»Ich weiß. Du wolltest es doch eigentlich abholen«, entgegnet sie lächelnd.

David muss lachen. So war Jojo schon immer: direkt, selbstbewusst und herausfordernd. Ihre Klarheit erstaunt ihn immer wieder aufs Neue.

Nina

Nie werde ich den heutigen Morgen vergessen, an dem sich einer der glücklichsten Momente meines Lebens ereignet hat. Ich sitze, mittlerweile etwas in mich zusammengesunken, vor dem Krankenbett, als mich plötzlich etwas am Finger kitzelt. Ich mache mit geschlossenen Augen eine wegwerfende Bewegung, will mein Nickerchen durch nichts unterbrechen lassen. Da kitzelt mich diese lästige Fliege wieder und wieder, bis ich vollends aufwache und auf meine Hand blicke. Dort sehe ich, wie sich eine andere Hand um meine Finger schließt: die Hand meiner Mutter, meiner Mutter, die mich ansieht und mit fröhlicher Stimme sagt: »Ich habe Hunger!«, und: »Hast du mir Burger gemacht?«

Das Herz zerspringt mir fast vor Freude darüber, dass meine Mutter sich langsam aufrichtet, mich vorwurfsvoll ansieht und mich immer wieder dazu auffordert, mir doch endlich den Burger zu holen, den ihr ein netter Herr gebraten habe.

Ich sage: »Ich schwöre dir, hier ist weder ein Herr noch ein Burger!«

Sie entgegnet, dass sie das doch ganz genau gehört habe. Spätestens als sie die Zutaten des Burgers aufzählt und das Wort »Brioche« sagt, ist mir klar, dass David und ich ihr diesen Floh ins Ohr gesetzt haben. Das, was mich von allem ablenken sollte, hat meine Mutter zum Leben erweckt. Irgendwie ist das lustig.

Ich klingele nach dem Pfleger, der sofort begreift, was Sache ist, als er zur Tür hereinkommt. »Na, sind wir denn schon wieder wach und aufmüpfig? Und wie fit Sie wieder aussehen!«, ruft er meiner Mutter freudig entgegen.

Er lächelt mich warmherzig an und ich bin unendlich erleichtert, dass meine Mutter mir doch noch eine Weile erhalten bleibt. Zumindest ergeben das die ersten Checks, die die schon wieder relativ muntere Patientin widerwillig über sich ergehen lässt, wobei sie immer wieder sagt: »Jetzt ist aber auch mal gut. Ich spüre doch, dass ich genug Sauerstoff habe. Wenn Sie mir noch mal das Dingsda an den Finger stecken, halte ich das für einen Heiratsantrag!«

»Was ist denn jetzt mit dem Burger?«, fragt sie mich noch mal, bevor ein heftiger Hustenanfall ihren Körper durchschüttelt. Ich klopfe ihr vorsichtig auf den Rücken und sage leise: »Du bekommst ihn, okay? Ich verspreche es dir. Jetzt kommen erstmal Marie und Ben vorbei, ich habe ihnen eben geschrieben. Jetzt wird alles gut, Mama.«

Das sage ich und meine es auch so.

Heute Nacht habe ich einen Vorgeschmack auf den Schmerz bekommen, den ich spüren werde, wenn meine Mutter mir eines Tages ganz genommen wird. Ich schwöre, dass ich die Zeit, die Jahre, die uns hoffentlich noch bleiben, in einem anderen Geist bestreiten werde.

Wenn es nötig wird, werde ich bei ihr einziehen, ich werde für sie da sein und ich werde die ganze unselige Vergangenheit hinter mir lassen. Heute Morgen wurde mir eine zweite Chance geschenkt, die ich nicht vergeuden will.

»Schön, dass du wieder da bist, Mama!«, sage ich zu ihr, beuge mich über ihren schmächtigen Vogelkörper und schließe sie in meine Arme. Ich spüre, wie sie sich an mir festhält und sich an mich drückt. »Danke, mein Mädchen«, sagt sie leise, bis wir uns beide mit einer Träne im Augenwinkel wieder voneinander lösen.

Die gute Nachricht bei der ganzen Sache ist, dass ich völlig unabhängig bin. Ich bin ungebunden und frei wie ein Vogel. Na gut, ich bin nicht mehr so sportlich wie früher, aber zumindest so fit wie ein Huhn.

Das Leben hält jetzt eine Aufgabe für mich bereit, meine Mutter braucht mich.

Mir fällt ein, dass ich mich jetzt endlich bei Lena melden muss. Ein wenig merkwürdig finde ich es aber auch, dass sie nichts hat von sich hören lassen. Ich schreibe ihr: »Mama ist putzmunter. Komm gerne. Ben und Marie sind dann wahrscheinlich auch da, aber ich muss ins Büro.«

Ich schicke die Nachricht ab, sehe, wie die drei Punkte auftauchen, die bedeuten, dass sie gerade schreibt, dann verschwinden die Punkte wieder. Und dann piept es doch. Sie hat schon wieder ein »Daumen hoch«-Emoji geschickt. Das wird langsam zur schlechten Angewohnheit.

Ich lege das Handy weg: »Soll ich dir einen schönen Tee holen, Mama?«, frage ich und streichele ihre Hand. Sie lächelt: »Gerne, Mäuschen, und wenn du noch ein Glas

Rotwein in die Kanne gießen könntest, wäre das besonders schön.« »Geht klar, bis gleich!«, witzele ich und verlasse das Zimmer.

Auf dem Gang laufe ich meinen Kindern in die Arme, denen ich vor Freude um den Hals falle. »Sie ist übern Berg«, rufe ich fröhlich. Ben und Marie freuen sich genauso wie ich und helfen mir dabei, die Teeküche zu finden.

»Musst du nicht ins Büro? Du siehst allerdings ganz schön müde aus«, bemerkt Marie besorgt.

Natürlich muss ich ins Büro.

Als wir zurück im Zimmer sind, umarme ich meine Mutter zum Abschied ganz fest und breche auf.

Zeynep schreibe ich schon von unterwegs die guten Nachrichten, worauf sie antwortet: »Heute denken wir mal nur daran und an nichts anderes! Heute ist dein Freudentag!«

Recht hat sie.

Nichtsdestotrotz beginne ich, sobald ich in unserem Büro angekommen bin und die Tür hinter mir geschlossen habe, sofort damit, das Gespräch mit David zu schildern. »Tja, ich denke, jetzt ist es wohl endgültig vorbei«, schließe ich und ruckele unruhig auf meinem unbequemen Stuhl hin und her, dessen Lehne sich schon seit Ewigkeiten nicht mehr verstellen lässt.

Zeynep sieht mich mit einer hochgezogenen Augenbraue an, geht zum Fenster, steckt sich eine Zigarette an und raucht nach draußen. Sie sieht mich forschend an: »Aha. Und wer von euch hat das jetzt beendet? Dieses Telefongespräch klingt superwirr. Ich verstehe gar nichts.«

Eigentlich ist Zeynep sonst nicht so begriffsstutzig. Das habe ich doch gerade ganz klar geschildert, aber dann mache ich das eben noch mal. »Im Prinzip war ich das, die gesagt hat, mir wäre das alles zu viel, aber dann war er ja so komisch bei der Geschichte mit dem Franzosen, und dann hat er ja gesagt, dass er sich gar nicht verlieben kann. Und damit hat sich alles erledigt.«

»Soso, kann er nicht, ist klar«, sagt Zeynep in einem Ton, der mich zu nerven beginnt.

Ich beschließe, mich davon nicht beirren zu lassen. »Weißt du, das Beste daran, dass ich jetzt alles geklärt habe, ist: Ich muss mich nicht mit diesem ›Nie wieder‹-Gefühl beschäftigen, das ist gar nicht nötig. Wir können einfach Freunde sein. Alles andere haben wir hinter uns gelassen.

Gleich heute Abend nach der Arbeit werde ich ganz locker flockig bei David im Sandwichladen vorbeischauen, diesen Burger für meine Mutter besorgen und mich einfach nett mit ihm über das Leben unterhalten. Jetzt ist Schluss mit dem ganzen Gefühlschaos und Hin und Her!«

»Aha«, sagt Zeynep nur und bläst eine Rauchwolke aus dem Fenster.

»Was ›aha‹?«, sage ich leicht angefressen, weil das nicht die begeisterte Reaktion ist, die ich mir ausgemalt hatte.

»Na ja, komm«, setzt Zeynep hinterher.

»Ja, was?«, entgegne ich selbstbewusst. Darauf soll sie jetzt erstmal eine gute Antwort finden.

»Du willst nicht mehr in ihn verliebt sein und machst hier den großen Aufriss mit deinem neuen Lifestyle als Pflegerin von deiner Mutter, aber trotzdem gehen wir heute Abend da hin?«

Wieso versteht sie mich nicht?

»Das habe ich doch eben gesagt, wir gehen da nur hin wegen dem Burger.«

»Ja, sicher. Es geht nur um den Burger, schon klar«, sagt die Frau, die eigentlich meine Freundin sein sollte.

Geduld, Geduld. Ich versuche es also noch mal. »Du verstehst es wahrscheinlich nicht, weil du in diesen altmodischen Beziehungsbahnen denkst! Ich mach da aber nicht mehr mit. Ich habe mich daraus befreit. Wir sind ab jetzt gute Freunde und ich möchte einfach nur, dass er glücklich ist, ich verlange nichts mehr von ihm, weil er auch nichts von mir verlangen kann. Weißt du, wenn er mit dieser Jojo zusammen ist, dann freue ich mich sogar für ihn. Ich freue mich nämlich darüber, dass wir uns jetzt vielleicht auf einer anderen Ebene begegnen, uns einfach nur guttun und gleichzeitig unabhängig bleiben als Menschen. Und sogar du hast was davon, du kannst mit mir zusammen bei meinem neuen guten Freund einen Burger essen. Er hat gesagt, wir dürfen jederzeit bei ihm vorbeischauen.«

Zeynep schüttelt zuerst den Kopf, versteht dann aber endlich, wie vernünftig und gut mein neuer Freundschaftsplan ist.

»Okay, also nur damit ich das richtig verstehe: Wir stiefeln da heute hin, kriegen einen Pfifferling-Burger mit zwei verschiedenen Käsesorten und tun so, als wärst du dieser komische neue Mensch ohne Gefühle. Geht klar.«

»Es sind drei verschiedene Käsesorten und ich bin dieser neue Mensch, der durchaus Gefühle hat, aber eben freundschaftliche.«

»Nur dass du es weißt, und vielleicht liegt es auch daran, dass du kaum geschlafen hast, aber du hörst dich irre an. Und das sage ich mit ganz viel Liebe zu dir.«

Manchmal verstehe ich meine Freundin nicht. Einerseits ist sie diese wilde, forsche und fortschrittliche Person und andererseits soll ich mich aber verhalten, als hätten wir neunzehnhundertfünfzig.

»Und falls das eine Neuigkeit für dich ist«, schiebe ich ein klein wenig beleidigt hinterher: »Man kann Sex und Gefühle sehr gut voneinander trennen.«

Jetzt grinst mich Zeynep einfach nur dreist an. »Ja, andere Leute vielleicht, aber du nicht.«

Also, so komme ich da nicht weiter. Ich habe keine Ahnung, warum sie mich nicht versteht. Oder will sie mich nicht verstehen, weil sie die heimliche Romantikerin von uns beiden ist?

Ich versuche es ein letztes Mal: »David und ich, wir sind zwei vernünftige Erwachsene … Ich kann das als einzelnes Erlebnis betrachten, was dann sicher im Rückblick auch gar nicht mehr so besonders ist.«

»Das wird ja richtig spannend heute. Du willst mir jetzt auch noch weismachen, dass euer Sex nicht besonders war? Entschuldige mal bitte, Mylady. Du hast im Zölibat gelebt, du warst schon fast wieder zugewachsen. Dann triffst du den und ihr macht es viermal in einer einzigen Nacht, wovon du mich ununterbrochen vollgelabert hast, und jetzt soll das alles nicht mehr besonders sein? Was kommt als Nächstes? Die Erde ist eine Scheibe?«

»Ja, gut, mit David hatte ich fünfmal Sex. Aber mal abgesehen von dem Desaster mit dem Unternehmensberater, der im Prinzip sowieso nicht zählt, war in den letzten vier Jahren Flaute. Ich hatte Nachholbedarf. Das wären dann im Schnitt eineinviertel Mal pro Jahr. Da würdest du auch denken, dass das ganz besonders war. Das ist aber aufgrund der Umstände und der Situation eben nicht so ein Riesending, wie du denkst. Wir haben uns am Telefon ganz locker unterhalten. Glaub's mir, wir sind Freunde.«

Zeynep sieht mich mit zusammengekniffenen Augen an. Wieso glaubt sie mir nicht?

»Ja, du hast dich aufgrund bestimmter Umstände ganze viermal mit seinem Riesending unterhalten«, sagt sie trocken, und dann muss ich doch leider lachen, obwohl ich ihre Art gerade wirklich anstrengend finde.

Als wir uns wieder beruhigt haben, sieht sie mich lächelnd an und sagt: »Gut, du kleiner Liebesschisser, wir machen das genau so, wie du sagst, und tun so, als wärst du cool.«

Ich nicke und nehme ihr den letzten Seitenhieb nicht übel, denn sie wird ja sehen, dass sie unrecht hat.

»Themawechsel bitte!«

Zeynep sieht mich bedeutungsvoll an, macht eine Kunstpause und beugt sich zu mir vor. »Bereit für den neuesten Büro-Gossip?«

Klar bin ich bereit. Und dann erfahre ich auch schon, was passiert ist: Anscheinend hat eine Schauspielerin, die in der letzten Staffel mit Hotte gedreht hat, ihre Geschichte auf Social Media veröffentlicht.

Wir schaffen einen ganzen Berg Arbeit weg, damit unsere Nebenaktivitäten nicht auffallen, und sehen uns dann mit geteilten Kopfhörern den Instagram-Post dieser Schauspielerin an, Judith heißt sie. Auch sie hat damals ihr Personalstammblatt und den Schauspielvertrag bei uns im Büro abgeholt. Ich erinnere mich an eine sehr hektische große blonde Frau, die auffallend gut aussah und mit uns herumalberte.

Die Frau, die ich jetzt auf Instagram sehe, wirkt komplett verändert. Sie hat dunkel geschminkte Augen, schwarz gefärbte Haare, spricht stockend und wirkt dabei ernst und etwas verlangsamt.

Sie schildert einen Tag am Set der Krimiserie. Sie erzählt, dass Hotte ihr während einer Probe vor drei Monaten den Arm verdreht und sie dann auf den Boden geworfen hat. Niemand ist eingeschritten, natürlich nicht, weil ja improvisiert wurde und der raubeinige Kommissar solche Dinge eben tut mit Kriminellen in seiner Serie. Sie berichtet auch, dass sie sich beschweren wollte, ihre Schauspielagentur ihr jedoch abgeraten habe, da das gar nicht gut ankommen würde und sie zukünftige Jobs bei der Produktionsfirma dann gleich vergessen könne. Anscheinend hat sich Judith dann trotzdem mit »der Produktionsleitung« in Verbindung gesetzt, womit sie vermutlich Ansgar meint. Der betreffende leitende Mitarbeiter habe ihr versprochen, der Sache umgehend nachzugehen, woraufhin sie nie wieder von ihm gehört habe.

Als ihr dann eine Kollegin von dem Compliance-Verfahren erzählte, habe sie sich wieder gemeldet, sei aber mit der Begründung abgewiesen worden, dass sie ja nicht mehr für die Produktion arbeite. Judith schaut jetzt direkt in die Kamera. »Ich möchte den Verantwortlichen auf diesem Weg noch ein Mal ganz offiziell anbieten, bei dem Compliance-Verfahren auszusagen.« Unter Judiths Instagram-Story wurden schon zig Kommentare gepostet. Die allermeisten ähneln sich: »Ach, ja, jetzt fällt ihr das plötzlich ein«, »Hier will jemand Aufmerksamkeit!«, »Ist doch klar, dass man auch unangenehme Szenen proben muss. Wenn ihr das nicht passt, sollte sie die Schauspielerei vielleicht besser den Profis überlassen«, »Ist wohl ein Sternchen, das etwas von Hotte Günthers Ruhm abhaben will« …

Nur hier und da steht mal ein unterstützender Kommentar, einige davon mit dem amerikanischen Hashtag »believe women« versehen.

Zeynep und ich nehmen die Kopfhörer aus den Ohren und sehen uns an.

»Uff«, sage ich nur.

Zeynep sieht wütend aus und formuliert, was ich mit »Uff« gemeint habe. »Wie viele denn noch?«

Während wir so dasitzen und darüber nachdenken, wie wir das Patriarchat vielleicht doch etwas schneller als geplant beseitigen könnten, erscheint ein neuer Post von Judith.

Sie hält einen Brief in die Kamera.

Der Briefkopf kommt mir bekannt vor.

Dann scheint sie daraus vorzulesen.

Wir setzen sofort wieder unsere Kopfhörer ein und hören mit. Etwa in der Mitte des Beitrages weiß ich, wieso mir das Briefpapier bekannt vorkam.

Es ist das Papier aus Phils Kanzlei mit dem verschlungenen goldenen Wappen, das so tut, als gäbe es die Firma schon seit mindestens fünfhundert Jahren. Auf diesem Papier wurde mein gesamtes Scheidungsverfahren festgehalten. Ich kann dieses Papier nicht ausstehen.

Der Schauspielerin scheint es ähnlich zu gehen beziehungsweise scheint das Wappen sie sogar in Angst und Schrecken zu versetzen. Judith wirkt verängstigt, scheint all ihren Mut zusammenzunehmen. Sie sagt mit dünner Stimme: »Das hier habe ich gerade bekommen, nur damit ihr wisst, wie sowas läuft. Ich bin bestimmt nicht die Einzige.«

Phils Kanzlei droht ihr mit einer Klage, falls sie ihren Post nicht entfernt. Und dann sehen wir quasi live dabei zu, wie die betreffende Instagram-Story, die den Übergriff schildert, verschwindet. Eben war sie noch da und ist im nächsten Moment spurlos verschwunden.

Schwupp, alles weg.

Die Schauspielerin löscht auch den Post mit dem Schreiben der Kanzlei.

Zeynep und ich sind sprachlos. So einfach ist das also?

Ich müsste es eigentlich am besten wissen, schließlich erinnere ich mich gut daran, wie eingeschüchtert ich damals war, als ich auf genau diesem Papier die Information bekam, dass mir im Prinzip nichts zustand außer Schulden.

Es überrascht mich auch nicht, dass Phil in dieser Sache vom Konzern beauftragt wurde. Seit vielen Jahren bekommt seine Kanzlei immer wieder Aufträge, vielleicht nicht hauptsächlich, aber vermutlich auch aus dem einfachen Grund, dass Flori und er mit einem Vorstandsmitglied Golf spielen. Der Typ ist mit dieser gruseligen Pferdefrau verheiratet, die immer sagt, sie käme aus einem guten Stall, als wäre sie selbst ein Pferd.

Was mich bei der ganzen Angelegenheit allerdings wirklich erschüttert, ist, dass Phil inzwischen Vater von insgesamt drei Töchtern ist und auch seine Partner Töchter haben.

Diese Judith ist genau in Maries Alter. Sieht denn niemand von den Herren, dass auch die eigene Tochter an Judiths Stelle sein könnte? Und was Phil betrifft: So wie ich ihn kenne, gibt es für ihn Töchter und Töchter. Er ist sich in seinem elitären Gehirn einfach zu sicher, dass diese Judith eine ganz andere Kategorie junger Frau darstellt.

Würde es hier um Marie gehen, wäre Phil bereit, wegen jedem Kinkerlitzchen bis zum BGH zu gehen, aber da es sich hier um eine Judith handelt, die offensichtlich nicht über einen Vater verfügt, der ihr ein komplettes Gerichtsverfahren finanzieren würde, geht es ihn nichts an.

Ich frage mich, ob Flori auch in die Sache verwickelt ist. Wie viel weiß mein Schwager von alldem? Er ist nicht nur der Golfkumpel des Vorstandstypen, sondern gehört zur mittleren Führungsriege. Da muss er doch tiefere Kenntnis haben von den Vorwürfen gegen Hotte, dem laufenden Verfahren und der Rolle seines Freundes Phil. Eigentlich war mir mein etwas spießiger Schwager immer sympathisch. Ich halte ihn für längst nicht so empathielos wie Phil und die anderen.

Wenn sich schon keine der Frauen öffentlich äußern kann wegen der Drohungen, und wir bei Subsidio nichts erreicht haben, können wir dann wenigstens auf Konsequenzen aus dem Verfahren hoffen? Allerdings: Wie seriös kann dieses Verfahren sein, wenn der Konzern es einerseits in Auftrag gibt, andererseits aber Frauen, die aussagen wollen, einschüchtert?

Mir wird übel bei diesem Gedanken …

Heute sind schon wieder mehrere Herren in Anzügen in das Büro ganz hinten marschiert. Sie verschicken E-Mails, laden Mitarbeitende zu Gesprächen ein und befragen sie zu den Arbeitsbedingungen in der Firma. Angeblich wollen sie damit Missstände ans Licht bringen, damit in Zukunft alles besser wird. Aber sind sie glaubwürdig?

Zeynep und ich haben da unsere Zweifel. Den gesamten öden Arbeitstag lang diskutieren wir immer wieder darüber, was wir tun könnten. Unsere Stimmung ist düster. Aber ich bekomme auch ein paar lustige Fotos von meinen Kindern mit meiner Mutter, die mich aufmuntern. Unter einem Bild steht: »Oma fragt, wann sie den Burger von dem Mann bekommt? Hast du eine Idee, was sie meint?« Ich will gerade antworten und meine Sachen zusammenpacken, als Zeynep von der Toilette wiederkommt, die Tür hinter sich schließt und verschwörerisch verkündet: »Die Compliance-Typen sind weg und haben leider vergessen, ihr Büro abzuschließen!«

Sie kichert und ich weiß ganz genau, was das heißt. Ich sage: »Vergiss es!«, und: »Du kannst gucken, so viel du willst, sowas mache ich nicht!«

Aber wer kann Zeynep schon widerstehen? Ich auf jeden Fall nicht. Wie so oft sind wir allein im Büro, da wir meistens noch auf den Drehschluss am Set warten und die Dispos für den nächsten Tag verschicken müssen.

Nachdem ich mindestens zehnmal gefragt habe, ob auch wirklich alle weg sind, machen wir uns auf den Weg zum geheimnisvollen Ende des Flurs. Im langen Gang brennt die Nachtbeleuchtung. Ansgars Tür ist vorschriftsmäßig abgeschlossen. Doch die Tür der Compliance-Firma steht tatsächlich einen kleinen Spaltbreit offen. Zeynep flüstert: »Siehst du, haben die vergessen.«

Ich überlege gerade, ob wir das wirklich tun sollten, als plötzlich ein Putzwagen unserer Reinigungsfirma um die Ecke biegt. Schnell schlüpfen wir in die Höhle des Löwen. Nur ein letzter Streifen Abendlicht erhellt die großzügig und schlicht gehaltenen Räume. Eigentlich sieht alles enttäuschend normal aus, wie in den anderen Büros bei uns, außer dass sich keinerlei private

Fotos an den Schreibtischen oder Pinnwänden befinden. Es liegen auch keine Ordner herum, so wie bei Zeynep und mir.

Alle Unterlagen scheinen sich in den Schränken zu befinden. Sofort testen wir die Türen, nur um festzustellen, dass natürlich alles abgeschlossen ist.

Ich will gerade wieder gehen, als Zeynep mich am Ärmel festhält. »Warte!«, sagt sie und reißt mir eine Haarnadel vom Kopf. Ich stoße einen erschrockenen Laut aus. Hat uns die Putzkolonne gehört?

Wir verharren ein paar Sekunden. Von draußen ist lediglich das sich entfernende Geräusch eines Industriestaubsaugers zu hören. Wir warten, sehen uns an, das Herz klopft mir bis zum Hals. Zwei, drei Minuten vergehen, und als nichts passiert, atmen wir auf.

»Was sollte das denn?«, flüstere ich.

Zeynep zuckt nur mit den Schultern und macht sich schon daran, meine Haarnadel auseinanderzubiegen und in eines der Schlösser zu stecken. »Woher kannst du das?«, flüstere ich fasziniert.

»Jeder Trottel kann das«, flüstert Zeynep zurück, dreht die Haarklammer und: Nichts rührt sich. Zeynep rüttelt ein wenig an der Tür, heftiger diesmal. Wieder nichts.

»Pssst, spinnst du?!«, zische ich sie an.

Dann rüttelt sie noch mal und die Tür springt auf.

Ich schnappe mir den ersten Ordner, blättere darin herum. Zeynep nimmt sich auch einen und sagt plötzlich: »Ach du Scheiße.« Ich sehe auf die aufgeschlagene Seite. Dort sind die Namen und Adressen mehrerer Frauen aufgelistet, darunter auch Latisha und Susanna. Hinter jedem Namen stehen ein Haken und ein Datum.

Zeynep will das Blatt gerade herausreißen, als ich ihre Hand festhalte: »Das merken die!«

Ich nehme ihr den Ordner aus der Hand, lege ihn auf einen Schreibtisch, wo es etwas heller ist, öffne meine Handykamera und fotografiere die Seite. Hell leuchtet der Blitz auf. Wir zucken erschrocken zusammen. »Du bist so ein Boomer, mach den Scheißblitz aus!«, zischt mich Zeynep an. Ich fummele nervös an der Kamera herum und stelle aus Versehen die Taschenlampe an. Wir hören, dass sich Schritte nähern. Als Zeynep den Ordner zuklappt, bemerke ich am Innendeckel etwas Gelbes. »Moment«, sage ich fahrig und reiße ihr den Ordner aus der Hand.

»Hallo, da kommt jemand!«, flüstert Zeynep nervös.

Ich lange mit der Hand in den Ordner und schnappe mir das gelbe Post-it. In krakeliger Schrift steht dort die Notiz: »Judith K., Brief Kanzlei nachfassen«.

Wow, das ist ein Beweis. Damit ist klar, dass alle unter einer Decke stecken. Während Zeynep in Windeseile den Ordner zurück in den Schrank stellt, starre ich auf das Post-it und versuche die neue Information zu verdauen. Die Schritte scheinen sich der Tür des Büros zu nähern. Ich überlege fieberhaft, was ich tun soll, als Zeynep mich blitzschnell in einen Winkel zwischen Schrank und Wand zieht.

Und schon öffnet sich die Tür. Ein Wachmann betritt den Raum und sieht sich um. Ich traue mich nicht zu atmen. Er lässt den Schein seiner Taschenlampe langsam über die Möbel wandern. Wie durch ein Wunder gleitet der Lichtstrahl an uns vorbei. Der Wachmann verlässt das Büro. Erst als das Schrittgeräusch verklingt, lösen wir uns aus unserem Versteck. Wir sehen uns an, erleichtert.

Zeynep flüstert: »Du Idiot!«

Ich muss leise lachen.

Dann schleichen wir vorsichtig auf den Gang, biegen um die Ecke und stehen plötzlich vor Britta, Ansgars Assistentin.

»Was macht ihr denn noch hier?«, blafft sie uns an und mustert uns von oben bis unten.

»Ach, wir …«, beginne ich meinen superlogischen erklärenden Satz und dann fällt mir nichts mehr ein. Ich nicke aus Reflex, weil ich das Gefühl habe, dass das psychologisch gesehen eine gute Taktik sein könnte.

»Wir haben uns ein bisschen die Beine vertreten!«, plappert Zeynep plötzlich los. »Den ganzen Tag sitzen, das macht mir zu schaffen. Ich hab echt Angst vor einem Bandscheibenvorfall.«

»Außerdem haben wir Geräusche gehört und wollten mal nachsehen, was los ist«, unterbreche ich Zeyneps Blödsinn.

Britta sieht uns mit hochgezogenen Augenbrauen und gerunzelter Stirn an, scheint sich dann aber wieder zu entspannen.

»Und was machst du noch hier, du Arme? Musst du so spät noch arbeiten?«

Sofort setzt praktischerweise Brittas stark ausgeprägtes Selbstmitleid ein: »Ja, leider, ich bin aber noch ganz verkatert von gestern.«

»Oh, hattest du Geburtstag? Habe ich den vergessen? Tut mir total leid, ich bin so verwirrt momentan …«, sage ich kleinlaut.

Britta schüttelt den Kopf: »Nein, Quatsch, ich hatte doch erst im Januar! Gestern war unser Produktionsessen Slash Sommerfest Slash allgemeines Besäufnis. Wo wart ihr denn eigentlich?«

Wow, diese Nachricht trifft mich wie ein Schlag in die Magengrube. Zeynep wirft mir einen Blick zu, aus dem ich schließe, dass sie auch nicht eingeladen war. Ich reiße mich zusammen und sage: »Ach, stimmt ja, so schade, ich hatte ein Familienfest und dabei musste mir Zeynep helfen.«

Zeynep nickt bestätigend und sagt: »Ja, schade.«

»Na dann, erhol dich gut«, sage ich freundlich.

Britta bedankt sich und fasst sich noch mal mit schmerzverzerrtem Gesicht an ihre Schläfe, dann verabschieden wir uns.

Zeynep und ich laufen in die andere Richtung zurück zu unserem Büro. »Die Schweine haben uns nicht eingeladen, damit stehen wir offiziell auf der Abschussliste!«, flüstert sie. Ich nicke, weil ich weiß, dass es stimmt.

Zeynep und ich betreten nacheinander unser Büro und ich ziehe die Tür hinter uns zu. Tatsächlich haben weder sie noch ich eine Einladung zum Produktionsessen bekommen, ja, wir wussten nicht einmal davon. Normalerweise ist das Sommerfest in den Tagen davor und danach das einzige Gesprächsthema unter den Mitarbeitenden. Einmal im Jahr mietet die Produktion zu diesem Zweck ein ganzes Restaurant, bezahlt einen DJ und tischt ordentlich auf.

Wir sind nicht mehr erwünscht, das ist jetzt klar.

»Aber warum?«, überlegt Zeynep. »Nur weil wir zwei Schauspielerinnen einen Kaffee gemacht haben, bevor sie zur Anhörung gegangen sind? Oder wissen sie mehr? Hat Ansgar vielleicht mitbekommen, dass wir heimlich Unterlagen kopiert haben? Hat uns jemand bei Subsidio gesehen?«

Ich zucke mit den Schultern. »Langsam kriege ich Verfolgungswahn. Immerhin wissen wir jetzt definitiv, dass Phils Kanzlei, der Konzern und die Compliance-Firma zusammenarbeiten. Die schieben sich unter der Hand die Informationen zu.«

Erschöpft sinke ich auf meinen Platz. »Was machen wir jetzt nur?«

Das Post-it in meiner Tasche ist so gut wie gar nichts wert. Was beweist diese Notiz schon? Im Übrigen könnten wir sie ebenso gut selbst geschrieben haben.

»Na, wir müssen uns einen neuen Job suchen«, stellt Zeynep fest.

»Du wirst es nicht glauben, aber darauf bin ich auch schon gekommen«, sage ich ratlos. »Kennst du den Klassiker aus den Neunzigern *48 Laws Of Power*.«

Fast jeder Geschäftsmann, den ich in meinem Leben kennengelernt habe, hat das gelesen. Phil und seine Freunde pflegten dieses Buch sogar als ihre Bibel zu bezeichnen, weil es darin um das Erlangen und den Erhalt von Macht geht.

»Eine der achtundvierzig Regeln lautet: ›Vernichte deine Feinde, und zwar vollständig.‹«

»Das sind dann wohl unter anderem wir, die Feinde«, stellt Zeynep trocken fest.

Wir starren gemeinsam eine Weile ins Leere und warten auf eine Eingebung.

Stattdessen knurrt mein Magen.

Zeynep sieht mich an, steht entschlossen auf und sagt: »Was ist jetzt mit dem Gentrifizierungs-Burger von deinem Lover, den du deiner Mutter mitbringen wolltest? Ich brauche jetzt auch so einen und zwar gleich!«

»Von meinem zukünftigen guten platonischen Freund David, meinst du?«, korrigiere ich sie.

Zeynep seufzt. »Entschuldige, ich hatte kurz deinen wahnwitzigen Quatschplan vergessen«, sagt sie gähnend, drückt die Zigarette aus, die sie am offenen Fenster geraucht hat, und zieht ihre Jacke an.

»Was meinst du mit ›wahnwitzig‹?«, frage ich und habe nichts dagegen, dass man die Irritation in meiner Stimme hört.

Zeynep sieht mich an, als wäre ich schwer von Begriff.

»Na, du bist jetzt angefixt mit gutem Sex und Gefühlen, da kannst du mir erzählen, was du willst! Du wirst an nichts anderes denken können, wenn du ihn siehst. Genauso ging es mir damals mit Steffi.«

Dieser Vergleich ist in der Tat eine Frechheit! Ich versuche, mich nicht zu sehr darüber aufzuregen. Steffi ist Zeyneps toxische Ex-Freundin, die gegenüber von ihrer Wohnung als Barista gearbeitet hat. Trotz zahlreicher guter Vorsätze gelang es Zeynep nach der ersten Trennung nicht ein einziges Mal, nach der Arbeit einfach vorbeizulaufen und in ihre Wohnung hochzugehen. Stattdessen machte sie zwanghaft jedes einzelne Mal, wenn sie nach Hause kam, einen Abstecher in das hässliche Café, in dem Steffi arbeitete, weil Steffi einfach so gut im Bett war.

Monatelang nahm Zeynep sich vor, endlich ein für alle Mal mit Steffi Schluss zu machen, doch jedes Mal, wenn die beiden aufeinandertrafen, mutierte sie zu einem unterwürfigen, willenlosen Liebeskasper. Irgendwann verlor Steffi endgültig das Interesse an Zeynep, was deren Interesse natürlich stärker denn je auflodern ließ.

Zeyneps daraufhin erfolgende hoffnungslose Verführungsversuche, »um das Ruder noch mal rumzureißen«, wurden zu einer Art demütigendem Hobby, von dem sie einfach nicht lassen konnte.

Ihre endgültige Rettung aus dem ganzen Schlamassel bestand in Steffis überraschender Beförderung und Versetzung in eine Zweigstelle der Cafékette am anderen Ende der Stadt. Am Anfang war Zeynep noch dazu bereit, in drei verschiedene U-Bahn-Linien zu steigen oder eine einstündige Autofahrt mit Stau in Kauf zu nehmen, um sich weitere Abfuhren abzuholen.

Nach einem beeindruckend langen Zeitraum verlegte sie sich schließlich auf Anrufe, die Steffi nicht entgegennahm, und auf WhatsApps, die nur dann beantwortet wurden, wenn Steffi offensichtlich betrunken war. Irgendwann war Zeynep dann ausgelaugt und gab ihre Psychobeziehung schweren Herzens auf.

Ich verstehe allerdings beim besten Willen nicht, was diese Geschichte mit David und mir zu tun haben soll.

Ich habe erlebt, was ich erleben wollte, und darf mich nun entspannt auf eine Freundschaft freuen. Anders als bei Zeynep gibt es ja auch noch eine kranke Mutter und zwei Kinder in meinem Leben, die meine gesamte Aufmerksamkeit brauchen.

»Ich werde ganz sicher nicht in die Steffi-Falle tappen!«, sage ich laut, um noch mal klarzumachen, wo ich stehe.

»Okay, okay, gut, Feierabend, mir reicht's! Dann gehen wir jetzt einen schönen platonischen Burger essen!«

»Ganz genau. Ich habe das gefühlsmäßig alles im Griff. Und viel Zeit habe ich auch nicht, weil meine Mutter auf ihren Burger wartet und mich danach die Kinder besuchen.«

Ich weiß überhaupt nicht, wieso ich das alles aufzähle. Es klingt nach einer Rechtfertigung, die es natürlich absolut nicht ist.

Auf dem Weg zu Davids Tagesbar ruft mich Lena an, die gerade mit Ben und Marie in der Klinik ist. Unsere Mutter sei »putzmunter« und sie habe eben von der Ärztin erfahren, dass der Bruch Gott sei Dank »die günstigste Variante aller Oberschenkelhalsbrüche« sei.

»Was bedeutet das? Wird sie wieder fit?«

Lena klingt beinahe abgeklärt. »Ja, sie kann schon bald nach Hause. Und mit ein bisschen Physio lernt sie auch wieder laufen. Bis dahin ist sie im Prinzip ein Pflegefall. Ich kümmere mich schon mal darum, dass sie für die nächste Zeit wenigstens morgens und abends einen Pflegedienst bekommt. Papierkram ist ja meine Superpower!«

»Danke! Sag ihr bitte, dass sie sich keine Sorgen machen muss: Ich ziehe zu ihr, bis sie wieder allein klarkommt.«

Jetzt, wo ich kein Liebesleben mehr habe, hab ich ja Zeit. Ich höre, wie Lena meiner Mutter alles ausrichtet, die natürlich abwinkt und schon wieder große Reden schwingt. »Ruckzuck mache ich mit Monika wieder Bocksprünge!«, höre ich sie sagen und: »Ich bin doch kein Kleinkind, ich hab mir ein bisschen was verknackst! Ihr seid wieder so übertrieben ängstlich! Das ist einfach eure Generation!« Lena setzt vergeblich an, um sie zu unterbrechen.

Dann höre ich, wie sie die Hand über den Lautsprecher legt und genervt sagt: »Kannst du ein Mal damit aufhören, mir dauernd dazwischenzureden, du sollst dich doch erholen!«

Als Lena unserer Mutter ausrichtet, dass ich ihr einen Burger bringen werde, höre ich sie protestieren: »Welchen Burger? Was soll das denn jetzt? Wollt ihr mir jetzt noch wie einem Kleinkind vorschreiben, was ich essen soll? Weil ich ein einziges Mal kurz krank bin?«

Erleichtert, mit einem Lächeln auf den Lippen, lege ich auf. Meine Mutter ist wieder ganz die Alte. Zeynep sieht mich von der Seite an: »Alles okay?«

Ich erzähle ihr, was los ist ,und dass meine Mutter verständlicherweise noch zu verdrängen scheint, dass sie zumindest für eine gewisse Zeit ein Pflegefall sein wird. Ich weiß, dass das auch mein Leben gehörig durcheinanderwirbeln wird, aber genau dafür habe ich ja jetzt den nötigen Raum geschaffen.

Ich merke erst jetzt, wie verspannt meine Schultern von der letzten Nacht sind. Wenn ich hinten an meinem Nacken herumtaste, erfühle ich einen dicken Knubbel.

Da ist er wieder.

Den kenne ich schon von der Massage, die mir Ben und Marie kurz nach der Scheidung zum Geburtstag geschenkt hatten.

Ich lag damals tiefenentspannt auf einer vorgewärmten Liege und genoss die knetenden Hände einer kleinen viereckigen Frau namens Uschi, allerdings nur bis zu dem Moment, als sie mit ihren Daumen eine kleine Stelle in meinem Nacken befühlte und nachdenklich »Aha, aha« murmelte.

»Stimmt etwas nicht?«, fragte ich, noch bestens gelaunt.

»Det mit dem Buckel wissen Se, oder?«, gab Uschi trocken zurück.

»Mit dem was bitte?«, fragte ich verunsichert, aber gleichzeitig hoffend, dass ich da etwas missverstanden hatte.

Hatte ich aber nicht. Die Sache wurde noch schlimmer.

Uschis Diagnose lautete: »Det is 'n Witwenbuckel. Det

sind Gewebe und Flüssigkeit, die sich im Nacken sammeln.«

Ich richtete mich auf und wiederholte lahm: »Witwenbuckel?«

Entsetzt sah ich Uschi an.

Doch die zuckte nur mit den Schultern und sagte: »Na kennse nich die alten Witwen, die kleen und buckelig auffe Straße laufen?«

»Das ist aber kein schönes Wort. Ist das etwa der medizinische Begriff?«, fragte ich schockiert und etwas angesäuert. Das schien Uschi zum Nachdenken zu bringen. Reumütig sagte sie: »Oh, det tut mir jetz aber leid. Nee, is nich der richtige Begriff. War taktlos von mir. Korrekt würde det eher Stiernacken heißen. Det is 'n klasssischer Stiernacken, sorry noch mal!«

Nachdem Uschi mein Leben ruiniert hatte, bot sie mir an, den Knubbel fürs Erste wegzukneten, prophezeite aber gleichzeitig, dass er bei mangelnder Bewegung jederzeit wieder auftauchen könne. Dann gab sie mir noch den Tipp, dass sich das auch operativ entfernen ließe, falls der Buckel von innen verknöchern würde.

Als wir in die Brunnenstraße einbiegen, taste ich intensiv an meinem Nacken herum. Ich kann schon die hellgrüne alte Ladentür und die beiden kleinen Tische draußen sehen. Drinnen ist noch Licht, also müsste David da sein. Bevor wir reingehen, versuche ich nur schnell zu überprüfen, ob der kleine Hubbel hinten schon verknöchert ist.

Zeynep betrachtet mich mit einer hochgezogenen Augenbraue und fragt: »Geht's wieder um die Buckelproblematik?«

»Nein, wieso?«

Blitzschnell ziehe ich die Hand weg.

Zeynep sieht mich noch mal prüfend an und erklärt dann mit Nachdruck: »Du hast keinen Buckel, du bildest dir das nur ein. Da ist nichts. Da ist nur ein Hals.«

»Du musst dir keine Sorgen machen, ich fang nicht wieder mit der Buckelsache an!«, antworte ich mit fester Stimme und wünsche mir insgeheim, dass ich jemanden fragen könnte, ob ein weißer Fleck zurückgeblieben ist, wo ich den Knubbel mit dem Daumen weggedrückt habe. Dann wüsste ich sicher, ob sich da wieder Flüssigkeit angesammelt hat.

»Ich habe dich ganz genau von hinten angeguckt, kein Buckel zu sehen, okay?«, sagt Zeynep noch mal sanfter.

Ich antworte bockig: »Ich habe längst abgeschlossen mit der Buckelthematik!«

Gleichzeitig befühle ich noch mal den ganz eindeutig vorhandenen Hubbel in meinem Stiernacken.

»Jetzt glaubst du mir wieder nicht!«, stöhnt Zeynep genervt.

»Ist doch nicht schlimm, dann habe ich eben einen kleinen Buckel«, sage ich trotzig, während ich die Tür zur Sandwichbar aufstoße und Jojo, der Vollmondbluterin, in die Arme laufe, die erfreut aufjuchzt. »Hey, Süße!«

Das Innere der Tagesbar ist noch schöner, als es von außen wirkte. Die Wände sind in einem erdigen Ton gestrichen, genau wie die schlichten Tische und Holzbänke, auf denen dicke Kissen mit grob gewebten braunen Leinenbezügen liegen. Hochgewachsene Palmen und riesige Farne geben mir das Gefühl, dass wir uns in einem verwunschenen, saftig grünen Garten befinden. Hinter der Natursteintheke spiegelt sich goldenes Licht in antiken

Wandspiegeln. Sind wir wirklich in Berlin, der grauesten Stadt der Welt?

In Zeyneps Augen lese ich, dass sie genauso beeindruckt ist wie ich. Wir haben aber keine Zeit, uns darüber auszutauschen, weil Jojo nach Aufmerksamkeit verlangt. Nachdem ich sie mit Küsschen begrüßt habe, stelle ich Zeynep vor. Jojo scheint sich ehrlich über mein Erscheinen zu freuen.

»So toll, dass wir uns wiedersehen«, flötet sie und: »David ist noch unten im Lager, der kommt gleich. Ich mache euch beiden mal 'ne Limonade, okay?«

Aha. Ist sie hier die Hausherrin oder wie?

»Klar, gerne«, sage ich knapp und unfreundlicher als geplant.

Zeynep wirft mir einen prüfenden Blick zu. Ich weiß, was sie denkt. Sie denkt, sie könne in mir lesen wie in einem offenen Buch und gerade sei ich eifersüchtig. Bin ich aber nicht. Es geht mir eher ums Prinzip, also darum, dass hier jemand so tut, als wäre das sein Laden, obwohl das nicht der Fall ist.

Wenn ich eifersüchtig auf sie wäre, würde ich mich wahrscheinlich fragen, was sie hier eigentlich macht. Zum Essen scheint sie nicht da zu sein. Ich sehe jedenfalls keinen Teller oder Besteck herumliegen, und so wie Jojo aussieht, die heute eine Art hautengen Gymnastikanzug mit Achtzigerjahre-Graffiti-Print trägt, nimmt sie wahrscheinlich sowieso niemals Nahrung zu sich.

Während Zeynep mit ihr ein unverfängliches Gespräch über Musik beginnt, behalte ich Bluti rein interessehalber im Auge.

Ist das ihr T-Shirt oder seins, das sie gerade über ihr Turnoutfit zieht?

Ich muss leider zugeben, dass sie umwerfend aussieht.

Wieso habe ich gerade gedacht »leider«? Es ist doch schön, wenn eine andere Frau so attraktiv aussieht.

Ich habe doch irgendwann mal in meinem Leben beschlossen, dass ich nicht mitmachen würde bei dieser Frauenrivalität. Ich will mich nicht von Hass zerfressen lassen, nur weil eine andere Frau möglicherweise schönere Haare hat als ich. Auch wenn wir von klein auf darauf getrimmt werden, untereinander zu konkurrieren, heißt das noch lange nicht, dass ich das lebenslang durchziehen muss. Man kann diese Muster durchbrechen, wenn man will. Ich bin doch eigentlich ein Mensch, der anderen ihr Glück sehr gut gönnen kann. Wieso starre ich jetzt wie ein Vollpsycho mit Argusaugen auf die andere Seite des Tresens, nur weil da jemand ebenfalls sexuell attraktiv sein könnte für jemanden, mit dem ich mal geschlafen habe, aber jetzt sowieso nur befreundet sein will?

Also, Schluss jetzt. Ich konzentriere mich, lächele Jojo an, die das viel zu große T-Shirt schon wieder ausgezogen und über die Lehne des Barhockers neben mir gehängt hat.

Wenn ich nur ganz kurz daran rieche, könnte ich ja vielleicht herausfinden, ob es David gehört?

»Jetzt ist aber wirklich Schluss mit dem Quatsch!«, befehle ich meinem Gehirn.

Ich durchbreche meine frauenfeindlichen Gedanken und – na also – denke, dass ich mich für Jojo freue. Genau da wollte ich hin, statt hier starrend herumzustehen.

Ich kann mich nämlich immer sehr gut für andere Frauen mitfreuen. Das ist doch schön für uns alle, dass Jojo so erstaunlich makellos ist mit ihren drei Meter langen Beinen und den perfekt schimmernden dunkelbraunen Locken, die auf ihre wie gemeißelten Brüste fallen, die im Gegensatz zu meinen ganz offensichtlich keinen BH brauchen und sich direkt unter ihrem Kinn befinden. (Während meine in diesem Moment wahrscheinlich meinen Bauchnabel anlächeln.)

Zeynep und Jojo lachen über etwas, was Zeynep gesagt hat. Ich frage mich, wo David bleibt. Gehen kann ich nicht mehr, das würde merkwürdig aussehen, jetzt, wo Bluti ihm sicher erzählen würde, dass ich vorbeigeschaut habe.

Ich frage mich, wie sie mit diesen langen hellgrünen Fingernägeln ihre Schuhe bindet oder eine Türklingel bedient oder über Davids Rücken kratzt, beziehungsweise würde ich mich das fragen, wenn es mich etwas anginge.

Da dies nicht der Fall ist, konzentriere ich mich erneut darauf, mich ganz doll über Jojos Schönheit zu freuen.

In der Praxis sieht das so aus, dass ich still dastehe und dümmlich vor mich hin lächele.

Ich begreife, dass Bluti etwas gesagt hat, was ich nicht verstanden habe.

Zeynep sieht mich befremdet an und sagt: »Hallo, Erde an Nina!«

Ich behalte mein Lächeln bei und frage: »Ja, bitte?«, als würde ich hinter einer Fleischertheke stehen.

Ich sehe Jojo fragend an, die mit ihren ultralangen Wimpern klimpert, die einfach so in ihrem Gesicht stattfinden, als wäre das nichts Besonderes.

»Ich wollte dir neulich schon sagen …«

Ich sehe sie gespannt an. Was kommt jetzt wohl? Dass es schwer für sie ist, weil David unsterblich in mich verliebt ist und er ihr gesagt hat, dass eine Frau, die nicht zu mindestens zwanzig Prozent aus Orangenhaut besteht, keine Frau ist?

Jojo stellt Zeynep und mir unsere Limonaden hin, als wäre sie hier zu Hause.

Ich sehe sie immer noch fragend an, weil ich auf den zweiten Teil des Satzes warte.

Dann fährt sie fort: »Ich wollte dir einfach sagen, dass du echt gut aussiehst für dein Alter.«

»Danke, ja, ich weiß, für hundert sehe ich noch ziemlich knackig aus.« Zeynep sieht mich schon wieder so kritisch an, weil sie natürlich den leicht schnippischen Unterton bemerkt hat. Jojo dagegen sieht etwas zerknirscht aus und stammelt: »Oh Gott, nein, so meinte ich das gar nicht. Ich wollte einfach nur sagen, dass ich mich gefreut habe neulich, dass wir uns kennengelernt haben. David hat mir von dir erzählt.«

Will sie damit ihr Revier abstecken und mir zeigen, dass sie vertrauter miteinander sind als er und ich? Bitte schön, das kann sie gerne haben, wenn ihr das so wichtig ist. »Hat er das? Aha.«

Mehr sage ich nicht. Jojo sieht mich unsicher an und trollt sich dann endlich wieder hinter die Bar.

Zeynep boxt mich leicht in die Seite und zischt leise: »Hör auf damit.«

Ich zucke nur mit den Schultern, weil ich wirklich nicht weiß, was sie meint. Mir wurde eine Frage gestellt, ich habe geantwortet.

Und schon wieder beginnt diese Jojo zu nerven: »Arbeitet ihr beide eigentlich hier in der Nähe oder was treibt euch hierher?« Ich will ihr gerade sagen, dass sie das eigentlich nichts angeht, als Zeynep mich warnend ansieht: »Genau«, sagt sie zu Jojo, »und wir wollten das hier mal auschecken. Und du? Wohnst du in der Gegend?«, fragt sie für meinen Geschmack einen Tick zu süßlich und pseudo-interessiert.

Jojo scheint sich über Zeyneps geheucheltes Interesse zu freuen und lächelt uns an: »Die Uni ist nicht weit von hier und ich versuche mich gerade um mein Seminar zu drücken.«

Zeynep lacht. Langsam finde ich sie etwas übertrieben gefallsüchtig. »Was studierst du denn?«

»Kommunikationswissenschaften, ich bin aber fast fertig.«

Für jemanden wie Jojo, die so schlecht kommunizieren kann, ist das eine interessante Studienwahl, finde ich. Dann sagt sie noch: »Aber ich wohne auch hier in der Nähe, deswegen ist Davids Laden quasi mein Wohnzimmer.« Was genau meint sie damit? Gehört sie zum Inventar? So ein Blödsinn. »Total gemütlich hier!«, flötet Zeynep und fällt mir damit in den Rücken. Ich sehe sie streng an und ziehe eine Augenbraue hoch, als Jojo sich kurz wegdreht und sich einen Drink eingießt.

»Kannst du mal 'n bisschen netter sein?«, flüstert Zeynep vorwurfsvoll, als wäre ich hier der Störfaktor. Ich lasse mich aber nicht aus der Ruhe bringen und sehe Zeynep nur tadelnd an, während sie so tut, als würde sie ein interessantes Gespräch mit Bluti führen. Vielleicht sollte ich doch gehen, überlege ich, als ich eine Hand auf meiner Schulter spüre und eine vertraute raue Stimme sagt: »Na sowas, was machst du denn hier?«

Meine Nackenhaare stellen sich sofort auf, wahrscheinlich vor Ärger, denn das finde ich nun wirklich eine merkwürdige Aussage von jemandem, der mich mehrmals explizit eingeladen hat.

Ich drehe mich um, sehe David an und sage: »Danke, viel besser, und dir?«

Und da ist er wieder, mein schnippischer Unterton. Ich kriege es einfach nicht besser hin.

Ich stelle Zeynep und David einander vor und beobachte dann aus dem Augenwinkel, wie David das T-Shirt von der Lehne des Hockers nimmt und unter der Theke verschwinden lässt. Er sieht dabei aus, als sei er bei irgendwas ertappt worden.

Ich hatte recht, es gehört ihm.

Ich kann nicht anders, als den Hocker anzustarren, auf dem das T-Shirt gelegen hat, während David sich sehr einfühlsam nach dem aktuellen Befinden meiner Mutter erkundigt.

Zeynep beantwortet alles für mich, während sich meine Organe im Kreis drehen, dann stößt sie mich unauffällig in die Seite und sagt fröhlich: »Wir wollten hier den Schickimicki-Burger des Jahrhunderts probieren, bitte, stimmt's?«

Ich nicke traurig, weil ich jetzt gar keinen Hunger mehr habe und finde, dass es eine schlechte Idee war, hierherzukommen. Ich fühle mich wie eine unschuldige Passantin, die aus Versehen einen abgesperrten Tatort betreten hat.

Bluti ruft wie aufs Stichwort: »Den hat David mir auch schon gemacht, der ist der absolute Wahnsinn, Leute!«

»Ja«, sage ich schwach, »ich bin schon ganz gespannt.«

David grinst in die Runde: »Tja, ihr wisst schon, dass der so gut ist, dass ihr dann jeden Tag herkommen müsst? Ich will's nur gesagt haben, bevor die Falle zuschnappt.«

Ein begeistertes Lachen ertönt aus Blutis Richtung, Zeynep, die Verräterin, lacht mit.

Ich stehe einfach nur dumm da und nicke, weil mir sonst nichts einfällt und ich immer noch dabei bin, die Sache mit dem T-Shirt zu verkraften.

David sagt: »Okay, Leute, ich mache mich an die Arbeit!«, und schiebt sich an uns allen vorbei Richtung Küche.

Jojo streicht kurz über seinen Arm, was auch Zeynep nicht entgeht, worauf meine Freundin sich lässig von der Bar löst, einen Arm um meine Schultern legt und mir zuflüstert: »Kannst du mal aufhören, so böse zu gucken, bitte? Und schaffst du es eventuell auch noch, ein bisschen nett zu sein zu dieser Frau, die dir nichts getan hat?«

»Bin ich doch«, flüstere ich lahm zurück.

Die ganze Begegnung würde sich auch für mich leichtfüßiger gestalten, wenn David nicht so unglaublich gut riechen würde. Gott sei Dank wird dieser Raum gleich mit dem Duft von Gebratenem erfüllt sein, dann wird es sicher einfacher für mich.

Jetzt muss ich wohl so lange hierbleiben, bis wir den Burger gegessen haben. Erst danach kann ich mich mit meinen Kindern treffen und dann endlich nach Hause gehen und mich in Embryonalstellung aufs Bett legen und ins Leere starren. Vielleicht sollte ich das hier als eine Art Trainingseinheit betrachten? Vielleicht kann ich mich so für immer abhärten gegen die Liebe?

Ist das nicht auch die Grundidee einer Konfrontationstherapie, dass man sich zum Zwecke der Heilung immer wieder konfrontieren sollte? Ja, je öfter ich David sehe, desto unempfindlicher werde ich wahrscheinlich.

Ich lausche Zeynep, die mit Jojo irgendein Regenbogen-Straßenfest in Kreuzberg auswertet, auf dem sie beide waren. Ich stelle mir währenddessen David und Jojo beim Sex vor. Ich versuche, die Bilder, die in meinem Kopf auftauchen, abzuwehren, aber es hilft nichts. Ich muss vielleicht endgültig akzeptieren, dass ich offensichtlich durch etwas Passenderes und Unkomplizierteres ersetzt wurde.

Endlich, nach einer Ewigkeit, in der ich mich von Zeyneps und Blutis todlangweiligem Gespräch über die Zubereitung von türkischem Frühstück habe berieseln lassen, kommt David mit den Burgern aus der Küche und ich ringe mir ein Lächeln ab. Ich habe keine Ahnung, ob es echt aussieht, aber ich zwinge den rechten und linken Mundwinkel dazu, eine Aufwärtsbewegung zu machen.

»Tadaa«, sagt David fröhlich und stellt einen dampfenden Teller vor mich. Und sofort steigere ich mich in die Frage hinein, ob es vielleicht etwas bedeuten könnte, dass ich als Erste von ihm mit Nahrung versorgt werde. Das muss doch bedeuten, dass ihm mein Überleben am wichtigsten ist, oder nicht?

David stellt jetzt Zeynep und schließlich auch Jojo einen Teller hin.

Auf Jojos Teller befindet sich allerdings nur ein in Scheibchen geschnittener Sellerie. Das beweist doch eindeutig, dass ihm ihr Überleben nicht so wichtig ist, sonst würde er ihr richtige Nahrung geben.

»Hey, du bist so süß, aber du weißt doch, dass ich immer noch pappsatt von unserem Essen vorhin bin!«, flötet Jojo nun David an.

Ich gebe es ungern zu, aber hinter meinem netten Lächeln lodert plötzlich ein Feuer. Ich gebe es ungern zu, aber vielleicht bin ich doch ein bisschen eifersüchtig.

Alle unangenehmen Gedanken verschwinden allerdings in dem Moment, als ich mich an einen der Tische setze und in die noch warme Brioche beiße. In Sekundenbruchteilen breiten sich gefühlt siebenundzwanzig verschiedene Geschmacksnoten in meinem Mund aus. Das kunstvolle Brötchen ist weich und zart wie Seide.

Im nächsten Moment schmecke ich eine Spur von Pfifferlingen, Aprikosen und dann Fleisch, das in meinem Mund zerfällt und sich in das Bett aus Butter und Rahmsoße legt, das sich mittlerweile auf meiner Zunge geformt hat.

Zeynep, die neben Jojo an der Theke sitzt, scheint es ähnlich zu gehen, denn sie gibt ein gutturales Stöhnen von sich, das nach einer Art Urgeräusch klingt.

Wow!

Ich schließe beim Kauen die Augen und sage leise: »Oh mein Gott.«

Mir ist jetzt alles egal, ich will einziehen in dieses Briochebrötchen!

Vielleicht ist das die ultimative Lösung für meine platonische Freundschaft mit David?

Ich muss nicht mit ihm schlafen, solange ich mit diesem Brötchen Sex haben darf!

David setzt sich zu mir an den Tisch und strahlt mich an.

Glück muss gar nicht so kompliziert sein.

»Wenn du den Nachtisch probierst, wirst du mir wahrscheinlich für immer verfallen. Nur dass du dich nachher nicht beschwerst, dass dich keiner gewarnt hätte …«, raunt er mir zu.

»Keine Sorge«, lüge ich, »ich bin generell sehr schwer zu beeindrucken.«

Er nickt. »Das glaubst du jetzt, aber du hast keine Ahnung, was noch auf dich zukommt.« Er sieht so überzeugt dabei aus, dass ich es doch ein bisschen mit der Angst bekomme.

Zeynep verhält sich in der Zwischenzeit wie eine echte Freundin und lässt sich von Jojo die alkoholische Auswahl in der Bar zeigen, damit ich ein wenig Ruhe vor ihr habe. Mir zuliebe tut sie sogar so, als würde sie sich dabei amüsieren.

Ich denke gerade darüber nach, wie ich eine sowohl geistreiche als auch platonische Unterhaltung beginnen kann, als David schon wieder Richtung Küche verschwindet.

»Oh wow, holst du die neuen …«, ruft Jojo, wahrscheinlich um ihr Revier zu markieren.

David dreht sich noch mal um, legt den Finger an die Lippen und sagt: »Nichts verraten bitte!«

Ich weiß, dass ich jetzt langsam aufbrechen sollte, aber erstens wäre es jetzt wirklich unhöflich, so kurz vor der angekündigten Überraschung, und zweitens weiß mein Geist zwar, dass es Zeit ist zu gehen, aber mein Körper gehorcht mir nicht. Ich sitze wie angetackert an meinem Platz.

Und da kommt David auch schon aus der Küche zurück und stellt Zeynep und mir je einen Dessertteller mit einer vollkommen geformten Kugel hin, die mit Karamellzucker bestäubt ist. »Ihr seid mein Testpublikum, seid euch eurer Macht bewusst! Das sind meine neuen Mini-Marillenknödel, mit einem kleinen Twist.«

»Was ist der Twist?«, will ich wissen.

Statt David antwortet mir Zeynep, die mit vollem Mund verzückt »Ein Karamellkern« sagt.

Ich stecke den Miniknödel in den Mund, zerbeiße ihn und fühle, wie sich eine paradiesisch schmeckende Flüssigkeit mit kleinen Fruchtstücken auf meiner Zunge verteilt.

Warum habe ich diesen Mann eigentlich nur in mein Bett und nicht auch in meine Küche gelassen?

Und wieso muss ich jetzt an Sex denken, obwohl wir doch hier alle ganz brav zusammensitzen?

Sofort tauchen wieder alle möglichen Bilder unserer letzten Begegnung vor meinem inneren Auge auf. Ich sehe Davids muskulösen Rücken vor mir, auf dem sich Schweißperlen gebildet haben. Ich erinnere mich daran, wie ich meine nackten Arme um ihn geschlungen und mich meinen Körper an seinen gepresst habe. Ich weiß, wie seine Haut riecht, ich sehe ihn vor mir, wie er mich ansieht und dann mit seinem Kopf zwischen meine Beine abtaucht. Ich höre, wie er flüstert: »Du bist so schön.« Ich sehe wieder, wie sich die schmale silberne Kette, die er immer trägt, von seiner gebräunten Haut abhebt. Ich denke daran, wie wir danach eng umschlungen in seinem Bett gelegen haben und ich ihn schon in jenem Augenblick vermisst habe, als wüsste ich bereits, dass das mit uns beiden nicht von Dauer sein könnte. Und nun sind wir tatsächlich in unsere Leben zurückgefallen, wie ich es geahnt hatte und wie es am besten für uns ist.

Bald wird es mir bestimmt gelingen, ihn zu treffen und keinen einzigen sehnsüchtigen Gedanken zu hegen.

Ich muss jetzt mein Leben auf die Reihe kriegen, ich muss einen neuen Job finden, ich brauche nicht noch mehr Probleme und erst recht keine Rivalin, die irgendwelche merkwürdigen Rituale mit dem Mondkalender macht.

Wie auf Kommando höre ich Jojo hinten an der Bar mit Zeynep kichern, die sich heute wirklich für mich aufzuopfern scheint.

Plötzlich steht David auf und nimmt meine Hand: »Komm, du hast die Küche noch nicht gesehen.«

Ich muss aufpassen, dass mir nicht die Beine wegknicken, als ich aufstehe und ihm folge, so wacklig bin ich von dem Film in meinem Kopf.

Reiß dich zusammen, Nina!

Zeynep hat Bluti in ein tiefergehendes Gespräch über Tantrasex verwickelt, wahrscheinlich weil es das einzige esoterische Thema ist, mit dem sie sich auskennt. Ich höre sie sagen: »Nein, du darfst niemals daran denken zu kommen, das ist ja der Witz dabei. Da geht's eben nicht um Leistung und Ziele, du bist ja nicht beim Fußball. Es ist genau umgekehrt. Wenn du wie eine Irre auf das Tor zurennst, musst du stoppen und Pause machen. Du willst nämlich ganz lange warten, bis du ein Tor schießt, wenn du überhaupt eins schießen willst. Im Prinzip bleibst du direkt davor stehen und spielst einfach nur mit dem Ball.«

Jojo kichert, bemerkt aber, dass David und ich auf dem Weg in die Küche sind. »Hey, David«, ruft sie hektisch, »wollen wir heute, wenn alle weg sind, diesen neuen Gin trinken, den ich dir zum Geburtstag geschenkt habe? Gin Tonic Night, du und ich?«

»Klar, können wir machen«, sagt David nur und wirkt dabei ein wenig verlegen, fast als würde er sich unwohl fühlen. Er zieht mich weiter durch einen schmalen Gang zur Küche, die größer ist als gedacht.

An einer Seite reihen sich chromglänzende Geräte aneinander, gegenüber befinden sich große, silbern schimmernde Arbeitsflächen. Es gibt auch einen riesigen Kühlschrank, eine Gefriertruhe und viele verschiedene Töpfe mit Basilikum, Schnittlauch, Kresse und anderen Kräutern. Auf dem Regal steht ein altmodisches Radio, was ich irgendwie rührend finde.

Jasper, den ich von Davids Geburtstag kenne, wirkt überrascht, mich hier zu sehen.

»Ich wollte hier nur kurz noch ’ne Lieferung verstauen, dann bin ich weg«, sagt er ziemlich knapp angebunden.

»Das ist Jasper«, sagt David.

Gerade will ich meine Hand zur Begrüßung ausstrecken und David erklären, dass wir uns schon kennen, als David noch hinterherschiebt: »Das ist Nina, eine gute Freundin von mir.«

Meine Hand erstarrt auf halbem Wege, so sehr erschrecke ich mich. Ich halte jetzt so eine Art Pfötchen vor der Brust, sage: »Genau« und weiß nicht weiter.

Jasper nickt ausdruckslos, zuckt mit den Schultern und sagt: »Ja, wir haben auf deinem Geburtstag kurz gesprochen.«

Ich frage mich, was ich diesem Jasper getan habe, der sich sofort wieder wegdreht und damit beginnt, diverse Kartons einzuräumen, als hätte er es plötzlich sehr eilig.

»Ich zeig ihr nur kurz die Küche«, sagt David, als müsste er sich für meine Anwesenheit entschuldigen.

Vielleicht sollte ich besser gehen? »Ja, dann«, leite ich meine Flucht ein, doch David dreht sich ruckartig zu mir herum und schiebt mir eine kleine Schüssel mit verschiedenen eingelegten Früchten zu: »Hier, probier mal. Daraus wird irgendwann mal ein neues Dessert.«

Ich stehe blöd da, mit dieser Schüssel und ohne Löffel. Weil ich nichts Besseres zu tun habe, gucke ich in die Schüssel hinein und sage: »Wow, toll.«

Und schon verabschiedet sich Jasper und zieht die Tür zum Hof hinter sich zu, nicht ohne mich vorher noch mal eingehend zu mustern und David und mir ein »Na dann macht mal nicht so lange!« zuzuwerfen.

In meinem Kopf hallt der Ausdruck »gute Freundin« nach. Genau das wollte ich doch, oder nicht? Am liebsten würde ich in Tränen ausbrechen. Habe ich nicht vorhin erst Zeynep ausführlichst erklärt, wie glücklich ich wäre, wenn David und ich einfach nur »gute Freunde« sein könnten?

Wieso fühle ich mich dann so, als hätte mir jemand in die Magengegend geschlagen?

»Welches Sandwich hast du als Kind gerne gegessen?«, fragt David und unterbricht damit meine Gedanken.

Ich überlege und sage erst: »Keine Ahnung«, bis mir plötzlich ein ganz bestimmtes Bild vor Augen steht. »Es gab einmal eine Zeit, als mein Vater noch gesund war und Lena und ich noch klein, da hat er uns immer auf den Wochenmarkt mitgenommen. Er hat dort frisches Sauerteigbrot, Tomaten und Käse gekauft. Zu Hause hat er das Brot im Ofen für uns geröstet, es auf beiden Seiten mit Knoblauch eingerieben und anschließend mit Tomatenscheiben und Käse belegt. Wir saßen dann zusammen im Garten und haben darüber gesprochen, was wir während der Woche erlebt haben. Das war eigentlich immer das Beste am ganzen Wochenende. Er hat das mit so viel Liebe gemacht. Huch, entschuldige bitte.«

Ich wische mir eine Träne aus dem Gesicht, die ich erst bemerkt habe, als sie schon bis zu meinem Kinn hinuntergerollt ist. David streicht mir sanft über den Arm: »Du hattest deinen Vater sehr gern, stimmt's?«

Ich nicke. »Ja, er war sanft und lustig.«

»Das ist wirklich der Jackpot«, sagt David langsam und ich sehe ihn verständnislos an.

»Dass mein Vater gestorben ist?«

»Dass du so sehr von ihm geliebt worden bist und das auch gewusst hast. Alle tun immer so, als sei das der Normalfall, dass Eltern ihre Kinder lieben und gut behandeln, aber in Wirklichkeit ist es sehr selten und wie ein Lottogewinn. Das macht den ganzen Unterschied.«

»Dafür hat meine Mutter nicht mehr alle Tassen im Schrank«, gebe ich zu bedenken.

David nickt und grinst: »Aber sie liebt dich.«

Ich nicke: »Auf ihre ganz eigene, durchgeballerte, verzweifelte Art, ja, über alles.«

»Gleich zwei liebende Eltern, absoluter Superjackpot.«

Vielleicht hat er recht? Wenn ich so darüber nachdenke, bin ich vielleicht nicht immer so behandelt worden, wie ich mir das gewünscht hätte, aber an der grundlegenden Liebe meiner Eltern zu mir habe ich auch in den schwierigsten Situationen nie gezweifelt. Ich kenne so viele Menschen, die lebenslang um die Anerkennung ihrer Väter kämpfen oder um ein wenig Zuneigung, auch als Erwachsene noch. Eigentlich fällt mir nur ein Mensch ein, der in einer ähnlichen Situation ist wie ich. »Zeynep, meine Freundin da draußen, die wird auch sehr geliebt von ihren Eltern. Ihre Mutter ist nicht ganz so crazy wie meine, dafür aber ihre Großmutter …«

»Zum Glück bist du ja völlig normal, totaler Durchschnitt, ein Mensch ganz ohne große Überraschungen«, sagt David trocken und grinst mich an.

»Ganz genau«, sage ich und werde dabei etwas unsicher, ob es wirklich so ist.

David schneidet Scheiben von einem knusprig aussehenden Laib Brot ab, sieht zu mir herüber und lacht: »Yep. Ich bin ein großer Fan. Besonders das Hin und Her liebe ich, finde ich großartig!«

Ich stehe neben ihm, mit einer Hand auf die Arbeitsplatte gestützt, und versuche zu ergründen, was er damit meint. Ich habe das Gefühl, mich verteidigen zu müssen.

»Was für dich nach Hin und Her aussieht, ist in meinem Leben eine absolut logisch nachvollziehbare gerade Linie.«

Ich lächele ihn an und versuche dabei auszusehen, als hätte ich gar kein Problem damit, falls er das grundsätzlich anders sehen sollte.

David sieht von dem geschnittenen Brot auf. Er lächelt, aber in seinen Augen schimmert etwas Ernsthaftes. »Klar. Wenn du das sagst. Ich weiß überhaupt nicht, wie ich auf so einen Blödsinn gekommen bin. Ich bitte untertänigst um Entschuldigung.«

Was soll das denn jetzt? Und warum sprechen wir wieder nur über mich? Er ist doch derjenige, der sich merkwürdig benommen hat, und zwar schon nach der ersten Nacht.

»Dann erzähl doch mal von deiner Familie. Wie ist das bei dir und deinen Eltern so?«, frage ich leicht gereizt.

David räuspert sich, beginnt, eine Tomate in Scheiben zu schneiden. Er zuckt mit den Schultern, den Blick auf das Schneidebrett gerichtet. »Meine Eltern sind beide sehr unemotional. Bei uns spielen Gefühle keine große Rolle. Nein, sie sind eher ein Zeichen von Schwäche. Als Kind habe ich immer gedacht, das sei normal. Ich dachte, ich sei falsch. Ich habe mich früher sehr zurückgezogen, habe viel in meinem Zimmer gesessen und gelesen. Ich habe mich damals durch die ganze Kinderbibliothek in unserem Viertel gelesen und habe mir auch aus der Erwachsenenabteilung alles geschnappt, wovon ich schon mal etwas gehört hatte. Von *Gretchen Sackmeier* bis hin zu James Baldwin kenne ich alles. Eigentlich habe ich nur durch Bücher herausgefunden, dass es okay ist, manchmal nicht weiterzuwissen und zu scheitern.«

Ich lächele. »Das passiert auch den Besten von uns, oder?«

»Klar«, sagt er, hebt den Kopf und sieht mich an und sieht dabei traurig aus. »Das ständige Abtun und Herunterspielen meiner Familie von allem, was auch nur mit der Spur eines Gefühls zu tun hatte, hat mich wahrscheinlich geprägt und ab einem gewissen Zeitpunkt krankgemacht. Im Gegensatz zu meinem Bruder war ich nicht in der Lage, den vorgezeichneten Weg zu gehen. Ich bin überhaupt nicht klargekommen an der Uni. Es hat mir alles nichts gesagt. Obwohl es in meiner Familie und auch für mich eigentlich undenkbar war, nicht studiert zu haben, bin ich irgendwann nicht mehr hingegangen. Das war eine düstere Zeit.«

Ich sehe David an, halte seinen Blick, damit er weiterspricht.

»Eine Beziehung ging in die Brüche, eine Frau wurde schwanger von mir, wollte das Kind dann aber nicht. Wir haben lange und viel darüber geredet. Es war wie eine Ironie des Schicksals, dass wir das Kind kurz vor dem Eingriff verloren haben.

Ich hatte so 'ne Art kleine oder vielleicht auch größere Lebenskrise mit Depressionen und so weiter. An einem Morgen dachte ich, jetzt sterbe ich.

Ich habe mich zur Notaufnahme geschleppt und in meinem Kopf war nur der Gedanke: »Das ist er jetzt, das ist der Herzinfarkt, der in meinem Leben passieren wird.« Wir haben Herzkrankheiten in der Familie. Tja, der Witz am Ende war, dass ich absolut gar nichts hatte. Die haben mich nach Hause geschickt mit Top-Blutwerten und so weiter. Ich habe mich unglaublich geschämt, ich habe mich verachtet dafür, dass ich all diesen Ärzten und Ärztinnen ihre kostbare Zeit geraubt hab wie ein Vollidiot. Tja, und weil Männer ja dumm sind und nicht zur Psychotherapie gehen, wurden aus der einen Panikattacke mehrere und dann schließlich Depressionen. Jojo hat mich irgendwann gezwungen, mir endlich helfen zu lassen. Jetzt ist aber alles viel besser. Ist schon ’ne ganze Weile her.«

Er räuspert sich umständlich und schaut weg, auf seine Hände.

Das also ist das große Geheimnis. Das ist die große Krise, von der meine Tochter gesprochen hat.

Jetzt verstehe ich, was da los war in seinem Leben.

Ich fange seinen Blick auf, der sehr unsicher wirkt. Mir fällt auf, dass ich seit einer Weile nichts gesagt habe. Ich gehe sofort zu ihm und umarme ihn. »Das tut mir leid für dich.«

Er nickt in meinen Nacken hinein und nuschelt mit seiner rauen Stimme ein »Yep«. Dann schließt er seine Arme ganz fest um mich. Einen Moment lang mache ich die Augen zu und wir stehen einfach nur da. Ich würde gerne etwas Tröstliches sagen, dass er ja sicher noch ein Kind bekommen wird oder dass die Zeit alle Wunden heilt, aber ob das stimmt, weiß ich nicht.

Behutsam löse ich mich von ihm, nehme meinen Mut

zusammen und entscheide mich schließlich dafür, die Frage auszusprechen: »Wolltest du es denn, das Kind?«

David sieht mich etwas erschrocken an. Ich wusste es, das war zu viel und zu nah. Doch er zuckt dann nur mit den Schultern und sagt ehrlich: »Ja. Ein Kind hätte alles verändert, das war mir sehr bewusst, aber ja, ich wollte, dass sie es behält. Versteh das bitte nicht falsch, es war sicher die richtige Entscheidung für meine damalige Freundin, es ist ja am Ende sowieso anders gelaufen und ich bin auch wirklich kein Abtreibungsgegner … aber ich wollte gerne Vater werden.«

Er hält inne, steht einfach da, an die Arbeitsfläche gelehnt. Er atmet schwer aus. Ich habe das Gefühl, dass er wahrscheinlich immer noch daran zu knapsen hat, wer hätte das nicht?

Weil ich in schwierigen Situationen manchmal geradezu zwanghaft das Gefühl habe, für Heiterkeit sorgen zu müssen, sage ich plötzlich: »Kein Abtreibungsgegner? Schade, ich wollte nächsten Samstag gerne mit dir mit Plakaten mit Embryos drauf und christlicher Popmusik hier vor dem Klinikum protestieren gehen.«

Huch, wo kam das denn her? Ich habe keine Ahnung, wie mein teilweise abwegiger Humor sich immer zuverlässig im falschesten Moment an meiner Schüchternheit vorbeischummelt und nach oben schießt.

Ich werde knallrot und sage lieber nichts mehr.

David sieht mich zu Recht verdattert an, schüttelt ernst den Kopf und sagt dann: »Das finde ich eigentlich nicht so lustig, dass du meinen Glauben lächerlich machst. Ich bete sehr viel.«

Ich schlucke und sage: »Nein, nein, ich meinte wirklich nicht das gesamte Christentum, ich wollte nur … ich habe keine Ahnung, was ich eigentlich wollte, es tut mir leid. Tut mir wirklich total leid, ich weiß, ich kann das nicht wiedergutmachen und …«

Doch da werde ich schon unterbrochen von David, der loslacht und sagt: »Sorry, ich konnte nicht anders, du hast so schockiert ausgesehen und die Vorlage war einfach zu verlockend.«

Ich muss jetzt auch lachen, stupse ihn leicht in die Seite, dann noch mal, dann hält er meine Hand fest, legt sie auf seine Brust und sieht mich an. Ich spüre, wie sein Herz klopft. Ich würde ihn so gerne küssen, aber dann bin ich wahrscheinlich für immer verloren. Ich kann das jetzt nicht.

Stattdessen entscheide ich mich mal wieder dafür, die Stimmung zu ruinieren. Ich kann nicht anders, ich muss es wissen. Ich nehme meine Hand weg, räuspere mich wie ein sehr alter Mann und frage mit dünner Stimme: »Diese Frau … war das vielleicht Jojo?«

David sieht mich verwirrt an. Eindeutig ist die Stimmung jetzt im Eimer. Bravo.

»Nein«, sagt er knapp. »Jojo und ich hatten danach immer mal was am Laufen, also viel später, aber das war für uns beide eher Spaß und Ablenkung. Die Frau mit dem Kind hieß Ronja. Wir haben uns schon ewig nicht mehr gesehen. Die ganze Beziehung war für uns beide nicht gesund.« Seine Stimme klingt noch rauer als eben, falls das noch möglich ist.

Für mich hört sich das alles emotional kompliziert an, viel zu kompliziert für jemanden wie mich. Ich spüre ja schon jedes Mal, wenn er ihren Namen ausspricht, diese blödsinnig brennende Eifersucht auf Jojo, auf die ich überhaupt kein Anrecht habe. Es war eine gute Entscheidung, ihn nicht zu küssen. Es ist genau richtig, dass wir ab jetzt gute Freunde sind. Mein Herz schafft das nicht, das ist alles zu intensiv.

Ich trete einen Schritt zurück und atme die Spannung weg. David lächelt mich an. Ich lächele zurück.

Warum ist es so schwierig, diese beiden Nächte auszublenden? Wann kann ich diese Bilder endlich überschreiben? Ab wann wird sich mein Magen nicht mehr schlagartig zusammenziehen, wenn wir uns begegnen?

Ich vergesse nach fünf Minuten jedes Passwort, jede Telefonnummer und zuverlässig den Tag, an dem ich meine Steuererklärung abgeben muss.

Hier, wenn ich sie wirklich mal gebrauchen kann, versagt meine Vergesslichkeit kläglich. An jede Pore und jeden Leberfleck dieses Mannes kann ich mich erinnern. Ich könnte das große David-Quiz gewinnen, ich könnte alle Detailfragen zu seiner Haut beantworten, dem Sitz eines jeden einzelnen Haars, den Herz- und Kopfnoten seines Geruchs.

»Ja, bitte?«, sagt David und grinst mich an. Ich bemerke erst jetzt, dass ich ihn die ganze Zeit stumm ansehe.

Ich werde rot. »Vielen Dank für alles heute, das war wirklich schön, aber ich muss jetzt langsam los in die Klinik«, sage ich mit einer freundlichen Fernsehmoderatorinnenstimme.

David sieht mich mit einem enttäuschten »Jetzt schon?«-Blick an. Er nickt und sagt: »Okay, das mit den Depressionen war too much. Oder warst du schon bei der Fehlgeburt raus?«

Das sollte ein Witz sein, aber er sieht verletzt aus und ich ärgere mich maßlos über mich selbst. Und natürlich gerate ich in Panik und plappere los: »Oh Gott, du hast ja völlig recht. Nein, ich fühle mich wirklich geehrt, dass du mir das erzählt hast. Ich glaube sowieso, als empfindsamer Mensch bekommt man zwangsläufig irgendwann mal im Leben eine Depression. Wenn man es genau nimmt, ist es beinahe schon uncool, keine zu haben. Ich finde das überhaupt kein unangenehmes Thema, wirklich, das musst du mir glauben.« Ich versuche, mein Sprachtempo zu drosseln, halte kurz inne und sage dann langsam: »Das meine ich echt so: Ich fühle mich geehrt, dass du mir das erzählt hast, ehrlich.«

David lacht los und sagt: »Entschuldige, es war einfach so verlockend! Du bist einfach zu gutgläubig. Ich mache nur Spaß!«

Stimmt das oder will er sich nur herausreden, weil ihm das doch zu viel Nähe mit mir war? Ich habe keine Ahnung. David nimmt mich in den Arm, sagt noch mal leise in mein Haar: »Entschuldige. Und jetzt noch mal ernsthaft: Ich hätte mich damals über das Baby gefreut und ich mag Kinder, aber mittlerweile wünsche ich mir das nicht mehr, denke ich, ziemlich sicher sogar.«

Ich nicke, löse mich von ihm, sehe ihn an und sage: »Du wärst sowieso ein schrecklicher Vater.«

Er blickt mich erst erschrocken an, bemerkt dann aber mein Grinsen und versetzt mir einen spielerischen Schlag mit dem Geschirrhandtuch.

»Musst du wirklich gehen?«, fragt er noch mal.

Ich nicke. »Ich will zu meiner Mutter in die Klinik, ich war den ganzen Tag nicht da.«

Er seufzt »Okay« und beginnt trotzdem damit, mir mehrere verlockende Kaffeevariationen »zum guten Abschluss« anzubieten, doch ich lehne ab. Wenn ich eine

Minute zu lange hierbleibe, schaffe ich es vielleicht nicht mehr, diese Freundschaftsnummer aufrechtzuerhalten. Baby-Steps für mich.

Schließlich packt mir David noch Sandwiches für meine Familie ein und bringt mich zurück in den Gastraum, wo Jojo an der Bar sitzt und mich so ansieht, als wüsste sie genau Bescheid über meine wacklige Gefühlslage.

Wie gesagt, ich muss hier weg. Zeynep hingegen mustert mich so intensiv, als könnte sie nur dadurch herausfinden, was in der Küche geschehen oder eben nicht geschehen ist. Sie rutscht von ihrem Barhocker herunter und sagt erstmal: »Schade, das war wirklich spannend, was du erzählt hast, Jojo. Bitte bald wieder, ja?«

»Ich kann überhaupt nicht fassen, dass du noch nie meditiert oder Yoga gemacht hast. Und dass du noch nie etwas von Crystal Healing gehört hast, ist ein Verbrechen«, sagt Jojo.

»Ich weiß, das müssen wir ändern«, flötet Zeynep. Zufällig weiß ich, dass meine beste Freundin seit über sieben Jahren keinen Sport gemacht hat, weil sie der Meinung ist, »dass das nur etwas für Leute ist, die zu wenig Sex haben«. Und Yogastudios bezeichnet sie als »Versammlungsort selbstbezogener Arschlöcher, die zu viel Zeit und Geld haben«. Gerade deswegen muss sie in der letzten halben Stunde mit Jojo Höllenqualen durchlitten haben, nur damit David und ich ungestört sein konnten. Das rechne ich ihr hoch an. Und wie gut sie spielt bei der innigen Abschiedsumarmung mit Bluti. Absolut oscarreif.

Jojo drückt mich im Anschluss auch fest an sich und raunt mir »Tschüss, Süße« ins Ohr.

Sie löst sich schnell wieder, als Zeynep sagt: »Ach, warte, ich wollte dir doch noch meine Nummer geben!«

Also sie geht wirklich bis zum Letzten für mich!

Während also Zeynep, die beste Freundin der Welt, und Jojo mit dem Einspeichern ihrer Nummern beschäftigt sind, stehen David und ich verlegen voreinander.

Ich sage: »Danke noch mal für alles!«, und lasse damit offen, ob die Sandwiches, das nächtliche Telefongespräch oder die Orgasmen gemeint sind.

Ich gebe mir einen Ruck, umarme ihn kurz, küsse ihn auf die Wange und wende mich zum Gehen. Dann drehe ich mich noch mal um und sage schon wieder: »Und danke noch mal«. Orientierungslos bleibe ich stehen und denke darüber nach, was ich noch Intelligentes sagen könnte.

Zeynep hat mit einem Blick verstanden, dass es jetzt schnell gehen muss, bevor ich mich hier weiter zum Lappen mache. Sie hakt mich blitzschnell unter, zerrt mich mit sich und winkt den anderen beiden noch mal hektisch zu.

Bluti ruft uns noch hinterher: »Kommt uns bald mal wieder besuchen!«

Als wir draußen sind, muss ich kichern. »Yoga und Meditation? Habt ihr euch vielleicht auch noch über Engelwesen und Trolle unterhalten?«

»Die Wirkung von Meditation ist wissenschaftlich erwiesen, wusstest du das nicht? Das hat nichts mit Esoterik zu tun.«

Ihr Antwort klingt etwas schnippisch. Ich weiß natürlich, wieso sie genervt ist. Ich hätte sie nicht mit dieser Idiotin allein lassen dürfen.

»Tut mir wirklich leid, dass das so lange gedauert hat.

Ich wollte ja früher gehen, aber wir haben geredet«, sage ich kleinlaut.

»Kein Ding, alles gut.«

Zeynep stapft mit energischen Schritten voraus.

Mit jedem Zentimeter, den wir uns von Davids Laden entfernen, werde ich trauriger. Darauf war ich nicht gefasst. Eben ging es mir noch einigermaßen gut, in Anbetracht der Situation, aber meine Stimmung scheint sich jetzt geradezu schlagartig zu verschlechtern. Mir steigen sogar Tränen in die Augen, als wir Gott sei Dank schon weit genug weg sind.

»Hast du mal 'n Taschentuch?«, frage ich mit dünner Stimme.

Zeynep sagt nichts. Sie bleibt einfach nur stehen, reicht mir ein fusseliges Tempo aus ihrer Jackentasche und umarmt mich. Und da passiert es: Sturzbäche von Tränen laufen meine Wangen hinunter. Ich hänge an meiner Freundin, die mir beruhigend über den Rücken streicht, und heule wie ein altes Klageweib.

»Ist ja gut, ist ja gut«, gurrt Zeynep immer wieder, während ich ihr stockend erzähle, worüber David und ich gesprochen haben. Ich fühle mich jämmerlich.

Mein Herz fühlt sich gebrochen an und ich weiß, dass das jetzt eine Weile so bleiben wird. Als ich Davids Traurigkeit gespürt habe, hat sie mich so an meine eigene erinnert, habe ich mich ihm so nah gefühlt, dass es mir körperlich wehtut, nun wegzugehen. Das, was wir gemeinsam haben, trennt uns. Jemand wie ich, die alles Emotionale so wenig abfedern kann, funktioniert einfach nicht mit jemandem, der ganz genauso ist. Das spüre ich noch deutlicher, als ich es Zeynep erkläre und mir dabei zuhöre.

Sie nickt nachdenklich: »Und was könnte Schlimmes passieren am Ende? Wovor hast du solche Angst?«

Darauf sprudelt es aus mir heraus: »Das ist doch klar. Wenn ich jemand bin, der oft so wackelig ist, wie kann ich mich jemandem antun, der ernsthaft mit Depressionen zu kämpfen hat oder hatte. Das wird ja nicht das letzte Mal gewesen sein in seinem Leben. Das in Kombination mit mir macht doch wahrscheinlich alles noch schlimmer für ihn. Das macht mir einfach Angst. Und wenn er ernsthaft mit mir zusammen wäre, dann wäre ich dafür verantwortlich, dass er nie Vater werden könnte. Das wäre dann meine Schuld. Er sagt zwar, dass er das nicht mehr möchte, aber ich will nicht der Grund für ihn sein, es für immer zu besiegeln. Damit könnte ich nicht leben.«

Zeynep runzelt die Stirn. »Hat er nicht gesagt, dass er keine Kinder will?«

»Und wie kann ich sicher sein, dass er das nicht mir zuliebe gesagt hat? Er ist fast zugrundegegangen daran, dass er dieses Baby verloren hat. Das macht doch überhaupt keinen Sinn, dass er jetzt keine Kinder mehr will.«

Zeynep sieht mich mit gerunzelter Stirn an: »Ich wollte vor zehn Jahren gerne ein Tattoo mit einem Hasen mit Sonnenbrille, der ›Sunny Bunny‹ sagt, das hat nicht geklappt, und jetzt will ich das nicht mehr.«

»Ich finde, das mit dem Baby ist schon etwas anderes«, antworte ich und schiebe traurig hinterher: »Ich weiß einfach, dass es besser so ist, auch wenn ich es gern anders hätte.«

»Mal angenommen, er findet heraus, dass er doch Vater werden will, dann würde er sich doch wahrscheinlich trennen. Meinst du nicht, dass du ihn bevormundest, wenn du das einfach entscheidest?«

»Das kann schon sein, aber was ist denn eine Beziehung wert, wenn ich immer darauf warte, dass ich verlassen werde?«

»Und wenn du ihm einfach glaubst? Man kann erwachsenen Menschen ja auch manchmal glauben.«

Ich habe keine Ahnung, was ich darauf sagen soll. Sie könnte sogar recht haben.

Zeynep sieht mich forschend an, scheint eine Antwort haben zu wollen. Ich öffne meinen Mund in der Erwartung, dass eventuell etwas Sinnvolles aus ihm herauskommen wird, da piept plötzlich mein Handy.

Mit Herzklopfen fische ich es aus meiner Handtasche. Wie ein Mantra sage ich mir selbst, dass es ganz egal ist, ob er mir geschrieben hat oder nicht. Ich muss aus diesem Gefühlschaos herausfinden, das ich mir selbst eingebrockt habe.

Ich entsperre mit zitternden Fingern mein Handy und blicke etwas orientierungslos auf das Display.

Was genau hat denn da gepiepst?

Nachrichten auf den üblichen Kanälen habe ich keine.

Ich gucke zusammen mit Zeynep suchend auf dem Bildschirm herum und finde nichts.

Plötzlich fängt sie an zu lachen und sagt immer wieder: »Ich fasse es nicht! Ich fasse es einfach nicht!« und »Das gibt's echt nicht!«

Ich habe keine Ahnung, was passiert ist und was es einfach nicht geben könnte.

»Nina! Das ist dein Tinder. Da hat tatsächlich einer angebissen!«

Zeynep reißt mir schließlich das Telefon aus der Hand,

tippt darauf herum und starrt atemlos die Bilder an. »Guck, da will dich einer kennenlernen mit deinem echten Alter! Unglaublich!«

Tatsächlich. Zeynep reicht mir das Handy zurück. Auf dem Display entdecke ich einen älteren Herrn, der sehr seriös aussieht. Er heißt Hannes und trägt auf drei von vier Fotos einen Anzug.

Ich sehe mich um und gucke, ob er vielleicht in der Nähe ist, weil ich anscheinend das Internet immer noch nicht begriffen habe.

»Ein fünfzigjähriger Mann, der einer fünfzigjährigen Frau ein ›Superlike‹ gibt! Das hat die Welt noch nicht gesehen«, sagt Zeynep noch mal und: »Mit dem stimmt wahrscheinlich irgendwas nicht. Vielleicht will er dich umbringen! Den triffst du nicht allein, da komm ich lieber mit.«

Blitzschnell tippt Zeynep etwas auf meinem Handy, ich kreische erschrocken auf: »Spinnst du? Jetzt hab ich den zurückgelikt, oder wie?«

Tatsächlich, Hannes hat ebenfalls ein »Superlike« von mir erhalten. Und dann steht da noch: »Hey, bald mal Lust auf einen Kaffee?«

Zu allem Überfluss geht in diesem Moment eine E-Mail von der Compliance-Firma ein.

Der Termin ist um drei Tage verschoben worden. Ich habe keine Ahnung, wie ich damit umgehen soll und was mich da erwartet.

Mit einer abrupten Bewegung stecke ich das Handy in meine Tasche, als könnte ich so alles ungeschehen machen.

Die Angst vor der Zukunft sitzt mir im Nacken. Wo soll ich nur hin, was soll nur aus mir werden? Ich fühle mich zu alt, um schon wieder von vorne zu beginnen. In absehbarer Zeit werde ich wohl meinen Job verlieren, wenn sich im Konzern nichts ändert. Dann muss ich mich wieder bewerben, eine Firma finden, die Lust darauf hat, eine fast fünfzigjährige Frau einzustellen. Nach meiner Scheidung habe ich unzählige Bewerbungen losgeschickt, auf die meisten keine Antwort erhalten. Auch in den vergangenen Monaten haben Zeynep und ich uns immer wieder mal auf in Frage kommende Stellen beworben, sind aber bisher nicht einmal zu einem Gespräch eingeladen worden. Die Lage ist generell schlecht, es werden eher Stellen ab- als aufgebaut. Wenigstens kann ich inzwischen ein wenig Arbeitserfahrung vorweisen, das ist doch immerhin ein Pluspunkt oder nicht? Ich habe nichts Erspartes, keine Sicherheit und wenig Hoffnung.

Als ich auf dem Weg zur Klinik in der U-Bahn sitze, muss ich sämtliche Selbstbeherrschungskräfte aufwenden, um nicht wieder loszuheulen. Draußen zieht die nächtliche Stadt vorbei. Nur vereinzelt laufen Menschen durch die dunklen Straßen. Keine meiner Sorgen will ich mit meinen Kindern teilen und noch weniger mit meiner Schwester. Mit Ersteren nicht, weil ich nicht von meinen eigenen Kindern getröstet werden will, das geht nur andersherum, weil ich ihre Mutter bin, für immer. Und mit meiner Schwester will ich das nicht besprechen, weil sie mir ihr tadelloses Leben ins Gesicht drücken wird, bis ich daran ersticke.

Lena

Man muss wirklich sagen, trotz der damaligen Scheidungswirren und der Schmerzen, die Nina ihren Kindern damit zugefügt hat, hat sie es doch geschafft, diese beiden Menschen zu klugen und mitfühlenden Erwachsenen zu erziehen.

Die letzten Stunden in der Klinik waren durchgehend wohltuend und sogar richtig lustig.

Ben ist ein absoluter Charmebolzen, der zudem auf eine sympathische Art bescheiden ist. Ständig reißt er Witze über sein Studentenleben in London, erzählt, wie er permanent als deutscher Rüpel auffalle, weil die Engländer einfach so viel feiner und höflicher seien als er.

Gerade erklärt er Lena, dass er fast sein ganzes Geld für Bücher ausgibt, sodass er manchmal von zwei Avocados am Tag lebt. »Das ist der ultimative Trick, musst du mal ausprobieren, die sind so fett, dass das ewig vorhält. Wenn du dich an dem Tag dann wenig bewegst und nur liest, kommst du easy damit klar.«

Marie schüttelt nur den Kopf und sagt tadelnd: »Du bist sowieso ein dünnes Erdmännchen, du musst essen, sonst wirst du noch durchsichtig!«

Marie, die auf dem Besucherstuhl neben dem Bett sitzt und die Hand ihrer Oma streichelt, hält ihrem Bruder sofort einen Fünfzig-Euro-Schein hin.

Es rührt Lena, dass ihre Mutter im Halbschlaf die Sauerstoffmaske zur Seite schiebt und etwas benebelt von den Schmerzmitteln nuschelt: »Das Bärchen braucht mehr Taschengeld!«

Lena erinnert sich daran, dass »Bärchen« immer Bens Spitzname war, als er noch ganz klein war.

Dass er Bücher so sehr liebt, dass er dafür einen knurrenden Magen in Kauf nimmt, beschäftigt Lena.

Was gibt es eigentlich in ihrem Leben, das so wichtig für sie ist?

Bisher waren das wohl die Kinder und Flori, in genau dieser Reihenfolge.

Sie verspürt einen deutlichen Stich, weil sie insgeheim froh darüber ist, dass Flori am Wochenende mit Phil zu diesem bescheuerten Weinseminar fährt. Das ganze Getue mit der Weinkennerei geht ihr jetzt schon auf die Nerven. Jedes Mal, wenn sie bei Floris Geschäftsfreunden eingeladen sind, scharen sich die Männer um den obligatorischen Weinkühlschrank, als wäre es der heilige Gral.

Auch sie haben jetzt zu Hause so ein Ding stehen, genau da, wo Lena eigentlich von einem schönen, antiken Buffet geträumt hatte, in das sie das edle Geschirr stellen wollte, das sie von Floris Eltern zur Hochzeit bekommen haben.

In Floris Familie hat immer alles seine Ordnung, alles wird so gemacht, wie man es eben macht. Zur Hochzeit gab es das Geschirr und einen Beitrag zur Anzahlung für das Reihenhaus in Hannover, zu den Geburten der Kinder bekamen sie jeweils ein Sparkonto für die Ausbildung und eine Goldmünze.

Sonntags gibt es bei Floris Eltern mittags einen Braten und am Nachmittag um Punkt drei Kaffee und Kuchen. Der Kuchen wird ausschließlich in einer bestimmten Bäckerei geholt, weil der Sohn des Besitzers in derselben Studentenverbindung war wie Floris Vater. Floris Mutter holt dort jede Woche die gleiche Kombination: ein Stück Herrentorte und ein Stück Altdeutschen Apfelkuchen. Während sie beide Stücke genau in der Hälfte durchschneiden, um so jeder beide Sorten essen zu können, dreht sich die Unterhaltung darum, ob das Backwerk diesmal gut gelungen ist. Früher hat diese eiserne Routine Lena Sicherheit vermittelt, das war genau das Leben, nach dem sie sich immer gesehnt hatte.

Jetzt spürt sie, dass sie ein enges Gefühl im Hals bekommt bei dem Gedanken daran, dass ihre Schwiegereltern von ihren Eheproblemen erfahren könnten.

Jetzt, wo sie ihnen gleich zwei Enkelkinder geschenkt und dazu noch gelernt hat, wie man ein perfektes Weihnachtsmenü zubereitet, würde sie direkt wieder in Ungnade fallen.

Floris Eltern hatten immer fest damit gerechnet, dass ihr Sohn die Notarstochter aus dem Nachbarhaus heiraten würde, die dazu auch noch adelig war.

Lena, der Abkömmling einer verwitweten Säuferin, war damals ein ziemliches Downgrade gewesen. Nur mit übermäßig viel Fleiß und Unterwürfigkeit hatte sich Lena in die Herzen der Schwiegereltern, insbesondere das der Schwiegermutter gedient.

Um die Aufmerksamkeit des Schwiegervaters zu erlangen, war sie ohnehin nicht hübsch genug, auf jeden Fall nichts, womit man im Golfclub hätte angeben können. Wenn jetzt herauskäme, dass es zu Hause Spannungen gibt, wäre Lena wahrscheinlich für immer unten durch.

Da Flori mindestens zweimal die Woche vom Büro aus mit seiner Mutter telefoniert, hat Lena keine Ahnung, wie der Informationsstand in Floris Familie aussieht.

Was soll sie also tun?

Nach dem schönen Tag mit Lulu war ihr eigener Haussegen leider komplett in Schieflage geraten.

Was Lulu über die Vorgänge im Konzern zu berichten wusste, hatte bei Lena noch mehr Fragen aufgeworfen, als sie ohnehin schon hatte, und die alles entscheidende lautete: Wie tief steckt ihr Mann inzwischen in der ganzen Sache?

Von Lulu wusste sie ja nun, dass er sogar ein Budget zur juristischen Verteidigung des Konzerns verwaltete und zu diesem Zweck mit Phil zusammenarbeitete.

Flori reagierte überaus gereizt auf ihre Frage und betonte, dass er bereits genug unter Druck stehe und nicht noch eine Inquisition seitens Lenas gebrauchen könne. Diese Aussage brachte Lena dann endgültig auf die Palme. Dass er sie mit fanatischen religiösen Folterknechten verglich, schlug dem Fass nun wirklich den Boden aus. Die ganze Sache war schließlich in einer großen Schreierei geendet, während der sie schließlich die Orientierung über ihre zahlreichen Vorwürfe verloren hatten. War Flori nun ein »perfides Arschloch« oder ein »rückgratloser Wicht«?

»Entscheide dich mal, das widerspricht sich nämlich alles!«, hatte Flori sie mit hochrotem Kopf angebrüllt.

Wahrscheinlich hatte er damit auch recht. Die Eskalation war aber notwendig gewesen, um den eigentlichen Grund für Lenas Wut zu verdecken.

In Wirklichkeit war sie nämlich einfach nur traurig darüber, dass sie Floris Bewunderung verloren hatte. Damals, als sie sich kennenlernten und seine Karriere am Anfang stand, hatte er sie beinahe täglich um Rat gefragt, den er auch jedes Mal befolgte. Wann hatte sich das geändert, seit wann beriet er sich nur noch mit seinem dämlichen Kollegen Cedric und vor allem warum? Lena war es doch, die jeden seiner Karriereschritte zusammen mit ihm geplant hatte. Sie konnte am besten abschätzen, wo es sich lohnte, Einsatz zu zeigen, und wo man sich besser raushalten sollte.

Sie hatte so gut wie nie danebengelegen mit ihren Einschätzungen, weil sie eben mit dem Gehirn und nicht mit dem Gefühl an die Sache heranging. Wenn man die meiste Zeit seines Lebens übersehen wird, macht einen das zu einer guten Beobachterin. Zumindest in den Bereichen, in die Lena nicht emotional involviert war, konnte sie immer eine treffende Prognose abgeben.

Verstand Flori denn nicht, dass sie als seine Frau doch sowieso auf seiner Seite war? Sie konnte sich noch gut daran erinnern, wie er früher an ihren Lippen gehangen hatte, wenn sie ihm mal wieder mit viel Geschick dabei half, sich aus einer beruflichen Sackgasse herauszumanövrieren. Dass er sie nicht einmal mehr fragte, konnte sie ihm einfach nicht verzeihen.

Wortlos hatte sie vor seinen Augen den Teller mit dem für ihn zubereiteten Rumpsteak in den Mülleimer gekippt und ihm dann das Bettzeug auf die Couch im Arbeitszimmer geworfen.

Natürlich hat sie seit dem Zerwürfnis auch schon überlegt, ob sie alles wieder in Ordnung bringen sollte, frei nach dem Motto des englischen Königshauses: »Never complain, never explain«!

Sie weiß, wenn sie sich bei Floris Rückkehr vom Weinseminar einfach wieder wie in ihren besten Zeiten gibt, anschmiegsam und verträglich, und dazu noch Königsberger Klopse auftischt, ist der erste Schritt zum häuslichen Frieden schon getan.

Aber sosehr sich Lena diesen einen friedlichen Abend auch vorzustellen versucht, sie kann sich nicht dazu durchringen.

Zu groß ist mittlerweile die Wut auf sein wichtigtuerisches Gehabe, als wüsste sie nicht, wo sie beide einmal angefangen haben. Dass er sich auch strategisch unfassbar dämlich in der Firma verhält, soweit Lena das richtig einschätzt, bringt zudem das Wohlergehen der ganzen Familie in Gefahr. Sie war ohnehin von Anfang an dagegen, das sündhaft teure Reihenhaus zu mieten, so wichtig sie es auch gefunden hatte, eine Adresse mit der richtigen Grunewalder Postleitzahl zu haben.

Lena hätte Flori dazu geraten, sich unauffällig aus dieser ganzen Compliance-Nummer herauszuziehen. Die klugen Leute im Konzern taten das ganz sicher. Egal, wie es am Ende ausginge, ein paar Bauernopfer würde es geben und Benedictas Mann wäre mit Sicherheit nicht darunter. Dieser idiotische Cedric, der Flori in sein Team geholt und den Intelligenzquotienten einer Amöbe hat, würde das Ding ganz sicher gegen die Wand fahren. Und dann?

Genau das hat sie Flori ins Gesicht geschrien, dass er ein Opfer seiner eigenen Eitelkeit geworden sei. War er denn von allen guten Geistern verlassen, sich an diesen Vollidioten zu hängen? Nur weil jemand als einer der wenigen Auserwählten einen Tisch im *Grill Royal* ergattern und dann dort zusammen mit Flori irgendwelche angeberischen Kennerdrinks trinken konnte, die nach rostigen Nägeln schmeckten, hieß das noch lange nicht, dass er eine einzige vernünftige Entscheidung treffen konnte. Und ganz offensichtlich war er dazu nicht in der Lage, sonst müssten sie sich nicht mit der brenzligsten Angelegenheit der gesamten Firma befassen.

Nur weil Flori sie dabei erlebte, wie sie zusammen mit den Kindern das Buchstabenlied sang, hieß das doch nicht, dass sie ihr Denkvermögen eingebüßt hatte. Sie hätte sich gern gemeinsam mit Flori hingesetzt, einen Schlachtplan entworfen, jeden Schritt hätte sie mit ihm besprochen und ihn aus dieser misslichen Lage befreit.

Um das Thema Ehrlichkeit in ihrer Ehe ein wenig zu propagieren, hatte sie neulich sogar überlegt, Flori ihre Botoxaktion zu gestehen, auch weil er sich zugegebenermaßen seit ein paar Tagen immer wieder laut darüber wunderte, dass sie so untypisch entspannt aussah. Nach dem Nachmittag bei Lulu hatte sie sich jedoch gegen ein Geständnis entschieden und sogar einen weiteren Termin für eine ausgiebige Beautybehandlung ausgemacht.

Seit dem letzten lautstarken Streit mit Flori gestern wundert sich Lena über die geballte Wut, die tief aus ihrem Innern zu kommen scheint und nicht wegzukriegen ist. Es fühlt sich so an, als wäre sie schon seit Jahren da und hätte nur auf einen perfekten Anlass gewartet.

Erschöpft setzt sich Lena neben Marie auf den zweiten unbequemen Besucherstuhl im Zimmer ihrer Mutter, die nun ein wenig klarer wirkt und mit ihrer Enkelin plaudert. Wahrscheinlich lässt die Wirkung des Schlafmittels langsam nach, das sie doch sehr lahm im Kopf gemacht hat. Jetzt sieht sie vergnügt in die Runde.

»Ist das gemütlich, dass wir alle mal zusammen sind. Was haltet ihr davon, wenn wir gemeinsam zum Surfen nach Portugal fahren?«

Lenas Mutter schiebt die kleine Sauerstoffmaske wieder über ihren Mund. Marie streichelt ihre Hand: »Nun wirst du erstmal gesund und dann fahren wir, wohin du willst, ja?«

»Das bisschen Husten, da reichen ein warmer Pulli und Saft.«

»Kannst du bitte mal drei Minuten am Stück die Maske aufbehalten? Die Ärztin hat gesagt, der Sauerstoff ist wichtig für dich«, sagt Lena in einem möglichst strengen Ton zu ihrer Mutter, die mal wieder keine Lust hat, sich an Regeln zu halten.

»Wir müssen auch besprechen, welcher Pflegedienst sich um dich kümmern soll, wenn du nach Hause kommst, ja?«

Das ist Lenas mindestens fünfter Versuch, einen Plan für die nächsten Wochen zu erstellen.

Doch Karin schüttelt nur entschieden den Kopf: »Ein Pflegedienst? Also, ihr spinnt ja alle!«

Marie, Ben und Lena werfen sich Blicke zu, da klopft es leise an der Tür, die sofort danach geöffnet wird. Alle sehen zu Nina, die mal wieder blendend aussieht.

»Mein Sonnenschein, mir geht es wieder ausgezeichnet!«, hört Lena Karin rufen, nachdem Nina zuerst sie und dann ihre Kinder umarmt hat.

»Ich glaub's ja nicht, du hast schon wieder rosige Wangen!«, ruft Nina überrascht aus. Dann beugt sie sich zu ihrer Mutter hinunter und umarmt sie innig und streichelt ihr über den Kopf. Von Nina geht eine ungewohnte Zartheit aus, stellt Lena fest.

»Wenn du nach Hause kommst, dann machen wir es uns richtig schön, ja? Dann zieh ich ein Weilchen zu dir.« Statt des üblichen Protests nickt Karin diesmal nur und stößt einen wohligen Laut aus.

»Na, lässt du dich auch mal blicken?« Lena ist selbst von ihrem aggressiven Tonfall überrascht.

Nina sieht sie erschrocken an. »Aber ich war doch die ganze Nacht hier und ich habe extra gesagt, dass ich später komme.«

Lena weiß nicht genau, was sie darauf sagen soll. Sie atmet erstmal tief durch.

Nina rollt genervt mit den Augen und sagt: »Na das ist ja eine Begrüßung.«

Auch die anderen drei Familienmitglieder scheinen es so zu sehen, dass Lena sich im Ton vergriffen hat.

Das macht Lena aber nur noch wütender.

Ihre Schwester hat sich inzwischen auf die andere Bettkante gesetzt. Sie streichelt ihrer Mutter über die Wange und sagt immer wieder: »Na, du machst ja Sachen, was?«

Ben und Marie nicken zustimmend.

Marie sagt: »Wir hatten ganz schön Angst um dich!«

Nina greift nach ihrer Tasche, zieht eine Pappschachtel hervor und öffnet sie so, dass alle sehen können, was sich darin befindet.

»Tadaa! Ich hab euch Sandwiches mitgebracht. Hat hier vielleicht jemand Hunger?«

»Die sehen ja köstlich aus!«, ruft Karin begeistert.

»Hmmm, so gut«, sagt Marie, nachdem sie den ersten ungeduldigen Bissen genommen hat. Auch Ben greift begeistert zu.

Dass Nina immer im Mittelpunkt ist, wo sie geht und steht, kommt mir einfach nicht gerecht vor. Charme wird tausendfach belohnt in dieser Welt, die sich von Oberflächlichkeiten ernährt.

Lena fällt das Logo auf der Pappschachtel ins Auge. Den Namen kennt sie doch und sie weiß auch, woher, weil sie sie nämlich neugierig gegoogelt hat, direkt nachdem sie Nina mit dem jungen Mann ertappt hatten. Mit Marie hat sie vorhin auch kurz darüber gesprochen.

»Ist das der Laden von dem Typen, mit dem du dich seit Neuestem herumtreibst? Du machst ja auch schöne Sachen, Schwesterherz! Wie alt ist er überhaupt? Ich hoffe, dir ist klar, wie merkwürdig das aussieht?!«

Den letzten Satz meint sie eher als Feststellung denn als Frage.

Lena nimmt sich auch eins von den wahrscheinlich vollkommen überschätzten Hipster-Broten und beißt hinein. Der Geschmack ist nicht ganz verkehrt, das muss sie schon zugeben.

Nina sieht jetzt getroffen aus und Lena tut ihr Kommentar kurz wieder leid, aber eben nur kurz.

Nina seufzt und sagt einfach trocken: »Und was geht dich das an?«

Natürlich hat sie recht damit.

Aber eine starke innere Kraft treibt Lena an, weiterzumachen. Schnippisch entgegnet sie: »Dir ist hoffentlich klar, dass so ein junger Typ wie er dich nur verarscht! Du weißt hoffentlich, dass das nichts von Dauer sein kann?

Abgesehen davon, dass es peinlich aussieht, hat er wahrscheinlich einfach eine Art fixe Idee, einen Spleen, der befriedigt werden musste, aber kein ernsthaftes Interesse, oder?«

Ninas Kinder scheinen ihrer Meinung zu sein, denn Marie sagt laut und deutlich: »Es ist wirklich peinlich, Mama! Das geht doch sowieso schief!«

Auch Ben räuspert sich und sagt leise: »Was willst du denn von dem? Fängst du bald auch noch an, meine Freunde anzubaggern?«

Dann holt Marie noch mal tief Luft und wird sehr emotional: »Ich hab so die Schnauze voll! Erst lasst ihr euch scheiden, Papa und du, dann machst du einen auf ›Ich bin ja so happy und zufrieden in meiner Mini-Wohnung‹ und jetzt knutschtst du mit diesem Typen besoffen auf der Straße rum? Ernsthaft? Hast du sowas wie 'ne Midlife-Crisis? Das wirkt alles so lost und so daneben! Ich kann dir überhaupt nicht mehr in die Augen gucken!«

Wow, Lenas Nichte ist wirklich in Fahrt. Treffer, versenkt.

Nina sieht verletzt aus, will etwas sagen, doch ihre Mutter kommt ihr zuvor und sagt alarmiert: »Was ist denn los bei euch? Mit wem hat sich Nina eingelassen?«

Nina zuckt mit den Schultern: »Nichts, Mama, lass gut sein.«

»Sie trifft sich mit einem fast zwanzig Jahre jüngeren Typen«, sagt Lena scharf.

Jetzt dreht sich Marie zu Lena um: »Ich finde es ja auch supergestört. Dieser Typ hat vielleicht einen Mutter- oder Alterskomplex, was weiß ich!«

Lena nickt.

Nina steht auf, stemmt die Hände in die Hüften. Sie wendet sich direkt an Marie: »Ach, ja? Jemand, der sich in mich verliebt, der muss gestört sein, oder wie? Hab ich etwa dich so bezeichnet, als du ein Jahr lang plötzlich streng katholisch sein wolltest, aber noch nicht mal das Vaterunser konntest? Habe ich dich so behandelt, als du im Urlaub in Österreich so getan hast, als hättest du einen französischen Akzent?«

Doch bevor Marie antworten kann, wird sie von Lena unterbrochen: »Ist doch klar, dass sie sich schämt. Wenn du in einem öffentlichen Restaurant rummachst wie eine Vierzehnjährige! Floris Freund hat alles gesehen. Wie peinlich du bist, einfach zum Fremdschämen!«, schreit sie.

Oh, diese Wut, es tut so gut, sie rauszulassen.

Ihr Neffe Ben scheint jetzt auch aufgewacht zu sein und reißt die Augen auf: »Sogar rumgemacht hast du mit dem? Wo war das?«

Nina schießen die Tränen in die Augen: »In diesem *Grill Royal*, okay?«

»Da gehst du hin? Da bekommst du einen Tisch? Also, das wird ja immer dubioser!«

»Ich war da genau ein Mal, du kannst dich wieder beruhigen«, zischt Nina.

»Kann mir das mal bitte jemand erklären? Wer hat gegrillt?«, fragt ihre Mutter verwirrt.

»Du solltest dich lieber schämen für deinen Mann. Der macht die Drecksarbeit für diesen Scheiß-Konzern!«, schreit Nina jetzt plötzlich und funkelt Lena an.

Was soll das denn jetzt?

Lena wird nervös. Weiß Nina vielleicht etwas, was sie nicht weiß? Und falls ja, hätte sie es ihr doch sagen müssen als ihre Schwester? Das ist das Schlimmste, dass niemand jemals Rücksicht auf sie nimmt! Sie sieht Nina als das, was sie ist: ein riesengroßes Arschloch, das nur an den eigenen Spaß denkt.

Nina ist so wütend, dass sie zittert. Und es kommt noch dicker: »Ihr seid so egoistisch, nur darauf bedacht, wie sich irgendwas für euch anfühlt, ja? Und was ist mit mir? Ich hab die ganze Nacht an Mamas Bett gesessen. Ihr Zustand war dramatisch. Ich dachte, sie stirbt! Ich war hier und hab mich um alles gekümmert!«

»Bitte, du hast mir noch geschrieben, dass alles okay ist und ich bei den Kindern bleiben kann! Du bist eine Lügnerin!«, faucht Lena.

»Also, sterben, das halte ich für übertrieben«, lacht Karin jetzt demonstrativ, wird aber von niemandem beachtet.

»Du hast uns nach Hause geschickt, als es Oma so schlecht ging?«

»Ja, hab ich! Ja, ich hab gelogen, weil, weil, weil …«

Nina scheint sich verheddert zu haben. Für ihr Verhalten gibt es ja auch keinen vernünftigen Grund.

»Du wolltest hier allein sitzen und die Heldin spielen und dafür hast du uns allen Scheiße erzählt und riskiert, dass sie ohne uns stirbt! Das ist das Allerletzte!«

Karin scheint jetzt doch ein wenig zu schlucken, aber darauf kann Lena nun keine Rücksicht nehmen.

»Ich hätte den letzten Moment mit meiner eigenen Mutter verpasst! Du hast sie doch nicht mehr alle!«

Karin schiebt sich noch mal die Maske vom Mund und regt sich mit auf: »Ich bin ja noch hier! Das kann man doch auch nicht immer ernst nehmen, was die Ärzte sagen! Ich könnte Bäume ausreißen!«

Nina blitzt ihre Schwester wütend an: »Du mit deiner Selbstgerechtigkeit! Guck du mal lieber, was da im Konzern los ist, wo dein toller Mann im Management hockt! Der ist doch ganz sicher verwickelt in diese ganze Scheiße, die da läuft! Erst schaut man zu, wie Frauen am Set misshandelt werden, und dann macht man ihnen Angst.«

Lena fährt dieser Vorwurf in alle Glieder. »Ich wüsste nicht, wofür sich Flori schämen müsste! Ich weiß nicht, was du dir da zusammenfantasierst. Wir müssen uns im Gegensatz zu dir für überhaupt nichts schämen!«

Ben und Marie stehen mittlerweile eingeschüchtert in einer Ecke des Zimmers und verfolgen gebannt das Geschehen.

Ein bisschen Angst hat Lena schon, dass da jetzt etwas kommen könnte, worauf sie nicht gefasst ist. Ihre Schwester kocht vor Wut, man kann es deutlich sehen. Es fühlt sich gut an, die immer gelassene Nina endlich mal lebendig zu sehen.

Von der Mutter kommt aus dem Krankenbett nur noch ein komplett sinnloses »Nun streitet doch nicht, ihr seid doch Schwestern!«.

Doch Nina scheint das nicht zu interessieren. Sie sieht Lena voller Verachtung an: »Ja? Denkst du? Ja, bei euch ist immer alles so sauber, was? Ihr fühlt euch mir so überlegen mit eurem Musterleben. So perfekt seid ihr und ich hab mein Leben versaut, ja? Ihr seid so sauber, dass ich manchmal kotzen möchte!«

Lena schluckt. Gar nichts ist perfekt. Und wieder steigt der Hass auf Flori in ihr auf. Wenn er sich mal dazu herabgelassen hätte, sie vernünftig zu informieren, könnte sie jetzt ganz leicht dagegenhalten, aber so lässt er sie ohne Waffen für die Ehre ihrer Familie kämpfen, als wäre es egal, was sie aushalten muss.

Lena atmet tief durch, sammelt alle noch verbliebenen Kräfte und knallt ihr die nächsten Sätze hin: »Du bist leider überhaupt nicht informiert! Der ganze Vorstand hat diese Frauen längst entlarvt! Du hast doch keine Ahnung! Da geht es um viel Geld und das muss Flori jetzt alles in Ordnung bringen! Diese Frauen sind Schlampen und die haben ganz genau gewusst, was sie da tun, und jetzt wollen sie den Konzern unter Druck setzen! Das sind miese Erpresserinnen! Du bist so dumm, dass du ihre Geschichten glaubst! Die ganze Sache ist längst geregelt. Da gibt es Beweise!«

Das hat gutgetan. Besonders der letzte Satz war zwar gelogen, aber es war ein wohltuendes Gefühl, endlich mal wieder Herrin der Lage zu sein. Sie hat natürlich absolut keine Ahnung, ob es irgendwelche Beweise gibt.

Lena nimmt Ninas hasserfüllten Blick wahr. Es macht sie rasend, dass ihre Schwester ihr das Gefühl gibt, als wäre Lena drei Jahre alt und hätte verbotenerweise vom Kuchenteig genascht.

Aber so läuft das nicht. Lena kann auch mal die Dinge beim Namen nennen, den Ton vorgeben und reinen Tisch machen. Und wenn man das tut, dann doch vielleicht gleich richtig: »Ist ja kein Wunder, dass du ein chaotisches Liebesleben hast, es wurde uns ja schon so vorgelebt!«

Lena funkelt ihre Mutter an: »Ich habe irgendwann aufgehört zu zählen, wie viele Typen du betrunken aus der *Eisente* mitgebracht hast! Und ich habe mir geschworen, dass ich meinen Kindern sowas nie antue. Die haben ein heiles Zuhause, wo jeden Tag ein warmes Essen auf den Tisch kommt und gemeinsam gebastelt wird!«

»Ja, und wo dein fucking Mann an seiner Karriere bastelt und die Töchter anderer Leute zerstört! Herzlichen Glückwunsch! Und falls es euch alle interessiert, ich habe überhaupt kein Liebesleben mehr, es ist sowieso vorbei, alles ist vorbei!«, faucht Nina außer sich.

Dann kommen ihr wohl ihre Kinder in den Sinn. Sie sieht rüber zur inzwischen leeren Zimmerecke.

Ben und Marie scheinen sich getrollt zu haben.

Lena sieht in das wutverzerrte Gesicht ihrer Mutter, die plötzlich losschreit: »Was maßt du dir eigentlich an? Ich habe euren Vater jahrelang gepflegt! Ich habe alles für euch getan!«

Lenas Blut pulsiert, als sie wie ein verwundetes Tier schreit: »Ich hatte rote Turnschuhe auf der Beerdigung meines Vaters an, weil du wie immer gesagt hast: ›Das sieht ja keiner!‹ Alle haben das gesehen! Alle!«

Karin schießen die Tränen in die Augen. Sie heult auf. »Du weißt überhaupt nicht, wie schlimm das damals für mich war, du hast keine Ahnung, wie sehr ich getrauert habe, wie wenig Geld wir hatten. Und was solltest du denn mit schwarzen Schuhen, aus denen du sowieso gleich wieder rausgewachsen wärst, hm?! Wir haben euch so geliebt …«

Sie reißt die Arme hoch, wobei sie sich in dem Schlauch der an der Bettseite herunterbaumelnden Sauerstoffmaske verheddert. »Ich bin vielleicht nicht perfekt, aber du kannst doch keinen Pauschalvorwurf daraus machen, dass ich nicht immer alles so gut hingekriegt habe.«

Lena lacht auf: »Nicht gut hingekriegt? Ist das dein Ernst? Ja, du hast meine ganze verdammte Kindheit nicht hingekriegt! Und das mit den roten Schuhen kannst du nicht so herunterspielen! Das war richtig schlimm für mich, so an allen Leuten vorbeizulaufen! Auf Papas Beerdigung!«

Nina atmet hörbar genervt ein und wirft ihrer Schwester einen Blick zu, der Lena durch Mark und Bein geht. »Na und? Wieso ist es dir immer so scheißwichtig, was andere Leute denken? Das ist so armselig! Du hast doch keine Ahnung, was Mama alles durchgemacht hat, nachdem Papa gestorben ist! Ich habe alte Briefe gefunden, da steht alles drin. Sie hatte sich in einen Lehrerkollegen verliebt und dieser Frank Voltz hat geduldet, dass das ganze Kollegium ihr das Leben nach der Affäre zur Hölle gemacht hat!«

»Wie bitte? Du hast meine Briefe gelesen? Das ist ja wirklich das Allerletzte!«

»Welcher Frank Voltz? Der, der so aussah wie ein Wikinger? Der mit den Krümeln im Bart?« Lena sieht verwirrt in die Runde, wird aber ignoriert.

In Karin brodelt es gewaltig. Sie fegt mit einer einzigen Bewegung alle Gläser und Tassen vom Nachttisch. »Das sind *meine* Briefe! Das ist *meine* Privatsphäre. Dazu hattest du kein Recht! Hat es dir Spaß gemacht, in meinen Sachen rumzuwühlen? Ja? Ich will kein Wort mehr hören über Frank oder dieses bigotte Kollegium! Und ich hab mir den Allerwertesten abgerackert für euch Mädchen! Ich habe den Ring verkauft, den meine Großmutter mir vererbt hatte, nur damit ich euch dieses scheißsexistische Barbiehaus schenken konnte. Mir selbst habe ich nie etwas gegönnt, immer hat sich alles nur um euch gedreht! Und jetzt kommst du auch noch mit dieser uralten Geschichte, Nina! Das geht keine von euch etwas an!«

»Ich hätte ja vielleicht gerne gewusst, wieso du plötzlich die Schule wechselst! Das ging mich sehr wohl was an, schon allein weil ich dir dauernd geholfen habe! Wärst du vielleicht mal ein bisschen ehrlicher zu uns gewesen damals, dann wären Lena und ich heute nicht so gestört!«, schießt es aus Nina heraus.

Lena laufen mittlerweile dicke Tränen über die Wangen. »Wer ist dieser Scheiß-Frank?«

»Das geht euch nichts an! Das ist meine Sache!«, ruft ihre Mutter noch mal und wird von einem Hustenanfall geschüttelt. Nina klopft ihr mit ausdrucksloser Miene auf den Rücken. Lena hat immer noch keine Ahnung, um welche Briefe es da geht.

Ihre Schwester stellt sich jetzt ans Fußende des Bettes, sie zittert vor Wut. Nina atmet tief durch, sieht ihre Mutter an und sagt mit bebender Stimme: »Weißt du eigentlich, was ich damals immer wieder überlegt habe, als du dich nicht um uns gekümmert hast, als du es geschafft hast, zwei Kinder wochenlang allein zu lassen? Ich habe mir gewünscht, dass du gestorben wärst und nicht Papa! Das ist die Wahrheit und das geht dich sehr wohl was an!«

Die Mutter wird leichenblass, klappt den Mund auf und zu, bleibt aber stumm. Nina scheint die letzten Worte zurückholen zu wollen. Sie schlägt die Hand vor den Mund und flüstert: »Tut mir leid, tut mir leid …«

Lena hat keine Ahnung, aus welchem Winkel ihrer Seele diese derart rohe Sprache kommt, aber sie hört sich laut und deutlich schreien: »Fickt euch doch alle! Ich wünschte, ich wäre nicht mit euch verwandt!«

Im selben Moment öffnet sich die Tür des Krankenzimmers.

Nina

Es wirkt unfreiwillig komisch, wie die beiden Krankenpfleger, die gerade die Tür geöffnet haben, besorgt und fasziniert zugleich in das schreiende Gesicht meiner Schwester starren.

»Wir, ähem, dachten, eventuell hat hier jemand Schmerzen?«, fragt der eine unbeholfen. Der andere steht nur daneben und lächelt uns blöde an.

Hinter mir, höre ich das demonstrativ aggressive Räuspern meiner Mutter, die sich anscheinend die Stimmbänder lockert und dann mit überraschend ruhiger Stimme sagt: »Klar haben wir Schmerzen! Haben wir alle! Wir sind Frauen, verdammt noch mal, wir müssen diese ganze Welt und ihre Ungerechtigkeit aushalten! Und jetzt gucken Sie doch nicht so erschrocken, als hätte ich hier etwas Unerhörtes gesagt! Sie haben sich doch wahrscheinlich auch noch nie mit den Problemen und der Lebensrealität von Frauen befasst, aber im Bett mit uns liegen wollen Sie dann, stimmt's? Ihr seid doch alle gleich, gar nicht so besonders, wie ihr immer denkt!«

Meine Mutter sieht selbstzufrieden in die Runde.

Der Pfleger, der die Frage gestellt hat, sieht nicht so aus, als wollte er mit uns im Bett liegen. Der andere, der noch gar nichts gesagt hat, sagt plötzlich: »Ich bin eigentlich schwul.«

Darauf hat meine Mutter so schnell auch keine Antwort außer »Na ja, gut«.

Zerknirscht versprechen die beiden Pfleger meiner Mutter, sich in Zukunft mehr mit der Lebenswelt von Frauen zu beschäftigen, wahrscheinlich hauptsächlich um sie zu beruhigen.

Mit gespieltem Widerwillen lässt sich meine Mutter von einem der beiden ihr Kissen aufschütteln. Der andere überprüft die Sauerstoffmaske und misst ihr den wahrscheinlich rasenden Puls. Es ist totenstill im Zimmer.

Lena betrachtet die Szene, schüttelt erst langsam den Kopf, sieht dann meine Mutter hasserfüllt an und faucht: »Da hattest du ja wieder einen schönen Auftritt!«

Ich halte sie nicht auf, als sie aus dem Zimmer rauscht.

Meine Mutter schnäuzt sich lautstark in ein Taschentuch und sieht mich mit verheulten Augen an.

Ich sage noch mal leise: »Tut mir leid, das mit den Briefen.«

»Der Puls ist ein bisschen hoch heute, wir dürfen uns nicht so aufregen«, sagt Pfleger Nummer 2.

Meine Mutter ignoriert ihn, tätschelt etwas von oben herab seine Hand und sieht mich triumphierend an. »Und dass du dir gewünscht hast, dass ich tot bin, tut dir nicht leid?«

Die beiden Pfleger schauen erschrocken. Pfleger Nummer 1 tut allerdings schnell so, als müsste er die Medikamente überprüfen.

Als ich zu meiner Mutter ans Bett trete und meine Hand ausstrecke, schlägt sie sie mit dramatischer Geste weg. Sie dreht ihr Gesicht zur Seite und beauftragt die beiden Krankenpfleger, mir bitte auszurichten, dass sie jetzt Ruhe brauche.

Ich nehme meine Jacke und meine Tasche und mache mich auf den Heimweg. Im Klinikaufzug lese ich eine Nachricht von Marie, die mir ebenfalls mitteilt, dass ich sie und Ben bitte erstmal in Ruhe lassen solle. Sie müssten sich ausruhen von unserem »dysfunktionalen Scheiß«. Das versetzt mir einen Stich, aber ich weiß auch, dass sie recht haben und dass sie es nicht verdient haben, einen solchen Streit miterleben zu müssen.

Ich bin überrascht, dass ich noch Tränen übrig habe nach dem heutigen Heulkrampf. Während ich die nächtliche Torstraße Richtung Wedding entlanglaufe, läuft mir das salzige Wasser über die Wangen, einfach so, als wäre das jetzt mein Normalzustand.

Ich tippe eine hektische Entschuldigungsnachricht an meine Mutter, die das Handy ausgeschaltet hat. Auch Lena geht nicht ans Telefon. Um bei meinen Kindern anzurufen, die mir ja klar gesagt haben, dass sie Ruhe vor mir brauchen, fehlt mir der Mut.

Ich habe keine Ahnung, wie lange Ben noch in Deutschland bleibt. Wann wird wohl meine Mutter aus der Klinik entlassen und wer holt sie ab?

Ich wünschte, ich wäre nicht so aus der Haut gefahren, ich wünschte, wir wären eine normale Familie, falls es das überhaupt gibt. Sind wir wirklich dysfunktional, wie Marie es nennt?

Oder stimmt das, was David gesagt hat, dass Liebe allein schon den Unterschied macht? Nach dem Klinikdrama heute bin ich unsicher.

Ich habe den Hass in den Augen meiner Schwester gesehen, ich habe ihn sogar körperlich gespürt. Ich frage mich, woher er kommt. Ist das eine Art späte Abnabelung oder etwas Schlimmeres? Mit welcher Abscheu sie mich angesehen hat, das Bild will mir nicht aus dem Kopf.

Wenn wir nicht zufällig mit dem gleichen Genpool ausgestattet wären, hätten wir dann überhaupt etwas miteinander zu tun?

Und anscheinend weiß sie ja bestens Bescheid darüber, was bei uns in der Firma gerade passiert. Wie kann sie plötzlich so mitleidlos sein, oder war sie das schon immer?

Eigentlich hatte ich immer Mitleid mit ihr, weil sie es schwer hatte, Freundschaften zu schließen und Männer kennenzulernen.

Vielleicht war ich deswegen immer großzügig zu ihr, habe ihre unfreundliche Art zu oft weggesteckt?

Vielleicht habe ich sie dadurch darin sogar bestärkt, also Lena quasi dazu enabled?

War das falsch oder womöglich sogar herablassend von mir, ihr immer ein gewisses Quantum Welpenschutz zuzugestehen?

Lena hasst mich jetzt und ich finde sie, wenn ich ehrlich bin, auch nicht sonderlich sympathisch. Warum kann nicht Zeynep meine Schwester sein? Bei ihr fühle ich mich einfach immer verstanden.

Ich wähle ihre Nummer, während ich zu Hause die

Treppe hochsteige, die Wohnungstür aufschließe, sie hinter mir zumache und mich auf mein Bett fallen lasse.

»Du kannst dir nicht vorstellen, was gerade los war. Willst du dir mit mir in einer schummrigen Bar den Ärger wegtrinken, bis uns schlecht wird und wir uns beim Laufen aneinanderklammern müssen?«, frage ich.

Doch als ich schon wieder aufspringen will, höre ich am anderen Ende der Leitung ein langes Räuspern und: »Das, äh, das passt jetzt gerade schlecht.« Zeynep hat die Stimme gesenkt und spricht plötzlich sehr leise.

»Wieso flüsterst du?«

Ich höre Geraschel im Hintergrund, dann sagt Zeynep: »Hör zu, lass uns morgen früh über alles sprechen, okay?«

»Du klingst so ernst, stimmt was nicht?«

Und dann höre ich nur noch: »Passt jetzt gerade nicht.«

Ich will noch etwas sagen, merke aber, dass Zeynep aufgelegt hat.

Warum klang sie so komisch? Habe ich sie vielleicht auch enttäuscht? Wer bleibt mir noch, jetzt, wo meine Familie kaputtgeht?

Meine Gedanken überschlagen sich.

Ich fühle mich überflüssig auf der Welt.

Es ist so still hier.

Ich liege regungslos und komplett angezogen auf dem Bett herum und starre an die Decke.

Ich bin allein, so allein wie schon lange nicht mehr.

Träge lasse ich den Blick über mein bescheidenes Heim wandern. Ich sehe den rumpeligen alten Esstisch, die zusammengewürfelten Stühle, die kleine grüne Küchenzeile, die wahrscheinlich seit den Achtzigern in dieser Wohnung ist. Mein Blick fällt auf das fleckige Parkett, das an den meisten Stellen knarzt, genau wie mein

Körper morgens beim Aufstehen. Ich sehe rüber zu dem wackeligen alten Schrank, den ich auf dem Flohmarkt am Arkonaplatz gekauft habe.

Hier ist nichts von Wert, nur lauter Dinge, die ihre besten Zeiten hinter sich zu haben scheinen. Passt ja zu mir.

Einen Vorteil hat es aber. Wenn ich diese Welt eines Tages verlassen sollte, wird sich ganz sicher niemand um das Erbe streiten müssen.

Das Licht der Straßenlaterne fällt auf den unförmigen Klumpen, den ich getöpfert und auf den Balkon verfrachtet habe.

Bei Nacht sieht das Gebilde gar nicht so hässlich aus, sondern eigentlich ganz schön, was auch immer es ist. Wenn ich die Linien einfach ein wenig sanfter mit den Händen nachbearbeitet hätte, die Übergänge unsichtbar gemacht, da, wo ich neuen Ton angesetzt habe, hätte es eigentlich ein sehr eleganter Klumpen werden können.

Ich gehe auf den Balkon, um mir mein Werk genauer anzusehen. Das Ding ist Schrott, aber ich habe ja noch etwas Ton übrig.

Die kühle Luft tut gut. Ich höre gedämpfte Stimmen von der Straße, was mir das Gefühl gibt, dass ich objektiv betrachtet eben doch nicht ganz allein bin.

Das Licht, das ich eben noch für die Straßenlaterne gehalten habe, ist tatsächlich der Vollmond.

Mein kleiner Balkon ist in silbriges Licht getaucht.

Was soll's.

Ich nehme den Ton aus der Plastikverpackung, hole mir aus der Küche ein Arbeitshöckerchen und starte mit dem Boden für eine Vase, vielleicht auch für eine Skulptur, wer weiß das schon so genau?

Ich drücke meine Finger in die kalte Masse, befeuchte sie mit Wasser und merke, wie alles geschmeidig wird, wenn ich nur lange genug knete, wenn ich nur Geduld habe.

Irgendwo auf einem anderen Balkon ertönt »Tired Of Being Alone« von Al Green, das Lieblingslied meines Vaters. Ein warmer Luftzug streift mich im Nacken.

Ich sehe nach oben in den Nachthimmel. »Hallo Papa.«

Bei den letzten Takten des Songs beuge ich mich wieder hinunter und arbeite weiter. Ich stelle mir nicht vor, wie genau die Vase aussehen soll, ich lasse mich einfach von meinem Gefühl leiten. Ich forme erhabene geschwungene Linien, die alle in dieselbe Richtung und nach oben streben.

Vor meinem inneren Auge sehe ich einen Baum, einen schönen, großen, kräftig gewachsenen Baum. Ich lasse meine Gedanken in meine Arbeit einfließen und fühle mich so verbunden mit dem Material, als würde es aus meinen Händen herauswachsen.

Wie sehr mir das gefehlt hat.

Ich sitze bis spät in die Nacht hinein auf dem Balkon, bis meine Schultern und Hände schmerzen, und töpfere eine große Skulptur und zwei Vasen.

Völlig erledigt falle ich danach ins Bett, schlafe tief und traumlos, bis der Wecker und die Realität mich viel zu früh wecken.

Mit noch feuchtem Haar laufe ich eilig von der Tram zum Büro. Die Sonne scheint, die Vögel zwitschern laut und schrill, es klingt wie das Echo des gestrigen Familienstreits in meinem Kopf.

Direkt vor dem Aufzug treffe ich auf Zeynep, die auch ziemlich verpennt aussieht. Sie wirkt für ihre Verhältnisse etwas einsilbig. Vielleicht ist sie noch müde? Außerdem unterhalten wir uns sowieso nicht so gerne vor den Aufzügen, weil hier alles aus Glas und Stein zu bestehen scheint und jeder Ton hallt wie in einer Kathedrale.

Ich erzähle trotzdem flüsternd von dem Riesenstreit gestern. Ich mache ihr sogar eine Art Mash-up der dramatischsten Szenen als Zusammenfassung. Ihre Reaktion bleibt verhalten. Ich erzähle ein bisschen weiter, noch immer wirkt Zeynep verhalten. Ich will sie gerade fragen, wieso sie gestern keine Zeit hatte, als sich plötzlich jemand neben uns stellt und ein genuscheltes »Morgen« von sich gibt. Wir fahren beide herum und sehen in das versteinerte Gesicht eines unserer Vorstandsmitglieder, Dr. Ewald von Kloben.

Das ist der mit dieser grässlichen Ehefrau, die Benedicta heißt und jedem erzählt, dass sie aus einem guten Stall kommt. Sie war auch auf dem Geburtstag der Zwillinge, weil sie mit Lulu befreundet ist.

Die Lifttüren des gläsernen Aufzugs, der sogar eine gläserne Decke hat, gleiten lautlos auf.

Der Vorstandstyp nickt uns zu, wir nicken zurück und betreten vorsichtig das für so viel Machtgefälle viel zu kleine Viereck.

Die Türen gehen zu.

Es ist still. Nichts passiert.

Herr von Kloben tippt auf seinem Handy herum. Zeynep sieht mich mit weit aufgerissenen Augen an und macht heimlich ein Zeichen in seine Richtung. Was hat er nur? Ich habe keine Ahnung, werde aber auch nervös und zucke mit den Schultern.

Ohne dass ich es merke, fange ich leise an zu summen und kassiere dafür direkt einen sanften Knuff in die Rippen von Zeynep.

Weiß ein Vorstandsmitglied eigentlich, wie ein Aufzug funktioniert? Hat er jemals zuvor in seinem Leben einen Lift bedient? Ist er überhaupt ein richtiger Mensch?

Schließlich, nach einer kleinen Ewigkeit, sagt Dr. von Kloben: »Wenn Sie dann den Knopf drücken würden?«

»Ja klar, natürlich«, sage ich sofort peinlich berührt.

Ich greife umständlich hinter dem breiten Anzugrücken vorbei. Ich weiß, wo der Mann hinmuss.

»Vierzehnter Stock? Vorstandsetage?«

Bingo.

Dr. von Kloben nickt kaum wahrnehmbar und sagt knapp »j«, ein »Ja« wäre vermutlich zu ausführlich gewesen.

Ich drücke die Vierzehn. Schweigend fahren wir in dem Glasviereck nach oben. Wow. Ich muss die Situation erstmal verarbeiten. Ich habe gerade für einen erwachsenen Mann mit funktionstüchtigen Händen das Knöpfchen gedrückt, weil er es offenbar nicht selbst tun wollte. Dafür ist er anscheinend zu wichtig. Dr. von Kloben sieht die gesamte Aufzugfahrt starr nach oben. Auch für ein Gespräch scheinen wir zu unwichtig zu sein. Ich versuche mir vorzustellen, dass er vor langer Zeit mal ein Kind gewesen ist, der kleine Ewald, den man vielleicht sogar gerne auf seinem Schoß sitzen hatte und der in die Hosen gemacht hat. Jetzt ist der kleine Ewald ein Herr Doktor und lässt sich wahrscheinlich nur noch in einem sündigen Etablissement von jemandem wickeln. Bei dieser Vorstellung muss ich grinsen.

Zeynep sieht zu mir herüber und zuckt kaum merklich mit den Schultern. Endlich kommen wir auf der Vorstandsetage an. Ding, die Aufzugtüren öffnen sich und geben den Blick auf den vierzehnten Stock frei.

Dr. von Kloben nickt uns zackig zu und verschwindet in den grauen Gängen.

Die Türen schließen sich, der Aufzug fährt langsam an, dann prusten Zeynep und ich los. Wir schütteln uns sogar vor Lachen und müssen uns gleich wieder zusammenreißen, denn als wir auf unserer Etage ankommen, laufen wir natürlich direkt Ansgar in die Arme, der uns sauertöpfisch ansieht. »Ah, da seid ihr. Kann ich euch beide mal sprechen?«

Sofort erstirbt das Lächeln in unseren Gesichtern. Das Herz klopft mir bis zum Hals. Ich versuche ruhig zu bleiben und sage betont locker: »Ja, wann passt es denn?«

»Am besten jetzt gleich.«

»Okay, cool«, sagt Zeynep.

Wir folgen ihm in sein Büro, das Ansgar mit forschem Schritt betritt. Er bedeutet uns, auf den beiden Stühlen vor seinem Schreibtisch Platz zu nehmen.

Irgendwie habe ich das Gefühl, dass uns hier nichts Angenehmes erwartet, und ich habe recht.

Unser Einbruch ist doch entdeckt worden und wir bekommen beide eine Abmahnung. Ich war nicht darauf gefasst, dass mein Leben noch beschissener werden könnte, aber das hier ist tatsächlich noch eine Steigerung. Nach drei Abmahnungen könne man gekündigt werden. Darauf werden wir genüsslich hingewiesen.

Was soll ich nur tun, wenn ich wirklich keinen Job mehr habe? Wer stellt mich noch ein?

Ich verfluche mich insgeheim dafür, dass ich mich in das hier eingemischt habe.

Als Zeynep die Tür unseres Büros hinter uns schließt, lasse ich mich kraftlos auf meinen Stuhl fallen. Zeynep setzt sich auf die Fensterbank und zündet sich eine Zigarette an, die sie nach draußen hält, was nicht sonderlich viel ausrichtet. Sie sagt: »Scheiß auf die, das sind Idioten! Ernsthaft, scheiß auf die, wir wollen doch sowieso hier weg!«

In diesem Moment geht mir Zeyneps Rebellentum ziemlich auf die Nerven.

»Zufällig zahlen die Idioten, auf die du gerade scheißt, meine Miete und mein Essen«, sage ich gereizt.

Zeynep sieht mich überrascht an und entgegnet angesäuert: »Ach ja, und ich bin ja Gott sei Dank Millionärin, oder wie? Glaubst du, es geht hier immer nur um deine Probleme? Hallo, ich bin's, Zeynep, genau wie du ein Mensch mit tausend Problemen! Und übrigens: Ich habe gestern geknutscht und nicht nur das, wenn du's genau wissen willst! Das hätte ich dir auch erzählt, wenn du mal gefragt hättest, wie es mir eigentlich geht.«

Ach, deswegen war sie vorhin so still. Sie ist sauer, allerdings bin ich das jetzt auch.

»Wenn du dich mal fünf Minuten nicht mit dir und deinen Problemen beschäftigen würdest, könntest du das vielleicht auch erkennen!«

Ich funkele Zeynep wütend an.

»Glaubst du wirklich, du warst anders, als du jede Woche bei mir zu Hause gesessen hast wegen dieser Scheiß-Steffi? Denkst du ernsthaft, du warst da nicht auch verdammt anstrengend für mich? Und jetzt hab ich eben mal 'ne schlechte Phase! Wenn dir das hier mit mir zu mühsam ist, bitte schön, spar dir deine Energie! Ich komme auch wunderbar allein klar!«

Ich greife mir den ganzen Packen Unterlagen, die wir noch für einen Antrag bei der Filmförderung kopieren müssen, und marschiere aus unserem Büro Richtung Kopierer.

Meine Hände zittern, als ich das erste Blatt einlege. Ich weiß, dass ich hier stundenlang zu tun habe, und das ist wahrscheinlich gut so. Fällt mir jetzt auch noch meine beste Freundin in den Rücken? Ich versuche, mein viel zu schnell klopfendes Herz zu beruhigen.

Nachdem ich mehrere dicke Stapel geordnet und kopiert habe, macht sich die dumpfe Ahnung in mir breit, dass meine Reaktion vorhin eventuell doch nicht die beste war.

Ich packe alles zusammen und gehe zu Zeyneps und meinem Büro zurück. Es ist leer. Ihre Tasche ist auch weg.

Sie ist gegangen, ohne sich zu verabschieden. Auch an ihr Handy geht sie nicht, als ich versuche, sie anzurufen.

Wo kommen denn diese ganzen Wutanfälle her? Sind das die Wechseljahre oder bin das wirklich ich? Das mit Zeynep tut mir auf jeden Fall jetzt schon wieder leid. Wie konnte ich nur so aus der Haut fahren? Neuerdings überrollt mich die Wut wie aus dem Nichts und rast einfach weiter und weiter. Ich versuche mich da genauso herauszuatmen, wie es der Menopausen-Ratgeber vorschlägt. Ich soll mir ein Bällchen vorstellen, das nach oben fliegt, und bis vier zählen, dann Pause machen und noch mal bis vier, dann schließlich ausatmen und bis acht zählen, wozu meine Luft gar nicht mehr reicht.

Ich sehe auf die Uhr an der Wand und versuche noch mal mit dem Sekundenzeiger zu atmen, was mir nach einer Weile tatsächlich gelingt. Vielleicht werde ich aber auch deshalb ruhiger, weil ich anhand der Uhrzeit feststelle, dass mein Arbeitstag vorbei ist.

Ich packe meine Sachen zusammen und beschließe, nicht in die Tram einzusteigen, sondern nach Hause zu laufen.

In Mitte biege ich in die kleine Straße mit dem schönen Blick auf die Museumsinsel ein, die unten an der Spree entlangführt, einfach um mich ein wenig aufzumuntern. Doch das Wasser sieht heute braun und schlammig aus, die Luft ist leicht nebelig und verleiht der ganzen Szenerie einen morbiden Anstrich.

Ich versuche zuerst meine Kinder, dann meine Mutter anzurufen. Niemand geht ran.

Es fühlt sich verdient an.

So viel Streit auf einmal hatte ich noch nicht einmal während meiner Scheidung. In rekordverdächtig kurzer Zeit habe ich alle wichtigen Menschen in meinem Leben vor den Kopf gestoßen. Habe ich wirklich meine Mutter in einem Krankenzimmer angeschrien, und zwar nicht besonders lange nachdem ich um ihr Leben gebangt habe?

Habe ich meine beste Freundin gekränkt, weil sie es gewagt hat, mich auf meine derzeitige Selbstfixiertheit hinzuweisen? Wann habe ich Zeynep das letzte Mal gefragt, wie es ihr geht?

Eigentlich hatte ich ihr versprochen, dass wir zusammen ihre Wohnung streichen. Ich habe auch gesagt, dass ich sie und ihre Eltern mal zum Essen einladen würde. Habe ich das in die Tat umgesetzt? Nein.

Dauernd ging es nur um meine Dramen, um meine Enttäuschung, meine Ängste, meine Sorgen, mein unaufhörliches Gelaber.

Habe ich mich zur Krönung des Ganzen dann noch in eine imaginäre Liebe zu einem viel jüngeren Mann hineingeträumt, weil ich so einsam bin, dass ich nach jedem Strohhalm greife?

Beinahe wäre ich an den großen Fenstern des *Grill Royal* vorbeigelaufen, ohne es zu merken. Ich bleibe stehen und sehe hinein. Um diese Uhrzeit sitzen erst wenige Gäste an den Tischen. Da habe ich auch gesessen und mir eingebildet, dass ich noch ein Wunder erleben könnte.

Ich schäme mich für mich, schäme mich dafür, dass ich alles immer so ernst nehme. Ich schäme mich auch dafür, dass dieser Lebenshunger einfach nicht aufhören will.

Warum fällt es mir so schwer, glücklich zu sein? An einem der Tische in der Mitte des Restaurants sitzt eine kleine Familie, fein gemacht, zwei Kinder im Grundschulalter und die Eltern. Sie unterhalten sich und lachen.

Wie schön. Ich muss lächeln und sehe dann, wie das kleinere Kind auf mich zeigt. Alle drehen sich zu mir um.

Ich erschrecke und bemerke, dass ich an dieser Scheibe klebe, als hätte ich Saugnäpfe an den Händen, und wie eine Verrückte nach drinnen starre. Auch ein Kellner hat mich inzwischen bemerkt. Ich löse mich schnell und mache mich beschämt aus dem Staub.

Zu Hause schreit mich meine stille Wohnung an. Die Kinder antworten immer noch nicht auf meine Nachrichten. Sie antworten nicht auf »Es tut mir leid, bitte, wollen wir uns nicht wieder vertragen?« und auch nicht auf »So etwas wird nie wieder passieren, ich verspreche es« und schließlich auch nicht auf »Bitte meldet euch doch. Ich vermisse euch. Eure verrückte Mama«. Keine Antwort. Ich gebe auf.

Ich setze mich auf den kleinen Balkon und hebe die Plastiktüten von meinen Vasen ab, die alle gut getrocknet zu sein scheinen. Ich hole die neu gekauften Farben aus meiner Tasche und beginne eine dünne Farbschicht aufzutragen.

Ich mache mir leise Musik an, nicht zu laut, falls vielleicht doch noch jemand zurückruft. Ich lasse den schmalen Pinsel über den Bauch der Vase nach oben zum Hals gleiten, orientiere mich an der Struktur, die ich getöpfert habe.

Diese Vase wird blau, weil ich mich »blue« fühle. Ich habe blaue Farben in allen Schattierungen und drehe jetzt alle Flaschen auf, tauche meinen Pinsel ein. Es ist wie früher, ich bin so vertieft, dass ich alles vergesse.

Da scheint es in meiner zerrütteten Seele diesen kleinen friedlichen Raum zu geben, den ich so lange nicht betreten habe. Ich male, und es ist nicht wichtig, für was oder für wen, es reicht mir, den Pinsel über den Ton zu führen. Ich denke nicht, sondern sehe einfach dabei zu, wie Blau an Blau an Blau meine Vasen bedeckt.

Als ich fertig bin, schnappe ich mir den halben Joint, den Zeynep mal hier vergessen hat, und rauche und sehe in den Nachthimmel. Ich weiß, dass ich alles in Ordnung bringen muss, dass es Zeit ist, aufzuräumen.

Am nächsten Morgen stehe ich früh auf. Bei der ersten Tasse Kaffee betrachte ich mein Werk. Schön sind die Vasen geworden. Wie die Farbe genau wird, weiß man ja erst nach dem Brennen, aber trotzdem sehen die vielen Blautöne, mit denen ich die erhabenen Linien bemalt habe, wunderschön organisch aus. Sie sind schlank und gehen oben wie eine elegante Blüte ein wenig auseinander. Wahrscheinlich sollte man sie mit Lilien füllen oder mit ein paar schönen grünen Zweigen. Es ist lange her, dass ich etwas mit meinen Händen erschaffen habe. Glücklich packe ich meine Vasen in einen Karton, den ich mit Zeitungspapier auspolstere.

Ich steige in die Tram und fahre zu meinem alten Jugendzentrum in Kreuzberg. Wie lange war ich nicht mehr hier?

Am Eingang des Zentrums, das wie eh und je ein mit Graffiti bemalter hässlicher Betonbau ist, begrüßt mich eine nette Sozialarbeiterin namens Manuela, die mir mitteilt, dass es den alten Brennofen tatsächlich noch gibt.

»Draußen zieht's. Komm doch rein, dann drückt es«, sagt die Frau im klischeemäßigen Strickpulli und mit Fisselhaaren. Manuela ist mir gleich sympathisch. Als sie die Tür schließt, atme ich den vertrauten Geruch ein, einen sehr speziellen Mix aus Reinigungsmitteln und alten Turnschuhen.

Ich fühle mich in eine glückliche Zeit zurückversetzt. Alles steht noch dort, wo es früher war. Ich hänge meine Jacke neben jede Menge bunter Kinderanoraks an einen der alten Garderobenhaken. Lena und ich waren früher auch immer schon am Morgen da, wenn wir später Schule hatten und nichts zu essen im Haus war. Das Zentrum scheint noch immer gut besucht zu sein.

Manuela geht vor mir den vertrauten Gang entlang, dessen Wände mit Blumen bemalt sind. »Der alte Ofen ist so lange nicht mehr in Betrieb gewesen, ich seh es als Wink des Schicksals, dass du jetzt hier bist. Es wär so schön, wenn die Kinder wieder töpfern könnten, aber hier gibt es niemanden, der sich mit dem Ofen auskennt. Haha, du siehst, ich winke hier ziemlich kräftig mit dem imaginären Zaunpfahl!«

Ich muss lachen, als Manuela mir zuzwinkert. Wir laufen an den Bastelwerkstätten vorbei, wo hier und da ein paar Schulkinder sitzen und an kleinen Kunstwerken arbeiten.

Dann endlich sind wir am Ziel. Da steht er, der riesige, verstaubte Ofen, und ich muss mich beherrschen, um nicht vor Freude loszuheulen. Ich setze meinen Karton ab und hebe die Vasen heraus.

Manuela betrachtet alles aufmerksam. Sie nickt anerkennend und sagt: »Ja, ja, du kannst das. Das ist Kunst und das meine ich so. Hach, wenn die Kinder das auch lernen könnten. Erneuter Wink meinerseits mit dem Zaunpfahl!«

Und wieder lachen wir über ihren Witz, während der Gedanke in mir anfängt zu arbeiten.

Bevor ich den Ofen einschalte, sieht mich Manuela prüfend an: »Sicher, dass du weißt, wie das geht?«

»Absolut sicher. Glaub mir, das ist wahrscheinlich das Einzige, was ich wirklich gut kann«, antworte ich trocken.

Während der Ofen sich aufheizt, setzen wir uns an einen der Werkstatttische und kommen miteinander ins Gespräch. Manuela erzählt mir, dass sie das Zentrum schon seit Jahren leitet. Sie glaubt fest daran, dass jedes Viertel einen Ort braucht, an den Kinder kommen können, wenn es zu eng, zu laut oder zu viel wird bei ihnen zu Hause, einen Ort, an dem man für sich sein darf.

Dann erzählt sie mir noch, dass sie selbst auch aus einer schwierigen Familie stammt, dass sie sich verstecken musste, wenn ihr Vater vollgepumpt mit allen möglichen Drogen und mit irgendwelchen Freunden im Schlepptau nach Hause kam.

Mit fünfzehn ist sie abgehauen, hat eine Zeit lang mal bei dieser, mal bei jener Freundin übernachtet. Danach kam »eine düstere Zeit«, wie sie mir erzählt. Schließlich hat sie bei einem ähnlichen Jugendprojekt wie diesem hier Halt gefunden, neue Kraft geschöpft und tatsächlich an der Abendschule ihr Abi nachgemacht und ein komplettes Studium durchgezogen, denn: »Wenn du dich nicht bewegst, bewegt sich auch sonst nichts!«, sagt sie.

Ich bin tief beeindruckt.

Wie viel Kraft muss es diese Frau gekostet haben, das alles durchzuhalten, ohne liebende Menschen um sich herum?

Ich sehe auf die Uhr und merke, dass ich jetzt wirklich losmuss und schon viel zu spät dran bin. Rasch erkläre ich Manuela, wie sie meine Vasen brennen kann. Noch bevor ich gehe, macht sie mir ein Angebot. »Was hältst du davon: Ich geb dir jederzeit den Raum und den Ofen und du fängst hier mal an mit ’nem ganz kleinen Kurs für die Kids und guckst, ob dir das Spaß macht. Wir könnten alles auf unserem monatlichen Flohmarkt verkaufen. Das machen wir auch mit den Aquarellen und kleinen Laubsägearbeiten. Die Hälfte vom Erlös ginge ans Zentrum, und die andere könntest du behalten. Na? Willst du mal drüber nachdenken, bis du deine Vasen nachher hier abholst?«

Ich antworte begeistert: »Darüber muss ich nicht nachdenken, ich bin dabei! Ich könnte gut am Wochenende eine Kindergruppe übernehmen! Wahrscheinlich muss ich mich in Zukunft auch mehr um meine Mutter kümmern, aber das krieg ich bestimmt hin.«

Manuela lacht auf und umarmt mich spontan.

Während ich bei anderen Dingen hadere und überlege, steht hier mein Entschluss auf der Stelle unumstößlich fest.

Ich verlasse mein altes Jugendzentrum mit einem Lächeln auf den Lippen. Ja, ich bewege mich und das Leben um mich herum bewegt sich auch.

Als ich gegen 10 Uhr unser Büro betrete, kommt Ansgar sofort angeschossen und teilt mir mit, ich solle mir bloß keine Hoffnung machen, dass das Gespräch von gestern so einfach aus der Welt sei.

»Glaubt ihr, ich lasse mir von euch auf der Nase herumtanzen? So geht das nicht!« Ansgar spricht mit zusammengepressten Zähnen und stößt jeden Laut so hervor, dass kleine Spucketröpfchen in meinem Gesicht landen. Das lenkt mich so ab, dass ich mich kaum auf seine Worte konzentrieren kann. Zudem hat offenbar Zeynep angekündigt, dass sie wegen eines Arztbesuches später kommt, was Ansgar nicht zu glauben scheint.

Zum krönenden Abschluss droht mir mein Vorgesetzter mit einer zweiten Abmahnung wegen meines Zuspätkommens. Ich sehe Ansgar schweigend an, bringe kein Wort zu meiner Verteidigung vor. Auch wenn ich heute noch nicht gefeuert werden kann: Ich bin angezählt.

Als ich mich an meinen Platz setze, entdecke ich eine E-Mail der Compliance-Firma, die mir plötzlich einen Termin für heute Nachmittag eingestellt hat.

Was zum Teufel soll ich nur tun?

Da klingelt mein Telefon. Auf die Nummer auf meinem Display kann ich mir keinen Reim machen.

Lena

Am Morgen nach dem großen Familienstreit in der Klinik und der anschließenden Katastrophe zu Hause fühlt sich Lena wie gerädert. An eine Verarbeitung der Ereignisse ist noch nicht zu denken, zumal alles noch im Gange ist.

Im Flur steht auf alle Fälle Floris gepackte Reisetasche mit den nötigsten Sachen. Sogar der dicke Ralph-Lauren-Pulli mit dem Teddybären drauf, der Klassiker, der für diese Jahreszeit noch viel zu warm ist, liegt in der Tasche und guckt fröhlich durch den noch geöffneten Reißverschluss. Wenn ein Winterpulli eingepackt wurde, hat Flori Lenas Worte wohl mehr als ernst genommen und geht von einer sehr langen bis immerwährenden Abwesenheit aus.

Lena hat nicht die geringste Ahnung, wie sie das den Kindern beibringen soll. In ihrem Kopf hämmern Begriffe wie »gescheitert«, »geschieden«, »alleinerziehende Mutter«.

Der gestrige Abend hat nach dem Streit im Krankenhaus eigentlich ganz friedlich angefangen. Lena hatte es geschafft, sich auf der Fahrt nach Hause einigermaßen zu beruhigen.

Froh und glücklich über ihr schönes Zuhause hatte sie einen Salat mit Wiener Würstchen zubereitet, während Flori noch ein Telefonat im Arbeitszimmer führte.

Plötzlich war Greta nach unten gekommen und hatte laut und deutlich »Scheiße Schlampe« gesagt. Auf die Frage, wer denn so etwas »Gemeines« gesagt habe, hatte Greta fröhlich »der Papa« geantwortet.

Lena hatte die Kinder daraufhin vor eine Folge geistlose Kinder-Entertainments mit irgendwelchen bescheuerten zaubernden Prinzessinnen gesetzt, was sie normalerweise streng limitierte.

Dann war sie nach oben geschlichen und hatte an Floris Tür gelauscht. Was sie dort mitgehört hatte, belegte leider jede der von Nina vorgebrachten Anschuldigungen.

Und es war alles noch schlimmer als gedacht.

Flori sprach darüber, dass die Brisanz der Lage nicht zu unterschätzen sei, dass sich immer mehr Frauen auf Social Media zu Wort meldeten und wie man dieses Phänomen in Zukunft »zu behandeln gedenke«. Darüber hinaus habe einer der Compliance-Officer sämtliche Tagesberichte vom Set angefordert. Das sei ganz normal bei einer gründlichen Überprüfung und Flori sehe sich außerstande, diesem Ansgar den Auftrag zu geben, die Unterlagen zu fälschen. Das gehöre nicht zu Floris Zuständigkeitsbereich. Das würde irgendwann »auch auffallen«.

Anscheinend gebe es zu allem Überfluss noch Ärger

mit zwei Mitarbeiterinnen, von denen eine leider seine aufmüpfige Schwägerin sei, die akut querschießen würden. Flori beschwerte sich ausführlich darüber, dass es für ihn keine klaren Handlungsanweisungen gebe. Er könne auch nicht mehr tun, als den Frauen mit Hilfe von Phils Kanzlei ein wenig Angst einzujagen! Immerhin habe er ja bereits einen Maulwurf, nämlich Ansgar, engagiert, der ihnen wenigstens die Namen aller Frauen nenne, die in dem Verfahren aussagten. Damit hätte er sich bereits genügend in Gefahr begeben.

Der Hauptteil des Gesprächs drehte sich dann aber darum, dass sich das Gerücht verfestigte, dass eine bekannte investigative Journalistin ihnen allen auf der Spur sei und »herumschnüffeln« würde. In diesem Zusammenhang fiel noch mal das Wort »Schlampe«.

Flori beendete das Gespräch damit, dass man das alles dringend noch mal beim Weinseminar besprechen müsse.

Daraufhin wurde es still im Arbeitszimmer. Während Lena dem Gespräch gelauscht und bei jeder neuen Wendung gehofft hatte, dass sich die Vorwürfe ihrer Schwester in Nichts auflösen würden, war es einfach nur immer schlimmer geworden.

Jeder Satz von Flori, den sie stets für grundanständig gehalten hatte, traf sie mitten ins Herz. Er war tief in die ganze Geschichte verwickelt. Und sosehr sie auch zu denken versuchte, dass diese Frauen ja doch nur Aufmerksamkeit wollten, genau wie Lulu es ihr erklärt hatte, so deutlich trat Stück für Stück die Wahrheit zutage. Auch wenn Lena nicht jedes Detail kannte, die Stimme am anderen Ende der Leitung nicht hören konnte, so spürte sie doch, dass Flori einen aktiven Part in einer grundunanständigen Unternehmung übernommen hatte.

Floris Wut war zu durchschaubar. Sie war einfach von Egoismus getrieben und widerte Lena mehr und mehr an, je länger das Gespräch sich hinzog.

Auch wenn sie sich ihre ganze Kindheit lang gegen das linksliberale Geschwätz von Monika und ihrer Mutter gewehrt hatte, schien doch eine ordentliche Portion von deren selbstgerechten Hippie-Idealen an ihr hängen geblieben zu sein. Darüber musste Lena fast lachen. Da wehrt man sich so viele Jahre gegen die eigene Mutter und trägt doch ihre Stimme ganz tief in sich.

Sie konnte nicht anders, als bei jedem neuen Satz von Flori »Lügner« und »Heuchler« und ganz kurz auch »Konzernheini« zu denken, obwohl sie zuvor weiß Gott nie etwas gegen die Firma einzuwenden hatte, ganz im Gegenteil, die Größe des Unternehmens hatte ihr immer Sicherheit vermittelt.

Sie suchte nach Begründungen oder Rechtfertigungen dafür, dass ihr eigener Mann sich in diese Art von Machenschaften hatte verwickeln lassen.

Was würde passieren, wenn dies alles an die Öffentlichkeit kam?

Jetzt fragte sie sich auch, woher ihre Wut gekommen war. War sie so wütend, weil sie die ganze Zeit geahnt hatte, dass die Vorwürfe völlig berechtigt waren? Was war mit ihr los gewesen? War sie vielleicht sogar auf eine dumme Art neidisch auf diese Frauen gewesen, die, ohne es zu wollen, einen Serienstar in Wallung versetzten, während sie nicht mal von ihrem eigenen Mann wirklich wahrgenommen wurde? Sie hatte insgeheim gewusst, dass diese Missgunst anderen Frauen gegenüber nicht besonders fair war, deswegen war sie auch dankbar gewesen für die vielen Worthülsen, die es ja schon gab und die nur darauf warteten, in einem solchen Fall verwendet zu werden.

»Die hat gewusst, was sie tut«, »Es gehören immer zwei dazu«, »Warum hat sie nichts gesagt?«, »Warum ist die nicht einfach gegangen?«, »So ein attraktiver Mann hat das nicht nötig«, »Ich hätte mich gewehrt«, »Sie wollte damit Karriere machen« und so weiter. Solche Satzbausteine gab es zuhauf, man musste sich einfach nur bedienen.

Lena schämte sich an diesem Abend, weil ihr klar wurde, dass sie den feigsten Weg gewählt hatte. Sobald man jedoch damit aufhörte und innehielt, so wie sie an diesem Abend vor der Zimmertür, eröffnete sich ein Blick auf den Zustand der Welt, der nicht angenehm war und viele weitere Fragen aufwarf.

Lena musste, während sie vor Floris Tür hockte, an ihre beiden kleinen Töchter denken und welche Welt auf sie wartete, falls alles beim Alten bliebe. Bei dieser Vorstellung wich ihre Wut und verwandelte sich erst in Scham über sich selbst und dann in eine unendliche Traurigkeit darüber, dass der Mann, den sie liebte, nicht ehrlich zu ihr war.

Nachdem Flori aufgelegt hatte, war auch er noch eine Weile sitzen geblieben zu sein, um dann schließlich die Tür zu öffnen und sich beim Anblick seiner am Türrahmen zusammengesackten Ehefrau zu Tode zu erschrecken. »Seit wann bist du hier? Belauschst du mich etwa?«

Lena nahm sich alle Zeit der Welt, um sich wieder aufzurichten, ihm kalt und direkt in die Augen zu blicken und ganz ruhig zu sagen: »Es ist mir egal, wie du das anstellst, aber du hast das in Ordnung zu bringen!« Und: »Ich schäme mich für dich!«

Darauf folgte ein großer Streit, bei dem Flori zuerst versuchte, sie mit diversen Worthülsen zu beruhigen wie »Das hast du ganz falsch verstanden, es ging nur um die Ausrichtung des Unternehmens« oder »Das sind ganz normale juristische Vorgänge, glaub mir da mal!«

Das funktionierte natürlich überhaupt nicht. Lena begann eine Art Kreuzverhör, bei dem sie schnell und mühelos die Oberhand gewann und Flori schließlich alles zugab.

Sie hörte von ihm genau das, was sie sich bereits zusammengereimt hatte, nämlich dass der Konzern dabei war, unzählige Übergriffe vonseiten Hotte Günthers zu vertuschen, und dies mehr schlecht als recht gelang, und dass der Vorstand ihn zunehmend unter Druck setzte, »die Sache aus der Welt zu schaffen«, aber die Strategien dafür ausgingen. Das Schreckliche dabei war, dass Flori und Cedric die verantwortliche Abteilung dafür bildeten und dass natürlich niemand aus der Führungsriege jemals auch nur ein einziges kompromittierendes Schriftstück unterschrieben hatte, clever, wie sie waren – im Gegensatz zu Cedric und Flori. Beide hatten sich einfach nicht vorstellen können, dass die Angelegenheit ein solches Ausmaß annehmen würde. Sie waren also höchstwahrscheinlich geliefert.

Nachdem Lena Flori das gesagt hatte, war der in Schluchzen ausgebrochen und hatte gewimmert, dass er den Druck nicht mehr aushalte und Schlafprobleme habe.

Und schon wieder dieser Egoismus, der Lena zuvor schon geärgert hat. Ekel stieg in ihr auf. Für den Mann, der die Liebe ihres Lebens gewesen war und der jetzt als Häuflein Elend auf dem Fußboden im Flur kauerte, empfand sie nur noch Verachtung.

Nur der Hund war noch bereit dazu, sich ergeben in seinen Schoß zu rollen.

Lena forderte Flori auf, sich bewusst zu machen, dass er der Vater zweier Töchter war, die in einer Welt aufwuchsen, die er gerade mitgestaltete.

Noch während sie das sagte, hatte sie plötzlich eine Kraft gespürt, die ihr half, mir der aufkommenden Traurigkeit klarzukommen. Sie war ganz bei sich gewesen und hatte genau gewusst, was sie zu tun hatte. Flori hatte sie erlaubt, den Rest der Nacht unten auf dem Sofa zu schlafen. Und gleich am Morgen hatten sie vereinbart, dass er sich nach dem Weinseminar eine neue Bleibe suchen würde. Aus die Maus.

Jetzt sitzt Lena in der Küche und starrt auf die Nachrichten von Lulu, die im Garten mit den Kindern auf sie wartet. Auch ein Foto mit einer geöffneten Flasche Wein hat sie geschickt, mit dem Text: »Wenn unsere Männer es sich beim Seminar gut gehen lassen, müssen wir doch auch den Pegel halten!« Und: »Süße, wo bleibst du?«

Lena kann jetzt nicht reagieren. Sie hat ihren Computer vor sich. Was sie vorhat, muss schnell gehen. Lena greift nach ihrem Handy und wählt Ninas Nummer. Es klingelt …

Altes Leder ist keine gute Kombination mit Progesteron

Nina

Ich sehe den Namen meiner Schwester auf dem Display und habe keine Ahnung, ob ich jetzt, nach dem Anruf eben, noch genug Kraft aufbringe, ihren Hass auszuhalten. Die Uhr sagt, dass es ohnehin an der Zeit ist, mich auf den Weg zu machen.

Ich fühle mich ganz allein auf der Welt, als ich langsam den Gang entlangschreite. Konzentriert setze ich einen Fuß vor den anderen und achte darauf, meinen Rücken gerade und meinen Kopf hochzuhalten. Ich erwidere jeden Blick, der mich aus den geöffneten Büros trifft.

»Auch wenn ich schwächer bin als ihr, könnt ihr mir meinen Stolz nicht nehmen«, versuche ich meine Augen sagen zu lassen.

Es kommt mir vor wie eine Ewigkeit, bis ich endlich die Tür des Compliance-Büros erreiche. Susanna, Latisha und all die anderen Frauen, die das bereits hinter sich gebracht haben, kommen mir in den Sinn. Ob es für sie

Gerechtigkeit geben kann, weiß ich nicht. Alles ist viel zu verwirrend.

Also werde ich spontan sein. Wenn mir danach ist, werde ich von unserer Kopieraktion erzählen, wenn nicht, dann lasse ich es sein.

Ich werde von einer ernst aussehenden Assistentin, die eigentlich viel zu jung ist für ihre Schluppenbluse, in das Nebenzimmer geführt. Dort sitzt einer der Männer im Anzug, die ich schon bei ihrem Einzug gesehen habe, und lächelt mich freundlich an.

Er hat graues Haar und buschige Augenbrauen. Er trägt eine gestreifte Clubkrawatte und ein farblich passendes Einstecktuch. Das ganze Büro riecht nach diesem Tom-Ford-Duft, der hauptsächlich die Note »altes Leder« enthält. Ich fühle mich eingeschüchtert, obwohl ich gerade in ein lächelndes Gesicht blicke.

Der »Officer« stellt sich als Dr. Kreuzer vor.

Meine Zunge fühlt sich schwer an in meinem Mund. Ich bekomme zum Aufwärmen ein paar relativ harmlose Fragen gestellt. »Wie lange arbeiten Sie schon im Unternehmen?«, »Welche Bereiche umfasst Ihre Tätigkeit?«, »Können Sie mir sagen, wie oft im Monat Sie ungefähr das Set besuchen?«

Ich merke, wie ich beginne, mich ein wenig zu entspannen.

Dann kommen die Fragen, die auf Hotte abzielen: »Haben Sie den Eindruck, dass es dort Personen gibt, denen das Einhalten von Regeln schwerfällt oder die Grenzen überschreiten?«

Ich zögere mit meiner ersten Antwort. Wie gefährlich ist das hier für mich?

Dr. Kreuzer wiederholt seine Frage. Ich atme lange

aus, dann sehe ich hoch, direkt in die Augen des Officers. Der Satz, der aus mir herauskommt, ist klar und deutlich: »Ja, natürlich, es gibt eine Person und die heißt Hotte Günther. Ich habe mitbekommen, dass es sexuelle Übergriffe durch ihn gab. Ich habe es nicht persönlich gesehen, aber ich kann Ihnen garantieren, dass jede Person in dieser Firma davon gehört hat. Es ist ein offenes Geheimnis. Alle Mitarbeiter und Mitarbeiterinnen am Set wissen davon, da bin ich mir ganz sicher!«

Dr. Kreuzer nickt, lockert seinen Krawattenknoten ein wenig und räuspert sich: »Können Sie mir Details nennen? Wissen Sie genau, was am Set passiert ist? Können Sie mir sagen, ob die Übergriffe gemeldet wurden? Falls ja, wem?«

Ich habe keine Ahnung, ob er das wirklich wissen will oder jetzt schon überlegt, wie sich das alles vertuschen oder beschönigen lässt. Ich bin mürbe und müde und weiß nicht mehr, wie man das Richtige tut. Ich habe es versucht und bin gescheitert.

So, wie ich das alles hier einschätze, wird es Ansgar sowieso irgendwann hinbekommen, mich zu feuern. Und vielleicht ist es auch okay, wenn ich das jetzt und hier in Kauf nehme, dafür, dass ich einen winzigen Rest in mir habe, der noch an das Gute glaubt.

Ich erzähle, ohne Taktik, ohne Vorsichtsmaßnahme. Sollen sie doch damit machen, was sie wollen.

Der Compliance-Officer nickt immer wieder, macht sich Notizen und lächelt mich weiter freundlich an. Vielleicht liege ich ja auch falsch mit meinem ewigen Misstrauen gegen alle und jeden?

Ich nehme einen Schluck von dem Cappuccino, der mir netterweise noch gebracht wurde. Der schmeckt tatsächlich um einiges besser als die Brühe aus der rumpeligen Maschine in der Büroküche, die ausschließlich von irgendeinem Typen instand gehalten werden kann, der immer extra aus Bielefeld anreist.

Fest steht, wir haben nicht einmal denselben Kaffeekreislauf. Vielleicht kann ich auch einfach glauben, dass es sich tatsächlich um eine unabhängige Partei handelt, hier am anderen Ende des Ganges. Das dumme Post-it, das ich gefunden habe, kann ja genauso gut im positiven Sinne verwendet werden, also gegen Phil und für die Frauen? Im Moment halte ich alles für möglich.

Als ich schließlich nach einer guten Stunde aufstehe und Dr. Kreuzer die Hand schüttele, bemerke ich seinen Ehering.

Ich frage ihn, ob er auch Kinder hat.

»Ja, zwei Töchter«, sagt er stolz. »Die Ältere fängt bald mit dem Studium an.«

Na also, Töchter hat er auch, ich glaube fest daran, dass dieser Mann kein Unmensch ist. Ich lächele ihn an zum Abschied, damit er weiß, dass ich auf ihn zähle.

Bevor ich aus der Tür bin, fällt Dr. Kreuzer noch etwas ein. »Sagen Sie, diese Detailberichte von den Drehtagen, gibt es da eine Zweitausfertigung bei Ihnen im Büro, haben Sie sich da vielleicht Kopien gemacht, zur Sicherheit?«

Ich stehe da und mustere den Officer. Das ist eine merkwürdig konkrete Frage. Ich habe nie erwähnt, dass wir Kopien der Berichte gemacht haben. Weiß Ansgar davon und hat es dem Officer gesteckt? Arbeiten sie doch alle zusammen? Bei mir schrillen alle Alarmglocken.

»Die Berichte, von denen Sie erzählt haben«, sagt Dr. Kreuzer noch mal mit Nachdruck.

Ich nicke langsam und sage dann: »Nein, tut mir leid, die habe ich leider nicht. Die befinden sich im Projektordner bei der Produktionsleitung.«

Ich lächele ihn freundlich an nach meiner Lüge, die einfach aus dem Bauch kam, verabschiede mich und gehe. So richtig gelogen habe ich ja auch nicht. Die Kopien liegen schließlich nicht mehr bei uns im Büro, sondern längst bei Zeynep und mir zu Hause. Was wir damit machen würden, war noch nicht entschieden, aber wir wollten die Papiere bestimmt nicht bei Subsidio im Aktenschrank versauern lassen.

Ein Blick auf das Display meines Handys sagt mir, dass Lena vier Mal angerufen hat. Hoffentlich will sie mich nicht wieder anschreien, obwohl selbst das womöglich besser ist als diese Stille. Ich schließe die Tür des Büros und rufe sie zurück.

Bevor sie irgendwas sagen kann, erkläre ich schnell, damit ich es loshabe: »Es tut mir leid, dass wir uns gestritten haben, es tut mir leid, dass ich aus der Haut gefahren bin und …«

»Ja, ja, das ist jetzt egal, hör mir zu!«, unterbricht mich meine Schwester.

»Okay?«, sage ich nur blöde.

»Du musst jetzt genau aufpassen. Das ist wichtig. Ich habe alles aus Flori rausbekommen. Also: Du und Zeynep, ihr lasst euch jetzt sofort für die Wahl zum Betriebsrat aufstellen. In fünfundzwanzig Minuten läuft die Frist dafür ab. Wenn du dich beeilst, schaffst du es noch. Ich kenne ein paar Leute aus der Wahlkommission, die hab ich angerufen. Die haben Kinder in unserer Kita und sind vertrauenswürdig. Wer das ist, hat dich nicht zu interessieren. Ich habe für Zeynep und dich ein Wahlprogramm geschrieben und die Unterlagen vorbereitet, damit ihr kandidieren könnt. Meine Verbindungsfrauen sammeln seit ein paar Stunden die nötigen Stützunterschriften, sodass alles funktionieren sollte. Hast du mich verstanden?«

»Wie bitte? Da hab ich echt keinen Bock drauf, Zeynep hundert pro auch nicht, wir haben genug am Hals«, protestiere ich.

»Doch, du Trottel, du machst das jetzt und Zeynep auch! Ihr habt dann nämlich Kündigungsschutz! Ich hab den ganzen Scheiß akribisch seit heute früh vorbereitet und glaub mir, dafür muss ich bis an mein Lebensende fremde Kinder babysitten, also reiß dich gefälligst zusammen«, pfeift mich Lena mit einer Entschlossenheit in der Stimme an, die mir neu vorkommt.

Ich bin sprachlos. Hat sie das alles organisiert, nur um meinen Job zu retten?

»Wieso machst du das?«, frage ich und erhalte keine Antwort.

»Okay, danke«, sage ich leise und merke, wie sich ein paar Tränen der Rührung meine Kehle hochkämpfen, was man anscheinend meiner Stimme anhört, denn Lena sagt: »Heulen kannst du später, du musst jetzt los!«

Na gut, dann stimme ich eben zu. In diesem Moment kommt Zeynep ins Büro. Ich bedeute ihr, sich zu mir zu setzen und das Ende meines Gesprächs mit Lena abzuwarten. Dann stelle ich auf laut.

Wir erfahren, dass Lena aus Flori herausbekommen hat, dass das Unternehmen es tatsächlich darauf anlegt, Zeynep und mir baldmöglichst zu kündigen, und dass es dafür auch einen Grund gibt. Ansgar wurde darauf angesetzt, unsere Pünktlichkeit und die Sorgfalt unserer Arbeit mit Argusaugen zu beobachten. »Also, wenn ihr ab jetzt noch mehr als ein Mal zu spät kommt oder dieser Ansgar die kleinste Unstimmigkeit in eurer Arbeit findet, wird er versuchen, euch abzumahnen, damit man euch kündigen kann.«

Mir rutscht das Herz in die Hose. »Okay, Zeynep kommt fast jeden Tag zu spät, und wer macht denn bitte keine Fehler? Es wird nicht lange dauern, bis sie irgendetwas finden! Wir sind absolut am Arsch, früher oder später«, sage ich und werde noch panischer, als ich ohnehin schon bin. Zeynep sieht auch nicht gerade entspannt aus. Sie beugt sich über das Mikro des Telefons: »Sag mir doch mal bitte, Lena, warum die es so doll auf uns beide abgesehen haben! Was haben die davon, wenn sie uns kleine Lichter rauskicken?«

»Na, das ist ganz einfach. Die wissen, dass ihr Detektive spielt und euch mit betroffenen Frauen unterhalten habt. Kann es sein, dass ihr Unterlagen kopiert habt?«

Zeynep und ich sehen uns erschrocken an. Mir fällt dieser eine Vormittag ein.

»Es gab mal eine Situation, bei der wir Tagesberichte kopiert, aber dann einen ganzen Packen verlegt haben. Wir haben die Papiere wie verrückt im Kopierraum gesucht, aber sie waren wie vom Erdboden verschluckt, obwohl wir nur kurz draußen waren. Was weiß Ansgar denn noch?«

»So einiges, Flori hat mir alles gestanden, ihr glaubt nicht, wer sich da mit wem austauscht«, sagt Lena mit düster klingender Stimme. »Dieser Ansgar hat die Namen von allen Frauen, die bei den Compliance-Officern waren, an Floris Abteilung durchgestochen. Flori hat Phils Kanzlei dann damit beauftragt, Drohbriefe von der Kanzlei loszuschicken.«

Ich werde noch nervöser als ohnehin schon: »Ich habe bei diesem Verfahren auch ausgesagt bei …«

»Bei Dr. Kreuzer?«, unterbricht mich meine Schwester. »Der ist auch nicht sauber. Bei dem musst du aufpassen. Der sticht alles, was die Frauen ihm erzählen, zu Flori und Cedric durch.«

»Scheiße, was hast du dem gesagt?«, will Zeynep wissen.

»Die Wahrheit, also alles bis auf die Kopien«, sage ich und spüre, wie mein Herz rast.

»Ihr müsst wirklich aufpassen, die wollen alle Angestellten loswerden, die beim Verfahren etwas aussagen, was dem Konzernimage schaden könnte.«

Auch das verstehe ich nicht! »Wenn sie mich feuern, bleibt doch meine Aussage bestehen?«

Lena seufzt: »Das ist ja der Punkt. Deine Aussage ist nicht mehr relevant, wenn du gefeuert bist, weil du dann ja keine Mitarbeiterin des Konzerns mehr bist, verstehst du? Darauf legen die es an. Sie wollen die Belegschaft einfach um die unbequemen Stimmen dezimieren. So, und jetzt geht bitte endlich los. Und passt auf euch auf!«

Das verstehe ich nicht ganz: »Aber die Schauspielerinnen sind ja auch keine Mitarbeiterinnen mehr und wurden trotzdem vorgeladen.« Ich höre Lena ungeduldig mit den Fingerspitzen herumtrommeln: »Ja, das ist aber etwas anderes, weil sich die Vorfälle direkt auf sie beziehen, deswegen wurden sie eingeladen. Sie sind aber nicht verpflichtet zu erscheinen. Pass auf, das ist alles superkompliziert, genau deswegen gibt es ja tausend Schlupflöcher. Wie sage ich immer: ›Glaube keiner Statistik, die du nicht selbst gefälscht hast.‹ Und jetzt mach euch auf die Socken!«

Und wieder sind da Trommelgeräusche zu hören, was für eine enorm große Anspannung meiner Schwester spricht.

»Hey, Lena«, sage ich noch. Und dann weiß ich nicht weiter. Ich höre, wie sie am anderen Ende der Leitung ausatmet. Sie flüstert: »Das hast du doch gewusst, dass ich immer zu dir halten würde, oder nicht?«

Nein, das habe ich nicht gewusst. Und ich sage: »Ja, klar wusste ich das.«

»Und was ist jetzt mit dir und Flori?«, schiebe ich vorsichtig hinterher.

»Flori, der alte Lügenbold, kann sich mal ins Knie ficken! Und jetzt hör auf zu quatschen und beeil dich, geh ins Vorzimmer eures Betriebsrats! Ich muss mich jetzt um die Mädchen kümmern! Ach ja: Euer Codewort ist Kita.«

Klick. Sie hat aufgelegt.

Zeynep und ich sehen uns an. Mir schießen sofort die Tränen in die Augen: »Es tut mir so leid. Ich weiß, ich habe dich überlastet, mit allem, und ich verspreche dir, dass ich eine bessere Freundin sein werde, ab jetzt und in Zukunft! Ich danke dir für so viele Dinge, dafür, dass du zusammen mit deinen Eltern mit in die Klinik gekommen bist, dass du immer da bist, dass du so klug und herzlich und lustig und die beste Freundin bist, die ich mir vorstellen kann! Ach ja, und danke dafür, dass du mir sogar Töpfersachen vor die Tür gelegt hast! Ich habe tatsächlich wieder damit angefangen und ...« Den letzten Satz habe ich dramatisch gejault, glaube ich.

»Hast du nicht gehört, was deine Schwester gesagt hat? Dass wir uns beeilen sollen?«

»Ja, doch«, sage ich,und: »Ich dachte nur ...«

Weiter komme ich nicht, denn Zeynep stöhnt: »Oh Gott, dieser Kitsch! Ja, es tut mir auch leid, ich war ungerecht zu dir, weil ich ja schon hundert Mal anstrengend war für dich und du nie was gesagt hast. Okay, ich hab dich auch lieb, aber bitte lass uns jetzt aufhören damit und rüber ins Hauptgebäude laufen!«

Anscheinend hat heute niemand Lust auf meine gefühligen Entschuldigungen, dann lasse ich das eben.

Als ich die Bürotür öffne, sehe ich Ansgar im Stechschritt auf mich zukommen, genau wie von Lena befürchtet.

»Ich habe hier ein paar Fehler bei der Ablage gefunden! Das ist schludrige Arbeit!«, ruft er schon von Weitem.

Ich ziehe Zeynep mit mir Richtung Aufzug.

»Hey!«, höre ich Ansgar rufen. Er kommt uns im Eiltempo hinterher.

Wir sind fast schon am Aufzug, als dessen Türen zugehen. Zeynep und ich sehen uns an. Ich flüstere leise: »Treppenhaus, Untergeschoss, jetzt!«

Und auf mein Kommando rennen wir los. Wir stoßen die Tür zum Treppenhaus auf und hetzen die Treppen hinunter. Hinter uns stößt Ansgar ebenfalls die schwere Tür auf.

Zeynep und ich geben alles und erreichen endlich die Parkgarage. Wir rennen auf das erste Deck, sehen uns panisch um, bis Zeynep mich hinter die riesige G-Klasse von Dr. von Kloben zieht.

Dort hocken wir dicht nebeneinander und beobachten Ansgar, der suchend herumläuft.

Zeynep muss ein Kichern unterdrücken, als sie sieht, wie unser Vorgesetzter planlos vor sich hin flucht. »Wie ein Huhn ohne Kopf«, flüstert sie mir zu.

Nach einer Weile verschwindet er wieder nach oben. Wir rennen ins Hauptgebäude, wo wir völlig außer Puste natürlich sofort einem streng aussehenden Security-Mann in die Arme laufen.

»Kann ich Ihnen helfen?«, fragt er, mustert uns misstrauisch und verstellt uns den Weg. »Sie können hier nicht einfach rein. Haben Sie einen Ausweis für diesen Bereich oder eine Terminbestätigung?«

Daran hatte ich nicht gedacht. Das Hauptgebäude ist besser abgesichert als der Rest, weil hier die wichtigen Menschen sitzen. Der Security-Typ sieht mich prüfend an, was mich nervös macht: »Wir, ähem, wollten, also, wir wollten zu ... Es geht, ja, es geht um den Betriebsrat. Oder besser gesagt um eine Sache im Vorzimmer. Ja, genau ...«, stottere ich ungelenk. Warum mutiere ich immer sofort zu einer Piepsmaus, wenn ich Angst habe? Ich reiße mich zusammen, denn hier und jetzt geht es um alles. Es geht nicht nur um mich und Zeynep und unsere Jobs, es geht auch grundsätzlich darum, dass meine Aussage ihre Gültigkeit behält. Es geht darum, dass ich daran glauben will, dass ich etwas ändern kann an dieser Ungerechtigkeit. Wenn das hier schiefgeht, dann gebe ich auf, dann weiß ich, dass es sich nicht lohnt zu kämpfen. Ich verstehe schon, dass Macht und Geld meistens gewinnen, aber nicht dieses eine Mal. Sonst weiß ich nicht, was ich meiner Tochter sagen soll. Ich will, dass wir ein Mal gewinnen, für Susanna, für Latisha, für unsere Schwestern, nur dieses eine Mal.

Ich hebe mein Kinn und sehe dem Mann, der uns immer noch den Weg versperrt, direkt in die Augen. »Lassen Sie uns jetzt durch! Sofort.«

Ich beginne, den Mann zur Seite zu schieben, was

nicht so gut klappt, wie ich dachte. Zeynep flüstert mir zu: »Scheiße, ich kann Ansgar unten am Glasaufzug sehen.«

»Jetzt lassen Sie uns durch. Wir müssen da rein!«, rufe ich verzweifelt.

Plötzlich erscheint eine Frau hinten auf dem Gang, die gerade aus einem Büro herausgekommen ist. Sie sieht uns und setzt sich in unsere Richtung in Bewegung. »Hallo, wir kennen uns von der Kita!«, ruft sie uns zu, und dann zu dem Mann: »Ist okay, Ingo. Die haben einen Termin bei uns, hab ich vergessen einzutragen.«

»Kita«, das ist unser Stichwort. Das ist die Frau, zu der wir müssen.

»Ja, klar, wir kennen uns von der Kita«, sage ich bekräftigend.

Der Security-Mann gibt sich schließlich geschlagen, tritt widerwillig zur Seite und brummelt: »Beim nächsten Mal bitte ordnungsgemäß anmelden.«

»Kommt mit, ich bin Rosa«, sagt die Frau und führt uns in eines der Büros des Betriebsrats. Wir stehen in einem kleinen Konfi mit einem langen Tisch, an dem einige Frauen sitzen, die alle zu uns rübersehen, als wir eintreten und Rosa die Tür hinter uns schließt und schließlich sagt: »Das sind die beiden.«

Zeynep und ich blicken in die Runde und stellen uns schüchtern vor. Dann geht alles ganz schnell. Rosa hat anscheinend bereits Unterschriften für unsere Kandidatur gesammelt. Mit einem Augenzwinkern sagt sie: »So, hier ist eure Wahlbewerbung. Offiziell haben wir das alles natürlich schon vor einiger Zeit vorbereitet. Hier habe ich die Stützunterschriften, die wir in Windeseile für euch gesammelt haben. Die reichen aus, war ’n ganz schöner Ritt. Ich mache das dann gleich alles fertig, und ab sofort steht ihr beide unter Kündigungsschutz. Es wäre doch gelacht, wenn wir das System nicht mit seinen eigenen Mitteln austricksen könnten, was?«

Rosa grinst uns an.

Ich sehe in die Runde und die Frauen nicken uns zu. Ich bin gerührt, genau wie Zeynep, die gerade ihren Antrag unterschreibt.

»Wow, ihr haut mich um. Wie sollen wir uns denn jemals bei euch bedanken?«, fragt Zeynep.

»Am besten gar nicht, denn das hier ist alles nie passiert«, sagt Rosa und legt mir auch meine Wahlbewerbung zur Unterschrift hin. Wir lachen leise. »Und ihr kennt alle meine Schwester aus der Kita?«, will ich noch wissen. Ein paar Frauen nicken, dann erklärt Rosa: »Einige. Andere sind Freundinnen und Kolleginnen der Frauen aus der Kita, die einfach wollen, dass sich hier etwas ändert. So, die Wahlliste für den Betriebsrat stellen wir heute noch ins Intranet, dann weiß es jeder. Dann müssen wir nur noch sichergehen, dass ihr gewählt werdet, aber das kriegen wir hin, keine Sorge.«

Wow. Wer hätte das gedacht, dass wir in dieser Firma noch ein Wunder erleben? Und dann noch eines, das seinen Ursprung in der spießigen Kita meiner Schwester hat. Zum Abschied umarmen wir uns alle. »Frauen sind toll«, sage ich blöde, bevor ich die Tür schließe.

Zeynep hüpft schon vergnügt zurück über den Gang. Ich gehe langsam und genieße es, denn mir ist feierlich zumute. Mit jedem weiteren Schritt fällt die Angst ab. Ich bin frei. Ich kann hierbleiben oder irgendwann gehen, niemand darf mich wie einen Spielstein hin und her schieben. Ich bin sicher.

Als ich Zeynep erreiche, sagt sie nur: »Irre, oder?« Dann umarmen wir uns und springen vor dem Aufzug herum, bis sich die Tür öffnet und der erschrockene Dr. von Kloben heraustritt und uns befremdet mustert. Wir wünschen ihm einen »wunderschönen baldigen Feierabend« und brechen in Gelächter aus, als sich die Türen schließen und der Lift mit uns nach unten fährt.

Ich weiß nicht, wann ich mich das letzte Mal so leicht gefühlt habe.

Vielleicht können wir hier wirklich etwas verändern?

Zum ersten Mal seit Langem fühle ich mich nicht mehr ohnmächtig, im Gegenteil. »Die ist ein Fuchs, deine Schwester!«, sagt Zeynep immer wieder, als wir zurück zu unserem Büro laufen.

Wir schreiben Lena zusammen noch eine SMS, damit sie weiß, dass alles gut gelaufen ist. Wir verabreden uns für heute Abend. Ich schreibe, völlig untypisch für unser Verhältnis, noch unter den Text: »Ich freue mich sehr auf dich!«

Wie lange ist es eigentlich her, dass ich meiner Schwester so etwas gesagt habe?

Plötzlich fällt mir wieder unser elternloser Sommer ein, als ich durch die kleinen Parks der Stadt stromerte und mit einer riesigen Tüte abgerissener Holunderzweige zurückkam, um uns aus den Beeren Marmelade zu kochen. Ich wollte, dass meine kleine Schwester in unserem meistens gähnend leeren Kühlschrank etwas Schönes vorfindet. Ich weiß noch, wie Lena mit strahlenden Augen am Tisch saß, auf dem ich die dick mit Marmelade bestrichenen Schnittchen aufgetürmt hatte.

Meine Schwester hat mich heute gerettet, obwohl wir so wütend aufeinander waren.

Auf dem Gang vor unserem Büro läuft uns tatsächlich Ansgar über den Weg. Wir entschuldigen uns scheinheilig bei ihm dafür, »dass wir so schnell wegmussten. Du hast ja sicher schon gehört, dass wir für den Betriebsrat kandidieren.«

Ansgar nickt, dabei wird er kreideweiß im Gesicht. »Ja, ihr beide also? Für jetzt, oder wie?« Natürlich kann er davon noch nicht gehört haben, aber ein kleines Spielchen hat er verdient. Wir nicken und lächeln unschuldig. »Was wolltest du denn vorhin von uns? Ist alles okay? Du bist ein bisschen blass«, erkundigt sich Zeynep. Ansgar sieht so aus, als müsste er seinen Ärger in Form einer dicken Kröte hinunterschlucken. »Nein, das hat sich alles erledigt«, sagt er nur knapp.

Tja, er weiß es und wir wissen es und es ist ein verdammt gutes Gefühl, dass er uns gegenübersteht und absolut nichts tun kann. Das heißt nicht, dass er nicht in Zukunft auf alle möglichen Ideen kommen wird, um uns das Leben schwer zu machen, aber fürs Erste haben wir Ruhe.

Wir gehen mit leichten Schritten auf unser Büro zu. Heute will ich mich einfach nur freuen. Zeynep schließt die Tür hinter uns und wir klatschen uns ab.

»Wir haben das System besiegt! Ich kann's immer noch nicht fassen!«, lache ich glücklich.

»Yep, die werden uns nicht mehr los, wenn wir das nicht wollen! Und vielleicht habe ich ja eh bald was Besseres zu tun«, sagt Zeynep.

Dann erfahre ich, wo meine Freundin heute wirklich war. Sie hat ihr Krimiserien-Konzept schon letzte Woche an eine andere Produktionsfirma geschickt und ist daraufhin zu einem Vorstellungsgespräch eingeladen worden.

Ich schlage begeistert die Hände vor den Mund. So etwas passiert ja schließlich nicht alle Tage.

Also, damit wir uns richtig verstehen: Es passiert ständig, dass Konzepte für neue Fernsehformate in der Gegend herumgeschickt werden, aber nur sehr selten wird man daraufhin angerufen und zu einem Gespräch eingeladen.

Zeyneps Augen leuchten. Der Termin lief super und mit ein paar kleinen Änderungen würde diese Produktionsfirma das Konzept gerne optionieren und sogar die Erstellung eines Pilotdrehbuchs in Auftrag geben.

Ich bin so stolz auf meine Freundin. Das sind unglaubliche Neuigkeiten.

Als ich ihr gratuliere, fällt mir ein, dass ich noch etwas Wichtiges zu sagen habe, nämlich dass ich für sie da sein werde, ohne Wenn und Aber und eventuell sogar ohne die ganze Zeit über mein vermurkstes Leben zu sprechen.

Zeynep schüttelt vehement den Kopf. »Doch, tu das bitte. Deine komischen Probleme sind sehr unterhaltsam für mich, sie haben mir gestern gefehlt! Dank dir fühle ich mich so richtig normal! Also, wie läuft's in meiner Lieblings-Liebesgeschichte?«

Ich zucke nur mit den Schultern: »Gar nicht. Das ist vorbei. Ich hatte Spaß, aber das mit David und mir funktioniert einfach nicht.« Zeynep sieht mich prüfend an und fragt: »Und wieso? Weil du wieder Schiss hast? Weil es eventuell wehtun könnte, mein kleiner Einsiedler?«

Ich schüttele vehement den Kopf. »Ich bin doch kein Einsiedler! Ich verstehe überhaupt nicht, warum du mich so siehst!«

»Okay, nenn mir einen Mann, mit dem du ein Date hattest in den letzten fünf Jahren, dann lasse ich es bleiben!«

Ich überlege, da muss es doch einen geben, dann erinnere ich mich: »Ja, da war jemand, doch, dieser Unternehmensberater. Wie hieß er noch mal? Es fällt mir gleich ein. Warte …«

Es fällt mir natürlich nicht ein.

»Einsiedlerin heißt das übrigens«, sage ich noch, einfach um Zeynep etwas entgegenzusetzen. Doch sie lächelt mich nur mitleidig an und sagt: »Glaub mir, deine ganze Situation ist zu traurig, um sie gendern zu dürfen.« Sie muss einfach immer das letzte Wort haben, aber das scheint es noch nicht gewesen zu sein. »Und übrigens, mein lieber Einsiedlerkrebs, falls deine Absicht, David nicht mehr zu treffen, irgendwie mit Jojo zu tun haben sollte, kann ich dir etwas verraten. Ich weiß zufällig, dass da nichts läuft. Und ich weiß auch, mit wem Jojo etwas hat, womit sie einen guten Geschmack beweist: nämlich mit mir! Deswegen konnte ich am Telefon nicht lange sprechen, als du angerufen hast. Wir haben die Nacht miteinander verbracht, es war himmlisch, und heute Abend treffe ich sie wieder!«

»Vollmondbluti? Spinnst du?«, sage ich entsetzt.

»Ja, und es wäre nett von dir, wenn du sie nicht so nennen würdest. Sie ist ein bisschen esoterisch, aber trotzdem ein liebevoller, kluger, empathischer Mensch, zu dem du ruhig ein bisschen netter sein könntest!«

»Bin ich doch. Total!«, lüge ich.

»Nein, bist du nicht, du bist eifersüchtig und das ist erstens superpeinlich und zweitens blödsinnig. Nur weil du alle zehn Jahre aus deiner Einsiedlerhöhle herauskommst und dich in einen Mann verliebst, kannst du dich nicht benehmen wie ein bissiger Terrier. Du hast vorhin selbst gesagt, du würdest Frauen lieben.«

Irgendwie hat sie recht.

Ich kann nicht glauben, dass sich diese Sache so absurd gedreht hat. Wie konnte mir das nur entgehen? Wie konnte ich so egozentrisch sein zu glauben, dass Zeynep nur meinetwegen so aufmerksam zu Jojo war? Ich schäme mich.

»Ja, gut«, sage ich. »Dann bin ich ab jetzt netter. Richte ihr aus, dass mir das leidtut. Ich werde mich bessern.«

»So ist es brav, mein Einsiedler. Und falls es dich interessiert, sie war auch ein bisschen eifersüchtig auf dich, weil sie mal sehr verliebt in David war, das weiß er aber nicht. Von ihm aus war das immer eine lockere Sache.«

»Und mit euch beiden? Bist du ein kleines bisschen verknallt?«

Sie wird rot, ein Zeichen dafür, dass es tatsächlich so ist. Dann sagt sie kichernd: »Ich habe meinen Eltern vom Date mit ihr erzählt, richtig spießig, was?«

Ich muss grinsen. »Pass gut auf, nachher heiratest du am Ende noch und wirst eine ordentliche Gattin mit Föhnfrisur.«

Dann werde ich ernst: »Womöglich bin ich wirklich ein Einsiedler, vielleicht hast du recht. Weißt du, wie das ist, wenn man jemanden mit Haut und Haaren liebt und ihn dann verliert? Jetzt noch, nach so vielen Jahren, sehe ich meinen Vater vor mir und die schmerzliche Sehnsucht, die ich dann verspüre, ist die einzige Möglichkeit, ihm noch mal nah zu sein. Ich habe nur zwei Möglichkeiten: entweder ich denke nie wieder an ihn, dann tut es auch nicht weh, oder ich sehe ihn vor mir und es zerreißt mir manchmal schier das Herz. Es ist diese Art von bitter-süßem Gefühl, das fast nicht auszuhalten ist. Als ich mich in David verliebt habe, habe ich die Wucht gespürt, mit der es mich erwischt hat. Ich habe in jeder Faser gefühlt, wie heftig ich mich verliebt habe. Und mit derselben Wucht kam die Angst, ihn zu verlieren und wieder diesen Schmerz erleben zu müssen, in mir hoch. Glaub mir bitte, ich kann das nicht. Ich will mich nicht in einer Sache verlieren, an der ich am Ende ganz sicher zerbrechen werde. Das ist zu gefährlich für mich, verstehst du?«

Zeynep nickt nur und sagt: »Na klar, das kann ich verstehen, mein Krebschen.«

Und dann erzähle ich ihr begeistert vom Töpfern und der Begegnung mit Manuela im Jugendzentrum. Zeynep hat sich zwar lustig gemacht über mein spießiges neues Hobby, doch als sie merkt, wie begeistert ich bin und wie sehr ich mich darauf freue, künftig Kurse zu geben und mit den Kindern zu arbeiten, freut sie sich mit mir. Dankbar falle ich ihr um den Hals. »Und du hast mir das alles ermöglicht, du hast mir den Ton und das Werkzeug vor die Tür gelegt, zusammen mit den gestrickten Socken von deiner Mutter! Danke noch mal, du hättest mir kein besseres Geschenk machen können!«

Doch Zeynep schüttelt den Kopf: »Nicht mal dir würde ich einen Klumpen muffige Matsche vor die Haustür legen. Die Socken habe ich dir gebracht, aber sonst nichts.«

»Sicher?«, frage ich.

»Natürlich bin ich mir sicher und ich kann mir auch schon denken, wer das war, und es ist richtig süß von ihm.«

»Ja, das ist es wirklich«, sage ich leise.

Aus alter Gewohnheit wird mir wieder heiß und kalt. Ich sehe Davids Gesicht vor mir, wie er mich anlacht und wie er in meinem Bett liegt und mich ernst ansieht. Es ist erstaunlich, dass diese Bilder meinem Unterbewusstsein anscheinend nicht langweilig werden. Irgendwann wird diese Aufregung sicher abklingen, das ist ganz normal. Ich spüre, dass Zeynep mich aufmerksam von der Seite ansieht, und ignoriere sie, so gut es geht.

Als wir schließlich am Ende unseres Arbeitstages unsere Sachen packen und zum Aufzug gehen, treffen wir dort ausgerechnet auf Ansgar, der uns verkniffen anlächelt: »Alles Gute noch mal für eure Kandidatur. Die Listen sind schon bei uns im Intranet. Ich drücke natürlich die Daumen dafür, dass ihr beide Betriebsräte werdet«, zwingt er sich heraus. Ich sage: »Betriebsrätinnen« und »danke«. Dann betreten wir zu dritt den Aufzug. Ansgar räuspert sich noch mal und beginnt davon zu schwafeln, dass Zeynep und ich ja seine wertvollsten Mitarbeiterinnen seien und dass er da noch Potenzial sehe. Ich betrachte ihn von der Seite und spüre zum ersten Mal, dass er unsicher ist. Wenn ich nicht so genau wüsste, dass er Latisha und die anderen verraten hat, könnte er mir beinahe ein bisschen leidtun. Wir verabschieden uns und gehen Richtung Tram. Während der Fahrt erzählt mir Zeynep in allen Einzelheiten von ihrem ersten Date mit Jojo, die ich nicht mehr »Bluti« nennen darf, was ein bisschen schade ist. Ich steige früher aus als sonst, ich habe noch etwas zu erledigen.

Fast hüpfe ich in die heruntergekommene, vollgesprayte Straße in Kreuzberg hinein und stoße mit klopfendem Herzen die Tür auf. Im Vorraum hängen gerade drei Mädchen im Grundschulalter ihre Jacken auf und grüßen mich freundlich. Weiter hinten im Gang steht schon Manuela und lacht mich an. »Sind richtig toll geworden, deine Vasen! Komm mal mit!«, ruft sie. Während wir zur Töpferwerkstatt gehen, plaudert sie fröhlich vor sich hin: »Ich hab hier schon alles zusammen, was wir brauchen. Hier ist der Personalstammbogen, dann brauche ich noch deine Kontoverbindung, Adresse, Handynummer und so weiter. Es gibt schon ein paar Kinder, die Interesse an deinem Kurs haben, das wird richtig schön, das sag ich dir. Ein Vermögen wirst du damit nicht verdienen, aber du bist ja hoffentlich nicht zum Reichwerden hier.«

Ich schüttele den Kopf und verschweige Manuela lieber, dass ich beinahe dafür bezahlen würde, hier mit den Kindern arbeiten zu können. Dann stehen wir vor dem Ofen. Ich suche den Raum ab, bis mein Blick an einem Regal hängen bleibt. Dort stehen drei wahnsinnig schöne, leuchtend blaue Vasen, die mir sofort gute Laune machen. Ich gehe näher hin und betrachte sie genauer.

»Sieht aus wie das Meer, meinen die Kinder«, sagt Manuela begeistert. Ich platze fast vor Stolz und spüre, dass das hier ein Anfang ist, eine Reise zu einem Teil von mir, den ich viel zu lange vernachlässigt habe.

Vorsichtig stelle ich meine Vasen in einen Karton. Dann mache ich mich auf den Weg in die Brunnenstraße und hoffe, dass die Tagesbar noch nicht geschlossen hat.

Beim Näherkommen bemerke ich schon Jasper, der gerade dabei ist, die Tür abzuschließen. Als er sich umdreht, erkennt er mich und sagt: »Wolltest du zu uns?«

»Ja, ich wollte David ein Dankeschön geben, das schon sehr viel früher fällig gewesen wäre.« Ich zeige auf eine der Vasen.

»Wow, superschön. Soll ich sie mitnehmen und David geben?«, fragt Jasper.

Ich schüttle den Kopf: »Nein, danke. Ich möchte sie ihm lieber selbst geben. Weißt du vielleicht, wo er ist?«

Jasper druckst herum und sagt schließlich: »Der ist gerade nicht so auf der Höhe. Er ist im Moment gar nicht in der Stadt.«

Das klingt nicht gut. »Was hat er denn? Geht es ihm wieder so wie damals? Er hat mir davon erzählt.«

Doch Jasper gibt mir keine Auskunft, er blockt ab. »Hey, das kann ich hier jetzt nicht auf die Schnelle. Ich verspreche dir, dass ich ihm ausrichte, dass du hier warst, okay?«

Ich gebe mich geschlagen. »Okay«, sage ich und: »Bitte sag ihm, dass er mich jederzeit anrufen kann.«

Jasper sieht mich an, als hätte ich etwas sehr Dummes gesagt, und murmelt dann: »Nimm's mir nicht übel, aber ich kann mir nicht vorstellen, dass er das gerade will.« Dann geht er und ich bleibe allein vor dem Café zurück. Ich stelle meinen Karton mit den Vasen auf dem Bürgersteig ab und setze mich auf die Eingangsstufen der Tagesbar. Mit zittrigen Fingern wähle ich Davids Nummer. Ich lasse es lange klingeln, doch er nimmt nicht ab. Schließlich lege ich auf. Mir fällt wieder ein, wie sich seine Freunde und Bekannten im *Grill Royal* darüber gefreut haben, dass er wieder lachen konnte.

Dabei habe ich ihm gar nicht gutgetan.

Ich grübele darüber nach, was ich jetzt für ihn tun könnte, als eine jüngere Frau vor mir stehen bleibt und unentschlossen von einem Bein auf das andere tritt. Sie sieht sehr wohlhabend aus und kommt sicher gerade aus einem schicken Start-up-Büro oder einer Kanzlei. Über ihrer Schulter baumelt eine Handtasche von Celine, die mit Sicherheit mehr als zweitausend Euro gekostet hat, an den Handgelenken baumeln mehrere Cartier-Armbänder. Ich kann ihr Gesicht nicht genau erkennen, weil in diesem Moment ein satter Strahl der rosafarbenen Abendsonne in meine Augen scheint. Dann ist das Licht kurz weg, dann kommt es wieder. Ich weiß genau, was da gerade passiert. »Hallo Papa«, flüstere ich, »ich find's auch schön, dich zu sehen. Willst du mir etwas zeigen?«

In diesem Moment räuspert sich die Frau, die inzwischen näher gekommen ist und hoffentlich mein Selbstgespräch verpasst hat: »Very nice.«

Ich habe keine Ahnung, was sie meint. »Me?«, frage ich verwirrt.

Sie lächelt und sagt mir dann, eigentlich habe sie meine Töpferarbeiten gemeint, obwohl ich mit Sicherheit auch »very nice« sei.

Sie fragt, ob sie die Vasen in die Hand nehmen dürfe.

»Klar, sure«, sage ich.

Sie betastet die reliefartige Struktur, betrachtet die blaue Farbe in der Abendsonne und fragt etwas, das ich nicht gleich verstehe, weil ich mit Englisch manchmal so meine Schwierigkeiten habe.

Das kommt daher, dass ich auf dieses altsprachliche Gymnasium gegangen bin und gleich zwei nutzlose Sprachen gelernt habe. Dummerweise spricht einen ja nie jemand auf Altgriechisch oder Lateinisch an. Hätte sie eine Information über die Formation von römischen Soldaten im linken oder rechten Heeresflügel des Bellum Gallicum gebraucht, hätte ich ihr gut Auskunft geben können. So sitze ich nur da und lächele sie blöde an. Sie kramt in ihrer Tasche. Höchstwahrscheinlich sucht sie ihr Handy, um sich anhand von Google Maps den kürzesten Weg zum KitKatClub zeigen zu lassen. Dahin wollen hier alle Touristen, entweder zum Sex-Club oder zur angeblich besten Currywurstbude. Doch die Frau holt nicht ihr Handy, sondern ihre Chanel-Brieftasche heraus und drückt mir zwei Hundert-Euro-Scheine in die Hand. Ich sehe sie überfordert an und schüttle sicherheitshalber den Kopf, nur für den Fall, dass die Sache hier doch etwas mit dem Sex-Club zu tun hat. Sie nickt, denkt dann nach und drückt mir einen weiteren Schein in die Hand. Ich blicke überfordert auf die stattliche Summe von dreihundert Euro. Falls sie nur meine nackten Füße sehen will, könnte ich mir das für den Preis ja mal überlegen. »What do you want?«, frage ich vorsichtig und bekomme einen weiteren Schein. Das ist mir jetzt tatsächlich unheimlich. Ich würde wirklich viel für die stolze Summe von dreihundertfünfzig Euro tun, aber eben nicht alles. Doch bevor ich sie damit konfrontieren kann, streckt sie ihre beringte Hand nach mir aus, greift aber dann doch an mir vorbei in den Karton, nimmt die große Vase heraus und drückt sie an sich. Ach so. Ich verstehe. Ich beginne zu strahlen und gleichzeitig eifrig zu nicken. Ist die irre? So viel Geld für mein getöpfertes Gefühlschaos? Das freut mich jetzt aber sehr. Die will tatsächlich meine Vase haben. Ich versuche, ihr zwei von den Scheinen zurückzugeben, weil das zu viel ist, aber sie wehrt lächelnd ab. Ich sage: »Too many, too many, really!«, aber sie will das Geld nicht zurücknehmen. Sie bedankt sich noch mal und schwirrt ab, meine, jetzt ihre Vase im Arm. Ich bin sprachlos, auch auf Deutsch. So viel Geld auf einmal hatte ich das letzte Mal während meiner Ehe in der Hand. Ist das ein Zeichen? Gibt es eventuell noch weitere elegante Amerikanerinnen, die eine Vorliebe für bläuliche Vasen haben? Ich blinzele in den Abendhimmel, der sich nur für mich in verschiedene Blau- und Türkistöne eingefärbt hat. Vielleicht wird doch alles gut irgendwann?

Ich stehe auf und klopfe mir den Staub ab. Wenn die Welt wieder in Ordnung kommen soll, muss ich mich jetzt beeilen.

In letzter Sekunde erwische ich die Tram zur Klinik, nur um bei meiner Ankunft festzustellen, dass das Zimmer meiner Mutter leer ist. Ich gerate kurz in Panik, treffe dann aber auf dem Gang Frau Dr. Celik, die mir mitteilt, dass meine Mutter erstens quietschlebendig ist und zweitens entlassen werden konnte. Ich nehme die U-Bahn nach Kreuzberg und hetze durch die Straße, in der meine Mutter wohnt. Wenn ich mein Leben in Ordnung bringen will, sollte ich besser sofort damit anfangen. Ich klingle, der Türsummer ertönt und als ich auf der obersten Treppe angekommen bin, steht dort meine Schwester. Lena mustert mich. »Warst du wieder bei diesem Typen? Wir haben uns hier um Mama gekümmert.« Sie kann es einfach nicht lassen. Meine kleinen Nichten schieben sich an ihr vorbei und fallen mir in die Arme. Ich gehe in die Hocke, drücke beide an mich, sehe meine Schwester dabei fragend an. »Immer noch Ärger mit Flori?«, frage ich sanft. »Das tut mir leid.«

Alles wird gut, Kleine

Lena

Lena versucht zu nicken, doch im selben Moment arbeitet sich ein lauter Schluchzer nach oben. Sie schlägt schnell die Hand vor den Mund, schließlich sollen die Kinder das nicht mitbekommen. Nina knuddelt die Mädchen und schickt sie dann nach drinnen zur Oma, was sie überraschenderweise umgehend befolgen.

Nina steht auf und sieht ihre Schwester so mitfühlend an, dass sich der nächste Kloß von der Kehle aus ganz nach oben kämpft. »Na, komm mal her, Kleine«, hört Lena noch, bevor sie sich an ihre Schwester drückt, ihre Nase in Ninas Haar. Es ist verdammt lange her, dass sich die beiden Schwestern über die meist widerwillig ausgeführte knappe Begrüßungsumarmung hinaus berührt haben.

Wenn Lena ehrlich zu sich ist, hat sie dieses Gefühl vermisst. Sie legt ihre Stirn in Ninas Halsbeuge, drückt sich fest an ihre Schwester, die sich ganz klein anfühlt in ihren Armen. Und sofort setzt ein Gefühl der Reue ein, darüber, wie verständnislos sie wahrscheinlich manchmal gewesen ist, wie wenig sie sich in sie hineinversetzen konnte, damals während der Scheidung.

»Tut mir leid, tut mir alles so leid«, nuschelt Lena in die Schulter ihrer Schwester. Die streichelt ihr als Reaktion darauf nur sanft über den Rücken und sagt »Alles wird gut, Kleine« und: »Ich bin ja da.« Lena beruhigt sich langsam, ihr Schluchzen verstummt. Sie löst sich aus Ninas Armen. Sie hat zwar keine Ahnung, wie das jetzt alles weitergehen soll, hat für sich und die Mädchen nur eine kleine Reisetasche gepackt, aber sie weiß auch, dass sich eine Lösung finden wird, solange sie und Nina zusammenhalten. Es ist sehr lange her, dass sie das so deutlich gespürt hat. Vielleicht musste sie sich abnabeln, um in ihr eigenes Leben hineinzuwachsen? Wie oft hat sie sich allein und verloren gefühlt, als die Kinder kamen, aber statt sich einfach ihrer Schwester anzuvertrauen, hat sie sich immer weiter von ihr entfernt. Warum eigentlich? War sie eifersüchtig? Hat sie sich klein neben ihr gefühlt? Konnte sie die Einsamkeit, die sie auch als Ehefrau und Mutter manchmal verspürt hatte, vor sich selbst nicht zugeben?

Nina war die ganze Zeit da und sie hätten sich gegenseitig stützen können. Das spürt sie jetzt, als sie voreinander stehen, sich anlächeln und irgendwann ein bisschen kichern müssen, weil Lena zu Nina sagt: »Kann ich bei dir vielleicht einen Scheidungsworkshop machen? Ich glaube, den könnte ich jetzt gebrauchen.«

Nina zuckt mit den Schultern und sagt: »Klar, mein Tipp Nummer eins ist allerdings: Mach bitte nichts so, wie ich es gemacht habe!« Lena muss jetzt richtig lachen. »Okay, du meinst also, ich soll nicht die hässlichste

Bauernkommode, die die Welt je gesehen hat, als einziges Möbelstück aus dem Haus mitnehmen?« Nina lacht so sehr, dass ihr die Tränen in die Augen steigen. »Zum Beispiel, ja. Und ich würde dir auch davon abraten, immer wieder den Satz zu sagen: ›Ich brauche kein Geld, ich komme wunderbar allein klar!‹ So etwas sagen nur sehr dumme Leute!«

Lena nimmt Nina daraufhin in den Arm und sagt sanft: »Du kannst so stolz auf dich sein. Meine Schwester, die Kämpferin.« Sie erschrickt beinahe über so viel schwesterliche Nähe und Ehrlichkeit, aber vielleicht musste das auch mal gesagt werden? Es scheint so, denn Nina nickt: »Ich hab dich lieb, weißt du das?« Eine derart deutliche Gefühlsbekundung ganz ohne Ironie fühlt sich für Lena so fremd an, dass sie fast in alte Verhaltensmuster zurückfällt und bereits im Begriff ist, wenigstens einen kleinen beleidigten Vorwurf Richtung Nina zu schicken, als ihre Schwester sagt: »Lass es einfach so stehen, man kann das aushalten, es ist nur Liebe.« Und dann sagt sie noch: »Du wirst es nicht glauben, aber so eine Berlin-Mitte-Start-Uperin hat mir dreihundertfünfzig Euro für eine getöpferte Vase gegeben.« Lena grinst. »War sie blind?« Das tat gut. Ganz so konnte man den Gefühlskitsch ja nun doch nicht stehen lassen.

Und dann fällt Lena noch das Thema ein, das den gesamten Tumult in ihrer Familie ja überhaupt erst ausgelöst hat. »Sag mal, hat dich diese Journalistin schon angerufen, die zu Hottes Übergriffen und den Vertuschungsversuchen recherchiert?« Nina sieht sie einfach nur an, betrachtet Lenas Gesicht. Lena rollt genervt mit den Augen: »Muss ich erst mit Blut unterschreiben, damit du mir traust?« Nina sieht Lena immer noch zögerlich an: »Ja, ich habe kurz mit dieser Frau gesprochen, wieso?« Lena nickt. »Sehr gut. Die ist absolut seriös, du kannst ihr vertrauen. Ich habe schon mit ihr geredet. Diese Frau ist gut, sie will einfach, dass Hotte Günther aufhört, sich an Frauen zu vergehen, dass ihm jemand das Handwerk legt. Anders geht's ja anscheinend nicht. Da muss jetzt die Presse ran. Genau dafür gibt es doch investigativen Journalismus. Und so lohnt sich auch mal das teure Print-Abo, für das wir seit Jahren zahlen, wenn jetzt mal über den Konzern berichtet wird.« Lena bemerkt Ninas überraschten Blick. Das hätte ihre Schwester ihr wohl nicht zugetraut. »Und Flori?« Lena versucht zu verhindern, dass ihr Gesichtsausdruck von tough zu traurig wechselt, was ihr nicht gelingt. »Ach ja, mein Flori, das weiß ich jetzt noch nicht. Ich muss erstmal die ganze Wahrheit kennen. Diese Lügen waren die Hölle. Da heiratet er eine Frau mit einem Gehirn und bespricht zu Hause nichts. Ich bin einfach maßlos enttäuscht und das Vertrauen ist erstmal futsch. Wenn er nur jemanden gebraucht hat, um die Fischstäbchen zu wenden, hätte er auch eine nette Künstliche Intelligenz heiraten können. Die Mädchen verstehen es noch nicht. Sie finden es aufregend, dass wir bei Oma schlafen!« Lena bemerkt Ninas nachdenklichen Blick. Es scheint etwas in ihr zu arbeiten. »Und die Journalistin ist wirklich gut? Denn das ist alles absolut vertraulich …« Lena nickt. Dann sieht sie ihre Schwester prüfend an: »Ja, und wenn du willst, dass sich etwas ändert, dann musst du mit ihr reden. Aber jetzt mal zu der anderen Sache: Hast du weiterhin vor, diesem Teenager-Mann nachzulaufen?«

Nina sieht sofort wieder genervt aus: »Er ist volljährig, seit Jahren schon.«

»Ist ja gut, jetzt reg dich nicht gleich wieder so auf.« Lena seufzt und geht rüber zum Wohnzimmer, wo der Rest der Bagage sitzt. Nina stampft hinter ihr her. »Ich rege mich aber auf, falls es dich interessiert. Das geht mir nämlich alles auf die Nerven!« Gut, dass Nina Lenas Gesicht nicht sehen kann, auf dem sich ein breites Grinsen ausbreitet. Gerade eben war es einfach viel zu harmonisch. So eine kleine Kabbelei ist doch manchmal auch ganz belebend. In ihrer Hosentasche vibriert das Handy. Wahrscheinlich ist das der nächste verzweifelte Anruf von Flori. Sie drückt ihn erstmal weg. Im Moment gibt es nichts zu sagen, zumindest heute nicht.

Ich liebe dich und du trinkst zu viel

Nina

Dass meine Schwester es immer wieder schafft, jeden schönen Moment mit ihrer Nörgelei zu zerstören, macht mich einfach wahnsinnig. Obwohl ich das nicht will, bin ich auf hundertachtzig, als wir das Wohnzimmer betreten. Es sieht alles so verdammt heimelig aus, ohne mich. Auf dem kleinen Couchtisch vor dem Sofa steht eine Kaffeekanne. Das gute Geschirr mit den üppigen Wildrosen wurde herausgeholt, eine schöne Duftkerze brennt und Lena scheint es trotz der Trennungswirren geschafft zu haben, ihren berühmten Napfkuchen mit Haselnussstreuseln zu backen. Meine Mutter mampft vergnügt Kuchen und schneidet sich bereits das nächste Stück ab. Sie sieht beinahe aus, als hätte sie gerade einen Urlaub an der Riviera hinter sich, auf jeden Fall nicht wie jemand, an dessen Sterbebett ich gerade noch gesessen habe. Marie und Ben spielen Verstecken mit Lenas Mädchen. Kann denn bitte einmal etwas normal sein bei uns? Ich will plötzlich reinschlagen in den blöden Napfkuchen. Wir sind wütend aufeinander? Wir haben uns alles Mögliche an den Kopf geworfen und sitzen nun einträchtig zusammen wie in einer Familienserie aus den Achtzigern. Mir wird wohl nichts anderes übrig bleiben, als mich in das gespielte Idyll einzufügen. Während ich noch dabei bin, die neue Situation in mich aufzunehmen, fällt mir meine Tochter um den Hals. »Mama, bitte lass uns nicht streiten. Es ist mir ganz egal, wer recht hat und worum es ging. Ich hab schon wieder alles vergessen, okay?« Ich nicke, aber eine Stimme in mir schreit aus Leibeskräften: »Nein, nicht okay! Ganz und gar nicht okay!« Ben kommt auch zu mir, schließt mich in die Arme und sagt immer wieder: »So ein dummer Quatsch. Ist doch egal, dass du auch mal eine Dummheit machst, solange wir uns alle haben.«

Ich habe keine Ahnung, was da in mir rumort. Aber es rumort in mir, als sollte ich von innen nach außen gekrempelt werden.

Ich stehe in der Mitte des Zimmers und schlucke. »Was ist denn, Mäuselchen, willst du mich nicht begrüßen, jetzt, wo ich praktisch von den Toten auferstanden bin? Lena und ich haben schon alles besprochen. Sie zieht erstmal hier ein mit den Mädchen und dann kommst du ab und zu und hilfst. Ich muss dreimal die Woche zur Physiotherapie, aber ich bin im Prinzip ja auch jetzt schon topfit, wie man sieht.« Meine Mutter lächelt mich selbstzufrieden an.

Und mit einer gewaltigen Wucht arbeitet sich der Krampf in meinem Bauch nach oben vor, und jetzt erkenne ich, was es ist: Es ist Wut.

Taktvoll, wie ich bin, locke ich die beiden Kleinen ins Schlafzimmer meiner Mutter, wo ich ihnen erlaube, in alle Schubladen hineinzuschauen, solange sie nichts durcheinanderbringen. Dann kehre ich ins Wohnzimmer zurück, atme tief durch und jetzt kommt alles ungefiltert aus mir heraus, was ich wahrscheinlich die letzten Jahrzehnte mit mir herumgeschleppt und immer für einen empfindlichen Magen gehalten habe: »Wieso, zum Teufel, können wir in dieser Familie höchstens einen Abend ehrlich miteinander sein und dann wird alles wieder zugedeckt! Wir erzählen uns seit Jahren Lügen, um uns gegenseitig zu schonen oder auch um einfach mal den einen Lebensentwurf gegen den anderen auszuspielen, aber wozu, frage ich euch!

Ich lüge, wo ich gehe und stehe. Weil ich mich mit fünfzig Jahren immer noch für mich schäme! Ich schäme mich dafür, dass ich mich in diesen Mann verliebt habe, ich schäme mich dafür, dass ich kein Geld habe und dass ich euch alle verletzt habe mit der Scheidung von Phil! Ihr beide, Ben, Marie, ich habe mich bis heute jeden Tag meines Lebens gefragt, ob ihr glücklich seid, ob ihr genug esst, ob ihr zu viel esst, ob ihr überhaupt esst, ob ihr genug Geld habt, ob euch jemand liebt, ob ihr die Person zurückliebt, ob ihr euren Talenten genügend Raum gebt, ob ihr auch mal Pausen macht, ob ihr Freunde habt, ob sie nett zu euch sind, ob ihr klarkommt, weit weg von zu Hause, ob ihr wisst, wie man eine Rechnung überweist, wie man Steuern zahlt, ob ihr mich manchmal vermisst. Ich habe Angst um euch, jedes Mal, wenn ihr in ein Auto steigt, wenn ihr eine Reise macht, wenn ihr etwas Falsches gegessen habt, wenn ihr Sex habt, wenn ihr Gefahr lauft, dass euch eure Träume von der Realität geraubt werden. Tja! Ich habe so verdammt viel mit euch zu tun und mit dieser Liebe zu euch, dass ich sehr lange kein bisschen über mich nachgedacht habe. Ist euch eigentlich klar, dass ich seit Jahren unsichtbar bin? Wir leben in einer verdammten Großstadt, aber ich habe genau eine Frauenärztin gefunden, die sich mit den Wechseljahren auskennt! Und wieso? Weil wir Frauen sogar zu unwichtig sind für die medizinische Forschung! Wenn Männer Heulkrämpfe und Hormonschwankungen in dieser Intensität bekämen, wäre dafür schon etwas erfunden worden. Und ich bin ein sehr intensiv fühlender Mensch, falls euch das interessiert! Das bin ich wieder und das lasse ich auch nicht mehr los! Ich bin eine kreative und liebende und das Leben ab sofort mit jeder Faser genießende Frau! Ich werde mich nicht mehr verstecken!

Und weißt du was, Mama, zwischen uns wird sich auch etwas ändern. Du hast sicher Fehler gemacht, aber ich kann zumindest sagen, dass ich dich jetzt besser verstehe. Ich liebe dich und werde für dich da sein, bis du gesund bist, und auch danach. Ich liebe dich und du trinkst zu viel. Das ist jetzt mein Start mit der Ehrlichkeit in dieser Familie!«

Meine Mutter, Lena und meine Kinder sehen mich etwas verstört an, allerdings komme ich gerade erst in Fahrt.

»Ich habe keine Lust mehr darauf, dass wir alles unter den Teppich kehren, dass wir zum Beispiel nie über diesen Sommer gesprochen haben, als Lena und ich allein waren, über unsere Trauer und über diesen idiotischen Frank Voltz!«

Meine Mutter zuckt zusammen und verschluckt sich an ihrem Kaffee.

»Du musst mich gar nicht so angucken. Dieses Arschloch hat dir das Herz gebrochen, als du nach Papas Tod noch gar nicht geradeaus gucken konntest. Ja, ich habe seine Briefe gelesen und das war nicht richtig und tut mir auch leid. Ich hätte es aber auch nie getan, wenn du uns diese Geschichte mal erzählt hättest. Lass uns drüber reden! Ich habe so lange gedacht, du hättest uns allein gelassen, weil du nur deinen Spaß haben wolltest. Aber jetzt weiß ich es: Du konntest einfach nicht mehr!«

Meine Mutter, die den Kopf bis eben gesenkt gehalten hat, sieht mich jetzt geradeheraus an. Sie nickt. Sie flüstert: »Ja, da hast du wahrscheinlich recht.«

Ich bin noch in Fahrt: »Ja, das hab ich! Es ist wichtig, dass wir reden. Nur so können wir uns doch trösten und daraus lernen! Wir vererben doch alles weiter. Ich habe so viel Angst vor der Liebe, weil sie in dieser Familie immer Unglück bedeutet hat. Erst ist uns Papa einfach weggestorben, dann hast du dich wegen diesem Idioten verloren, dann bin ich geschieden worden und Lena ist jetzt die Nächste, oder wie?«

Nun sieht mich meine Schwester betreten an.

»Ich sag euch was, mit diesem elenden Schweigen ist jetzt Schluss! Und ich werde in Zukunft Sex haben, wann immer ich das will und mit wem ich das will. Ich werde mich verlieben und das werde ich ausleben, ob es euch Spießern passt oder nicht. Ab jetzt müsst ihr mit allem rechnen, denn ich bin zu allem fähig!«

So, das war's.

Ich lasse mich erschöpft neben meine Mutter aufs Sofa fallen. Erst jetzt bemerke ich, dass sie feuchte Augen hat und mich ansieht wie ein verlassener kleiner Hund. »Es tut mir leid«, sagt sie traurig. »Es tut mir wirklich leid.«

»Ach, Mama«, sage ich und spüre, wie mir eine Träne die Wange herunterläuft.

Ich lehne mich an die Schulter meiner Mutter, die jetzt auch weint und mir den Kopf streichelt.

Meine Kinder kommen zum Sofa und umarmen mich. Zuerst sagt Ben kleinlaut: »Ich verspreche dir, wir lassen dich ab jetzt schlafen, mit wem du willst.«

Marie nickt: »Ja, ehrlich. Wir sind alle gespannt, was da noch so passiert bei dir.«

»Eigentlich total cool, dass du jetzt so anders leben willst«, sagt Ben dann noch und ich sehe in seinen Augen, dass er keine Ahnung hat, wie dieses »anders« aussehen kann, mich aber unterstützen will. Das ist wohl Liebe.

An diesem Abend sitzen wir noch lange zusammen und machen große Schritte in puncto Ehrlichkeit. Zum ersten Mal sprechen wir alle zusammen über den Tod meines Vaters, über Lenas und meinen Sommer, in dem wir viel zu schnell erwachsen werden mussten. Wir sprechen darüber, wie schlimm es war, diese Angst auszuhalten, eventuell für immer allein zu sein. Meine Mutter ist schockiert. »Habt ihr denn wirklich gedacht, dass ich nicht zurückkomme?« Lena zuckt mit den Schultern und sagt: »Das war wirklich schlimm, ich träume manchmal noch davon.« »Ich muss auch noch oft daran denken. Außerdem bin ich anscheinend bindungsgestört«, sage ich.

»Was heißt denn ›anscheinend‹, klar bist du das!«, sagt meine Schwester daraufhin. Tja, das habe ich nun von meinem Schrei nach Ehrlichkeit.

Meine Mutter beziehungsweise Mama, wie ich sie jetzt öfter nennen will, erzählt uns davon, dass sie damals dachte, sie würde es nicht schaffen. Die Kräfte würden sie verlassen und sie könnte uns kein gutes Vorbild sein. Zum ersten Mal gebe ich vor meinen Kindern zu, dass ich diese absurde Patchworkfamilie ihnen zuliebe aufrechterhalten habe und dass ich manchmal schon ganz schön frustriert war über die Situation zwischen meinem Ex, Lulu und mir.

Nachdem sie die Kinder ins Bett gebracht hat, erzählt mir Lena, gemütlich in unserem alten Kinderzimmer, wie die Entfremdung langsam zu einem Teil ihrer Ehe geworden ist. Ich will wissen, ob sie noch Gefühle für Flori hat. Lena zuckt nur mit den Schultern: »Ich muss mich vielleicht selbst erstmal ehrlicher sehen lernen.«

An diesem Abend wird mir klar, dass meine kleine Schwester tatsächlich neidisch auf mich war. Dabei kommt mir mein Leben erst heute wirklich vielversprechend vor, eigentlich unser aller Leben … Vielleicht können wir als Familie endlich neu anfangen. Und als schließlich alles, alles und alles gesagt ist, kramen wir noch ein paar schöne Erinnerungen hervor.

Zurück im Wohnzimmer stellt Mama kurz vor Mitternacht die eine Frage, die mich schon lange beschäftigt: »Wenn ein Mensch stirbt, dann ist das Gehirn noch ganze sieben Minuten lang aktiv. Man sagt, dass der Sterbende dann noch mal sieht, was er erlebt hat. Seine wichtigsten Erinnerungen. Glaubt ihr, dass Papa uns gesehen hat? Und glaubt ihr, dass das schön war? Ich weiß es einfach nicht.«

»Klar«, sage ich sofort, aus einem seltsamen Reflex heraus: »Er hat uns ganz sicher gesehen und das hat ihn mit Sicherheit sehr glücklich gehen lassen. Ich verspreche es dir.«

Und in diesem Moment, vielleicht bilde ich es mir nur ein, leuchtet ein Stern sehr hell vor dem Fenster meiner Mutter.

Spät in der Nacht, als sich der Rest meiner Familie schlafen gelegt hat, mache ich mich auf den Heimweg und laufe zur U-Bahn. Als ich in die Tram umsteige, sitze ich allein im Wagen. Durchs Fenster blicke ich auf die immer noch belebten Straßen. Ich sehe junge Paare, die lachend aus einer Bar herausfallen, ich sehe eine ältere Dame mit einem Pudel, die wahrscheinlich beide nicht schlafen können, und ich sehe die aufgehende Sonne ganz hinten am Horizont.

Ich schreibe eine Nachricht, und dann starre ich auf mein Handy, bis es erstaunlicherweise piept. Als ich die Antwort lese, spüre ich, dass eine Welle des Glücks durch meinen Körper fließt.

So sicher war ich mir noch nie in meinem Leben. Ich laufe mit großen Schritten die Straße entlang, in der ich erst einmal war, und als ich klingle, sage ich mit klopfendem Herzen meinen Namen in die Sprechanlage. Dann renne ich die Treppe hoch, als ginge es um mein Leben.

»Du musst dich nicht so beeilen, wir haben doch noch den Rest unseres Lebens Zeit!«, sagt David und grinst mich an mit vom Schlaf verwuschelten Haaren. Ich sehe ihn an und weiß, dass es wahrscheinlich genau so sein wird, wie er es gerade vorausgesagt hat. Ich werde jede Sekunde genießen. Ich atme langsam aus: »Na, was ist, willst du mich nicht zu dir hereinbitten?«

Er sieht mich ernst an: »Kein Hin und Her mehr, nur Liebe diesmal?«

Ich nicke und sage: »Nur Liebe, versprochen.«

Bevor ich noch mehr sagen kann, zieht David mich in seine Arme, beugt sich herunter und küsst mich. Wir lösen uns kurz voneinander, sehen uns noch mal an, als könnten wir beide nicht glauben, was uns hier Schönes passiert. Da fällt mir noch etwas ein, was der Ordnung halber gesagt werden sollte: »Eventuell doch immer wieder mal hier und da ein bisschen Hin und Her, du kennst mich ja. Aber ich geh nicht mehr von dir weg. Versprochen.« David sieht mich an, er scheint darüber nachzudenken, dass ein Leben mit mir wahrscheinlich niemals ruhig verlaufen wird. Vielleicht wird ihm jetzt erst klar, was er sich da eingehandelt hat? Er streicht mir eine Haarsträhne aus dem Gesicht und betrachtet mich: »Du bist so naiv, Wodka Soda, hast du gedacht, das wüsste ich nicht?« Und bevor ich darauf etwas erwidern kann, zieht er mich in die Wohnung und ich denke daran, dass mein Vater sich in diesem Moment für mich freut.

Zu Hause

David

Nina und ich liegen zusammen in meinem Bett, ist das zu fassen?

Wie düster meine Gedanken noch vor einer Woche waren, ja, noch vor zwei Tagen. Ich habe gespürt, dass Jasper um mich herumschlich, seinen Beschützerinstinkt ausgepackt hatte. Egal wie oft ich betonte, dass es nicht so ist wie damals, sondern einfach nur ganz normaler, heftiger, alles vernichtender, verbrennender Trennungsschmerz ist, die sorgenvolle Miene wich nicht aus seinem Gesicht. Er glaubte mir nicht und ich konnte es auch verstehen. Zu heftig war die Zeit damals, als ich einfach abrutschte und ins Leere fiel.

Aber ich falle nicht mehr. Ich weiß, dass ich wieder Boden unter den Füßen habe, dass ich wachsam bin für innere Verschiebungen und dass ich mir sofort helfen lassen würde.

Woher hätte Jasper auch wissen sollen, dass es einfach nur Liebeskummer war? Ich war ja selbst von der Heftigkeit überwältigt. Einerseits war der Schmerz nicht zum Aushalten, andererseits war es verdammt lange her, dass ich mich so gespürt habe. Daran konnten zwei Tage an der Ostsee nichts ändern, nichts von meinen verzweifelten Versuchen, die Gefühle zu unterdrücken, konnte diesem gewaltigen Kummer etwas anhaben. Das hatte ich mir all die Jahre gewünscht, mich wieder so sehr zu spüren. Die Intensität war unglaublich, und so schrecklich es sich auch anfühlte, auf eine sehr merkwürdige Art und Weise genoss ich es.

Ich genoss den Schmerz, denn das bedeutete, dass ich wieder am Leben war, teilnahm an allem, dass meine schlimmste Zeit überwunden war. Mir wurde klar, dass mein erbärmlicher Zustand so viel besser war, als gar nichts mehr zu spüren, so wie eine lange Zeit zuvor.

Und natürlich vermisste ich sie in jeder Sekunde schmerzlich und unaufhörlich. Ich hörte ihr Lachen, erinnerte mich daran, wie sie nackt in meinem Bett gelegen, wie sie nachts leise meinen Namen geflüstert hatte.

Und jetzt liegt sie hier in meinen Armen und hat nicht vor, wieder zu gehen. Das spüre ich ganz deutlich. Bei uns ist Ruhe eingekehrt, und das ist aufregender als alles, was ich jemals erlebt habe.

Als ich ihre Nachricht bekam, spätnachts, war mir klar, was ich antworten würde. Wie sie mir später erzählte, hatte sie Angst vor meiner Antwort, hatte Angst, dass ich überhaupt nicht antworten würde.

Dabei war alles so einfach. Was hätte ich ihr sonst antworten sollen auf ihr »Ich liebe dich« als das Einzige, was man darauf sagen kann, nämlich: »Komm nach Hause.«

Neue Strukturen

Flori

Es war keine leichte Zeit, als der Artikel dieser Journalistin als großer Aufmacher erschien. So schnell konnte man gar nicht gucken, wie sich der Vorstand gesammelt wegduckte und versuchte, ein Schlupfloch zu finden. Übrigens vergeblich.

Und Flori? Erst hatte er Angst, dann kam die Erleichterung darüber, dass er überraschenderweise so unwichtig in diesem Zusammenhang und innerhalb der ganzen Firma war, dass sein Name gar nicht erwähnt wurde. Er wurde von der ausgewechselten Firmenleitung sogar dazu aufgefordert, bei der Schaffung neuer Strukturen mitzuhelfen, doch darauf hatte er nach seiner Ehekrise, bei der er einige Federn gelassen hatte, wirklich keine Lust mehr.

Wenn man alles verbockt hat, sollte man dazu stehen und gehen. Und zwar ganz woandershin.

Die ersten zwei Seminar-Wochenenden über Feminismus waren für Flori noch ungewohnt, aber mit der Zeit begann ihn das Thema richtiggehend zu fesseln. Als

Vater von zwei Mädchen hätte er sich eigentlich schon längt dort anmelden sollen. War es denn zu fassen, dass Frauen immer noch weniger verdienten als Männer? Und natürlich stellte er sich die Frage, ob er in den letzten Jahren seiner Frau jemals Anerkennung gezollt hat für die Betreuungsarbeit, die sie zu Hause geleistet hat. Flori weiß nun, dass er sie wertschätzender hätte behandeln müssen, und auch, dass er unnötig knauserig mit dem Haushaltsgeld gewesen ist. Er hätte ihr auch öfter sagen müssen, wie klug, wie lustig und wie einzigartig er sie findet. Er musste sich eingestehen, dass er sich nicht daran erinnern konnte, es überhaupt gesagt zu haben.

So viele Jahre lebt er jetzt als Mann und hat sich nicht die Bohne für die Kämpfe interessiert, die von den Frauen auf der Welt geführt werden, wegen Privilegien, die für die meisten Männer seit jeher selbstverständlich sind.

Flori schämt sich dafür. Jetzt, wo seine Frau und seine beiden Töchter endlich wieder zu ihm ins Haus gezogen sind, hat er begriffen, wie sie die Mädchen auf die Welt da draußen vorbereiten müssen, wie viel Mut, Selbstbewusstsein und Stärke sie brauchen werden. Und diese Aufgabe wird jetzt in erster Linie Flori zufallen. Lena hat erstmal viel zu tun mit dem Aufbau ihres Buchhaltungsservice-Büros. Die Mädchen sind stolz auf ihre selbstbewusste Mutter und sagen nun seit Neuestem: »Mama ist der Boss, deswegen muss Papa Kochen und Putzen lernen.«

Früher hätte er Schwierigkeiten damit gehabt, ein »Hausmann« zu sein, was ihm jetzt, mit ein wenig Abstand, richtig lächerlich erscheint. Er ist nämlich sogar ausgesprochen glücklich darüber, dass er diese Erfahrung machen darf. Es ist ihm ein Rätsel, wieso er früher nie gekocht hat. Diese fast schon meditative Stimmung, die er am Herd empfindet, hätte ihm kein Incentive der Welt bescheren können.

Besonders das Backen hat es ihm angetan. Mittlerweile ist er sogar richtig gut darin geworden. Er würde sogar sagen, dass die Elsa-Geburtstagstorte für seine Kleine ihresgleichen suchen muss. Die kleine oder große Auszeit vom Job ist tatsächlich eine Wohltat.

Flori ist immer noch ziemlich beeindruckt davon, dass Lena, seine Schwägerin und ihre Freundin Zeynep mit dieser Journalistin gesprochen und so verhindert haben, dass dieser schmierige Hotte jemals wieder einer jungen Frau etwas antut. Ohne diesen Artikel hätte sich ganz sicher niemals etwas geändert. Deswegen sagt Flori seinen Töchtern jeden Tag, dass ihre Mutter eine Superheldin ist.

Das Schönste an seinem Leben ist allerdings, dass er seine Frau wieder so glücklich sieht, wie damals im Sommer in Italien. Jeden Tag, wenn sie aus dem Büro nach Hause kommt, erzählt sie ihm, was sie Neues erlebt hat. Flori könnte sich im Moment kein besseres Leben vorstellen. So, jetzt muss er los, schließlich ist er heute noch mit Nina bei David in der Tagesbar verabredet. Hoffentlich gibt es dort wieder seinen Lieblingsburger. Und jedem, der denkt, das seien doch im Prinzip nur Brote, sei dringend geraten, dieses einmalige kleine Restaurant aufzusuchen. Brote sind eben nicht nur Brote.

ENDE

Dank

An Barbara Laugwitz für ihre unvergleichliche Freundschaft, ihr grenzenloses Vertrauen und die vielen tollen Abende. An Alice Huth für ihren klaren, feinen Blick, ihren Humor und die wunderschöne Zusammenarbeit. Danke an Ertugrul Eren, meinen wunderbaren Agenten. An Maike Backhaus, die mir mit Rat und Tat zur Seite stand.

Und natürlich danke an meinen geliebten Mann, Alexander Wilde, an meinen Bruder und Geschäftspartner Jan Decker. An meine Mutter Annegret Decker, die noch viel vorhat im Leben, an meinen Vater Winfried, der zwar diese Welt verlassen hat, aber nicht uns.

Danke an Julia und Hannah Decker, mit denen ich die schönsten Stunden verbringe, an meinen geschätzten Presseagenten Peter Schulze, ohne den gar nichts geht. Danke an Jürgen und Susanne Wilde, an Thomas Wilde. Danke an Rudi und Raki.

Danke an meine Freundinnen. Danke, Bettina Rust für deine schönen Zeilen! Danke, Miriam Junge, für deinen Beistand.

Danke an Matthias Braun, Daniel Hetzer und Jakob Neuhäusser.

Danke Elena Gruschka für die Premiere und danke Frauke Hennig fürs erste Lesen.

Danke an Katja Riemann und Anna Maria Mühe für das Sprechen des Hörbuchs. (Ich kann mein Glück gar nicht fassen.)